高等职业教育“十四五”规划教材

化学基础

主　编：薛　萍　吴姗姗
副主编：邓小玲　林　艳
　　　　陈绍源　岑水斌

中国石化出版社
·北京·

内 容 提 要

全书共三个模块，包括 10 章和 12 个实验实训，主要内容有物质结构基础、化学反应速率和化学平衡、溶液与离子平衡、胶体与表面活性剂、氧化还原反应和电极电势、烃类化合物、卤代烃、含氧化合物、含氮化合物及杂环化合物、有机营养素；实验内容有常见玻璃仪器的认识、洗涤及干燥，溶液的配制，硫酸铜的重结晶，氯化钠的提纯，化学反应速率与化学平衡，硫酸亚铁铵的合成，蒸馏法回收乙醇，醛和酮的性质，乙酸乙酯的合成，乙酰苯胺的制备，肥皂的制备等。此外，各章设有小结及习题，方便读者总结和复习。为了拓宽读者的知识面，还编入了与教材内容相关的阅读资料。

本书以化学物质的基本构成化学元素为起点，由浅入深，可作为高职高专生物技术类和轻化工类专业学生使用的教材，同时可供从事化学、生物技术、化工技术专业的社会工作人员参考。

图书在版编目(CIP)数据

化学基础／薛萍，吴姗姗主编. — 北京：中国石化出版社，2024.6.（2025.8 重印）—（高等职业教育“十四五”规划教材）. — ISBN 978-7-5114-7525-1

Ⅰ. O6

中国国家版本馆 CIP 数据核字第 202440CV40 号

中国石化出版社出版发行

地址：北京市东城区安定门外大街 58 号

邮编：100011 电话：(010)57512500

发行部电话：(010)57512575

http://www.sinopec-press.com

E-mail:press@sinopec.com

北京科信印刷有限公司印刷

全国各地新华书店经销

*

787 毫米×1092 毫米 16 开本 16.75 印张 410 千字

2024 年 6 月第 1 版 2025 年 8 月第 2 次印刷

定价：48.00 元

前言

PREFACE

在当今高质量发展的社会背景下，高等职业教育的重要性凸显，教材建设作为教学中的重要一环不可忽视。本书依照“十四五”职业教育国家规划教材建设和高等职业教育教材的要求，结合高职高专生物技术类和轻化工类专业技术技能人才培养对化学基础的需求而编写，内容丰富、实用，秉持着“实用、够用”的原则，将无机化学、有机化学、无机化学实验和有机化学实验等课程内容整合，典型教学案例与理论教学内容有机结合，旨在培养学生的实际动手能力和解决实际问题的能力。同时，为了更好地满足不同层次学生的学习需求，本书在难度设置上进行了合理的层次划分，使得学生能够逐步深入，循序渐进地在短时间内掌握必要的化学知识和技能。

本书由广东轻工职业技术大学薛萍统筹全书，并负责编写第二章和第三章，广东轻工职业技术大学陈绍源编写第一章，广东省科学院生物与医学工程研究所陆剑华编写第四章第一节，中山职业技术学院赵冬梅编写第四章第二节，茂名职业技术学院邓小玲编写第五章和第九章，广东轻工职业技术大学吴姗姗编写第六章和第八章，茂名职业技术学院梁志编写第七章，广东轻工职业技术大学岑水斌编写第十章，广东轻工职业技术大学林艳编写实验实训模块。

在教材编写过程中，得到了广东轻工职业技术大学张明月老师和编者所在单位领导们的大力支持和帮助，中国石化出版社李芳芳老师也为本教材出版做了大量工作，在此一并表示衷心的感谢。

由于编者水平有限，不可避免地存在不足之处。我们衷心欢迎读者提出宝贵的意见和建议，以便我们在今后的修订中不断完善，使本教材更好地服务于广大读者朋友。

本书有配套课件，若有需要请联系出版社。

目录
CONTENTS

模块一　无机化学模块

模块二　有机化学模块

模块三　实验实训模块

模块一

无机化学模块

第一章　物质结构基础

知识目标

1. 了解化学的定义和研究对象；
2. 了解原子结构与原子核外电子运动特征；
3. 熟悉元素周期律及主族元素性质的周期性变化规律；
4. 了解现代价键理论和杂化轨道理论要点；
5. 了解离子键、共价键等化学键的本质、类型和特性；
6. 熟悉分子间作用力和氢键，了解它们对物质性质的影响。

能力目标

1. 能认识1~36号化学元素符号及其原子结构特征；
2. 能根据元素周期律比较、判断主族元素单质及其化合物性质的差异；
3. 能区分σ键和π键；
4. 能判别分子的极性或非极性。

素质目标

1. 通过学习元素周期律和元素周期表的关系，懂得透过现象看本质，培养辩证思维能力和开拓创新精神；
2. 培养积极进取、崇尚科学、实事求是的学习态度；
3. 培养理论指导实践、实践验证理论的思想意识。

第一节　原子结构与元素周期律

一、化学元素和元素符号

什么是化学？化学是研究分子层次以及以超分子为代表的分子以上层次的化学物质的组成、结构、性质和变化的自然科学。

什么是化学元素？它从哪里来？化学元素是具有相同的核电荷数(核内质子数)的一类原子的总称，它是构成万物的最基本、最简单、最原始的物质。不管是动物还是我们人类，都是由化学元素构成的，任何物质都包含元素，要认识宇宙万物就要从其基本组成——化学元素开始。

截至目前，总共有118种化学元素被发现，其中94种是存在于地球上的。按(化学)元素的核电荷数进行排序，所得序号称为原子序数。例如，1 号元素是氢，8 号元素是氧。根据国际协议，每一种元素有一个对应的元素符号，通常用拉丁字母表示(见图 1-1)，具体是用元素的拉丁名称的第一个字母(大写)来表示，如我们呼吸的氧气由氧元素构成，氧的元素符号是 O；喝的水中除了含有氧(O)元素以外，还含有氢元素，氢的元素符号是 H。如果几种元素名称的第一个字母相同，就在第一个字母(必须大写)后面加上元素名称中另一个字母(必须小写)以示区别，如氦(He)。

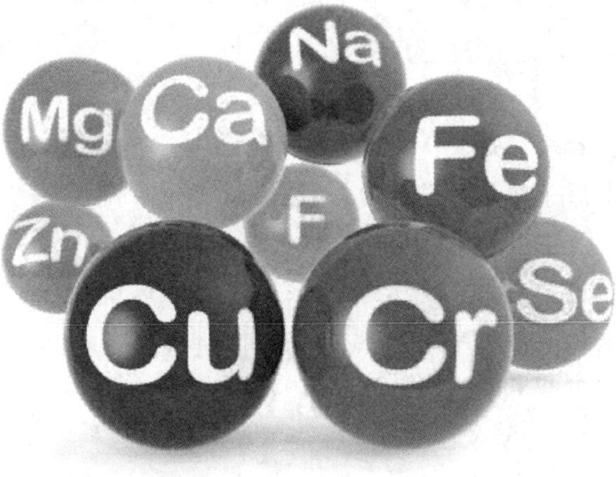

图 1-1　化学元素符号

二、原子结构和原子质量

原子是由原子中心带正电荷的原子核和核外带负电荷的电子构成。原子核带的电量和核外电子的电量相等且电性相反，因此，作为一个整体的原子显电中性。

原子核由质子和中子组成。质子带正电，中子不显电性。因此，在原子中，原子核所带的正电荷数(即核电荷数)，就是质子所带的电荷数。

原子序数 = 核电荷数 = 核内质子数 = 核外电子数

例如，碳的原子序数是 6，它的核电荷数(核内质子数)或核外电子数也是 6。

构成原子的质子、中子和电子的质量都很小，质子的静止质量约为 1.6726×10^{-27}kg，中子的质量稍大些，约为 1.6749×10^{-27}kg，电子的静止质量约为 9.1095×10^{-31}kg。

三、认识元素周期表

1869 年，俄国化学家门捷列夫(Dmitri Ivanovich Mendeleev)在对当时已知的 60 多种元素的性质进行总结归纳时，发现化学元素之间存在周期性规律，制作出第一张元素周期表，并预见了一些尚未发现的元素。后来又经过众多科学家多年的修订才发展成了当代的元素周期表(见图 1-2)。

化学元素周期表是根据原子序数从小到大排序的化学元素列表。在元素周期表中，从一个元素到下一个元素，随着核电荷数(质子数)递增，元素性质呈现周期性递变规律。元素周期表揭示了化学元素之间的内在联系，能够准确地预测各种元素的特性，使其构成了一个完整的体系，成为化学发展史上的重要里程碑之一，因此它在化学及其他科学范畴中被广泛使用。

元素周期表

原子序数 — 19；元素符号(红色指放射性元素) — K；元素名称(标*的为人造元素) — 钾；39.098 — 相对原子质量(加括号的是放射性元素半衰期最长同位素的质量数)；39 40 41 — 同位素的质量数(加底线的是天然丰富最大的同位素，红色指放射性同位素)；$4s^1$ — 价电子排布

金属　稀有气体　非金属　过渡元素

注：
1.相对原子质量引自国际纯粹与应用化学联合会(IUPAC)相对原子质量表(2018)，调节至五位有效数字，末尾数的准确度加注在其后括号内。
2.稳定元素列有其在自然界存在的同位素的质量数；放射性元素、人造元素同位素质量数的选列参考自有关文献。

族 / 周期	1	2	3	4	5	6	7	8	9	10	11	12	13	14	15	16	17	18	电子层	0族电子数
	I A	II A	III B	IV B	V B	VI B	VII B	VIII			I B	II B	III A	IV A	V A	VI A	VII A	0		
1	1 H 1 2 3 氢 $1s^1$ 1.008																	2 He 3 4 氦 $1s^2$ 4.002602(2)	K	2
2	3 Li 6 7 锂 $2s^1$ 6.94	4 Be 9 铍 $2s^2$ 9.0122											5 B 10 11 硼 $2s^22p^1$ 10.81	6 C 12 13 14 碳 $2s^22p^2$ 12.011	7 N 14 15 氮 $2s^22p^3$ 14.007	8 O 16 17 18 氧 $2s^22p^4$ 15.999	9 F 19 氟 $2s^22p^5$ 18.998	10 Ne 20 21 22 氖 $2s^22p^6$ 20.180	L K	8 2
3	11 Na 23 钠 $3s^1$ 22.990	12 Mg 24 25 26 镁 $3s^2$ 24.305											13 Al 27 铝 $3s^23p^1$ 26.982	14 Si 28 29 30 硅 $3s^23p^2$ 28.085	15 P 31 磷 $3s^23p^3$ 30.974	16 S 32 33 34 36 硫 $3s^23p^4$ 32.06	17 Cl 35 37 氯 $3s^23p^5$ 34.45	18 Ar 36 38 40 氩 $3s^23p^6$ 39.95	M L K	8 8 2
4	19 K 39 40 41 钾 $4s^1$ 39.098	20 Ca 40 42 43 44 46 48 钙 $4s^2$ 40.078(4)	21 Sc 45 钪 $3d^14s^2$ 44.956	22 Ti 46 47 48 49 50 钛 $3d^24s^2$ 47.867	23 V 50 51 钒 $3d^34s^2$ 50.942	24 Cr 50 52 53 54 铬 $3d^54s^1$ 51.996	25 Mn 55 锰 $3d^54s^2$ 54.938	26 Fe 54 56 57 58 铁 $3d^64s^2$ 55.845(2)	27 Co 59 钴 $3d^74s^2$ 58.933	28 Ni 58 60 61 62 64 镍 $3d^84s^2$ 58.693	29 Cu 63 65 铜 $3d^{10}4s^1$ 63.546(3)	30 Zn 64 66 67 68 70 锌 $3d^{10}4s^2$ 65.38(3)	31 Ga 69 71 镓 $4s^24p^1$ 69.722	32 Ge 70 72 73 74 76 锗 $4s^24p^2$ 72.630(8)	33 As 75 砷 $4s^24p^3$ 74.922	34 Se 74 76 77 78 80 82 硒 $4s^24p^4$ 78.971(8)	35 Br 79 81 溴 $4s^24p^5$ 79.904	36 Kr 78 80 82 83 84 86 氪 $4s^24p^6$ 83.798(2)	N M L K	8 18 8 2
5	37 Rb 85 87 铷 $5s^1$ 85.468	38 Sr 84 86 87 88 锶 $5s^2$ 87.62	39 Y 89 钇 $4d^15s^2$ 88.906	40 Zr 90 91 92 94 96 锆 $4d^25s^2$ 91.224(2)	41 Nb 93 铌 $4d^45s^1$ 92.906	42 Mo 92 94 95 96 97 98 100 钼 $4d^55s^1$ 95.95	43 Tc 97 98 99 锝 $4d^55s^2$ (98)	44 Ru 96 98 99 100 101 102 104 钌 $4d^75s^1$ 101.07(2)	45 Rh 103 铑 $4d^85s^1$ 58.933	46 Pd 102 104 105 106 108 110 钯 $4d^{10}$ 106.42	47 Ag 107 109 银 $4d^{10}5s^1$ 107.87	48 Cd 106 108 110 111 112 113 114 116 镉 $4d^{10}5s^2$ 112.41	49 In 113 115 铟 $5s^25p^1$ 114.82	50 Sn 112 114 115 116 117 118 119 120 122 124 锡 $5s^25p^2$ 118.71	51 Sb 121 123 锑 $5s^25p^3$ 121.76	52 Te 120 122 123 124 125 126 128 130 碲 $5s^25p^4$ 127.60(3)	53 I 127 碘 $5s^25p^5$ 126.90	54 Xe 124 126 128 129 130 131 132 134 136 氙 $5s^25p^6$ 131.29	O N M L K	8 18 18 8 2
6	55 Cs 133 铯 $6s^1$ 132.91	56 Ba 130 132 134 135 136 137 138 钡 $6s^2$ 137.33	57–71 La–Lu 镧系	72 Hf 174 176 177 178 179 180 铪 $5d^26s^2$ 178.49(2)	73 Ta 180 181 钽 $5d^36s^2$ 180.95	74 W 180 182 183 184 186 钨 $5d^46s^2$ 183.84	75 Re 185 187 铼 $5d^56s^2$ 186.21	76 Os 184 186 187 188 189 190 192 锇 $5d^66s^2$ 190.23(3)	77 Ir 191 193 铱 $5d^76s^2$ 192.22	78 Pt 190 192 194 195 196 198 铂 $5d^96s^1$ 195.08	79 Au 197 金 $5d^{10}6s^1$ 196.97	80 Hg 195 196 198 199 200 201 202 204 汞 $5d^{10}6s^2$ 200.59	81 Tl 203 205 铊 $6s^26p^1$ 204.38	82 Pb 204 206 207 208 铅 $6s^26p^2$ 207.2	83 Bi 209 铋 $6s^26p^3$ 208.98	84 Po 208 209 210 钋 $6s^26p^4$ (209)	85 At 210 211 砹 $6s^26p^5$ 126.90	86 Rn 212 220 222 氡 $6s^26p^6$ (222)	P O N M L K	8 18 32 18 8 2
7	87 Fr 212 222 223 钫 $7s^1$ (223)	88 Ra 223 224 226 228 镭 $7s^2$ (226)	89–103 Ac–Lr 锕系	104 Rf 265 267 𬬻* $6d^27s^2$ (267)	105 Db 268 270 𬭊* $6d^37s^2$ (270)	106 Sg 269 271 𬭳* $6d^47s^2$ (269)	107 Bh 270 274 𬭛* $6d^57s^2$ (270)	108 Hs 269 270 𬭶* $6d^67s^2$ (270)	109 Mt 276 273 鿏* $5d^76s^2$ (278)	109 Ds 280 281 𫟼* $6d^87s^2$ (281)	111 Rg 281 282 𬬭* $6d^{10}7s^1$ (281)	112 Cn 283 285 鿔* $6d^{10}7s^2$ (285)	113 Nh 285 286 鿭* $6d^{10}7s^2$ (286)	114 Fl 287 288 289 𫓧* $7s^27p^2$ (289)	115 Mc 288 289 290 镆* (289)	116 Lv 291 292 293 𫟷* (293)	117 Ts 293 294 鿬* (293)	118 Og 294 鿫* (294)	Q P O N M L K	8 18 32 32 18 8 2

镧系	57 La 138 139 镧 $5d^16s^2$ 138.91	58 Ce 136 138 140 142 铈 $4f^15d^16s^2$ 140.12	59 Pr 141 镨 $4f^36s^2$ 140.91	60 Nd 142 143 144 145 146 148 150 钕 $4f^46s^2$ 144.24	61 Pm 145 146 147 钷 $4f^56s^2$ (145)	62 Sm 144 147 148 149 150 152 154 钐 $4f^66s^2$ 150.36(2)	63 Eu 151 153 铕 $4f^76s^2$ 151.96	64 Gd 152 154 155 156 157 158 160 钆 $4f^75d^16s^2$ 157.25(3)	65 Tb 159 铽 $4f^96s^2$ 158.93	66 Dy 156 158 160 161 162 163 164 镝 $4f^{10}6s^2$ 162.50	67 Ho 165 钬 $4f^{11}7s^3$ 164.93	68 Er 162 164 166 167 168 170 铒 $4f^{12}7s^3$ 167.26	69 Tm 169 铥 $4f^{13}6s^2$ 168.93	70 Yb 168 170 171 172 173 174 176 镱* $4f^{14}6s^2$ 173.05	71 Lu 175 176 镥 $5d^16s^3$ 174.97
锕系	89 Ac 225 227 锕 $6d^17s^2$ (227)	90 Th 230 232 钍 $6d^27s^2$ 232.04	91 Pa 231 233 镤 $5p6d^17s^2$ 231.04	92 U 233 234 235 236 238 铀 $5p6d^27s^2$ 238.03	93 Np 236 237 镎 $5p6d^17s^1$ (237)	94 Pu 238 239 240 241 242 244 钚 $5p7s^2$ (244)	95 Am 241 243 镅* $5p7s^2$ (243)	96 Cm 243 244 245 246 247 248 锔* $5f6d^17s^2$ (247)	97 Bk 247 249 锫* $5f^17s^2$ (247)	98 Cf 249 250 251 252 锎* $5f^17s^2$ (251)	99 Es 252 254 锿* $5f^17s^2$ (252)	100 Fm 253 257 镄* $5f^27s^3$ (257)	101 Md 258 260 钔* $5f^37s^2$ (258)	102 No 121 123 锘* $5f^47s^2$ (259)	103 Lr 261 262 铹* $6d^17s^3$ (262)

图1-2　化学元素周期表

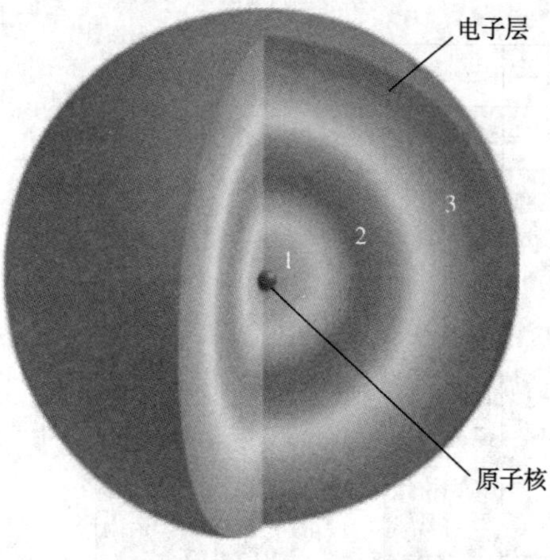

图 1-3　核外电子层结构

(一) 原子核外电子排布

1. 核外电子运动状态

元素周期表中不同元素原子核外的电子数目各不相同。电子在核外空间做高速运动，并有波粒二象性，难以准确地描述电子在某一瞬间所处的位置和具体的轨迹，而只能知道它出现在核外空间某处的概率是多少。能量低的电子在离核近的区域运动，能量高的电子在离核远的区域运动，即电子在原子核外是分层排布的。科学上形象地把能量不同的电子运动的区域称为电子层(见图 1-3)。

按量子力学模型，通常是用电子云来形象描述电子出现在原子核外空间的概率密度分布。电子出现在核外空间中的每一次概率均用一个小黑点对应表示。电子云图像中的小黑点越密，代表电子出现在该空间的概率密度越大。在多电子的原子中，电子的能量是不同的，且是按能量大小分层的。一般来说，在核外空间扩展程度越大的电子云所对应的电子能量状态越高，反之电子的能量越低。在现代量子力学中，电子在原子核外的运动状态可以通过四个量子数(n、l、m、m_s)进行完整描述。这些量子数如同电子的“身份证”，不仅决定了电子的能量、运动区域，还决定了原子轨道的形状和空间取向。

(1) 主量子数(n)

主量子数的取值为 1，2，3，…，n 等正整数，它是决定电子能量的主要因素，也是决定电子层数的。能量由低到高，分别称为第一能层、第二能层、第三能层……有时也用 K、L、M、N、O 能层分别表示第 1、第 2、第 3、第 4、第 5 能层。电子在不同电子能层的运动称为核外电子的分层排布。

电子层	1	——————→	7
离核远近	近	——————→	远
能量高低	低	——————→	高

(2) 角量子数(l)

角量子数可确定原子轨道的类型和电子云在空间的角度分布情况(形状)。在同一电子能层中(n 相同)，l 相同的电子称为同一能级(亚层)的电子，取值为 0，1，2，3，…，$n-1$。当 $l=0$ 时，对应 s 能级，$l=0$ 的轨道称为 s 轨道，s 轨道内的电子为 s 电子；$l=1$ 时，对应 p 能级(轨道)；$l=2$ 时，对应 d 能级；$l=3$ 时，对应 f 能级。p、d、f 轨道(能级)内的电子依次称为 p、d、f 电子。此外，l 的每个数值还可以表示一种形状的原子轨道或电子云。

例如：$n=4$ 时，l 可取 0，1，2，3。

$l=0$：表示第四电子能层的 4s 轨道，形状为圆球形。

$l=1$：表示第四电子能层的 4p 轨道，形状为哑铃形。

$l=2$：表示第四电子能层的 4d 轨道，形状为花瓣形。

$l=3$：表示第四电子能层的 4f 轨道，形状复杂。

(3) 磁量子数(m)

磁量子数与电子云的空间取向有关，用来描述原子轨道或电子云在空间中的伸展方向。m 取值为 0，±1，±2，…，±l。所以在 l 能级中 m 的取值为($2l+1$)个，即 $l=0$ 时，m 为 0，表示 s 能级只有一个轨道，即 s 轨道；$l=1$ 时，m 有 0、±1 三个取值，表示 p 能级有三个分别以 z、x、y 轴为对称轴的 p_z、p_x、p_y 原子轨道，这三个轨道的伸展方向相互垂直。

(4) 自旋量子数(m_s)

原子轨道由上述三个量子数来限定，但要描述在原子内的一个电子运动状态，仅用这三个量子数是不够的，因为电子除了绕核运动外，还有“电子自旋”。为了描述核外电子的自旋状态，引入了第四个量子数——自旋量子数(m_s)。m_s 取值+1/2 和−1/2，顺时针方向旋转，通常用+1/2 表示，也常用符号“↑”表示；逆时针则用−1/2 和符号“↓”表示。

综上所述，n、l、m、m_s 四个量子数可以确定电子的一种运动状态。例如：$n=4$，$l=1$，$m=0$，$m_s=1/2$，表示该电子在第四电子能层的 p 轨道上运动，轨道沿着 z 轴对称方向伸展，呈现哑铃状，电子顺时针方向自旋。

2. 原子结构示意图

原子结构示意图是表示原子核电荷数和电子层排布的图示形式。小圈和圈内的数字表示原子核和核内质子数，弧线表示电子能层，弧线上的数字表示该层的电子数。

以镁原子结构(见图 1-4)为例具体说明，镁原子结构示意图中的“○”，表示原子核；圈内“+”号，表示质子所带电荷的性质；圈内数字 12 表示核内有 12 个质子；圈外弧线，表示电子能层；弧线所夹的数字为该层容纳的电子的数目。镁原子有 3 条弧线，表示它共有 3 个电子层。2、8、2 表示第 1、第 2、第 3 能层各有 2、8、2 个电子。

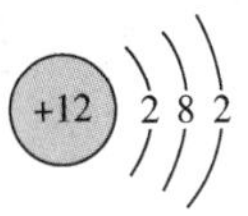

图 1-4　镁原子结构示意图

3. 核外电子排布规律

核外电子排布遵循以下三条规律：

1) 泡利不相容原理。核外电子的能层、能级、轨道的空间取向和自旋是核外电子的 4 个基本特征，它们分别对应于 4 个量子数(n、l、m、m_s)的可能取值。在同一个原子里，不存在四个方面的运动状态(4 个量子数)完全相同的电子，即一个原子轨道上最多可容纳 2 个电子，而这 2 个电子的自旋方向必须相反。根据这个原理，可以推算出各个电子层可以容纳的最多电子数。每个电子层可能有的轨道数最多为 n^2，而每个轨道上最多可容纳 2 个电子，所以电子层能容纳的电子数总数为 $2n^2$。

2) 能量最低原理。处于最低能量状态的原子称为基态原子。能量最低原理认为基态原子核外电子的排布，尽可能使整个原子体系的能量最低。

3) 洪特规则。洪特规则是在等价轨道(同一能级的轨道能量相等，也称为简并轨道)上排布的电子将尽可能先分占不同的轨道，且自旋方向相同。等价轨道中电子处于全满、半满或全空状态时，原子的能量较低，相对较为稳定。即：

全充满：p^6，d^{10}，f^{14}；半充满：p^3，d^5，f^7；全空：p^0，d^0，f^0。

后来量子力学证明，电子这样排布可使能量最低，所以洪特规则可以包括在能量最低原理中，作为能量最低原理的一个补充。

处于稳定状态的原子，核外电子将尽可能地按能量最低原理排布，另外，由于电子不可能都挤在一起，它们还要遵守泡利不相容原理和洪特规则，一般而言，在上述三条规律的指导下，可以推导出元素原子的核外电子排布情况。1 到 18 号元素的核外电子排布可见图 1-5。经实验与理论综合研究发现，随着原子序数的递增，元素核外电子的排布呈现出周期性变化规律。其中，除约 20 种元素以外，其余大多数元素的电中性基态原子的电子是按构造原理(aufbau principle)的顺序填入核外电子运动轨道(见图 1-6)。

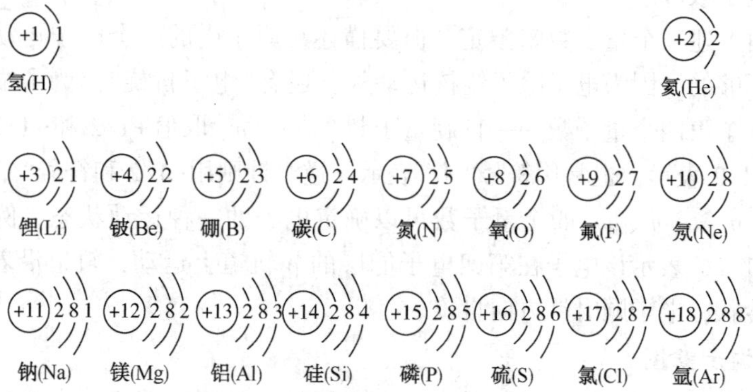

图 1-5　1~18 号元素的核外电子排布

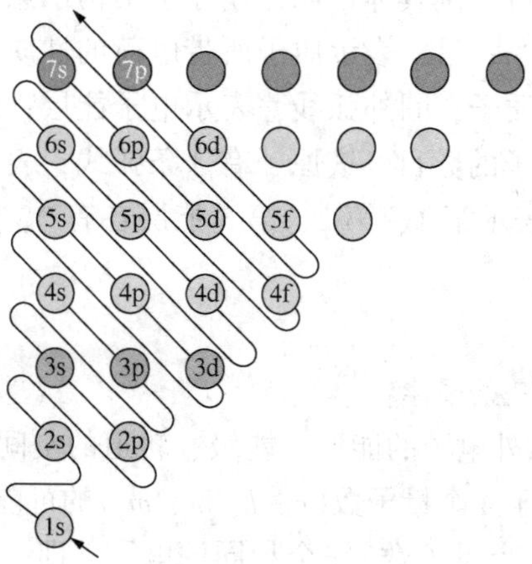

图 1-6　构造原理

基态电中性原子的电子排布(electron configuration)不符合构造原理的元素约有 20 种，其中的常见元素见表 1-1。

表 1-1　常见的不符合构造原理的元素

元素	按构造原理的排布	实测排布
铬($_{24}$Cr)	$1s^2 2s^2 2p^6 3s^2 3p^6 3d^4 4s^2$	$1s^2 2s^2 2p^6 3s^2 3p^6 3d^5 4s^1$
钼($_{42}$Mo)	$1s^2 2s^2 2p^6 3s^2 3p^6 3d^{10} 4s^2 4p^6 4d^4 5s^2$	$1s^2 2s^2 2p^6 3s^2 3p^6 3d^{10} 4s^2 4p^6 4d^5 5s^1$
铜($_{29}$Cu)	$1s^2 2s^2 2p^6 3s^2 3p^6 3d^9 4s^2$	$1s^2 2s^2 2p^6 3s^2 3p^6 3d^{10} 4s^1$
银($_{47}$Ag)	$1s^2 2s^2 2p^6 3s^2 3p^6 3d^{10} 4s^2 4p^6 4d^9 5s^2$	$1s^2 2s^2 2p^6 3s^2 3p^6 3d^{10} 4s^2 4p^6 4d^{10} 5s^1$
金($_{79}$Au)	$1s^2 \cdots 4s^2 4p^6 4d^{10} 4f^{14} 5s^2 5p^6 5d^9 6s^2$	$1s^2 \cdots 4s^2 4p^6 4d^{10} 4f^{14} 5s^2 5p^6 5d^{10} 6s^1$

（二）元素周期表

自从一百多年前门捷列夫提出第一张元素周期表以来，至今已出现过几百种不同形式的元素周期表。目前最通用的元素周期表是由诺贝尔奖得主维尔纳（Alfred Werner，1866-1919）首先倡导的，也称为维尔纳长式周期表（见图 1-2）。在周期表中，每一横行称为一个周期，元素周期表中共有 7 个周期，其中第 1 周期只有 2 个化学元素，叫作特短周期，相应元素的原子只有 s 电子；第 2、第 3 周期各有 8 个元素，叫作短周期，它们的原子有 s 电子和 p 电子；第 4、第 5 周期各包含 18 个化学元素，叫作长周期；第 6、第 7 周期各有 32 个化学元素，叫作特长周期。从第 7 周期原子序数为 95 的镅元素开始均为人造元素，见表 1-2。

表 1-2　元素周期与化学元素

周期数	周期名称	化学元素	元素个数
1	特短周期	1H～2He	2
2	短周期	3Li～10Ne	8
3	短周期	11Na～18Ar	8
4	长周期	19K～36Kr	18
5	长周期	37Rb～54Xe	18
6	特长周期	55Cs～86Rn	32
7	特长周期	87Fr～118Og	32

（三）主族元素与副族元素

元素周期表共有 18 列（纵列），每一列称为一个族（其中第 8、第 9、第 10 纵列合为一个族），共有 16 个族。

主族（A 族）：元素周期表从左到右第 1 列、第 2 列分别是ⅠA、ⅡA 主族；周期表右边的 6 个纵列从左到右（即周期表的第 13 到第 18 列）分别是ⅢA、ⅣA、ⅤA、ⅥA、ⅦA 主族和 0（零）族。主族和零族元素的原子在形成化学键时，一般是最外层电子（ns 和/或 np）参与成键，价电子的总数等于其族数。第 18 纵列的 0 族元素（又称 18 族）也称为稀有气体，其最外层均已填满，结构相对稳定。

副族（B 族）：元素周期表从左边第 3 列到第 7 列分别是ⅢB、ⅣB、ⅤB、ⅥB、ⅦB 副族，第 8 到第 10 共 3 个纵列是Ⅷ副族，第 11 列和第 12 列分别是ⅠB、ⅡB 副族。广义上除主族（包括 0 族）元素外的所有副族元素都是“过渡元素”。

四、元素周期律

元素周期律（periodic law），指元素的性质随着元素的原子序数（即原子核外电子数或核电荷数）的增加呈周期性变化的规律。元素的周期律与原子的结构密切相关，因而呈现明显的周期性变化，周期律的发现是化学系统化过程中的一个重要里程碑。

（一）原子半径

通常所说的原子半径，是指相邻原子的平均核间距。随着原子序数的递增，元素的原子半径呈周期性变化（见图 1-7）。

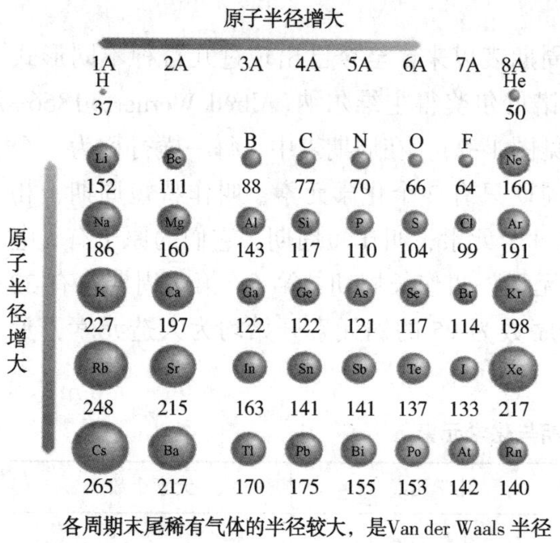

图 1-7　原子半径的周期性变化

同一周期（稀有气体除外），从左到右，随着原子序数的递增，元素的原子半径递减。一方面，从左到右随着核电荷的增加，原子核对外层电子的吸引力也增加，使原子半径逐渐缩小；另一方面，随着核外电子数的增加，电子间的相互排斥力也增强，使得原子半径增大，这是两个作用相反的因素。但是，由于增加的电子不足以完全屏蔽增加的核电荷，因而从左到右有效核电荷逐渐增加，原子半径逐渐减小。

同一主族中，从上到下，随着原子序数的递增，元素的原子半径递增。这是因为从上到下，元素原子的电子层数增多，所以半径增大。副族元素的原子半径从上到下的变化不是很明显。

（二）电离能

基态的气态原子失去一个电子形成带一个正电荷（+1 价）的气态正离子所需要的最低能量，称为第一电离能，用 I_1 表示，单位为 kJ/mol。由+1 价气态正离子再失去一个电子形成+2 价气态正离子所需的能量称为第二电离能，用 I_2 表示。I_3、I_4 等可依次类推。

$$M(g)-e^- \longrightarrow M^+(g) \qquad I_1$$

$$M^+(g)-e^- \longrightarrow M^{2+}(g) \qquad I_2$$

由于正离子对电子的引力增强，正离子比原子更难失去电子，而离子正价越高，再失去电子就越难。同一种元素原子的第一电离能相对较低，第二电离能显著高于第一电离能，即有 $I_1<I_2<I_3<\cdots\cdots$

显然元素原子的第一电离能是最重要的。第一电离能的大小可以表示原子失去电子的难易程度，它是衡量元素的原子失去电子的能力和元素金属性的一种尺度。元素原子的第一电离能越小，表示原子越容易失去电子，元素的金属性越强。

电离能与核电荷数、原子半径等因素有关。一般来说，对同一周期主族元素，周期表位置从左到右，总的规律是元素的第一电离能依次增大。因为随着原子序数和核电荷数增大，原子半径逐渐减小，核对最外层电子的吸引力逐渐增强，失去电子所需要克服的能量越大，即电离能越大。但也有例外，如部分原子的等价轨道处于全充满、半充满、全空状态时相对较稳定，体系能量较低，从而需要较大的电离能，所以，在同一周期中电离能的变化总体呈现锯齿形变化（见图 1-8）。每个周期中最后一个元素，即稀有气体元素，是同周期各元素中电离能最高的。

对于过渡元素，由于原子半径和有效核电荷变化不大，因而从左到右各元素的电离能虽然总的趋势是增加的，但增加的幅度较小，变化不大。

同一主族从上到下，元素的第一电离能逐渐减小。这是因为电子层数增加，原子半径加大，核对最外层电子有效吸引力降低，价电子容易失去，所以电离能逐渐减小。

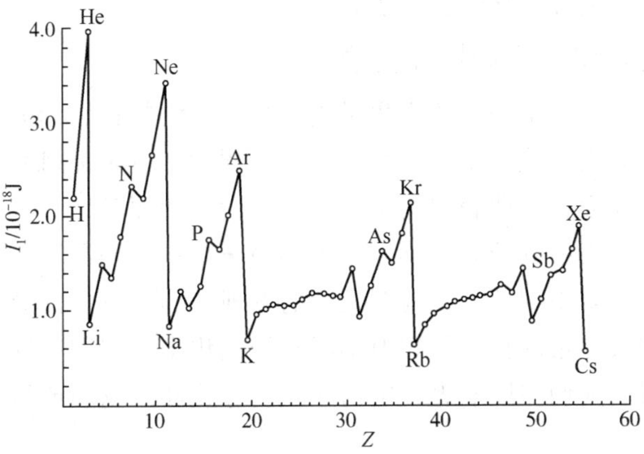

图 1-8　第一电离能的周期性变化

(三) 电负性

鲍林(Pauling，1901—1994)在 1932 年引入了电负性的概念。所谓电负性是指元素的原子在化合物中吸引电子的能力的相对大小，通常用符号 χ 表示，它较全面地反映了元素的金属性和非金属性的强弱。

元素的电负性也呈现周期性的变化：同一周期中，从左到右电负性递增；同一主族中，从上到下电负性递减；副族元素电负性没有明显的变化规律。元素电负性的大小可用于衡量元素的金属性和非金属性的强弱。鲍林提出的标度是根据热化学数据和分子的键能，假定氟的电负性为 4.0，据此求出其他元素的电负性(见图 1-9)。一般地说，金属元素的电负性在 2.0 以下，非金属元素的电负性在 2.0 以上。

ⅠA	ⅡA	ⅢB	ⅣB	ⅤB	ⅥB	ⅦB	Ⅷ			ⅠB	ⅡB	ⅢA	ⅣA	ⅤA	ⅥA	ⅦA
H 2.1																
Li 1.0	Be 1.5											B 2.0	C 2.5	N 3	O 3.5	F 4
Na 0.9	Mg 1.2											Al 1.5	Si 1.8	P 2.1	S 2.5	Cl 3
K 0.8	Ca 1	Sc 1.3	Ti 1.5	V 1.6	Cr 1.6	Mn 1.5	Fe 1.8	Co 1.9	Ni 1.9	Cu 1.9	Zn 1.6	Ga 1.6	Ge 1.8	As 2	Se 2.4	Br 2.8
Rb 0.8	Sr 1	Y 1.2	Zr 1.4	Nb 1.6	Mo 1.8	Tc 1.9	Ru 2.2	Rh 2.2	Pd 2.2	Ag 1.9	Cd 1.7	In 1.7	Sn 1.8	Sb 1.9	Te 2.1	I 2.5
Cs 0.7	Ba 0.9	La–Lu 1.0–1.2	Hf 1.3	Ta 1.5	W 1.7	Re 1.9	Os 2.2	Ir 2.2	Pt 2.2	Au 2.4	Hg 1.9	Tl 1.8	Pb 1.9	Bi 1.9	Po 2	At 2.2
Fr 0.7	Ra 0.9	Ac–Lr 1.1~1.3														

图 1-9　元素电负性

(四) 金属性与非金属性

同一周期中，从左到右，随着原子序数的递增，元素的失电子能力逐渐减弱，金属性递减；得电子能力逐渐增强，非金属性递增。

同一族中，从上到下，随着原子序数的递增，元素的金属性递增，非金属性递减。

此外，元素的基本性质如电离能、电子亲和能、元素的主要化合价等都与原子的结构密切相关，因而也呈现明显的周期性变化。元素周期律是元素原子核外电子排布随着元素核电荷数的递增发生周期性变化的必然结果。

五、元素周期表和元素周期律的意义

元素的性质随着元素原子序数的变化呈周期性变化的规律，即元素周期律；元素周期表则是元素周期律的表现形式，是自然科学的基本规律，也是无机化学的基础，反映了元素之间的内在联系。元素在周期表中的位置反映了元素的原子结构和元素的性质特点，我们可以根据元素在周期表中的位置，推测元素的原子结构，预测其主要性质。门捷列夫用元素周期表预言未知元素得到证实，为新元素的发现及预测它们的原子结构和性质提供线索；此外，元素周期表能帮助我们更好地学习和研究化学，利用在周期表位置相近的元素性质相似的特点，启发人们在周期表一定的区域内寻找新的物质或研究合成有特定性质的新的物质。

第二节　化学键和分子结构

自然界的物质之所以能稳定存在，是因为分子或晶体中相邻原子(或离子)之间存在着相互作用。化学上把纯净物分子或晶体中相邻原子(或离子)之间强烈的相互作用力统称为化学键(chemical bond)。化学键主要包括离子键、共价键、金属键等。在已知的物质中，约有90%以上的物质是以共价键结合而得的，所以本节将重点介绍化学键中的共价键。

一、离子键

当活泼的金属原子和活泼的非金属原子在一定条件下相遇，且金属和非金属原子的电负性相差较大时，两种原子间将发生电子转移作用，原子失去或得到电子以使其最外层电子构型转化为与稀有气体相同的8电子稳定结构(八隅规则)，由此形成的正离子和负离子通过静电引力相互作用形成物质分子或晶体。这种由正、负离子之间的静电引力所形成的化学键叫离子键。

以氯化钠(NaCl)为例，电负性很小的金属钠(Na)，其核外电子排布式是$1s^22s^22p^63s^1$，最外层的1个电子在反应中有失去的倾向；电负性很大的非金属氯(Cl)，其核外电子排布式是$1s^22s^22p^63s^23p^5$，最外层有七个电子，在反应中有得到1个电子的倾向。当钠原子和氯原子相互作用时，钠原子失去1个电子形成带一个单位正电荷的钠离子(Na^+)，氯原子得到1个电子形成带一个单位负电荷的氯离子(Cl^-)，钠原子失去的最外层1个电子转移到氯原子的3p轨道上，它们都形成了8电子的稳定结构，带相反电荷的Na^+和Cl^-因静电引力而结合在一起。

$$Na(2s^22p^63s^1)-e \longrightarrow Na^+(2s^22p^6)$$

$$Cl(3s^23p^5)+e \longrightarrow Cl^-(3s^23p^6)$$

$$Na^++Cl^- \longrightarrow NaCl(s)$$

离子电荷的分布可看作球形对称的，它可以在任意方向上吸引带相反电荷的离子，所以，离子键是没有方向性的；另外，离子键也没有饱和性，即只要空间许可，每种离子就尽可能多地吸引周围带相反电荷的离子。例如固体氯化钠，每个Na^+周围被6个Cl^-所包围，而每个Cl^-周围也被6个Na^+所包围，如此有规则交替排列并向空间各个方向伸展，形成NaCl离子晶体。

以离子键结合的化合物被称为离子化合物。氯化钠、氯化银、氟化钙都是离子化合物，它们通常都以晶体形式存在。

二、共价键

对于由相同原子组成的分子（如 H_2、O_2、N_2）以及电负性相差较小的元素所组成的化合物分子（如 H_2O、NH_3），其原子间的结合力不能用得失电子分别形成正负离子的离子键理论来解释。为此，1916 年美国化学家路易斯（G. N. Lewis，1875—1946）提出了共价键理论，认为原子间可以通过共用电子对使每个原子都形成稳定的电子结构。这种通过共用电子对而形成的化学键称为共价键。1927 年，沃尔特·海特勒（W. H. Heitler）和弗里茨·伦敦（Frit London）首次用量子力学处理氢分子结构，使共价键的本质得以认识和发展。后来鲍林和斯莱脱（Slater）发展了这一成果，建立了现代价键理论、杂化轨道理论。

（一）价键理论（简称 VB 理论，又称电子配对法）

以量子力学处理氢分子结构为例说明共价键的形成。1s 电子自旋方向相反的两个氢原子相互靠近时，每个氢原子除了吸引自己的 1s 电子，还吸引另一个氢原子的 1s 电子，这两个电子经常在两核之间出现，原本分属于两个氢原子的电子，现在为两个氢原子所共有。随着核间距的减小，两核之间呈现了电子出现概率密度最大的区域，同时增加了对两核的吸引，使两个氢原子相互接近，同时放出能量，导致体系能量降低而形成稳定的分子。如图 1-10 所示，当核间距降到 R_0 值（约 74pm）时，体系的能量 D 值最低，这时两个氢原子形成稳定的共价键，构成基态氢分子。若核间距进一步减小，两核间的静电排斥使体系能量迅速升高，同时排斥作用力也将两个氢原子推回到平衡位置。

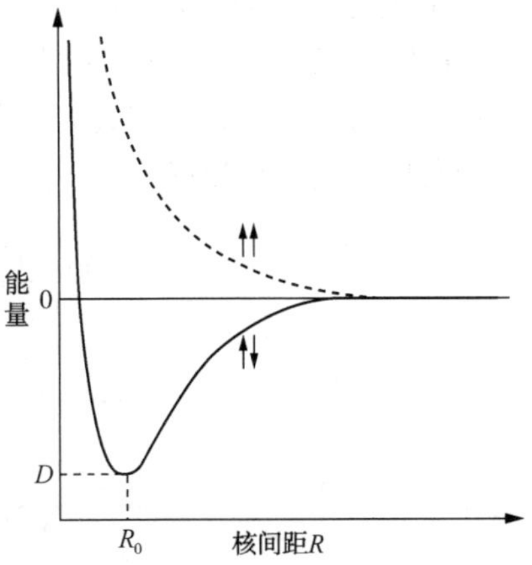

图 1-10　氢分子形成过程能量随核间距的变化

从图 1-10 还可以看出，若两个氢原子的电子自旋方向相同，原子之间是相互排斥的，体系的能量随着核间距减小而一直升高，这时两个氢原子不能形成稳定的氢分子。

由此可知，共价键的本质也是静电引力；形成共价键时，两原子的电子自旋方向相反才能配对成键。

鲍林根据氢分子的形成，将共价键的形成条件推广至其他双原子或多原子分子，这就是现代价键理论，也称作电子配对理论，其基本要点有两个：

一是自旋方向相反的未成对电子可以配对形成共价键，且共价键具有饱和性。在形成共价键时，一个原子有几个未成对电子，就只能和相应数目的自旋方向相反的电子配对成键。例如，氢原子只有 1 个未成对电子，它与另一个氢原子未成对且自旋方向相反的电子配对成键形成 H_2分子后，就不能再与第三个氢原子的单电子配对形成 H_3分子；氧原子有 2 个未成对电子，可与 2 个氢原子配对成键形成 H_2O；NH_3分子中的 1 个氮原子有 3 个未成对电子，可以分别与 3 个氢原子的未成对电子相互配对形成 3 个共价键。

二是原子间总是尽可能地沿着原子轨道最大重叠的方向成键。价键理论的量子化学模型认为，共价键是由不同原子的电子云重叠形成的。在形成共价键时，成键电子的原子轨道重叠程度越高，电子在两核间出现的概率密度(电子云)也越大，形成的共价键也越稳固，这就是最大重叠原理。除 s 轨道的电子云是球形对称外，p、d 等轨道都有方向性，所以，成键原子的各轨道需沿一定方向进行重叠才能实现最大程度的重叠，因此共价键具有方向性。例如在形成 HCl 分子时，氢原子的 1s 轨道沿着氯原子的 3p 轨道的对称轴方向同号重叠，如图 1-11 所示，才能达到最大程度的有效重叠。

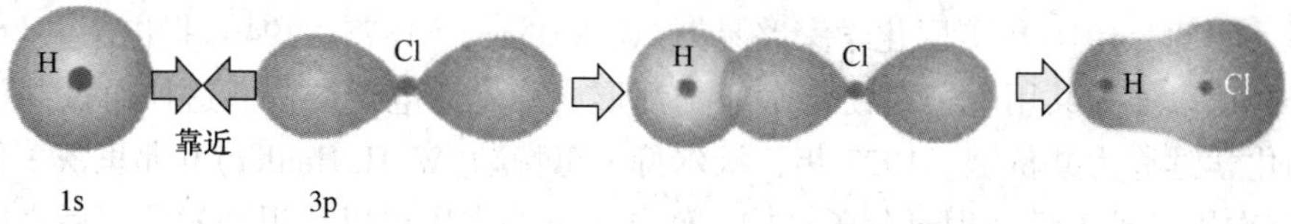

图 1-11　形成 HCl 分子的过程与电子云描述

由成键原子轨道重叠方式的不同，可把共价键分为 σ 键和 π 键。

σ 键：成键的两原子轨道沿键轴(两原子核连线)方向以“头碰头”方式进行同号重叠所形成的键为 σ 键。重叠部分集中在两核之间，且具有轴对称性，重叠部分对键轴无论旋转任何角度，其形状和符号都不会改变，如图 1-12 所示。

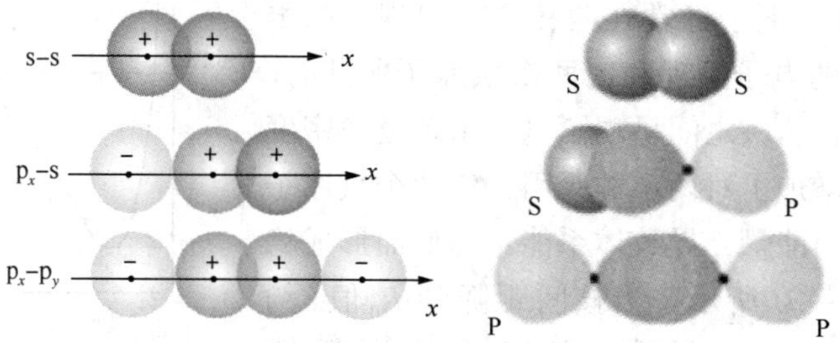

图 1-12　σ 键

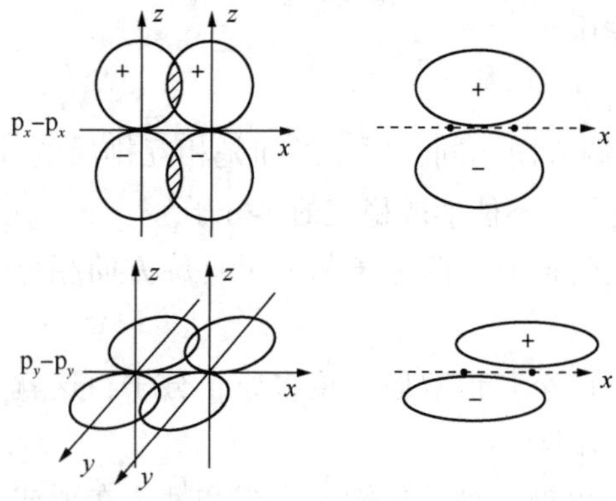

图 1-13　π 键

π 键：成键的两原子轨道沿键轴方向以“肩并肩”方式进行同号重叠所形成的键为 π 键。π 键原子轨道重叠部分对等地分布在包括键轴在内的对称平面上下两侧，形状相同而符号相反，如图 1-13 所示。

一般来说，π 键重叠程度没有 σ 键大，所以 π 键没有 σ 键牢固，π 键比较容易断裂。π 键不像 σ 键那样集中在两核的连线上，原子核对 π 电子(形成 π 键的电子)的束缚力较小，电子的流动性较大，因此 π 键更易于发生化学反应。

（二）杂化轨道理论

1. 杂化轨道的定义与理论要点

原子轨道在成键过程中并不是一成不变的。同一原子中能量相近的某些轨道，在成键过程中重新组合成一些能量相等的新轨道，从而改变了原有轨道的状态。这一重新组合过程称为杂化，所形成的新轨道称为杂化轨道。杂化轨道成键时有利于形成最大重叠，比原来未杂化的轨道成键能力强，形成的化学键更加稳定，使分子更加稳定。不同类型的杂化轨道有不同的空间取向，从而决定了共价型多原子分子有不同的分子空间构型。

同一原子中能量相近的原子轨道可以混合、重组，形成成键能力更强的新轨道，即杂化轨道，所形成的杂化轨道能量相同；原子轨道杂化时，可以使成对电子激发到空轨道而形成单电子，其所需要的能量完全由成键时放出的能量给予补偿。即杂化和成键是同时进行的，一般不成键的原子轨道不参与杂化；杂化轨道的数目与原子轨道数目相同，即杂化前后原子轨道的数目不变。

2. 杂化轨道类型

由于参加杂化的原子轨道的种类和数目不同，可以组成不同类型的杂化轨道。杂化轨道类型与分子的空间构型有密切的关系。

1）sp^3杂化

由 1 个 ns 轨道和 3 个 np 轨道发生杂化称为 sp^3杂化，所形成的轨道称为 sp^3杂化轨道。4 个完全相同的 sp^3杂化轨道，每个 sp^3杂化轨道含有 1/4s 和 3/4p 轨道的成分，四个杂化轨道的夹角均为 109°28′，空间构型为正四面体，如图 1-14 所示。

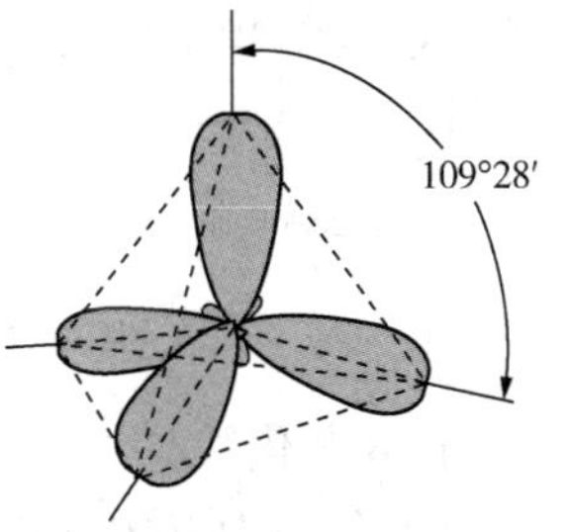

图 1-14　sp^3杂化

例如，甲烷（CH_4）分子是由 1 个碳（C）原子和 4 个氢（H）原子以共价键结合而成的。碳原子只有 2 个未成对电子，按理是只能与 2 个氢原子配对，但在甲烷分子形成过程中，C 原子 2s 轨道中的 1 个电子激发到空的 2p 轨道上，同时 1 个 2s 轨道和 3 个 2p 轨道发生杂化，形成 4 个能量相等的 sp^3杂化轨道，如图 1-15 所示，再分别和 4 个氢原子的 1s 轨道重叠而形成 4 个 σ 键。4 个杂化轨道的夹角均为 109°28′，CH_4分子的空间构型为正四面体，碳原子在正四面体的中心，如图 1-16 所示。类似实例有 CF_4、CCl_4、$SiCl_4$、SiH_4、$GeCl_4$等。

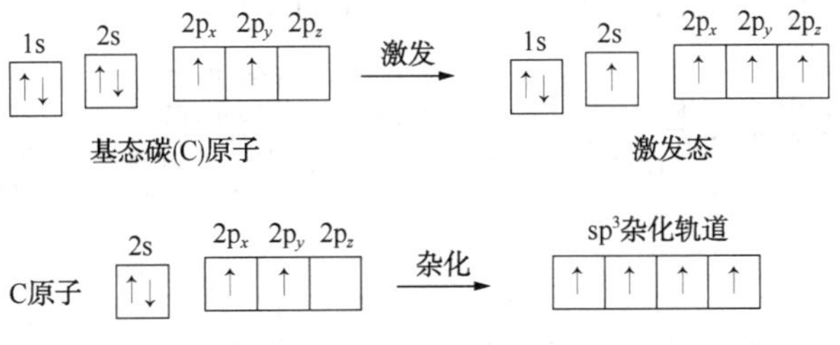

图 1-15　碳原子轨道电子排布与 sp^3杂化轨道形成过程

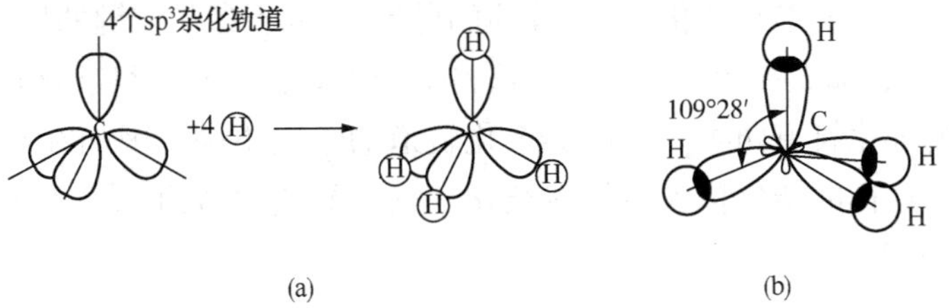

图 1-16　CH_4分子形成过程（a）和结构示意图（b）

2）sp^2杂化

由1个ns轨道和2个np轨道发生杂化称为sp^2杂化，所形成的轨道称为sp^2杂化轨道。3个完全相同的sp^2杂化轨道，每个sp^2杂化轨道含有1/3s和2/3p轨道的成分，3个sp^2杂化轨道的夹角为120°，呈平面三角形。

例如，三氟化硼(BF_3)分子具有平面三角形的结构。基态硼(B)原子的外层电子构型是$2s^22p^1$，成键时B原子2s的1个电子激发到空的2p轨道，同时1个s轨道和2个2p轨道发生杂化，形成3个完全等同的sp^2杂化轨道，再分别和3个氟(F)原子的2p轨道重叠，形成3个σ键，如图1-17所示。由于3个杂化轨道在同一平面，夹角为120°，所以BF_3分子的空间构型为平面正三角形。类似实例有BCl_3、BBr_3、C_2H_4等。

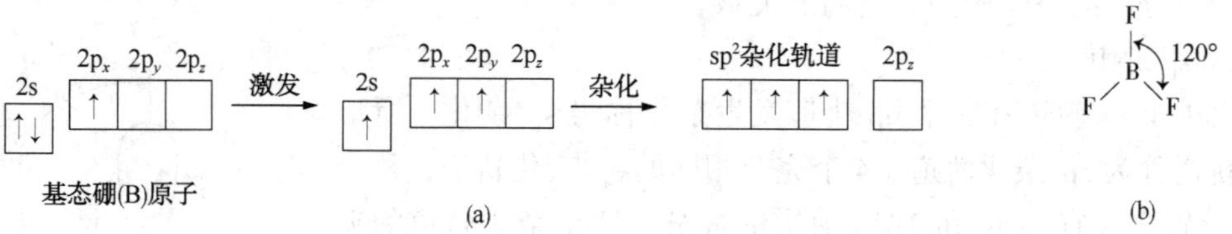

图1-17　sp^2杂化轨道形成过程(a)和三氟化硼分子结构(b)

3）sp杂化

由1个ns轨道和1个np轨道发生杂化称为sp杂化，所形成的轨道称为sp杂化轨道。2个完全相同的sp杂化轨道，每个sp杂化轨道含有1/2s和1/2p轨道的成分，2个杂化轨道间的夹角为180°，呈直线型。

例如，氯化铍($BeCl_2$)分子是一个直线型的分子。基态铍(Be)原子的外层电子构型是$2s^2$，并没有未成对电子。成键时1个2s电子被激发到2p轨道，同时2s轨道和2p轨道发生杂化，形成2个完全等同的sp杂化轨道，再分别和2个Cl原子的3p轨道重叠，形成2个σ键。2个sp杂化轨道间的夹角为180°，$BeCl_2$分子的空间构型为直线型，如图1-18所示。类似实例还有BeH_2、$HgCl_2$、HCN、CO_2、CS_2、C_2H_2等。

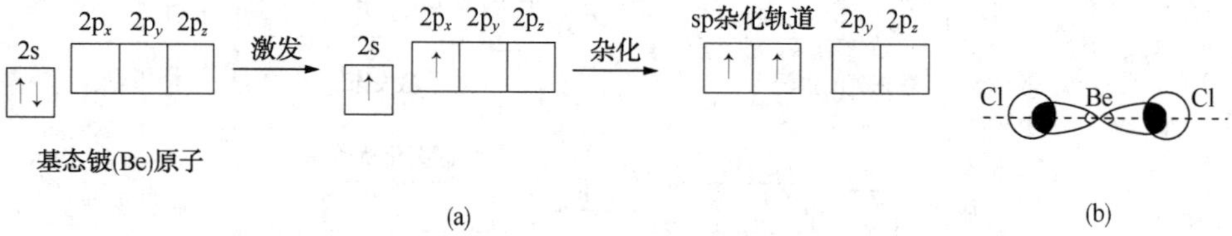

图1-18　铍原子的sp杂化轨道形成过程(a)和氯化铍($BeCl_2$)分子结构(b)

4）不等性sp^3杂化

如果在形成分子中，参与杂化的原子轨道中包含部分不参与成键的轨道(通常这些轨道中已含有孤对电子)，那么在形成分子后，从整个分子看，在同一组杂化轨道中有成键的杂化轨道和不成键的杂化轨道两类。这两类杂化轨道的情况不同，因而在空间分布上不是完全对称、均匀的，这样的杂化称为不等性杂化，相应的杂化轨道称为不等性杂化轨道。例如NH_3分子和H_2O分子。

NH_3分子中的N原子外层电子构型为$2s^22p^3$，成键时，1个含孤对电子的2s轨道和另外3个各有一个未成对电子的2p轨道发生了不等性sp^3杂化，4个不等性sp^3杂化轨道的s

和 p 轨道的成分不完全相同。3 个含有未成对电子的 sp^3 杂化轨道分别与 3 个氢原子的 1s 原子轨道重叠，形成 3 个 N—Hσ 键，而含孤对电子的杂化轨道没有参与成键。由于孤对电子和成键电子之间存在排斥作用，使 NH_3 分子中 3 个 N—H 键间的夹角要比理论值小一些，不是 109°28′，而是 107°18′，NH_3 分子的空间构型呈三角锥形，如图 1-19 所示。类似实例有 PH_3、NF_3、AsH_3 等。

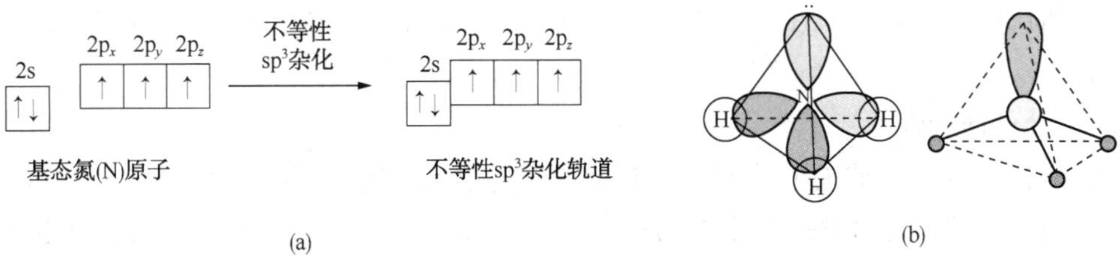

图 1-19　氮原子的不等性 sp^3 杂化过程(a)和 NH_3 分子结构(b)

H_2O 分子中的 O 原子外层电子构型为 $2s^22p^4$，成键时也发生了不等性 sp^3 杂化，形成了 2 个成键的杂化轨道和 2 个不成键的杂化轨道。2 个含有未成对电子的杂化轨道分别与 2 个氢原子的 1s 原子轨道重叠，形成 2 个 O—Hσ 键，而 2 个含孤对电子的杂化轨道没有参与成键。由于两对孤对电子和成键电子之间的排斥作用，使 H_2O 分子中 O—H 键间的夹角更小，为 104°45′，致使 H_2O 分子的空间构型呈“V”形，如图 1-20 所示。

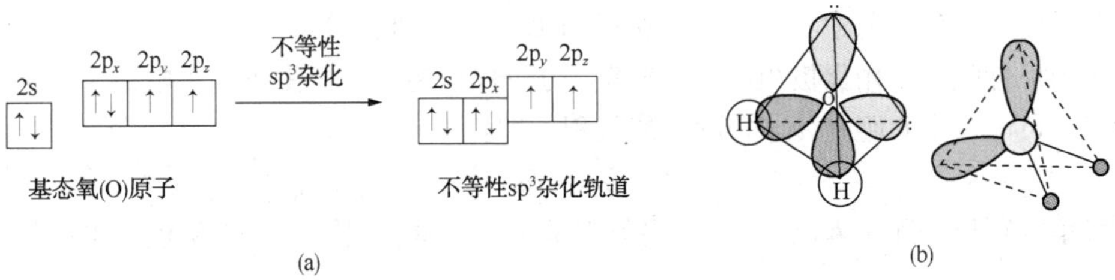

图 1-20　氧原子的不等性 sp^3 杂化过程(a)和 H_2O 分子结构(b)

(三) 键的极性

共价键分为非极性键和极性键。由于相同原子吸引电子的能力完全相同，共用电子对并不会向任何一方偏移，因此由两个相同原子形成的共价键是非极性键。如 H—H 键、F—F 键都是非极性键。

而由两种不同原子形成的共价键，因两种原子电负性不同，即吸引电子对的能力不同，共用电子对就会向电负性大的原子偏移，这时电负性大的原子一端带部分负电荷，而电负性小的原子一端带部分正电荷，这种共价键属于极性键，如 H—Cl 键、H—O 键等。

三、金属键

由于金属原子最外电子层上电子少，且与原子核作用力较弱而容易脱落成自由电子。自由电子可在金属晶体内从一个原子自由流向另一个原子或离子，并被许多原子或离子共用，并不是固定在两个原子或离子间。众多的金属原子或离子通过共用这些自由电子结合在一起，这种结合力就称为金属键。由于金属键中电子不固定于两个原子或离子间，而且无数金属原子、金属离子共用无数自由流动的电子，所以金属键无方向性和饱和性，金属原子或离子尽可能趋于紧密堆积的方式。

四、分子间作用力

除共价键、离子键等化学键以外，物质分子与分子之间，某些较大分子的基团之间，或小分子与大分子内的基团之间，还存在各种各样的作用力，统称为分子间作用力。相对于化学键，分子间作用力是一种较弱的作用力，却是影响物质的熔点、沸点、溶解度、黏度等物理性质的显著因素。

分子间作用力最常见的有范德华力和氢键两类。范德华力又包括取向力、诱导力和色散力三种。

（一）分子的极性

在任何分子中都有带正电荷的原子核和带负电荷的电子。由于正、负电荷电量相等，所以分子呈电中性。可以设想分子中的正、负电荷都有自己的电荷中心。正、负电荷中心重合的分子称为非极性分子，如 H_2、O_2、CH_4、BF_3、CO_2 等。正、负电荷中心不重合的分子称为极性分子，如 HCl、HI、H_2O、CH_3Cl 等。极性分子正、负电荷中心不重合，因此分子中始终存在着两个极，这种偶极称为固有偶极。

分子的极性与化学键的极性、分子的空间构型有关。判断分子是否有极性，除考虑分子的键是否极性外（对双原子分子来说），还要考虑分子的空间构型是否对称（对多原子分子来说）。如 CO_2 分子，键是极性的（O═C），但分子是直线对称型的（O═C═O），两个键的极性相互抵消，分子为非极性分子。又如 H_2O 分子，O—H 键是极性的，分子为"V"形结构，分子的正、负电荷中心不重合，所以 H_2O 分子是极性分子。

分子的极性强弱常用偶极矩（μ）来衡量。分子偶极矩是分子中正、负电荷中心上的电荷量 q 与正、负电荷中心距离 d（偶极长）的乘积，即：

$$\mu = q \cdot d$$

偶极矩的单位是库·米（C·m）。偶极矩是一个矢量，规定方向是从正电中心指向负电中心。

分子偶极矩是分子中各键偶极矩和分子中占据 σ 轨道的各孤对电子偶极矩的矢量和，其数值可通过实验测定。例如 H_2O 的偶极矩 $\mu(H_2O) = 6.24\times10^{-30}$ C·m，NH_3 的偶极矩 $\mu(NH_3) = 4.34\times10^{-30}$ C·m，CS_2 的偶极矩 $\mu(CS_2) = 0$。

偶极矩等于零的分子是非极性分子，偶极矩不为零的分子是极性分子。偶极矩越大，分子的极性就越强；偶极矩越小，分子的极性就越弱。

（二）范德华力

范德华力最早是由荷兰物理学家范德华（van der Waals，1837—1923 年）在研究实际气体分子间存在的作用力对理想气体状态方程的偏差修正时提出的，这种把分子聚集在一起的分子间作用力又被称为范德华力。范德华力普遍存在于固、液、气态微粒之间，且不受微粒之间的方向与个数限制，即范德华力没有方向性和饱和性。范德华力包括取向力、诱导力和色散力三种作用力。

1. 取向力

取向力是存在于极性分子与极性分子之间的固有偶极与固有偶极之间的静电引力。当极性分子相互靠近时，极性分子的固有偶极必然发生同极相斥，异极相吸，使分子按一定的方向排列，如图 1-21 所示，系统处于比较稳定的状态。这种固有偶极间的静电引力称为取向力。分子的极性越大，取向力越大；温度升高，取向力减弱。

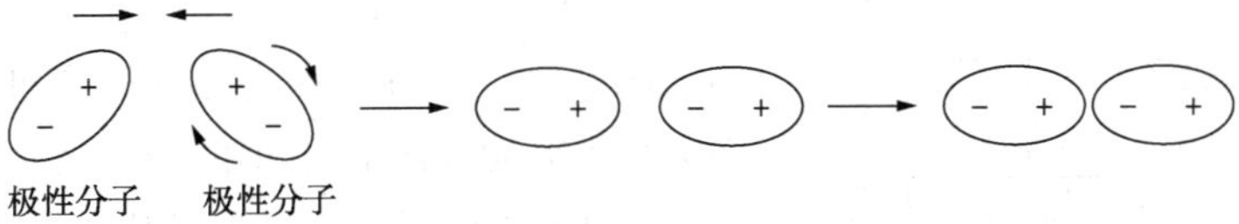

图 1-21　极性分子相互作用示意图

2. 诱导力

诱导力是发生在极性分子与非极性分子之间，或极性分子之间的作用力。分子间相互靠近时，非极性分子在极性分子固有偶极产生电场的影响下，正、负电荷中心分离产生诱导偶极，如图 1-22 所示。极性分子的固有偶极与非极性分子诱导偶极间的作用力，称为诱导力。极性分子的偶极矩越大，非极性分子的变形性越大，诱导力越强。在极性分子之间，因相互作用，每个分子也会由于变形而产生诱导偶极，使极性分子极性增加，分子间的相互作用力增强。

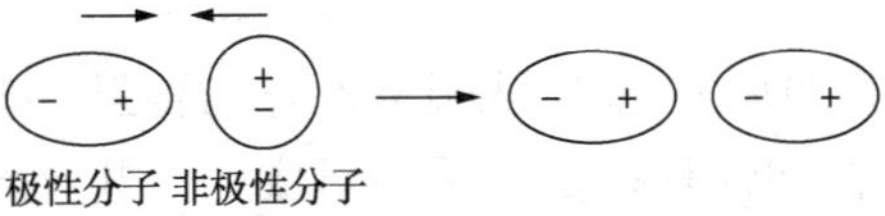

图 1-22　极性分子与非极性分子相互作用示意图

3. 色散力

当非极性分子相互靠近时，由于电子的不断运动和原子核的不断振动，使非极性分子原本重合的正、负电荷中心发生短暂的分离，从而产生瞬时偶极(见图 1-23)。这种瞬时偶极也会诱导邻近的分子产生和它相吸引的瞬时偶极，这种瞬时偶极与瞬时偶极间的作用力称为色散力。虽然瞬时偶极存在的时间极短，但异极相邻的情况总是不断出现，因此任何分子之间始终存在色散力。一般说来，相对分子质量越大的分子，越容易变形，色散力也就越强。

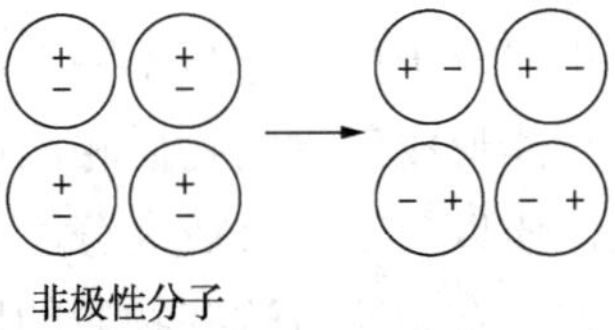

图 1-23　分子瞬时偶极示意图

综上所述，分子间可以有三种作用力：一是在非极性分子之间，只存在色散力；二是在极性分子和非极性分子之间存在着色散力和诱导力；三是在极性分子之间，同时存在着取向力、诱导力和色散力。

对于绝大多数分子来说，色散力是分子间作用力中最普遍的一种力。

分子间作用力是存在于分子与分子间的一种电性引力，没有方向性和饱和性。分子间作用力是一种短程力，其作用范围很小(约在 300～500pm)，随着分子之间距离的增大而迅速减小。分子间作用能也较小，约为几到几十 kJ/mol，比化学键的键能小 1～2 个数量级，但对物质的一些物理性质影响较大。例如，在相同类型的单质和化合物中，其熔点和沸点一般随相对分子质量的增大而升高，这主要是因为在相同类型的物质中，色散力一般随相对分子质量的增大而增强，因此需要消耗更多的能量来克服分子间的引力。

五、氢键

大多数同系列氢化物的沸点随相对分子质量的增大而升高。唯有 H_2O、HF、NH_3 的沸点不符合上述递变规律，如图 1-24 所示。原因是它们的分子之间除了范德华力，还存在着

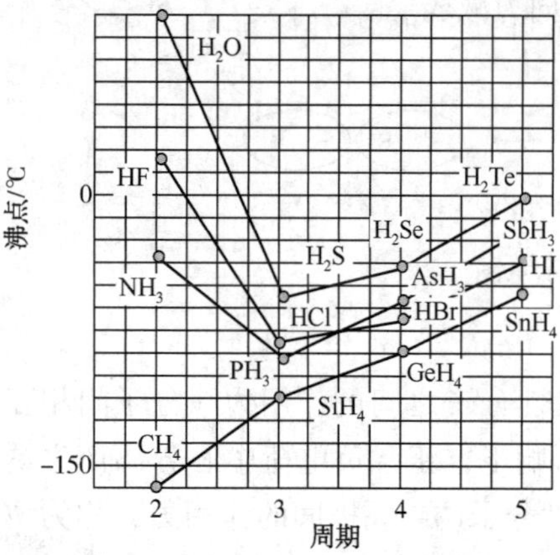

图 1-24　ⅣA~ⅦA 族氢化物的沸点

另外一种特殊的作用力——氢键。

氢键是氢原子与分子中电负性很大而半径很小的原子X(如 F、O、N)形成共价键时，氢原子与另一电负性很大而半径很小的原子 Y 之间由静电作用而形成的新作用力，氢键通常用 X—H…Y 表示。

其中 X、Y 代表 F、O、N 等电负性很大而半径小的原子，X 和 Y 可以是同种原子也可以是不同种原子，H…Y 间的键为氢键。当氢原子与这些原子以共价键结合成分子时，成键的共用电子对强烈偏向 F、O、N 原子一边，使氢原子变成无内层电子而带正电荷的"裸露"质子(氢核)，可以和另一个半径小、电负性大的含有孤对电子的原子形成分子间或分子内的键。分子与分子间可形成氢键，分子内也可形成氢键，如硝酸、邻硝基苯酚分子内就有氢键存在。

实验表明，氢键比化学键弱很多，但一般比范德华力稍强一些，其键能约在 5~30kJ/mol。氢键具有饱和性和方向性。饱和性是指氢原子在形成一个共价键之外，一般只能形成一个氢键。由于氢原子体积小，它与一个 X 和一个 Y 结合后，第三个电负性大的原子就难于再接近氢原子。方向性是指氢键中 X—H…Y 尽量保持在一条直线上，使 X、Y 之间的排斥力最小，分子内氢键虽不一定在一条直线上，但角度也是一定的。

能形成氢键的物质相当广泛，例如 HF、H_2O、NH_3，无机含氧酸和有机羧酸、醇、胺、蛋白质以及某些合成高分子化合物等物质的分子(或分子链)之间都存在着氢键。正因为氢键的存在，所以这些物质的熔点、沸点要比相对分子质量相近的同类物质高。如果溶质分子可与溶剂分子间形成氢键，就会使溶质在此溶剂中的溶解度增加。

拓展阅读

元素周期表里的元素，有尽头吗？

在你阅读本文的这一刻，第 118 号元素 Oganesson(缩写为 Og，中文名：鿫，读 ào)是迄今为止人类发现的元素周期表中最靠后的元素(目前现实中的尽头)，也是人类已合成的最重元素，它在某种意义上是圆满的——补全了元素周期表的前七个周期。

第 118 号元素被美国劳伦斯伯克利国家实验室(Lawrence Berkeley National Laboratory，LBNL)以 Victor Ninov 为首的 15 人研究团队发现，论文发表于 1999 年《物理评论快报》(Physical Review Letters)，但其后被证实论文实验数据系伪造，寻找第 118 号元素的首次尝试以学术不端而告终。到 2002 年，由亚美尼亚裔俄罗斯核物理学家尤里·奥加内森(Yuri Oganessian)领导的俄罗斯和美国科学家组成的研究团队观察到第 118 号元素的第一次真正衰变，经过数年的重复实验，最终于 2006 年对外宣布发现第 118 号元素，同位素的质量数为 294。然而，受到此前造假事件的影响，国际纯粹与应用化学联合会(IUPAC)对 Oganessian 领导的俄美联合团队的研究结论持保守意见。直到 2011 年，德国 GSI 的研究团队尝试合成第 120 号元素，他们用铬(Cr)-54 轰击人造元素锔(Cm)-248，发现了疑似第 118 号元素的衰变信号，且得到的新元素比较稳定，相比于俄美团队报道的 0.7ms 半衰期，德国团队得到的重元素，半衰期为181ms。经IUPAC与IUPAP(国际纯粹与应用物理联合会)的联合工作组对前后两组团队数据的核查，终于在2015年12月30日确认了第118号元素的发现，并宣称元素周期表的第七周期已经完成。鉴于两次结果得到的是同一个元素，美俄团队先得到其294同位素，德国团队后得到295同位素，所以该发现的优先权分配给了俄美联合团队，并于2016年6月8日在IUPAC官网上公布第118号元素命名为Oganesson，元素符号为Og——这名字是以奥加内森(Oganessian)的姓氏为基础，遵照IUPAC建议的稀有气体的命名规则(除氦外的稀有气体元素均以“on”结尾)而来。

元素周期表有尽头吗？尽管目前在周期表上有尽头，也存在技术上的限制，但在理论上，这还是个悬而未决的问题。目前许多元素都是人工合成的，人工合成元素有特定的套路，具体办法是选取两类原子，一类较重，一类较轻，给较轻的原子加速成束，轰击较重的原子。因为原子一般呈电中性，无法直接将其加速，所以较轻的原子首先需要离子化，然后在巨大的电场中进行加速。完成上述过程的装置叫“加速器”。为了获得足够的能量，有人想到让靶子也同步高速运动起来，提高撞击的效率，于是有了“对撞机”。要完成撞击，除两种“原料”要足够高纯度以外，还存在概率问题。在实验中，想得到目标新元素，概率是非常低的。比如第113号元素Nh(钚)是通过锌(Zn)-30轰击铋(Bi)-83获得的，整个实验持续80天，轰击次数达到1.7×10^{19}次，最终才得到新元素；而第118号元素的合成实验，一次就要4个月，轰击1.7×10^{19}次，2002年和2005年两轮实验下来，总共才出现3个或4个新元素的原子核——2002年1个或2个，2005年2个——感兴趣的可以自行计算这概率究竟有多低。

总之，如果人类还想获得更多新元素，就需要更大型加速器/对撞机设施、更强的超导磁铁、更灵敏的探测器……这就意味着需要更多的时间、金钱，以及运气。不过无论如何，科技总是会继续发展，探索也绝不是裹足不前的，进一寸也有一寸的欢喜。

本章小结

1. 原子是由带正电荷的原子核和核外带负电荷的电子构成的，原子核是由质子和中子组成的。
2. 原子的核外电子排布遵循泡利不相容原理、能量最低原理和洪特规则等三条规律。
3. 元素周期律：原子半径、电离能、电负性、金属性和非金属性。
4. 化学键分类：离子键、共价键、金属键。
5. 杂化轨道理论。
6. 范德华力：取向力、诱导力、色散力。
7. 氢键：分子间和分子内都可能存在的作用力。

习　　题

一、填空题

1. 原子是由处于原子中心带正电荷的(　　　)和核外带负电荷的(　　　)构成。
2. 元素的原子序数在数值上等于该元素原子的(　　　　)。

3. 同一周期的元素从左到右原子得到电子能力逐渐(　　　)，元素的金属性逐渐(　　　)，非金属性逐渐(　　　)。

4. 同一主族的元素从上到下，金属性逐渐(　　　)，非金属性逐渐(　　　)。

二、选择题

1. 主族元素在周期表中的位置取决于元素原子的(　　)。

A. 电子层数和最外层电子数　　B. 原子量和核外电子数

C. 电子层数和次外层电子数　　D. 原子量和最外层电子数

2. 元素周期表中，周期的划分依据是(　　)。

A. 元素的化合价　　B. 元素原子的电子层数

C. 元素原子的最外层电子数　　D. 元素的核电荷数

3. 下列元素不属于碱金属元素的是(　　)。

A. 锂　　B. 钠　　C. 钾　　D. 钙

4. 下列各组元素的原子半径按大小排列，正确的是(　　)。

A. F>O>N　　B. F>Cl>Br　　C. K>Ca>Mg　　D. Li>Na>K

5. 当某元素原子主量子数 $n=4$ 时，该电子层中最多可容纳的电子数为(　　)。

A. 2 个　　B. 8 个　　C. 18 个　　D. 32 个

三、简答题

1. 处于 K、L、M 层的电子最大可能数目各为多少？

2. 周期表中主族元素从上到下，元素的原子半径、电离能、电负性等性质分别呈现什么变化规律？从左到右，原子半径、电离能、电负性等性质分别呈现什么变化规律？

3. 周期表中哪一个元素的电负性最大？

4. σ 键和 π 键有何区别？

5. 分子间作用力有哪几种？

6. 什么叫氢键？它形成的条件是什么？举例说明。

7. 判断下列各组分子间存在着哪种分子间作用力。

(1) 苯和四氯化碳　(2) 乙醇和水　(3) 苯和乙醇　(4) 液氨

8. 常温下 F_2 和 Cl_2 为气体，Br_2 为液体，而 I_2 为固体，为什么？

9. 下列每对分子中，哪个分子的极性较强？试简单说明原因。

(1) HI 与 HCl　(2) H_2O 与 H_2S　(3) NH_3 与 PH_3　(4) CH_4 与 $CHCl_3$　(5) BF_3 与 NF_3

10. 影响物质化学性质和物理性质的分别是什么作用力？

第二章　化学反应速率和化学平衡

知识目标

1. 理解化学反应速率、基元反应等的概念；
2. 理解质量作用定律；
3. 掌握影响化学反应速率和化学平衡的因素及其规律；
4. 了解化学反应级数、反应活化能等概念；
5. 理解反应速率常数及化学平衡常数、反应商的意义。

能力目标

1. 能正确判断反应条件对反应速率的影响；
2. 能灵活运用反应速率影响的规律；
3. 能正确判断条件改变对化学平衡的影响；
4. 能正确书写化学平衡常数表达式；
5. 能根据反应商和平衡常数的关系判断反应方向。

素质目标

1. 树立节约和环境保护意识；
2. 养成实事求是的科学态度。

化学反应速率和化学平衡是研究化学反应情况的两个方面。化学反应速率研究的是化学反应进行的快慢问题，化学平衡研究的是化学反应进行的限度问题。了解并掌握化学反应速率和化学平衡等的理论和规律，可以通过改变反应条件控制反应速率、调节反应进行的程度，控制化学反应，指导生产实践，提高产品的产量、质量和生产效率等。

第一节　化学反应速率

化学反应在一定条件下需要多长时间完成或达到稳定状态是化学反应速率的问题。不同化学反应，反应进行的快慢千差万别，如火药的爆炸和溶液中酸碱中和反应均可在瞬间完成；橡胶的老化速率和塑料制品的自然降解速率按年计算，自然界岩石的风化速率按百年以至千年计算。

一、化学反应速率

化学反应速率通常可用在一定条件下单位时间内反应物或生成物浓度改变量的正值表

示。由于同一反应的反应速率，用不同物质的浓度改变量来表示时，其数值可能会有所不同，但它们间的比值等于反应方程式中各物质化学式前的化学计量系数之比。

为了同一反应的速率表示相同，可用单位时间内反应物或生成物浓度改变量的正值与反应方程式中相应物质的化学计量系数之比来表示化学反应速率，称为平均速率，用 $\bar{\nu}$ 表示。即有：

$$\bar{\nu}=\frac{1}{v_i}\cdot\frac{\Delta c_i}{\Delta t} \tag{2-1}$$

式中 $\bar{\nu}$——平均速率，mol/(L·s)，mol/(L·min)，mol/(L·h)；

v_i——化学计量系数；

Δc_i——浓度改变量的正值，mol/L；

Δt——反应时间，s，min，h。

恒温恒容条件下合成氨的反应中 $N_2(g)+3H_2(g)\rightleftharpoons 2NH_3(g)$ 各物质起始浓度、浓度改变值、化学计量系数如下表所示。

物质	N_2	H_2	NH_3
0s 浓度/(mol/L)	2.5	7.5	0.0
10s 后浓度/(mol/L)	1.5	4.5	2.0
$\lvert\Delta c\rvert$/(mol/L)	1.0	3.0	2.0
化学计量系数 ν	1	3	2

由平均速率 $\bar{\nu}=\frac{1}{v_i}\cdot\frac{\Delta c_i}{\Delta t}$，即可得合成氨反应的平均速率为：

$$\bar{\nu}=\frac{1}{1}\cdot\frac{1.0}{10}=\frac{1}{3}\cdot\frac{3.0}{10}=\frac{1}{2}\cdot\frac{2.0}{10}=0.1\text{mol/(L·s)}$$

可以看出，用平均速率表示化学反应进行的快慢时，其数值与表示速率的物质无关，而与物质的化学计量系数有关，所以在表示某一化学反应的速率时，必须准确写出相应的化学计量方程式。

二、影响化学反应速率的因素

在相同的条件下，不同的化学反应会有不同的反应速率，表明化学反应速率取决于反应物，即由反应物的组成、结构和性质等因素决定。对于给定的化学反应，除反应物本身外，影响化学反应速率的因素还与反应物的浓度(气体压力)、反应温度及催化剂等因素有关。

(一) 反应速率与浓度(压力)的关系

1. *基元反应和非基元反应*

大量实验证明，在一定的温度下，反应速率与浓度有关，反应物浓度增大，反应速率就会加快。

从化学动力学可把反应分为基元反应(简单反应)和非基元反应(复杂反应)。把一步就能完成的反应称为基元反应。如：$N_2O_4\longrightarrow 2NO_2$，$NO_2+CO\longrightarrow NO+CO_2$。

大多数化学反应的历程表明，反应物是要经过若干步骤(即若干基元反应)才能转变为产物，这类由多个基元反应组成的复杂反应称为非基元反应。如 $2H_2+2NO \longrightarrow 2H_2O+N_2$，实验研究证明，该反应由两个基元反应加和而成。即：

第一步：$H_2+2NO \longrightarrow H_2O_2+N_2$

第二步：$H_2+H_2O_2 \longrightarrow 2H_2O$

2. 质量作用定律

实验证明，在一定温度下，增加反应物的浓度能加快化学反应速率。为描述化学反应中反应物浓度与化学反应速率的关系，挪威科学家古德贝格(Guldberg)和瓦格(Waage)根据大量实验结果得出如下规律：在一定温度下，基元反应的反应速率与各反应物浓度相应幂的乘积成正比，某反应物浓度的幂在数值上等于化学反应方程式中该反应物的化学计量系数。这一规律称为质量作用定律。

在一定温度下，对于任一基元反应：$mA+nB \longrightarrow pC+qD$，其化学反应速率可表示为：

$$v=k\cdot[A]^m\cdot[B]^n \tag{2-2}$$

式中 v——反应速率，mol/(L·s)；

k——反应速率常数，L/(mol·s)；

$[A]$——反应物 A 的浓度，mol/L；

$[B]$——反应物 B 的浓度，mol/L；

m、n——反应物的化学计量系数。

式(2-2)为基元反应质量作用定律的数学表达式，也称为基元反应的速率方程。

反应速率常数 k 是化学反应的特征常数，与反应物的性质及温度、催化剂等因素有关，而与反应物浓度(或压力)无关。

质量作用定律只适用于基元反应。

对于复杂的非基元反应，只有组成它的每个基元反应才能逐个运用质量作用定律。所以，非基元反应的速率方程只有通过实验测定速率与浓度的关系才能确定。

如 $C_2H_4Br_2+3KI \longrightarrow C_2H_4+2KBr+KI_3$，实验测定该反应分三步进行：

第一步：$C_2H_4Br_2+KI \longrightarrow C_2H_4+KBr+Br+I$　　(慢反应)

第二步：$KI+Br \longrightarrow KBr+I$　　(快反应)

第三步：$KI+2I \longrightarrow KI_3$　　(快反应)

第一步为慢反应，所以总反应速率取决于这步慢反应的速率，即有速率方程：

$$v=k\cdot[C_2H_4Br_2]\cdot[KI]$$

3. 反应级数

反应速率方程中各反应物浓度项指数的总和称为反应级数。反应级数可以是整数、分数，也可以是负数。反应级数是由实验测定来确定的。

若化学反应速率方程为 $v=k$，反应速率与浓度无关的均为零级反应。已知的零级反应大多是在催化剂表面上发生的多相反应。此外，酶的催化反应、光敏反应也往往是零级反应。

一级反应的速率方程为 $v=k\cdot c$，反应速率与反应物浓度的一次方成正比。凡是反应速率与反应物浓度二次方成正比的是二级反应，依次类推。

常见的一级反应有：大多数的放射性衰变、一般的热分解反应以及分子重排等。

如：

$$^{226}_{88}Ra \longrightarrow ^{222}_{86}Ra+^{4}_{2}He$$

$$2H_2O_2 \longrightarrow 2H_2O + O_2$$

通过推导可得一级反应物浓度与时间的关系：

$$\ln \frac{c_0}{c} = k \cdot t \text{ 或 } \lg \frac{c_0}{c} = \frac{k \cdot t}{2.303} \qquad (2-3)$$

式中 c_0——反应物起始浓度，mol/L；

c——任意时刻的反应物浓度；

k——反应速率常数，L/(mol·s)；

t——反应时间，s。

从上式可知，只要知道速率常数 k 和 c_0，就可求出 c。

当反应物浓度由 c_0 消耗到 $1/2c_0$ 时，所需的反应时间，称为反应的半衰期，用 $t_{1/2}$ 表示。一级反应的半衰期为：

$$t_{1/2} = \ln \frac{2}{k} = \frac{0.693}{k} \qquad (2-4)$$

式中 k——反应速率常数，L/(mol·s)；

$t_{1/2}$——半衰期，s。

一级反应的半衰期是一个常数，与反应物的初始浓度无关。

（二）反应速率与温度的关系

温度与化学反应速率关系密切。大多数化学反应，不管是吸热反应还是放热反应，升高温度反应速率都会增大。1884 年范特霍夫(van't Hoff)给出了经验规则：在反应物浓度相同的条件下，温度每升高 10K，反应速率大约增加 2~4 倍。

由反应速率方程可得出，研究温度与反应速率的关系，就是研究温度对反应速率常数 k 的影响。1889 年瑞典的科学家阿伦尼乌斯(S·Arrhenius)根据大量的实验数据，得出了一个较准确的经验公式，说明反应速率常数 k 与温度 T 的关系。即

$$k = A \cdot \exp\left(-\frac{E_a}{RT}\right) = A \cdot e^{-\frac{E_a}{RT}}$$

对数式为：

$$\ln k = -\frac{E_a}{RT} + \ln A \text{ 或 } \lg k = -\frac{E_a}{2.303RT} + \lg A \qquad (2-5)$$

上式均称为阿伦尼乌斯方程。

式中 k——反应速率常数，L/(mol·s)；

T——热力学温度，K；

R——摩尔气体常数，8.3144J/(mol·K)；

E_a——反应的活化能，kJ/mol；

A——指前因子或频率因子，是与反应有关的特性常数。

由 $k = A \cdot \exp\left(-\frac{E_a}{RT}\right) = A \cdot e^{-\frac{E_a}{RT}}$ 可以看出，反应速率常数 k 与热力学温度 T 呈指数关系。表明温度只要有微小改变，反应速率常数 k 将会发生较大的变化。$\lg k$ 对 $1/T$ 作图可得一条直线，由直线的斜率等于 $-E_a/2.303R$ 可求得反应活化能 E_a，再由直线的截距可计算指前因子 A。

实验测得反应 $NO_2+CO \longrightarrow NO+CO_2$在不同温度时的反应速率常数，如表 2-1 所示。

表 2-1　实验测得 $NO_2+CO \longrightarrow NO+CO_2$在不同温度的 k

T/K	T^{-1}/K^{-1}	k/[L/(mol · s)]	lg$k$
600	1.67×10^{-3}	0.028	−1.55
650	1.54×10^{-3}	0.22	−0.66
700	1.43×10^{-3}	1.3	0.11
750	1.33×10^{-3}	6	0.78
800	1.25×10^{-3}	23	1.36

以 k 对 T 作图可得曲线如图 2-1 所示，由曲线可看出，反应温度 T 略有升高，反应速率常数显著增大。以 lg$k$ 对 $1/T$ 作图为直线(见图 2-2)，由图中直线的斜率和截距可求得该反应的活化能 E_a和指前因子 A 分别为：

$$斜率=-\frac{E_a}{2.303R}=-6.99\times10^3 \quad E_a=134(\text{kJ/mol})$$

$$截距=\lg A=10.1 \quad A=1.26\times10^{10}[\text{L/(mol · s)}]$$

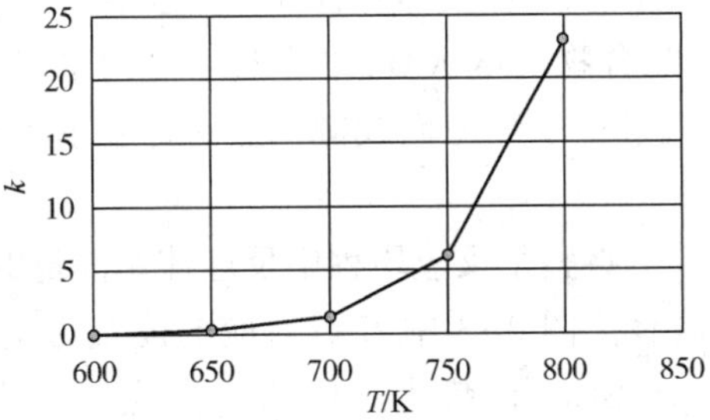

图 2-1　k-T 关系图

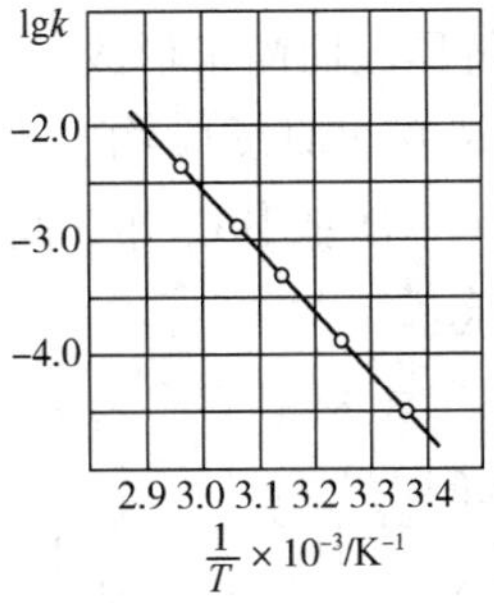

图 2-2　lg$k$-$1/T$ 关系图

阿伦尼乌斯方程不仅说明了温度对化学反应速率的影响，还得出了化学反应活化能 E_a与反应速率的关系。

化学反应活化能 E_a是反应速率常数 k 表达式的指数项。对于同一个反应，若 E_a有较小的改变，则反应速率常数 k 就会有显著的变化。

若某一给定化学反应，温度为 T_1时的反应速率常数 k_1，T_2时的反应速率常数 k_2，则有：

$$\ln k_1=-\frac{E_a}{RT_1}+\ln A$$

$$\ln k_2=-\frac{E_a}{RT_2}+\ln A$$

两式相减得：

$$\ln\frac{k_2}{k_1}=\frac{E_a}{R}\left(\frac{1}{T_1}-\frac{1}{T_2}\right)=\frac{E_a}{R}\left(\frac{T_2-T_1}{T_1T_2}\right)$$

由上式可以用两个不同温度下的反应速率常数 k 求得反应的活化能；也可以用已知反应的活化能和某一温度下的反应速率常数 k，去求该反应在其他温度时的反应速率常数 k。

（三）反应的活化能

反应的活化能是指反应物分子从常态转变为容易发生化学反应的活跃状态所需要的最低能量。活化能是阿伦尼乌斯在解释反应速率常数与温度关系的经验方程时提出来的。活化能的数值大小对化学反应速率影响很大，活化能越低，化学反应速率越快。在此借助于“过渡状态理论”来讨论活化能。

过渡状态理论认为：化学反应的发生，是具有足够大能量的反应物分子在有效碰撞(能使反应物分子转变成产物分子的碰撞)后首先形成了一种称为活化配合物的过渡状态，然后再分解成产物。例如反应 $NO_2+CO \rightarrow NO+CO_2$ 是基元反应，按照过渡状态理论，这个基元反应的历程可表示如下：

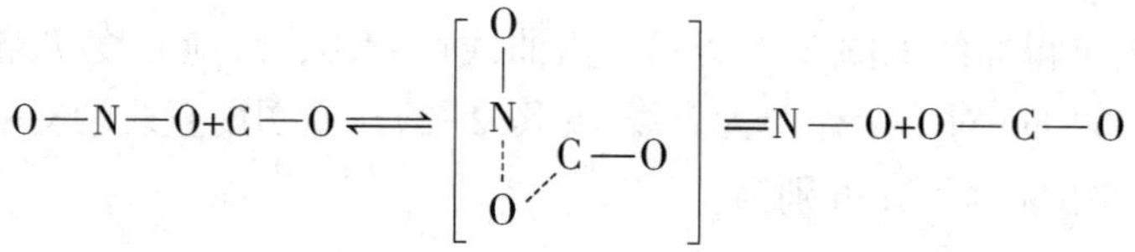

反应物(始态)　　活化配合物(过渡态)　　产物(终态)

即具有足够高能量的反应物 NO_2 和 CO 分子发生有效碰撞后，首先形成活化配合物[ONOCO]。在该活化配合物中，原有靠近 C 原子的 N—O 键变长将断裂而尚未断裂，新的化学键 O—C 将形成而尚未形成。这是一种不稳定的、高活性的过渡状态，它既可以生成产物，又有可能转变成原反应物。当活化配合物[ONOCO]中靠近 C 原子的 N—O 键完全断开，新形成的 C—O 键中 C 与 O 间的距离进一步缩短而成键，会有产物 NO 和 CO_2 的生成，达到反应的终态。

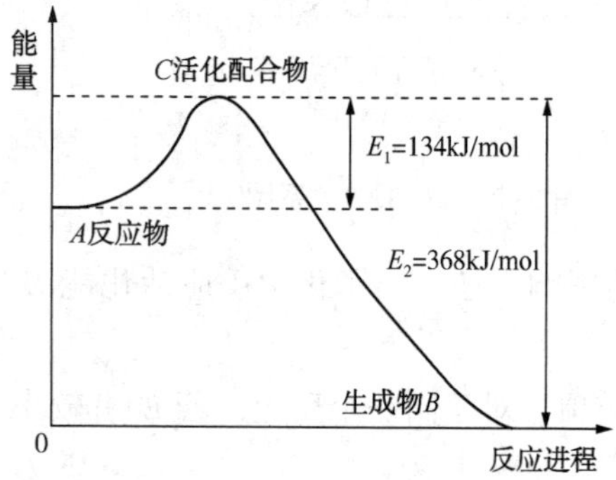

图 2-3　过渡状态势能示意图

将整个反应历程中反应体系能量的变化用图 2-3 解释。图 2-3 中 C 点对应的能量为基态活化配合物[ONOCO]的势能，A、B 点对应的能量分别为基态反应物(NO_2+CO)和基态产物(NO+CO_2)的势能。基态活化配合物与基态反应物的势能差称为正反应的活化能(E_a = 134kJ/mol)，基态活化配合物与基态产物的势能差称为逆反应的活化能(E'_a = 368kJ/mol)。

由图 2-3 可知，在化学反应中，反应物分子必须具有足够大的碰撞动能，才有可能转化为足够高的势能去克服反应中所需的能量壁垒。显然，反应的活化能实质上是化学反应进行所必须克服的势能垒。在一定温度下，反应的活化能越大，可能越过势能垒的分子数越少，反应速率就越慢。实验结果表明，大多数化学反应活化能约为 60～250kJ/mol。

反应的反应热($\Delta_r H$)与正、逆反应的活化能的关系：$\Delta_r H = E_{a正} - E_{a逆}$，若 $E_{a正} < E_{a逆}$，则 $\Delta_r H < 0$，正反应为放热反应，逆反应为吸热反应。吸热反应的活化能一定大于放热反应的活化能。

（四）反应速率与催化剂的关系

催化剂是在化学反应中能改变化学反应速率，而其本身的质量、组成和化学性质在反应前后基本保持不变的一类物质；它和反应体系的关系就像锁与钥匙的关系一样，如

图 2-4所示，具有高度的选择性(或专一性)。一种催化剂并非对所有的化学反应都有催化作用，某些化学反应并非只有唯一的催化剂。凡能加快反应速率的催化剂叫正催化剂，能减慢反应速率的催化剂叫负催化剂或阻化剂、抑制剂。通常所说的催化剂一般指正催化剂。

催化剂改变化学反应速率的作用称为催化作用，涉及催化剂的反应称为催化反应。催化剂按反应体系的相态可分为均相催化剂和多相催化剂两大类。均相催化剂与反应物同处一相，通常作为溶质存在于液体反应混合物中。多相催化剂一般自成一相，通常是固体物质催化气相或溶液中的反应。如 I^-催化 H_2O_2分解的反应为均相催化的实例，工业中氮气和氢气合成氨的过程中采用多相催化剂。大量事实证明，添加催化剂是加快反应速率的最有效的方法之一。目前 80%化工产品的生产离不开催化剂的使用。

实验表明，催化剂能增加反应速率是由于催化剂参与化学反应，改变了反应历程，使反应中间过渡态的能量降低了，从而降低了反应的活化能，如图 2-5 所示。

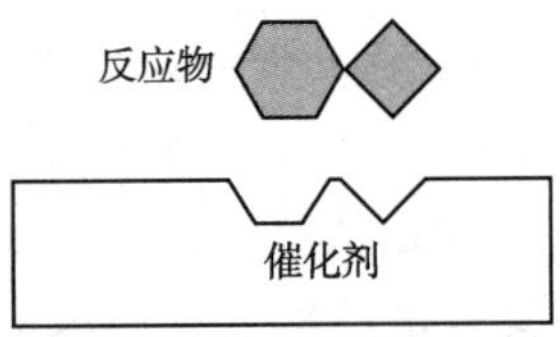

图 2-4　催化作用的锁钥模型

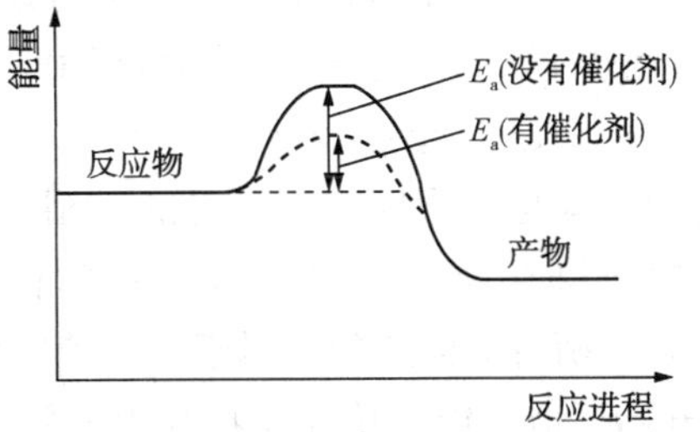

图 2-5　催化剂对活化能的影响

经过大量的实验研究，科研工作者们总结出催化剂的基本特征：

① 催化剂只能改变热力学上可以进行的化学反应的速率，不能改变反应方向。

② 催化剂只能改变到达化学平衡的时间，不能改变化学反应的平衡常数，也不会使平衡发生移动。

③ 催化剂对反应具有选择性，当反应可能有一个以上不同方向时，一种催化剂往往只能催化某一特定的反应，改变反应速率和选择性是统一的。

④ 催化剂的寿命。催化剂能改变化学反应速率，在理想情况下催化剂不为反应所改变。但在实际反应过程中，催化剂长期受热和化学作用，也会发生一些不可逆的物理化学变化。常用催化反应的速率常数来衡量催化剂的催化能力，称为催化剂的活性。催化剂往往会因接触少量杂质而使活性显著下降，这种现象称为催化剂中毒。

第二节　化学平衡

在研究化学反应时，不仅要关注化学反应进行的方向和速率，还需要了解在给定条件下化学反应最终进行到什么程度，即反应物转化成为生成物的情况，这就是化学平衡问题。

一、化学平衡

通常，化学反应具有可逆性，但各种反应的可逆程度差别很大。如反应：

$$N_2O_4(g) \rightleftharpoons 2NO_2(g)$$

无色　　　红棕色

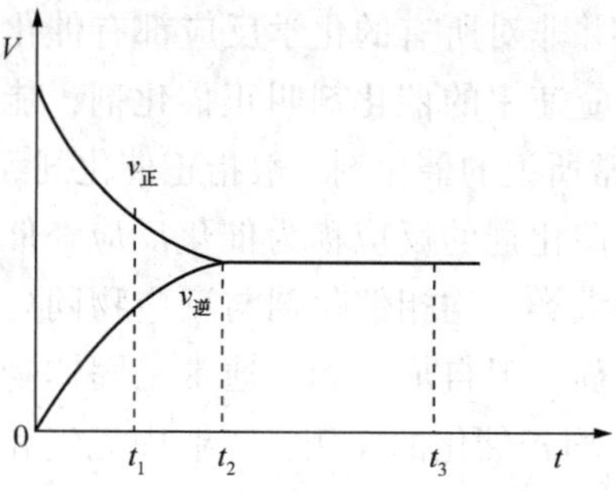

图 2-6　反应速率变化示意图

大量实验证明，在一定条件下，化学反应不管初始浓度如何，也不管反应是从哪边开始进行的，可逆反应进行到一定程度，正反应速率和逆反应速率逐渐相等，反应物和生成物的浓度不再随时间的变化而发生改变，这种状态称为化学平衡状态，是一种动态平衡，如图 2-6 所示。处于化学平衡状态下的各物质的浓度称为平衡浓度，可用$[N_2O_4]$或 $c_{N_2O_4}$ 表示反应达到平衡状态时 N_2O_4 的浓度。

化学平衡具有“等、动、变、同”的特征：

① 化学平衡研究的对象是处于密闭体系中的可逆反应，平衡状态是正、逆反应速率相等，即 $v_{正}=v_{逆}$。只要外界条件不变，反应体系中各物质的量不随时间而改变。

② 化学平衡是一种动态平衡。反应体系进行到最大限度即达平衡时，反应仍在进行，正、逆反应一直进行着($v_{正}=v_{逆}$且不等于 0)，反应混合物中各组分的含量保持不变，反应速率保持不变，反应物的转化率保持不变。

③ 化学平衡是有条件的、暂时的，相对的平衡。只能在一定的外界条件下才能保持，当外界条件变化时，原平衡状态就会被破坏，随后在新的条件下重新建立新的平衡。

④ 化学平衡可双向达到。对于一个确定的可逆反应，不管是从反应物开始反应，还是从生成物开始反应，或是从反应物和生成物同时开始，只要满足各组分物质浓度相当，都能够达到相同的平衡状态。

二、化学平衡常数

大量实验表明：当温度恒定时，不管反应的初始条件如何，可逆反应一旦达到平衡状态，以化学反应方程式中相应的化学计量系数为指数的生成物浓度幂的乘积与反应物浓度幂的乘积比值为一常数，此常数称为该化学反应的平衡常数，用 K 表示。

(一) 实验平衡常数

对于任一可逆反应：$aA+bB \rightleftharpoons dD+eE$，在温度 T 时，反应达到平衡状态，此反应的平衡常数 K_c可表达为：

$$K_c=\frac{[D]^d[E]^e}{[A]^a[B]^b}=\frac{c_D^d c_E^e}{c_A^a c_B^b}$$

若反应物和生成物均为气体，因在一定温度下，气体的压力与浓度成正比，反应达到平衡状态，各物质的压力可以代替相应物质的浓度，即可以用各反应物和生成物的分压来表示平衡常数。如果上述反应中 A、B、D、E 均为气体，平衡常数 K_p可表达为：

$$K_p=\frac{p_D^d p_E^e}{p_A^a p_B^b}$$

式中，K_c和 K_p分别称为浓度平衡常数和压力平衡常数。K_c和 K_p都是化学反应体系达到平衡时，由实验直接测定而得到的，因此 K_c和 K_p都称为实验平衡常数。由于 K_c或 K_p表达式中的物质浓度或压力均有单位，所以 K_c或 K_p既可能有单位，也可能无单位。

(二) 标准平衡常数

标准平衡常数 $K^{\ominus}$是从热力学推导而来的，又称为热力学平衡常数。把实验平衡常数表达式中有关物质的浓度或分压分别除以相应的标准态，则可得标准平衡常数 $K^{\ominus}$，简称平衡常数。对于溶液中的反应，各物质的标准态浓度 $c^{\ominus}=1.0\text{mol/L}$，平衡常数 $K^{\ominus}$ 表示为：

$$K^{\ominus}=\frac{([\text{D}]/c^{\ominus})^{d}([\text{E}]/c^{\ominus})^{e}}{([\text{A}]/c^{\ominus})^{a}([\text{B}]/c^{\ominus})^{b}}=\frac{(c_{\text{D}}/c^{\ominus})^{d}(c_{\text{E}}/c^{\ominus})^{e}}{(c_{\text{A}}/c^{\ominus})^{a}(c_{\text{B}}/c^{\ominus})^{b}} \tag{2-6}$$

若均为气相的化学反应，各组分的标准压力 $p^{\ominus}=101.325\text{kPa}$，平衡常数 $K^{\ominus}$ 可表示为：

$$K^{\ominus}=\frac{(p_{\text{D}}/p^{\ominus})^{d}(p_{\text{E}}/p^{\ominus})^{e}}{(p_{\text{A}}/p^{\ominus})^{a}(p_{\text{B}}/p^{\ominus})^{b}} \tag{2-7}$$

对于任一反应，$K^{\ominus}$ 与 K_c 数值相等，平衡常数 $K^{\ominus}$ 是无单位的量，是衡量化学反应进行到最大限度时反应进行程度的特征常数。对于同一类型的反应，在给定反应条件下，$K^{\ominus}$ 值越大，表明正反应进行得越完全。在一定温度下，对于不同反应有其特定的 $K^{\ominus}$ 值。对于指定反应，其平衡常数 $K^{\ominus}$ 的值只是温度的函数，与参与平衡的物质的量无关。

【例 1】 已知 $2SO_2(g)+O_2(g)\rightleftharpoons 2SO_3(g)$，在温度 723℃ 达到平衡时，$p_{(SO_3)}=36.17\text{kPa}$，$p_{(SO_2)}=49.04\text{kPa}$，$p_{(O_2)}=16.72\text{kPa}$，求 K_p 和 $K^{\ominus}$。

解：依题意，得：

$$K_p=\frac{p_{SO_3}^2}{p^2{}_{SO_2}\cdot p_{O_2}}=\frac{36.17^2}{49.04^2\times16.72}=3.25\times10^{-2}(\text{kPa})$$

$$K^{\ominus}=\frac{(p_{SO_3}/p^{\ominus})^2}{(p_{SO_2}/p^{\ominus})^2\cdot(p_{O_2}/p^{\ominus})}=K_p\cdot p^{\ominus}=3.25\times10^{-2}\times101.325=3.29$$

由上例可见，K_p 与 $K^{\ominus}$ 在数值上不相等，$K^{\ominus}$ 无单位(量纲)。

书写和使用平衡常数 $K^{\ominus}$ 表达式时，应注意：

① $K^{\ominus}$ 的表达式中，各生成物相对压力(或相对浓度)幂的乘积是分子，各反应物相对压力(或相对浓度)幂的乘积是分母；各有关物质的相对压力(或相对浓度)必须是平衡状态时的相对压力(或相对浓度)。

② $K^{\ominus}$ 的表达式要与化学计量方程式相对应。如：

$$\frac{1}{2}H_2(g)+\frac{1}{2}I_2(g)\rightleftharpoons HI(g)\quad 平衡常数为\ K_1^{\ominus}=\frac{p_{HI}/p^{\ominus}}{(p_{H_2}/p^{\ominus})^{\frac{1}{2}}\cdot(p_{I_2}/p^{\ominus})^{\frac{1}{2}}}$$

$$H_2(g)+I_2(g)\rightleftharpoons 2HI(g)\quad 平衡常数为\ K_2^{\ominus}=\frac{(p_{HI}/p^{\ominus})^2}{p_{H_2}/p^{\ominus}\cdot p_{I_2}/p^{\ominus}}$$

显然 $K_1^{\ominus}\neq K_2^{\ominus}$。

③ 化学反应中以固态、纯液体或稀溶液溶剂等形式存在的组分，不要把它们的压力或浓度写入平衡常数 $K^{\ominus}$ 的表达式中。如：

$$CaCO_3(s)\rightleftharpoons CaO(s)+CO_2(g)\quad K^{\ominus}=\frac{p_{CO_2}}{p^{\ominus}}$$

$$Cr_2O_7^{2-}(aq)+H_2O\rightleftharpoons 2CrO_4^{2-}(aq)+2H^+(aq)$$

$$K^{\ominus}=\frac{([CrO_4^{2-}]/c^{\ominus})^2\cdot([H^+]/c^{\ominus})^2}{[Cr_2O_7^{2-}]/c^{\ominus}}$$

④ 对于指定的反应，$K^{\ominus}$ 只与温度有关。

三、多重平衡规则

在一定条件下，若在一个反应体系中，有一个或多个组分同时参与两个或两个以上的化学反应，并共同达到平衡状态，这种状态称为多重平衡状态，简称多重平衡。

如果某一可逆反应可以由几个可逆反应相加(或相减)得到，那么这个总可逆反应的标准平衡常数等于几个可逆反应的标准平衡常数的乘积(或商)。这叫多重平衡规则。如：

① $N_2(g)+O_2(g) \rightleftharpoons 2NO(g) \quad K_1^{\ominus}=\dfrac{(p_{NO}/p^{\ominus})^2}{(p_{N_2}/p^{\ominus})\cdot(p_{O_2}/p^{\ominus})}$

② $2NO(g)+O_2(g) \rightleftharpoons 2NO_2(g) \quad K_2^{\ominus}=\dfrac{(p_{NO_2}/p^{\ominus})^2}{(p_{NO}/p^{\ominus})^2\cdot(p_{O_2}/p^{\ominus})}$

将反应式①+②得到反应 $N_2(g)+2O_2(g) \rightleftharpoons 2NO_2(g)$，该反应的平衡常数为：

$$K^{\ominus}=\frac{(p_{NO_2}/p^{\ominus})^2}{(p_{N_2}/p^{\ominus})\cdot(p_{O_2}/p^{\ominus})^2}$$

即：

$$K^{\ominus}=K_1^{\ominus}\cdot K_2^{\ominus}$$

【例 2】 已知下列反应的平衡常数：①$AgCl(s) \rightleftharpoons Ag^+(aq)+Cl^-(aq)$，$K_1^{\ominus}=1.77\times10^{-10}$，②$[Ag(NH_3)_2]^+(aq) \rightleftharpoons Ag^+(aq)+2NH_3(aq)$，$K_2^{\ominus}=8.9\times10^{-8}$。求反应③$AgCl(s)+2NH_3(aq) \rightleftharpoons [Ag(NH_3)_2]^+(aq)+Cl^-(aq)$的平衡常数。

解：由题意可知，反应①-反应②=反应③，根据多重平衡规则：

$$K_3^{\ominus}=\frac{K_1^{\ominus}}{K_2^{\ominus}}=\frac{1.77\times10^{-10}}{8.9\times10^{-8}}=1.99\times10^{-3}$$

第三节 化学平衡的移动

任何化学平衡都是在一定条件下的暂时的动态平衡。体系条件发生变化，原有的平衡就会遭到破坏，而向另一种平衡状态转化。这种由于条件的改变而导致化学平衡变化的过程，称为化学平衡的移动。学习化学平衡就要学会利用条件的改变，建立新平衡，以便更好地为科研、生产和实践服务。下面分别讨论浓度、压力、温度等外界条件对化学平衡的影响。

一、浓度对化学平衡的影响

对任一化学反应：

$$aA+bB \rightleftharpoons dD+eE$$

反应商 Q 的表达式为：

$$Q=\frac{[D]^d\,[E]^e}{[A]^a\,[B]^b}=\frac{c_D^d c_E^e}{c_A^a c_B^b}$$

式中，各物质的浓度并非一定是平衡状态时的浓度。只有平衡状态时，$Q=K^{\ominus}$，此时各物质的浓度才是平衡浓度。如果 $Q<K^{\ominus}$，说明生成物浓度小于其平衡状态时的平衡浓度，或者反应物浓度大于其平衡浓度，平衡被打破，为了建立新平衡，反应会向正反应方向进行。反之，若 $Q>K^{\ominus}$，则反应会向逆反应方向进行。即可以得出如下结论：

当 $Q=K^{\ominus}$时，化学反应处于平衡状态；

当 $Q<K^{\ominus}$ 时，化学反应正向自发进行，即平衡向正反应方向(右)移动；

当 $Q>K^{\ominus}$ 时，化学反应不能正向自发进行，反应向逆反应方向进行，即平衡向左移动。

上述关系式称为化学反应进行方向的反应商判据。

由上述可知，对于任一化学平衡，如果改变反应物或生成物浓度，就会引起平衡的移动。当其他条件不变时，提高反应物浓度或减少生成物浓度，平衡向增加生成物浓度的方向(正方向)移动；反之，平衡向逆反应方向移动。

在化工生产中，常用增加廉价或易得原料的浓度来提高另一原料的利用率，或者及时地分离出某生成物，也能使平衡向着生成物的方向移动。

在浓度改变引起的平衡移动中，只要温度不变，平衡常数 $K^{\ominus}$ 就始终不变。

【例 3】 669K 时，反应 $H_2(g)+I_2(g) \rightleftharpoons 2HI(g)$，$K^{\ominus}=55.3$。若混合物中 $p_{HI}=71kPa$，$p_{H_2}=p_{I_2}=2.0kPa$，求反应进行的方向。

解：由题意知反应为气相反应，相对分压商 Q(反应商)可表示为：

$$Q=\frac{(p_{HI}/p^{\ominus})^2}{(p_{H_2}/p^{\ominus})\cdot(p_{I_2}/p^{\ominus})}$$

依题意，$Q=\frac{71^2}{2.0^2}=1.3\times10^3$，$K^{\ominus}=55.3$ 分压商 $Q>K^{\ominus}$，所以反应向 HI 分解的方向进行。

二、压力对化学平衡的影响

改变压力的实质是改变浓度，压力变化对平衡的影响实质是通过浓度的变化起作用。由于固相和液相浓度几乎不随压力而变化，所以压力的变化对固相或液相反应的平衡几乎没有影响，可以忽略。

对于有气体物质参与的化学反应来说，反应系统压力的改变对平衡移动的影响需视具体情况而定。

对一般的化学反应 $aA(g)+bB(g) \rightleftharpoons dD(g)+eE(g)$，其以压力表示的反应商为：

$$Q=\frac{(p_D/p^{\ominus})^d(p_E/p^{\ominus})^e}{(p_A/p^{\ominus})^a(p_B/p^{\ominus})^b}$$

平衡时：

$$K^{\ominus}=\frac{(p_D/p^{\ominus})^d(p_E/p^{\ominus})^e}{(p_A/p^{\ominus})^a(p_B/p^{\ominus})^b}$$

当将反应体积压缩至 $\frac{1}{x}(x>1)$ 时，体系的总压力增大到 x 倍，相应各组分的压力也同时增大 x 倍，对应的反应商为：

$$Q=\frac{(xp_D/p^{\ominus})^d(xp_E/p^{\ominus})^e}{(xp_A/p^{\ominus})^a(xp_B/p^{\ominus})^b}=x^{\Delta n}K^{\ominus}$$

式中，$\Delta n=(d+e)-(a+b)$，是气体生成物化学计量系数之和减去气体反应物化学计量系数之和的差。

$\Delta n>0$ 的反应是气体分子数增加的反应，若体积缩小至原来的 $\frac{1}{x}$，总压增大，$x^{\Delta n}>1$，$Q>K^{\ominus}$，平衡向逆反应方向移动，即平衡向气体化学计量系数减小的方向移动。

$\Delta n<0$ 的反应是气体分子数减少的反应，体积减小，总压增大，$x^{\Delta n}<1$，$Q<K^{\ominus}$，平衡向正反应方向移动，即平衡向气体化学计量系数减小的方向移动。

总之，$\Delta n\neq 0$ 时，如经压缩增大反应体系的总压力，各组分的压力也会增大，平衡会向气体化学计量系数减小的方向移动，即向减小压力的方向移动。

对于反应前后化学计量系数不变的气相反应，$\Delta n=0$，如：$H_2(g)+I_2(g) \rightleftharpoons 2HI(g)$，$x^{\Delta n}=1$，$Q=K^{\ominus}$，平衡不发生移动，即压力对这类有气体参与的反应的化学平衡没有影响。

如果反应体系压力的改变不会改变气体各组分的浓度，这样的压力改变对化学平衡没有影响，平衡不发生移动。

三、温度对化学平衡的影响

对于给定的化学反应的反应热为 $\Delta_r H^{\ominus}$，如果温度变化不大，若反应在温度 T_1 时的平衡常数为 $K_1^{\ominus}$，在温度 T_2 时的平衡常数为 $K_2^{\ominus}$，则有：

$$\ln\frac{K_2^{\ominus}}{K_1^{\ominus}}=\frac{\Delta_r H^{\ominus}}{R}\left(\frac{T_2-T_1}{T_1T_2}\right)$$

从上式可以看出温度对化学平衡的影响与反应的热效应有关。

对于吸热反应 $\Delta_r H^{\ominus}>0$，当升高温度，$T_2>T_1$ 时，$K_2^{\ominus}>K_1^{\ominus}$ 说明平衡常数随温度升高而增大，即升高温度平衡向吸热反应(正反应)方向移动；降低温度 $T_2<T_1$ 时，$K_2^{\ominus}<K_1^{\ominus}$，平衡常数随温度降低而减小，平衡向放热反应(逆反应)方向移动。

对于放热反应 $\Delta_r H^{\ominus}<0$，当升高温度，$T_2>T_1$ 时，$K_2^{\ominus}<K_1^{\ominus}$，说明平衡常数随温度升高而减小，即升高温度平衡向吸热反应(逆反应)方向移动；降低温度 $T_2<T_1$ 时，$K_2^{\ominus}>K_1^{\ominus}$，平衡常数随温度降低而增大，平衡向放热反应(正反应)方向移动。

由上述可知，不管是放热反应还是吸热反应，当升高温度时，化学平衡总是向吸热反应方向移动；当降低温度时，化学平衡总是向放热反应方向移动。

例如工业上合成氨的反应为放热反应：

$$N_2(g)+3H_2(g) \rightleftharpoons 2NH_3(g),\ \Delta_r H^{\ominus}=-92\text{kJ/mol}$$

依据平衡移动的原理，降低反应温度有利于提高氨的产率，但温度低了，反应速率也会降低，因而工业中实际反应温度的选择要考虑许多因素。

在化学反应体系加入催化剂时，正逆反应速率同倍数地增加或减小，平衡不移动，但可以改变到达平衡的时间。

各种外界条件对化学平衡的影响，由法国化学家勒夏特列(Le Chatelier)于 1888 年总结得到了化学平衡移动原理：在已达到平衡的体系中，如果改变影响平衡的条件，平衡将向着能够减弱这种改变的方向移动，也称为勒夏特列原理。此原理是各种科学原理中适用范围最广的原理之一，不仅适用于化学平衡体系，也适用于物理平衡体系。

拓展阅读

亨利·勒夏特列

亨利·勒夏特列(1850 年 10 月 8 日—1936 年 9 月 17 日)，1850 年 10 月 8 日出生于法国巴黎的一个化学世家。他的祖父和父亲都从事跟化学有关的事业，当时法国许多知名化学家是他家的座上客。因此，他从小就受化学家们的熏陶，中学时代他特别爱好化学实验，一有空便到祖父开设的水泥厂实验室做化学实验。1875 年，他以优异的成绩毕业于巴黎工业大学，1887 年获博士学位，1907 年还兼任法国矿业部长，在第一次世界大战期间出任法国武装部长，他不仅是一位杰出的化学家，还是一位杰出的爱国者。

他研究过水泥的煅烧和凝固、陶器和玻璃器皿的退火、磨蚀剂的制造以及燃料、玻璃和炸药的发展等问题。从他研究的内容也可看出他对科学和工业之间的关系，以及怎样从化学反应中得到最高的产率特别感兴趣。勒夏特列还发明了热电偶和光学高温计，高温计可顺利地测定 3000℃ 以上的高温。此外，他对乙炔气的研究，致使他发明了氧炔焰发生器，迄今还用于金属的切割和焊接。

本章小结

1. 化学反应平均速率：一定条件下单位时间内反应物或生成物浓度改变量的正值与反应方程式中相应物质的化学计量系数之比，即 $\bar{\nu}=\frac{1}{v_i}\cdot\frac{\Delta c_i}{\Delta t}$。

2. 基元反应：一步就能完成的反应。

3. 质量作用定律：在一定温度下，基元反应的反应速率与各反应物浓度相应幂的乘积成正比。

4. 基元反应的速率方程：$v=k\cdot[\mathrm{A}]^m[\mathrm{B}]^n$

5. 反应速率常数 k 与反应物的性质及温度、催化剂等因素有关，而与反应物浓度(或压力)无关。

6. 一级反应的半衰期为 $t_{1/2}=\ln\frac{2}{k}=\frac{0.693}{k}$。

7. 反应活化能：反应物分子从常态转变为容易发生化学反应的活跃状态所需要的最低能量。

8. 影响化学反应速率的因素：浓度、压力、温度和催化剂。

9. 化学平衡：可逆反应进行到一定程度，正反应速率和逆反应速率逐渐相等，反应物和生成物的浓度不再随时间的变化而发生改变，这是一种动态的、有条件的平衡。

10. 平衡常数 $K^{\ominus}$ 的表达式：$K^{\ominus}=\frac{([\mathrm{D}]/c^{\ominus})^d([\mathrm{E}]/c^{\ominus})^e}{([\mathrm{A}]/c^{\ominus})^a([\mathrm{B}]/c^{\ominus})^b}=\frac{(c_\mathrm{D}/c^{\ominus})^d(c_\mathrm{E}/c^{\ominus})^e}{(c_\mathrm{A}/c^{\ominus})^a(c_\mathrm{B}/c^{\ominus})^b}$

或：$K^{\ominus}=\frac{(p_\mathrm{D}/p^{\ominus})^d(p_\mathrm{E}/p^{\ominus})^e}{(p_\mathrm{A}/p^{\ominus})^a(p_\mathrm{B}/p^{\ominus})^b}$

11. 多重平衡规则：如果可逆反应可以由几个可逆反应相加(或相减)得到，那么总可逆反应的标准平衡常数等于几个可逆反应的标准平衡常数的乘积(或商)。

12. 影响化学平衡的因素：浓度、压力和温度。

13. 化学平衡移动原理：在已达到平衡的体系中，如果改变影响平衡的条件，平衡将向着能够减弱这种改变的方向移动。

习　　题

一、判断题(正确打√，错误打×)

(　　)1. 非基元反应是由多个基元反应组成的。

(　　)2. 非基元反应中，反应速率是由最慢的反应步骤控制的。

(　　)3. 升高温度，只能加快正反应速率。

(　　)4. 升高温度，化学平衡向吸热方向移动。

(　　)5. 化学反应的活化能越小，反应速率常数越小。

(　　)6. 正、逆反应的活化能在数值上相等，但符号相反。

(　　)7. 加入催化剂后，可以降低反应活化能，使平衡向正反应方向移动。

(　　)8. 在给定条件下，反应达到平衡时，反应物浓度一定等于生成物浓度。

(　　)9. 反应速率常数和平衡常数均与反应温度及反应物质性质有关，与物质浓度无关。

(　　)10. 实验平衡常数 K_c 和 K_p 与平衡常数 $K^{\ominus}$ 在数值上是相等的。

二、简答题

1. 温度、浓度和催化剂分别对反应速率常数和平衡常数有什么影响？

2. 什么是活化能？活化能的大小对反应速率、反应速率常数有什么影响？

3. 催化剂有哪些性质？

4. 化学反应速率方程如何得到？

5. 反应：$\frac{1}{2}N_2(g)+\frac{3}{2}H_2(g) \rightleftharpoons NH_3(g)$，$\Delta H^{\ominus}=-46kJ/mol$。当混合物处于平衡状态时，生成 NH_3 的转化率将会发生什么变化？

(1) 压缩混合气体；

(2) 升温；

(3) 引入 H_2；

(4) 恒压下引入气体 Ar。

6. 对于可逆反应：$C(s)+H_2O(g) \rightleftharpoons CO(g)+H_2(g)$，$\Delta_r H^{\ominus}=-121.3kJ/mol$。下列说法正确与否？说明理由。

(1) 达到平衡时各反应物和生成物的浓度相等；

(2) 达到平衡时各反应物和生成物的浓度不再随时间的变化而改变；

(3) 加入催化剂可以缩短反应达到平衡的时间；

(4) 增加压力对平衡无影响；

(5) 升高温度，平衡向右移动。

7. 对于反应 $C(s)+CO_2(g) \rightleftharpoons 2CO(g)$，$\Delta_r H^{\ominus}=172.5kJ/mol$。请将下列参数的变化填入下列表格中(填增大、减小、不变)。

项目	$k_{正}$	$k_{逆}$	$v_{正}$	$v_{逆}$	$K^{\ominus}$	平衡移动的方向
增加总压力						
升高温度						
加催化剂						

三、写出下列反应的平衡常数 $K^{\ominus}$ 的表达式

1. $CaCO_3(s) \rightleftharpoons CaO(s)+CO_2(g)$

2. $CH_4(g)+2O_2(g) \rightleftharpoons CO_2(g)+2H_2O(l)$

3. $H_2S(g) \rightleftharpoons H_2(g)+S(s)$

4. $N_2(g)+2CO_2(g) \rightleftharpoons 2NO(g)+2CO(g)$

5. $N_2(g)+3H_2(g) \rightleftharpoons 2NH_3(g)$

6. $Fe_3O_4(s)+4H_2(g) \rightleftharpoons 3Fe(s)+4H_2O(g)$

7. $CO_2(g)+H_2(g) \rightleftharpoons CO(g)+H_2O(g)$

8. $C(s)+H_2O(g) \rightleftharpoons CO(g)+H_2(g)$

9. $C(s)+CO_2(g) \rightleftharpoons 2CO(g)$

10. $HAc(aq)+H_2O(l) \rightleftharpoons Ac^-(aq)+H_3O^+(aq)$

四、计算题

1. 已知 $H_2(g)+S(s) \rightleftharpoons H_2S(g)$，$K_1^\ominus=1.0\times10^{-3}$，$S(s)+O_2(g) \rightleftharpoons SO_2(g)$，$K_2^\ominus=5.0\times10^6$，求反应：$H_2(g)+SO_2(g) \rightleftharpoons H_2S(g)+O_2(g)$ 的 $K^\ominus$。

2. 在容积为 10L 的容器中有 4.0mol 的 N_2O_4 和 1.0mol 的 NO_2，已知 294K 时反应 $N_2O_4(g) \rightleftharpoons 2NO_2(g)$ 的 $K^\ominus=0.24$，求此温度下反应进行的方向。

3. 已知 320℃时，反应 $SO_2Cl_2(g) \rightleftharpoons SO_2(g)+Cl_2(g)$ 是一级反应，反应速率常数是 $2.2\times10^{-5}s^{-1}$。问：

(1) 10.0gSO_2Cl_2 分解一半需多少时间？

(2) 2.00gSO_2Cl_2 经 2h 之后还剩多少？

4. 反应 $2NO+Cl_2 \longrightarrow 2NOCl$ 为基元反应。

(1) 写出该反应的速率方程。

(2) 计算反应级数。

(3) 其他条件不变，若将容器体积增加到原来的 2 倍，反应速率如何变化？

(4) 如果体积不变，将 NO 的浓度增加到原来的 3 倍，反应速率如何变化？

第三章　溶液与离子平衡

知识目标

1. 掌握分散体系基本概念、溶液组成的表示方法；
2. 理解稀溶液的依数性；
3. 掌握电解质溶液的基本理论、弱电解质的电离平衡和电离度；
4. 掌握弱酸(弱碱)水溶液中 H^+离子浓度和 pH 值的计算方法；
5. 了解缓冲溶液的组成、作用原理、性质，缓冲体系的重要作用；
6. 了解难溶电解质的沉淀溶解平衡及掌握溶度积规则。

能力目标

1. 能区分溶质与溶剂及不同的分散体系；
2. 能进行溶液浓度的计算；
3. 能将不同的电解质溶液进行区分和应用；
4. 在实践中能选择合适的缓冲溶液；
5. 能理解沉淀的生成、溶解的规律并加以应用。

素质目标

1. 形成自然科学的思维方式；
2. 养成严谨的科学态度。

人们在日常生活中会接触到不少溶液，例如喝的汽水或茶水，烧菜用的醋，消毒用的碘酒，注射用的葡萄糖、生理盐水，护肤用的爽肤水等。溶液在工农业生产中应用广泛，在化妆品制备、分析检验过程中，很多原料也要先配制成溶液，本章将介绍溶液的一些基本知识。

第一节　溶液及其浓度的表示方法

一、基本概念

(一) 分散体系

一种物质(或几种物质)以粒子形式分散在另一种物质里所形成的混合体系称为分散体系。分散体系中被分散成粒子的物质称为分散质，也称为分散相，对被分散物质起分散作用的物质称为分散剂，也称为分散介质。溶液、胶体、悬浊液或乳浊液都是根据分散质粒子的大小来划分的。即有：

分散体系＝分散质+分散剂（溶液＝溶质+溶剂）

按照分散质被分散的程度即粒子大小，可把分散体系分为以下三类：

① 溶液：分散质以分子、离子或原子形式被分散到分散剂中，分散质和分散剂的粒子半径均小于 lnm，此时分散质与分散剂形成均匀的分散体系，此分散体系为真溶液，简称溶液。最常见的溶液有工业酒精、生理盐水、盐酸等。

② 胶体：分散质的粒子半径大小在 1～100nm 之间的分散体系称为胶体分散体系，简称胶体。胶体可分为溶胶和高分子溶液。溶胶指分散质为分子或其他粒子的少量聚集体，如氢氧化铁溶胶等。高分子溶液指分散质为聚合物分子或生物大分子的溶液，如明胶等。

③ 粗分散体系：分散质粒子的半径大于 100nm 的悬浊液或乳浊液状分散体系，称为粗分散体系。粗分散体系用一般显微镜甚至肉眼即可观测或分辨出粒子的存在，它们是不均匀的多相系统。常见的粗分散体系有石灰浆、烟尘等。

分散体系的特性见表 3-1。

表 3-1　分散体系的特性

分散体系类型	分散质粒子	分散质粒子大小	特性
粗分散体系	大量分子聚集体	>100nm	体系整体不稳定，外观不透明，粒子不能通过滤纸和半透膜
胶体分散体系	多分子聚集体或有机高分子	1～100nm	体系整体较稳定，外观透明，粒子能通过滤纸但不能通过半透膜
溶液	单个小分子、离子或原子	<1nm	体系整体稳定，外观透明，粒子能通过半透膜和滤纸

（二）溶液

溶液是两种或两种以上物质所形成的混合物，是均匀混合且彼此呈现分子、原子（或离子）状态分布，各部分的化学组成和物理性质皆相同的均相体系，具有透明、均匀、稳定的宏观特征。

物质在常温时有固体、液体和气体三种聚集状态。溶液也可按聚集状态来分类，即有气态溶液（如大气）：彼此呈分子（或原子）分散的气体混合物；固态溶液（如合金）：彼此呈分子（或原子）分散的固体混合物；液态溶液（如稀硫酸溶液、糖水）：气体、固体和液体溶解于液态物质中，并以分子、原子、离子形式分散在液态物质中。通常所说的溶液是指液态溶液。液态溶液包括两种，即能够导电的电解质溶液和不能导电的非电解质溶液。

溶液中常把液态组分称为溶剂 A，把溶解于液态组分中的气体或固体称为溶质 B。当液体溶于液体时，通常把含量较多的一种称为溶剂，含量较少的一种称为溶质。当两种液体组分的含量差不多时，溶剂和溶质就没有明显的区分。在实际应用中哪一组分作溶剂需要具体说明，如甲醇和乙醇等量混合。此外，在实验室如不特殊指明，则溶剂常指定为水。本书中讨论的溶液均指水溶液。

二、溶液浓度的表示方法

在各行各业中，都会涉及溶液中溶质和溶剂的相对含量及溶液浓度，故对各种溶液浓度定义的理解及其相关计算都非常重要。根据不同场合的需要，溶液的浓度可以用不同的方法来表示。

（一）溶质的质量分数(w_B)

定义：溶液中溶质 B 的质量(m_B)与溶液的质量(m_B+m_A)之比，无单位，通常用百分数表达，可用比值乘以 100%，即有：

$$w_B=\frac{m_B}{m_B+m_A}\times 100\% \tag{3-1}$$

（二）溶质的质量浓度(ρ_B)

定义：单位体积溶液中所含溶质 B 的质量(m_B)，即溶质 B 的质量(m_B)除以溶液的体积(V)，国际标准单位为 kg/m^3，也可用 mg/L、g/L 等，常用单位 g/L。即有：

$$\rho_B=\frac{m_B}{V} \tag{3-2}$$

（三）物质的量浓度(c_B)

定义：单位体积溶液中所含溶质的物质的量(n_B)，即溶质 B 的物质的量(n_B)除以溶液的体积(V)，国际标准单位为 mol/m^3，常用单位 mol/L。即有：

$$c_B=\frac{n_B}{V} \tag{3-3}$$

n_B是表示组成物质 B 的基本单元数目多少的物理量。物质所含的基本单元数 N 与 0.012kgC^{12}的原子数目相等(6.023×10^{23}阿伏伽德罗常数 N_A)，则为 1mol。在使用物质的量时应予以指明物质的基本单元，它可以是原子、分子、离子、电子及其他粒子，或者是这些粒子的特定组合。

$$n=\frac{N}{N_A}$$

$$n_B=\frac{m_B}{M_B} \tag{3-4}$$

式中　M_B——溶质 B 的摩尔质量，g/mol。

M_B表示 1mol 的 B 物质所具有的质量，在数值上等于 B 物质的相对原子质量或相对分子质量。

【例 1】 已知浓硫酸的密度 ρ 为 1.84g/mL，其质量分数为 98%，1L 浓硫酸中含有多少 mol 的硫酸？浓硫酸的物质的量浓度为多少 mol/L？($M_{H_2SO_4}=98.08g/mol$)

解：1L 浓硫酸中，

$$m_{H_2SO_4}=\rho V$$

$$n_{H_2SO_4}=\frac{1.84g/mL\times 1000mL\times 0.98}{98.08g/mol}=18.4mol$$

$$c_{H_2SO_4}=\frac{n_{H_2SO_4}}{V}=\frac{18.4mol}{1L}=18.4mol/L$$

（四）物质的量分数(χ)

定义：溶液中某组分的物质的量(n_i)与溶液中所有组分物质的量和($n_{总}$)之比，也称为摩尔分数，无单位，即有：

$$\chi_i = \frac{n_i}{n_{总}} \tag{3-5}$$

溶液中各组分物质的量分数之和等于 1，即 $\sum x_i = 1$。

【例 2】 将 10g NaOH 溶于 90g 水中，求此溶液中 NaOH 的物质的量分数。(M_{NaOH} = 40g/mol，M_{H_2O} = 18g/mol)

解：

$$n_{NaOH} = \frac{m_{NaOH}}{M_{NaOH}} = \frac{10g}{40g/mol} = 0.25mol$$

$$n_{H_2O} = \frac{90g}{18g/mol} = 5mol$$

$$X_{NaOH} = \frac{0.25}{0.25+5} = 0.048$$

(五) 质量摩尔浓度(b_B)

定义：溶质 B 的物质的量(n_B)与溶剂的质量(m_A)之比，即有：

$$b_B = \frac{n_B}{m_A} \tag{3-6}$$

质量摩尔浓度的国际标准单位为 mol/kg，即表示每千克溶剂中所含溶质 B 的物质的量，即有：

$$b_B = \frac{m_B}{M_B \times m_A} \times 1000 \tag{3-7}$$

式中　m_B——溶质的质量，g；

m_A——溶剂的质量，g；

M_B——溶质 B 的摩尔质量，g/mol。

在很稀的水溶液中，可近似地认为物质的量浓度与质量摩尔浓度在数值上相等。这是因为当水溶液很稀时，溶质的质量可以忽略不计，溶液的体积可认为与水的体积相同，密度为 1kg/L，溶剂水的质量近似等于溶液的质量，在数值上等于溶液的体积 V(L)。

【例 3】 250g 溶液中含有 40g NaCl，计算此溶液的质量摩尔浓度。(M_{NaCl} = 58.5g/mol)

解：

$$m_{H_2O} = 250-40 = 210(g)$$

$$b_{NaCl} = \frac{40}{58.5 \times 210} \times 1000 = 3.26(mol/kg)$$

(六) 体积比浓度

若用两种或两种以上的液体配制溶液时，为了操作方便，有时用两种或两种以上的液体的体积比表示浓度，称为体积比浓度。例如配制 1∶4 的硫酸溶液，就是指 1 体积硫酸(一般指质量分数为 98%，密度是 1.84g/mL 的 H_2SO_4)和 4 体积水配制而成的溶液。体积比浓度只在对浓度要求不太精确时使用，体积比浓度无单位。

第二节　稀溶液的依数性

溶液中溶有不同溶质时通常具有不同的性质，如颜色、酸碱性、导电性等。溶液按溶质类型可分为电解质溶液和非电解质溶液；按溶质的相对含量可分为稀溶液和浓溶液。人们在研究溶液中发现，难挥发的非电解质稀溶液具有一些共同的性质。若将难挥发非电解质溶于某溶剂时，溶液的蒸气压将比纯溶剂的蒸气压降低；溶液的沸点比纯溶剂的沸点升高；溶液的凝固点比纯溶剂的凝固点降低；在溶液和纯溶剂之间会产生渗透压。当这类溶液的浓度较稀时，溶液的蒸气压降低、沸点升高、凝固点降低，渗透压的数值仅与溶液中溶质的粒子数(浓度)有关，而与溶质的本性无关，这些性质称为稀溶液的依数性。

一、蒸气压降低

(一) 液体的蒸气压

蒸气压是液体的重要性质，它与液体自身的本性和所处的温度有关。若将液体(例如水)放在抽空的封闭的容器中，液面上有一定的自由空间，液体中能量较大的那部分分子，就能克服液体内部分子间的引力，而进入液面上的空间，这个过程就是蒸发或汽化，液面上的气体分子因各种作用力重新进入液相称为凝结(见图 3-1)。在恒温下，单位时间内单位面积上所汽化的分子数为定值。已经形成蒸气的分子，在液面上方不断地运动，一定会有一部分分子撞击到液面，又被表面上的分子拉回液体中，重新凝结为液体。

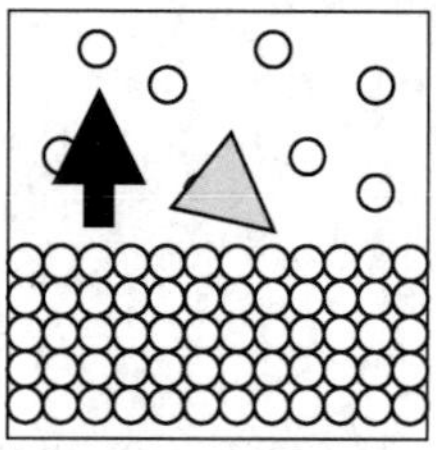

图 3-1　纯水的蒸气压示意图

开始时空间里的分子数不多，凝聚量也不多，而蒸发过程始终在进行，随着时间的推移，蒸气中的分子愈来愈多，凝聚量也逐渐增加，最终达到动态平衡，即蒸发出来的分子数等于凝结下来的分子数。宏观上看，蒸气的密度不再增加，此时蒸气达到饱和状态。

$$H_2O(l) \underset{\text{凝结}}{\overset{\text{蒸发}}{\rightleftharpoons}} H_2O(g)$$

在一定的温度下，当液态水分子蒸发的速度等于水蒸气凝聚的速度时，液态水与水蒸气处于动态平衡状态，这种平衡称为相平衡。相平衡时的蒸气压称为水在此温度下的饱和蒸气压，简称蒸气压。

液体的蒸气压是液体的重要性质。由表 3-2 可知，纯水的蒸气压随温度的升高而增大。由此可见，液体的蒸气压是属于液体自身的性质，它由平衡时的饱和蒸气的压力来衡量。

表 3-2　不同温度下纯水的饱和蒸气压

温度/℃	0	10	20	30	40	50	100
饱和蒸气压/kPa	0.610	1.228	2.338	4.243	7.376	12.334	101.325

(二) 拉乌尔定律

1886 年，法国物理学家拉乌尔(F. M. Raoult)在研究中发现了含有非挥发性溶质的稀溶液的特殊行为，并总结出如下结论：在一定温度下，难挥发的非电解质稀溶液的蒸气压等于纯溶剂的蒸气压乘以溶剂的物质的量分数，即有：

$$p_A = p_A^0 x_A \quad (3-8)$$

$$\because p_A = p_A^0(1-x_B)$$

$$\therefore p_A^0 - p_A = p_A^0 x_B$$

$$\Delta p = p_A^0 x_B \quad (3-9)$$

式中 p_A^0——某温度下纯溶剂的饱和蒸气压，Pa；

p_A——同温度下溶液中溶剂的饱和蒸气压，Pa；

x_A——溶剂的物质的量分数；

x_B——溶质的物质的量分数；

Δp——蒸气压的降低值，Pa。

$\Delta p = p_A^0 x_B$ 表示溶剂蒸气压的降低值与溶质在溶液中的物质的量分数成正比。在纯溶剂中加入少量难挥发的溶质后，体系达平衡时，溶液的蒸气压总是小于同温度下的纯溶剂的蒸气压，即溶液的蒸气压下降。

一般来说，只有在稀溶液中的溶剂才能较准确地遵守拉乌尔定律。因为在稀溶液中，溶剂分子之间的引力受溶质分子的影响很小，即溶剂分子周围的环境与纯溶剂几乎相同，所以溶剂的饱和蒸气压仅与单位体积溶液中溶剂的分子数(溶剂的浓度)有关，而与溶质分子的性质无关。但当溶液浓度变大时、溶质分子对溶剂分子之间的引力有显著的影响。因此，溶剂的蒸气压不仅与溶剂的浓度有关，还与溶质的性质有关。这时溶剂的蒸气压就不遵守拉乌尔定律，而出现显著的偏差。

二、沸点升高

当我们对液体加热，在未达到沸点之前，仅限于液面上能量较大的分子开始蒸发变成气体，蒸气压也逐渐增加，当温度增加到液体的(饱和)蒸气压等于外界压力时，汽化作用就不仅限于液面，在整个液体中的分子都能发生汽化作用，液体开始沸腾，此时的温度就是该液体的沸点。

液体的沸点随外压而变化，压力愈大，沸点也愈高。当外压为标准情况的压力(即101.325kPa)时的沸点，则称为正常沸点。我们平常说水的沸点是100℃，就是指的这种情况。高山地区(如青藏高原)气压低，不到100℃时水就沸腾(通常在90℃左右)。相反地，在压力锅里，压力可达常压的两倍，水的沸点甚至可达到120℃左右，说明压力对沸点是有影响的。

难挥发的非电解质稀溶液会随着溶质总量的增加出现沸点升高的现象，这一现象称为溶液的沸点升高。图3-2中AA'和BB'曲线分别表示纯溶剂和溶液的蒸气压随温度的变化关系。在同一温度时，溶液的蒸气压较纯溶剂低。当外压为P^0时，溶液的沸点为T_b，而纯溶剂的沸点为T_b^0；显然，$T_b > T_b^0$，即沸点升高值$\Delta T_b = T_b - T_b^0$。拉乌尔实验证明溶液的沸点升高值ΔT_b与溶液的质量摩尔浓度b_B成正比，即有：

$$\Delta T_b = K_b b_B \quad (3-10)$$

式中 K_b——溶剂的沸点升高常数，K·kg/mol，与溶剂的性质有关，与溶质的性质无关；

b_B——溶质的质量摩尔浓度，mol/kg；

ΔT_b——沸点升高值，K。

几种溶剂的K_b值见表3-3。

表 3-3　几种溶剂的 K_b 值

溶剂	水	乙酸	苯	氯仿	萘	四氯化碳	乙醇
T_b^0/K	373.15	391.05	353.25	334.35	491.15	349.87	351.48
K_b/[(K·kg)/mol]	0.52	3.07	2.53	3.85	5.8	4.95	1.19

三、凝固点降低

溶液的凝固点是在一定外压下(通常是 101.325kPa)，固态纯溶剂和液态溶液平衡时的温度，这时固相纯溶剂的蒸气压与溶液中溶剂的蒸气压相等。根据拉乌尔定律，溶液中溶剂的蒸气压小于纯溶剂的蒸气压。

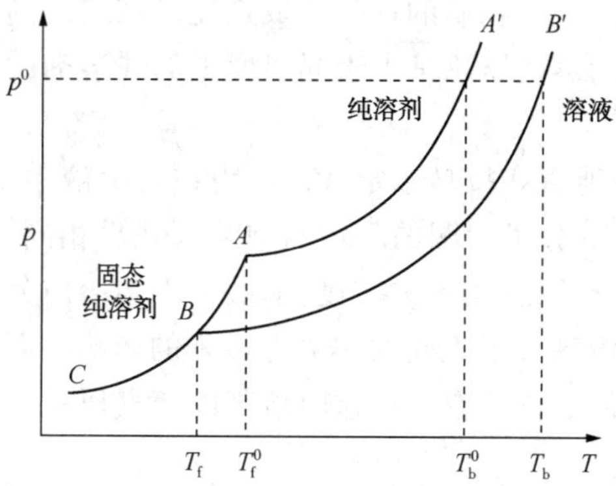

图 3-2　蒸气压与温度关系图

图 3-2 中曲线 AC 表示固态纯溶剂的蒸气压随温度的变化关系。AA' 与 AC 相交于点 A，点 A 对应的温度 T_f^0 表示纯溶剂的凝固点，在此温度下，液态纯溶剂和固态纯溶剂的蒸气压相等。BB' 与 AC 相交于点 B，点 B 所对应的温度 T_f 是溶液的凝固点，该温度时溶液和固态纯溶剂的蒸气压相等，图中可见 T_f 低于 T_f^0。因此，溶液和固态纯溶剂平衡时的温度(溶液的凝固点)比纯溶剂的凝固点低，这就是溶液的凝固点降低的原因。

根据拉乌尔定律，难挥发非电解质溶液的凝固点降低和溶质的质量摩尔浓度成正比，即有：

$$\Delta T_f = K_f b_B \tag{3-11}$$

式中　K_f——溶剂凝固点降低常数，K·kg/mol，与溶剂的性质有关，与溶质的性质无关；

b_B——溶质的质量摩尔浓度，mol/kg；

ΔT_f——凝固点降低值，K。

几种溶剂的 K_f 值见表 3-4。

表 3-4　几种溶剂的 K_f 值

溶剂	水	乙酸	苯	环己烷	萘	樟脑	三溴甲烷
溶剂的凝固点/K	273.15	289.75	278.65	279.65	353.5	451.15	280.95
K_f/[(K·kg)/mol]	1.86	3.90	5.12	20	6.9	40	14.4

四、渗透压

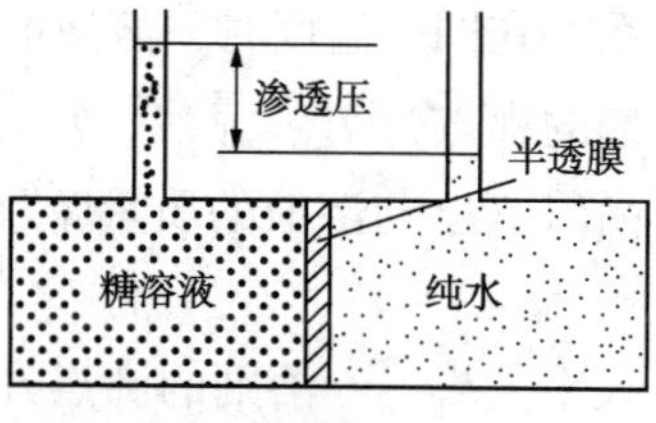

图 3-3　渗透压示意图

如果容器(见图 3-3)中间用一种能通过溶剂分子但不能通过溶质分子的柔韧的半透膜隔开成两部分，分别放入等体积的水和蔗糖溶液。经过一段时间后，发现糖水的液面比纯水的液面高。这个实验说明水分子通过半透膜进入了糖溶液，这种只有溶剂水分子通过半透膜自动扩散的过程称为渗透，这种现象称为渗透现象。由于蔗糖溶液中水的浓度低于纯水的浓度，所以单位时间内纯水中穿过半透膜的水分子数比蔗糖溶液中穿过半透膜的水分子数要多些，结果使蔗糖溶液液面升高。

随着液面的升高，水分子数从蔗糖溶液渗入纯水中的速度增加，最后使两边进出的水分子数相等，从而达到平衡。半透膜两边的水位差所表示的静压就称为溶液的渗透压。或者说，渗透压是为了阻止溶剂分子渗透而必须在溶液上方所需要施加的最小额外压力。渗透现象在自然界中广泛存在，而且在动植物生命过程中起着重要的作用。例如，植物利用根部从土壤中吸取水分和养分，人体内的营养循环等都是通过渗透实现的。

1886 年，荷兰物理学家范特霍夫(van' t Hoff)通过大量实验研究得出稀溶液的渗透压与溶液浓度和温度关系，即：

$$\pi V=nRT \tag{3-12}$$

$$\pi=c_B RT \tag{3-13}$$

式中 π——渗透压，kPa；

V——溶液体积，L；

n——溶质的物质的量，mol；

c_B——溶质的物质的量浓度，mol/L；

R——摩尔气体常数，8. 3144J/(mol · K)；

T——热力学温度，K。

从式(3-13)可以看出，当温度一定时，稀溶液的渗透压与溶液中所含溶质的物质的量浓度成正比，当浓度一定时，稀溶液的渗透压与热力学温度 T 成正比，而与溶质的性质无关。

反渗透是 20 世纪 60 年代以后发展起来的一项新技术。所谓反渗透是在溶液的一方所加的静液压超过渗透压，使溶剂分子反向流动(即溶剂分子从溶液流向纯溶剂)，这种现象就是反渗透现象(见图 3-4)。反渗透方法最有可能成为一种有前途的海水淡化方法。它可以快速生产淡水，而成本约为目前城市自来水成本的 3 倍左右。关键问题是要寻求更理想的渗透膜。反渗透法也可用于工业废水的处理，除去水中的有害物质，解决水污染问题。

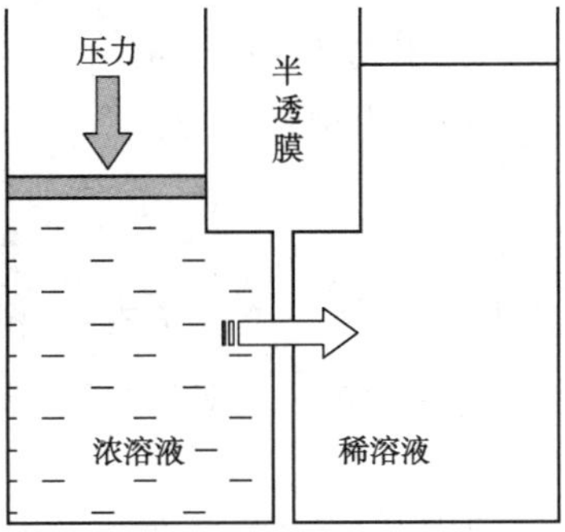

图 3-4　反渗透原理

第三节　电解质溶液

一、电解质

在溶于水或熔融状态下均不能导电的化合物称为非电解质，一般是由弱极性键和非极性键形成的共价化合物，如某些非金属氧化物，绝大部分有机物；在水溶液中或熔融状态时能电离成离子导电的物质称为电解质，一般是由离子键形成的离子化合物和某些具有极性键的共价化合物，如酸、碱、盐等化合物。其中能完全电离的化合物为强电解质，强电解质一般有：强酸强碱，大多数盐，如：盐酸、氢氧化钠、氯化钠、碳酸钠、硫酸铜等。氯化钠的离解方程式如下：

$$NaCl \longrightarrow Na^+ + Cl^-$$

在水溶液中或熔融状态下仅能部分电离的称为弱电解质，其电离过程是可逆的，存在分子和离子之间的电离平衡。常见的弱电解质有，弱酸：H_2S、H_2CO_3、CH_3COOH、HF、HCN、HClO 等；弱碱：$NH_3 \cdot H_2O$、$Fe(OH)_3$、$Cu(OH)_2$等；水是由强极性键构成的极弱的电解质。

能导电的不一定是电解质，判断某化合物是否是电解质，不能只凭它在水溶液中导电与否，还需要进一步考察其晶体结构和化学键的性质等因素。例如金属能导电但不是电解质，也不是非电解质，而是单质。硫酸钡难溶于水，溶液中离子浓度很小，其水溶液不导电，似乎为非电解质，但是其溶解的成分在水中是完全电离的，而且熔融的硫酸钡可以导电，因此，硫酸钡是电解质。有些氧化物在水溶液中即便能导电，但也不是电解质。因为这些氧化物与水反应生成了新的能导电的物质，溶液中导电的不是原氧化物，如SO_2本身不能电离，而它和水反应，生成亚硫酸，亚硫酸为电解质。

二、电解质的电离平衡

(一) 电离平衡及平衡常数

在一定温度下，当电解质分子电离为离子的速率等于离子重新结合成分子的速率时，未电离分子和离子间建立的动态平衡称为电离平衡。

弱电解质的电离过程是可逆的，存在分子和离子之间的电离平衡。例如，醋酸水溶液存在如下平衡：

$$HAc \rightleftharpoons H^+ + Ac^-$$

应用化学反应平衡的原理，可以写出电离平衡常数表达式，如上述醋酸电离反应方程式的电离平衡常数为：

$$K_a^{\ominus} = \frac{[H^+][Ac^-]}{[HAc]} \tag{3-14}$$

式中 $K_a^{\ominus}$——酸的电离平衡常数；

$[H^+]$、$[Ac^-]$、$[HAc]$——平衡时 H^+、CH_3COO^- 和未电离的 CH_3COOH 分子的浓度，mol/L。

同样，一元弱碱氨水的电离平衡为：

$$NH_3 + H_2O \rightleftharpoons NH_4^+ + OH^-$$

电离平衡常数表达式：

$$K_b^{\ominus} = \frac{[NH_4^+][OH^-]}{[NH_3]} \tag{3-15}$$

式中 $K_b^{\ominus}$——碱的电离平衡常数；

$[NH_4{}^+]$、$[OH^-]$、$[NH_3]$——平衡时 $NH_4{}^+$、OH^-和未电离的 NH_3分子的浓度，mol/L。

弱电解质在一定条件下电离达到平衡时，溶液中电离所生成的各种离子浓度以其在化学方程式中的化学计量系数为指数的乘积，跟溶液中未电离分子的浓度以其在化学方程式中的化学计量系数为指数的乘积的比值，称为该弱电解质的电离平衡常数，简称电离常数 $K_i^{\ominus}$。

$K_i^{\ominus}$ 值与浓度无关，但随温度变化而变化。电离平衡常数表示弱电解质电离趋势的大小，$K_i^{\ominus}$ 值越大，表示电离程度越大。在水溶液中，酸碱的强度通常用它们在水中的离解常数的大小来衡量。$K_a^{\ominus}$ 越大，酸的强度越大；同样，$K_b^{\ominus}$ 越大，碱的强度越大。

要注意的是：电离平衡常数只用于弱电解质的计算，强电解质不适用；在同一温度下，同一电解质的电离平衡常数相同；电离平衡常数的大小反映弱电解质的电离程度，不同温度时有不同的电离常数，但电离平衡常数不受浓度的影响。

（二）电离度

电离平衡是化学平衡的一种类型。在一定条件下，电离平衡建立后，溶液中分子和离子的浓度就不再改变。不同弱电解质在相同的水溶液中电离程度并不一样，同一弱电解质在不同浓度时电离程度也不相同，通常用电离度 α 表示。

$$\alpha=\frac{\text{已电离溶质的分子数}}{\text{溶液中原有溶质的分子总数}}\times 100\%$$

或

$$\alpha=\frac{\text{已离解溶质的浓度}}{\text{未离解前溶质的起始浓度}}\times 100\%$$

弱电解质在水溶液中已电离的部分与其总量之比称为电离度，α 的大小可以表示电解质在水溶液中的电离程度。

电离度 α 与电解质的本性有关，不同弱电解质在相同浓度时，其电离度不同。电解质越弱，电离度越小(见表 3-5)。电离度除了与温度有关外还与浓度有关(见表 3-6)；醋酸的电离度随着溶液浓度的降低而增大，这是因为溶液的浓度减小，溶液中离子结合成分子的机会减少，电离平衡向右移动，因而增大了电解质的电离度。

表 3-5　几种弱电解质的电离度(0.1mol/L，298K)

电解质	HAc	HCN	H_2S	H_2CO_3	HF	HCOOH	HNO_2	$NH_3\cdot H_2O$
电离度/%	1.33	0.007	0.075	0.207	5.94	4.2	6.78	1.33

表 3-6　不同浓度醋酸的电离度(298K)

浓度/(mol/L)	0.2	0.1	0.02	0.01
电离度/%	0.935	1.33	2.96	4.20

【例 4】　已知醋酸的 $K_a^{\ominus}=1.76\times10^{-5}$，计算：(1)0.01mol/L HAc 溶液的电离度；(2)0.05mol/LHAc溶液的电离度。

解：设醋酸电离达平衡时溶液中$[H^+]=x$mol/L，则有：

$$HAc \rightleftharpoons H^+ + Ac^-$$

	HAc	H^+	Ac^-
(1) 起始浓度/(mol/L)	0.01	0	0
平衡浓度/(mol/L)	$0.01-x$	x	x
(2) 起始浓度/(mol/L)	0.05	0	0
平衡浓度/(mol/L)	$0.05-x$	x	x

$$K_{a(1)}^{\ominus}=\frac{[H^+][Ac^-]}{[HAc]}=\frac{x\cdot x}{0.01-x}=1.76\times10^{-5}$$

$$K_{a(2)}^{\ominus}=\frac{[H^+][Ac^-]}{[HAc]}=\frac{x\cdot x}{0.05-x}=1.76\times10^{-5}$$

因 x 值都很小，故有 $0.05-x \approx 0.05$，$0.01-x \approx 0.01$。

代入上式：$[H^+]_{(1)}=x=4.20\times10^{-4}$ mol/L

$[H^+]_{(2)}=x=9.38\times10^{-4}$ mol/L

0.01mol/L 醋酸电离度 $\alpha_{(1)}=\frac{[H^+]}{[HAc]}\times100\%=\frac{4.20\times10^{-4}\text{mol/L}}{0.01\text{mol/L}}\times100\%=4.20\%$

0.05mol/L 醋酸电离度 $\alpha_{(2)}=\frac{[H^+]}{[HAc]}\times100\%=\frac{9.38\times10^{-4}\text{mol/L}}{0.05\text{mol/L}}\times100\%=1.88\%$

由上例计算结果可看出，醋酸溶液的浓度减小(即稀释)，则其电离度变大。

以浓度 $c$mol/L 的 HAc 为例，了解弱电解质溶液的浓度 c、电离平衡常数 K 和电离度 α 三者间的关系。

	$HAc \rightleftharpoons$	H^+ +	Ac^-
起始浓度/(mol/L)	c	0	0
平衡浓度/(mol/L)	$c-c\alpha$	$c\alpha$	$c\alpha$

$$K^{\ominus}=\frac{[H^+][Ac^-]}{[HAc]}=\frac{c\alpha\cdot c\alpha}{c-c\alpha}=\frac{c\alpha^2}{1-\alpha}$$

当 $\frac{c}{K^{\ominus}}\geq500$ 时，α 很小，$1-\alpha\approx1$，则有：

$$K^{\ominus}\approx c\alpha^2 \quad 或 \quad \alpha\approx\sqrt{\frac{K^{\ominus}}{c}}$$

上式表达了弱电解质溶液起始浓度、电离平衡常数和电离度之间的联系，说明弱电解质的浓度和电离度平方的乘积近似为常数，或者说弱电解质的电离度与其浓度的平方根成反比。即溶液越稀，电离度越大。

若弱电解质为 $\frac{c}{K^{\ominus}}\geq500$ 的一元弱酸或一元弱碱，则上式可表示为如下形式。

一元弱酸：$K_a^{\ominus}=c_a\alpha^2$ 或 $\alpha=\sqrt{\frac{K_a^{\ominus}}{c_a}}$

一元弱酸溶液中的 $[H^+]=c_a\alpha=\sqrt{c_aK_a^{\ominus}}$

同理一元弱碱：$K_b^{\ominus}=c_b\alpha^2$ 或 $\alpha=\sqrt{\frac{K_b^{\ominus}}{c_b}}$

一元弱酸溶液中的 $[OH^-]=c_b\alpha=\sqrt{c_bK_b^{\ominus}}$

【例 5】 计算 0.10mol/L HAc 溶液中的氢离子浓度，已知 $K_a^{\ominus}=1.76\times10^{-5}$

解：

$$[H^+]=\sqrt{c_aK_a^{\ominus}}=\sqrt{0.10\times1.76\times10^{-5}}$$

$$[H^+]=1.33\times10^{-3}(\text{mol/L})$$

（三）电离度和电离平衡常数的关系

两者都能定量地表示弱电解质在溶液中电离程度的大小或相对强弱；但是电离度和电离平衡常数有差别：电离平衡常数 K 是化学平衡常数的一种，电离度 α 是转化率的一种；电离常数是弱电解质的特征常数，基本不随浓度变化，但随温度而变化；电离度除了与温度有关外还与浓度有关。

（四）多元弱电解质的电离平衡

分子中含有两个或两个以上可电离氢离子的酸，称为多元酸。多元弱酸，如碳酸（H_2CO_3）、氢硫酸（H_2S）为二元弱酸，磷酸（H_3PO_4）为三元中强酸。多元弱酸在溶液中的电离平衡比一元弱酸要复杂。多元弱酸的电离是分步进行的。现以二元弱酸氢硫酸为例，说明多元弱酸的电离平衡。

氢硫酸（H_2S）的电离分两步进行，每一步电离都有相应的电离平衡和电离常数。H_2S 的第一步电离，生成 H^+ 和 HS^-，称为一级电离：

$$H_2S \rightleftharpoons H^+ + HS^-$$

$$K_{a1}^{\ominus} = \frac{[H^+][HS^-]}{[H_2S]} = 9.1\times10^{-8}$$

第一级电离出来的 HS^-，将进一步电离生成 H^+ 和 S^{2-}，称为二级电离：

$$HS^- \rightleftharpoons H^+ + S^{2-}$$

$$K_{a2}^{\ominus} = \frac{[H^+][S^{2-}]}{[HS^-]} = 1.3\times10^{-12}$$

$K_{a1}^{\ominus}$ 和 $K_{a2}^{\ominus}$ 分别为 H_2S 的一级电离常数和二级电离常数。$K_{a1}^{\ominus} > K_{a2}^{\ominus}$，说明第二步电离比第一步电离困难得多。其原因有：①带两个负电荷的 S^{2-} 对 H^+ 的吸引力比带一个负电荷的 HS^- 强得多；②第一步电离出来的 H^+ 对第二步电离产生同离子效应，抑制了第二步电离。所以溶液 H_2S 中的 H^+ 主要来自第一步电离，计算 H^+ 浓度时可忽略第二步电离，溶液的酸性主要由第一步电离所决定，即可按一元弱酸的电离平衡处理。

【例 6】 计算 0.1mol/L H_2S 溶液中的 H^+ 和 S^{2-} 的浓度。

解： 因为 $K_{a1}^{\ominus} > K_{a2}^{\ominus}$，故 $[H^+]$ 只需考虑 H_2S 的第一步电离。

设 $[H^+] = x$ mol/L，

	$H_2S \rightleftharpoons$	H^+	$+HS^-$
起始浓度/（mol/L）	0.1	0	0
平衡浓度/（mol/L）	$0.1-x$	x	x

$$K_{a1}^{\ominus} = \frac{[H^+][HS^-]}{[H_2S]} = \frac{x\cdot x}{0.1-x} = 9.1\times10^{-8}$$

因 $0.1-x \approx 0.1$，所以：$K_{a1}^{\ominus} = \dfrac{x^2}{0.1} = 9.1\times10^{-8}$

$$x = [H^+] = 9.54\times10^{-5}\text{mol/L}$$

S^{2-} 是第二步电离的产物，所以用第二步电离平衡式。

设 $[S^{2-}] = y$ mol/L

$$HS^- \rightleftharpoons H^+ + S^{2-}$$

$$K_{a2}^{\ominus} = \frac{[H^+][S^{2-}]}{[HS^-]}$$

因 HS^- 发生第二步电离非常少，可以认为 $[H^+] \approx [HS^-]$。所以 $[S^{2-}] \approx K_{a2}^{\ominus} = 1.3\times10^{-12}$ mol/L，计算表明，$[S^{2-}]$ 与初始浓度无关，近似等于 $K_{a2}^{\ominus}$。由上例的计算可得出如下结论：

① 因多元弱酸的各级电离平衡常数有 $K_{a1}^{\ominus}>K_{a2}^{\ominus}>K_{a3}^{\ominus}$，求[$H^+$]时，可当作一元弱酸处理，可用 $K_{a1}^{\ominus}$作为衡量多元弱酸强度的标志。

② 二元弱酸溶液中，$K_{a1}^{\ominus}>K_{a2}^{\ominus}$时，其酸根离子的浓度近似等于 $K_{a2}^{\ominus}$，与二元弱酸的起始浓度无关。

三、同离子效应

在 10mL 1mol/L HAc 溶液中加入 2 滴甲基橙，溶液呈红色。向其中加入少量 NaAc 固体，振摇使之完全解离，溶液逐渐变为黄色。甲基橙在 pH 值≤3.1 的溶液中呈现红色，在 pH 值≥4.4 的溶液中呈现黄色，上述实验现象表明，少量 NaAc 固体的加入，使 HAc 溶液的酸度降低了。这是由于 HAc 溶液中存在下列电离平衡：

$$HAc \rightleftharpoons H^+ + Ac^-$$

NaAc 的加入使溶液中 Ac^-的浓度增大，上述 HAc 的电离平衡向左移动。Ac^-浓度的增大，致使 H^+的浓度减小，HAc 的电离度也随之降低。同理，在氨水($NH_3 \cdot H_2O$)溶液中加入少量 NH_4Cl 或 NaOH 固体，由于 NH_4^+或 OH^-离子的存在，亦可使氨水的电离平衡向左移动，使氨水的电离度降低。

$$NH_3 \cdot H_2O \rightleftharpoons NH_4^+ + OH^-$$

这种在已建立了酸碱平衡的弱酸或弱碱溶液中，加入含有同种离子的易溶强电解质，使酸碱电离平衡向着降低弱酸或弱碱电离度方向移动，降低弱电解质电离度的作用称为同离子效应。

【例 7】 在 1L 0.1mol/L 醋酸溶液中，加入固体 NaAc 4.1g，求该醋酸溶液中氢离子浓度及电离度(假定溶液体积不变)。($K_a^{\ominus}=1.76\times10^{-5}$)

解：4.1g NaAc 加入 1L 溶液后，则 NaAc 的浓度为：

$$c_{NaAc}=\frac{n_{NaAc}}{V}=\frac{\frac{4.1g}{82g/mol}}{1L}=0.05mol/L$$

因为 NaAc 在溶液中全部电离，由 NaAc 电离的 Ac^-浓度为 0.05mol/L。

设平衡时溶液中[H^+]=$x$mol/L，则：

	HAc ⇌	H^+ +	Ac^-
起始浓度/(mol/L)	0.1	0	0.05
平衡浓度/(mol/L)	$0.1-x$	x	$0.05+x$

$$K_a^{\ominus}=\frac{[H^+][Ac^-]}{[HAc]}=\frac{x\cdot(0.05+x)}{0.1-x}=1.76\times10^{-5}$$

因为 x 值很小，$0.05+x\approx0.05$，$0.1-x\approx0.1$，代入上式：

$$[H^+]=x=3.52\times10^{-5}mol/L$$

$$电离度\ \alpha=\frac{[H^+]}{[HAc]}\times100\%=\frac{3.52\times10^{-5}mol/L}{0.1mol/L}\times100\%=0.035\%$$

若未加 NaAc 的 1L0.1mol/L 醋酸溶液平衡时[H^+]=$y$mol/L，则有：

	HAc ⇌	H^+ +	Ac^-
起始浓度/(mol/L)	0.1	0	0
平衡浓度/(mol/L)	$0.1-y$	y	y

$$K_a^{\ominus}=\frac{[H^+][Ac^-]}{[HAc]}=\frac{y \cdot y}{0.1-y}=1.76\times10^{-5}$$

因为 y 值很小，$0.1-y\approx0.1$，代入上式：

$$[H^+]=y=1.33\times10^{-3}mol/L$$

$$电离度\ \alpha=\frac{[H^+]}{[HAc]}\times100\%=\frac{1.33\times10^{-3}mol/L}{0.1mol/L}\times100\%=1.33\%$$

计算表明，加入 4.1gNaAc 后，HAc 的电离度由 1.33%降到 0.035%，$[H^+]$由 1.33×10^{-3}mol/L 降至 3.52×10^{-5}mol/L。

同样，在碱性的氨水中加入强电解质NH_4Cl，因同离子效应，氨水的电离度也会减小。同离子效应在生产和科学实验中有广泛的应用。

第四节　水的电离和溶液的 pH 值

一、水的电离和离子积常数

水是一种弱电解质，它也能电离，并存在如下的电离平衡：

$$H_2O+H_2O \rightleftharpoons H_3O^++OH^-$$

$$H_2O \rightleftharpoons H^++OH^-$$

在一定温度下，根据化学反应平衡原理，水的电离平衡常数表达式为：

$$K^{\ominus}=\frac{[H^+][OH^-]}{[H_2O]}$$

由于水的电离度很小，式中$[H_2O]$可视为常数，由上式可得：

$$[H^+]\cdot[OH^-]=K^{\ominus}\cdot[H_2O]=K_W^{\ominus}$$

$K_W^{\ominus}$ 称为水的离子积常数，简称水的离子积，说明在一定温度下，水溶液中 H^+浓度和 OH^-浓度乘积是一个常数。表明不管是在纯水中或极稀的水溶液中，H^+和OH^-浓度的乘积在恒温条件下是不变的。精确实验测得 295K 时，纯水中$[H^+]$和$[OH^-]$均为 1.0×10^{-7}mol/L，因此，

$$K_W^{\ominus}=[H^+]\cdot[OH^-]=1.0\times10^{-7}\times1.0\times10^{-7}=1\times10^{-14}$$

由于水的电离是吸热过程，因此温度升高，水的电离度增大，故 $K_W^{\ominus}$ 随温度的升高而增大，如表 3-7 所示。但在常温时，一般都以 $K_W^{\ominus}=1.0\times10^{-14}$进行相关计算。

表 3-7　不同温度下水的离子积常数

温度/K	273	291	295	298	323	373
$K_W^{\ominus}$	0.13×10^{-14}	0.74×10^{-14}	1.00×10^{-14}	1.27×10^{-14}	5.6×10^{-14}	7.4×10^{-14}

二、溶液的 pH 值

任何物质的水溶液，不论它是酸性、中性或碱性，都同时含有 H^+与OH^-，只不过它们相对多少不同。由 H^+与OH^-相互依存、相互制约的关系，可用 H^+浓度或OH^-浓度表示溶液

的酸碱性。H^+浓度越大，溶液酸性越强，H^+浓度越小，溶液酸性越弱。OH^-浓度越大，溶液碱性越强，OH^-浓度越小，溶液碱性越弱。常温下，溶液的酸碱性可用H^+浓度与OH^-浓度的相对大小来判断。

中性溶液中$[H^+]=[OH^-]$，即$[H^+]=10^{-7}mol/L$，

酸性溶液中$[OH^-]<[H^+]$，即$[H^+]>10^{-7}mol/L$；

碱性溶液中$[OH^-]>[H^+]$，即$[H^+]<10^{-7}mol/L$。

对于H^+浓度很小的溶液，直接用H^+浓度表示其酸碱性很不方便。为简便起见，1909年由丹麦生物化学家索伦森(Soren Peter Lauritz Sorensen)提出用pH值来表示溶液的酸碱性。pH值即为H^+浓度的负对数。

$$pH=-lg[H^+]$$

若$[H^+]=m\times10^{-n}$，则$pH=n-lgm$。由此可见，pH值愈小，溶液的酸性愈强，碱性愈弱；pH值愈大，溶液的酸性愈弱，碱性愈强。

常温时，纯水中$[OH^-]=[H^+]=1.0\times10^{-7}mol/L$，其pH值=7。同理可得，溶液中：

pH值=7，溶液呈中性；

pH值<7，溶液呈酸性；

pH值>7，溶液呈碱性。

与pH值相似的还有pOH值，它是OH^-浓度的负对数，即：

$$pOH=-lg[OH^-]$$

常温时，$pH+pOH=-(lg[H^+]+lg[OH^-])=-lg[H^+][OH^-]$

$$pH+pOH=-lg1.0\times10^{-7}\times1.0\times10^{-7}=14$$

pH值是溶液酸碱度的量度，pH和pOH主要适用于$[H^+]$和$[OH^-]$为1mol/L以下的溶液，即pH和pOH的使用范围在0~14之间。当$[H^+]$和$[OH^-]$浓度大于1mol/L时，直接用H^+与OH^-的浓度表示溶液的酸碱性。

【例8】 求$[H^+]=6.38\times10^{-6}mol/L$的溶液的pH值。

解：

$$pH=-lg[H^+]$$

$$pH=-lg6.38\times10^{-6}=6-lg6.38$$

$$pH=6-0.805\approx5.20$$

常见的溶液酸碱性测定的方法有三种：酸碱指示剂、pH试纸(广泛/精密)和酸度计(也称为pH计)。

您知道皮肤好与坏的原因与皮肤和化妆品的酸碱度(也就是pH值)有密切联系吗？正常皮肤表面pH值约为5.0~7.0，最低可到4.0，最高可到9.6，皮肤的pH值平均约5.8。皮肤只有在正常的pH值范围内，也就是处于弱酸性，才能使皮肤处于吸收营养的最佳状态，此时皮肤抵御外界腐蚀的能力以及弹性、光泽、水分等，都为最佳状态，可见pH值与安全护肤及美容是密不可分的。

第五节　缓冲溶液

溶液的酸碱性是影响化学反应的重要条件之一。在工农业生产、科研工作中，化学反应在不同的酸碱性条件下，反应进行的程度或生成的产物会不相同，为了使反应向所需要

的正反应方向进行，提高反应的转化率，常需要把反应体系的 pH 值控制在一定的范围内，这就需要使用缓冲溶液来调节和控制反应体系的酸碱性。

一、缓冲溶液及其作用原理

（一）缓冲溶液

能够抵抗外加少量酸、碱或水适当稀释，而保持体系的 pH 值基本不变的溶液，称为缓冲溶液。这种能调节和控制体系 pH 值基本不变的作用叫缓冲作用。

如果在 50mL 纯水中加入 1mol/LHCl 溶液 0.05mL（1 滴），则水中的氢离子浓度变化如下：

$$[H^+]=\frac{1\times0.05}{50+0.05}=1\times10^{-3}(mol/L) \qquad pH=-lg[H^+]=-lg10^{-3}=3$$

原来纯水的 pH 值为 7，现在 pH 值变化为 3，可见在纯水中滴入一滴 1mol/LHCl 溶液后 pH 值改变了 4 个单位。

如果在 50mL 纯水中加入 1mol/L NaOH 溶液 0.05mL（1 滴），水的 pH 值由 7 变为 11，同样改变了 4 个单位。所以，在纯水中加入微量的强酸和强碱，都将引起 pH 值的急剧变化，说明纯水没有缓冲作用。

缓冲溶液一般是由弱酸及其盐、弱碱及其盐所组成的混合溶液，如酸性缓冲溶液 HAc-NaAc，碱性缓冲溶液 NH_3-NH_4Cl。还有磷酸的几种酸式盐的混合溶液，如 $NaH_2PO_4-Na_2HPO_4$ 可配制成不同 pH 值的缓冲溶液。

（二）缓冲溶液作用的原理

以 HAc-NaAc 缓冲体系为例，介绍缓冲溶液的缓冲作用原理。

在 HAc 和 NaAc 缓冲体系中，由于 NaAc 完全电离产生出大量 Ac^-，溶液中同时还有大量的 HAc 分子和 Ac^-，Ac^-对 HAc 电离产生同离子效应，抑制 HAc 的电离。缓冲体系中存在如下的平衡：

$$NaAc \longrightarrow Na^+ + Ac^-$$

$$HAc \rightleftharpoons H^+ + Ac^-$$

若设 NaAc 的原始浓度为 c_{NaAc}，HAc 的原始浓度为 c_{HAc}，平衡时 H^+浓度为 x，则有：

	HAc	$\rightleftharpoons$ H^+	$+Ac^-$
起始浓度/（mol/L）	c_{HAc}		c_{NaAc}
平衡浓度/（mol/L）	$c_{HAc}-x$	x	$c_{NaAc}+x$

$$K_a^\ominus=\frac{[H^+][Ac^-]}{[HAc]}=\frac{(c_{NaAc}+x)\cdot x}{c_{HAc}-x}$$

由于同离子效应使 x 值很小，即有 $c_{NaAc}+x\approx c_{NaAc}$，$c_{HAc}-x\approx c_{HAc}$，

$$K_a^\ominus=\frac{[H^+][Ac^-]}{[HAc]}=\frac{c_{NaAc}\cdot x}{c_{HAc}}$$

$$x=[H^+]=\frac{K_a^\ominus\cdot c_{HAc}}{c_{NaAc}}$$

$$pH = pK_a^{\ominus} - \lg \frac{c_{HAc}}{c_{NaAc}}$$

如果缓冲体系的 $c_{NaAc} = c_{HAc} = 1mol/L$，则该缓冲溶液中$[H^+] = K_a^{\ominus} = 1.76 \times 10^{-5} mol/L$，pH 值=4.75。

当向此 50mL 缓冲体系中加入 0.5mL 浓度为 1mol/LHCl(强酸)溶液时，相当于体系中增加了 0.01mol/L H^+，H^+与溶液中的 Ac^-结合生成 HAc，体系中 HAc 增加了，而 Ac^-降低了，平衡时体系中 $c_{HAc} = 1 + 0.01 = 1.01mol/L$，$c_{NaAc} = 1 - 0.01 = 0.99mol/L$，$[H^+] = \frac{K_a^{\ominus} \cdot c_{HAc}}{c_{NaAc}}$ $= \frac{1.76 \times 10^{-5} \times 1.01}{0.99} = 1.80 \times 10^{-5}(mol/L)$，pH 值=4.74。

缓冲体系的 pH 值从原来的 4.75 变化为 4.74，减小了 0.01 个 pH 单位。

如果向此 50mL 缓冲体系中加入 0.5mL 浓度为 1mol/LNaOH(强碱)溶液，平衡时体系中 $c_{HAc} = 1 - 0.01 = 0.99mol/L$，$c_{NaAc} = 1 + 0.01 = 1.01mol/L$，$[H^+] = \frac{K_a^{\ominus} \cdot c_{HAc}}{c_{NaAc}} = \frac{1.76 \times 10^{-5} \times 0.99}{1.01}$ $= 1.73 \times 10^{-5}(mol/L)$，pH 值=4.76。

溶液的 pH 值从原来的 4.75 变化为 4.76，增大了 0.01 个 pH 单位。

如果将此 50mL 缓冲体系加水稀释 10 倍，体系中 HAc 和 Ac^-浓度同时降低，$c_{NaAc} \approx c_{HAc}$，体系中$[H^+] = K_a^{\ominus} = 1.76 \times 10^{-5} mol/L$，pH 值=4.75。

通过以上讨论可以说明，在缓冲溶液体系中加入少量强酸、强碱或加水稀释时，溶液中的 pH 值都改变极少。缓冲溶液确实可以抵抗外加的少量酸、碱或加水稀释而保持自身 pH 值基本不变。它的实质是由于弱酸(碱)盐对弱酸(碱)电离平衡产生的同离子效应，使弱酸(碱)盐及弱酸(碱)的比值基本保持不变或变化不大，而抵抗外来因素对 pH 值的影响，在一定范围内，保持溶液的 pH 值也不会改变。

对于缓冲溶液体系有如下结论：

① 缓冲溶液体系的 pH 值主要取决于弱酸(碱)电离平衡常数 $K_a^{\ominus}(K_b^{\ominus})$。

② 缓冲体系的缓冲能力主要与其中弱酸(碱)及其盐的浓度有关。缓冲组分弱酸(碱)及其盐的浓度越大，其缓冲能力也越大，加入强酸、强碱后，弱酸(碱)盐及弱酸(碱)的比值改变越小，pH 值的变化越小。

③ 缓冲体系的缓冲能力(容量)是有一定限度的，通常在 $pH = pK_a^{\ominus} \pm 1$ 或 $pH = pK_b^{\ominus} \pm 1$ 的范围内，缓冲溶液具有缓冲能力。当体系中弱酸(碱)盐及弱酸(碱)的比值接近于 1 时缓冲能力最大。

④ 缓冲溶液适当稀释时，因弱酸(碱)盐及弱酸(碱)的比值基本不变，故溶液的 pH 值不变。

二、缓冲溶液的配制及应用

缓冲溶液在工农业、生物学、医学、化学等方面都有应用。如在人体血液中，由于存在 H_2CO_3-$NaHCO_3$、NaH_2PO_4-Na_2HPO_4等缓冲对，血液的 pH 值才能保持在 7.4 左右。如果酸碱性突然发生改变，就会引起“酸中毒”或“碱中毒”症。若血液的 pH 值改变超过 0.4 个 pH 单位，人体就有死亡的危险。缓冲溶液是分析检验中经常使用的溶液，因此，还应了解缓冲溶液的配制方法(见表 3-8)。

表 3-8 常用缓冲溶液的配制

pH 值	配制方法
0	1mol/L 盐酸溶液
1	0.1mol/L 盐酸溶液
2	0.01mol/L 盐酸溶液
4	NaAc. $3H_2O$ 20g，溶于适量水中，加 6.0mol/L 的 HAc 134mL，稀释至 500mL
5	NaAc. $3H_2O$ 50g，溶于适量水中，加 6.0mol/L 的 HAc 34mL，稀释至 500mL
7	NH_4Ac 77g，用水溶解后，稀释至 500mL
9	NH_4Cl 35g，溶于适量水中，加 15mol/L 氨水 24mL，稀释至 500mL
10	NH_4Cl 27g，溶于适量水中，加 15mol/L 氨水 197mL，稀释至 500mL
12	0.01mol/L NaOH 溶液
13	0.1mol/L NaOH 溶液
14	1 mol/L NaOH 溶液

第六节 多相离子平衡

按溶解度的不同，电解质可分为易溶电解质和难溶电解质两大类。通常把溶解度小于 0.01g/100g 水的物质称为难溶电解质，如 AgCl、$BaSO_4$ 等。这类电解质在分散体系中可称为粗分散体系。体系中有固相和液相两种物质相态，在体系中存在沉淀-溶解平衡，这种固相与液相中相应离子的平衡属于多相离子平衡，也是一种化学平衡。在化工、生物等行业中，难溶电解质的制备、易溶产品中杂质的分离和物质的提纯、产品的质量分析等都会涉及多相离子平衡的问题，在相关的科研和生产中多相离子平衡应用广泛。

一、溶度积

在一定条件下，当难溶电解质的饱和溶液体系中溶解和沉淀速度相等时，便建立了未溶解的固体物质和溶液中的离子之间的沉淀-溶解平衡。对于 A_mB_n 型的任何难溶电解质饱和溶液体系中存在如下平衡：

$$A_mB_n(s) \rightleftharpoons mA^{n+} + nB^{m-}$$

根据化学平衡的原理，难溶电解质的平衡常数为：

$$K^{\ominus} = \frac{[A^{n+}]^m \cdot [B^{m-}]^n}{[A_mB_n(s)]}$$

因 $[A_mB_n(s)]$ 是一个常数，故 $K^{\ominus} \cdot [A_mB_n(s)] = [A^{n+}]^m \cdot [B^{m-}]^n = K_{SP}^{\ominus}$，$K_{SP}^{\ominus}$ 称为溶度积常数，简称溶度积。它表示在一定温度下，难溶电解质的饱和溶液中各组分离子浓度的化学计量系数幂的乘积为一常数。$K_{SP}^{\ominus}$ 是表征难溶电解质溶解能力的特性常数，可以实验测定，也可以通过热力学数据计算，与其他平衡常数一样，与温度有关。

一定温度下，若将适量的难溶强电解质 AgCl 固体放置于纯水中，有部分 AgCl 溶解于水，已溶解的 AgCl 全部以 Ag^+ 和 Cl^- 的形式存在于溶液中；同时这些离子也会重新结合成

AgCl 沉淀。难溶强电解质 AgCl 饱和溶液即存在如下平衡：

$$AgCl(s) \underset{沉淀}{\overset{溶解}{\rightleftharpoons}} Ag^+ + Cl^-$$

$$K_{SP}^{\ominus} = [Ag^+] \cdot [Cl^-]$$

二、溶度积与溶解度的关系

在一定温度下，某固态物质在 100g 溶剂中达到饱和状态时所溶解的溶质的质量，称为这种物质在这种溶剂中的溶解度(S)。溶度积 $K_{SP}^{\ominus}$和溶解度都可表示难溶电解质的溶解能力，但二者概念不同。溶度积 $K_{SP}^{\ominus}$是平衡常数的一种形式；而溶解度则是浓度的一种形式，二者可互相换算。

【例 9】 已知 298K 时 AgCl 在水中的溶解度为 1.8×10^{-3} g/L，求 298K 时 AgCl 的溶度积。($M_{AgCl}=143.3$g/mol)

解：AgCl 是难溶强电解质，因此在饱和溶液中，已溶解的 AgCl 浓度为：

$[AgCl]=\dfrac{1.8\times10^{-3}}{143.3}=1.25\times10^{-5}$(mol/L)，即有：

$$[Ag^+]=[Cl^-]=1.25\times10^{-5}\text{mol/L}$$

所以 $K_{SP,AgCl}^{\ominus}=[Ag^+]\cdot[Cl^-]=(1.25\times10^{-5})^2=1.56\times10^{-10}$

【例 10】 已知 298K 时 $BaSO_4$在水中的溶度积为 1.08×10^{-10}，求 298K 时 $BaSO_4$在水中的溶解度。

解：设 $BaSO_4$的溶解度(S)为 $x$mol/L，

$$BaSO_4(s) \rightleftharpoons Ba^{2+}(aq)+SO_4^{2-}(aq)$$

平衡浓度/(mol/L) $\qquad x \qquad x$

$$K_{SP,BaSO_4}^{\ominus}=[Ba^{2+}]\cdot[SO_4^{2-}]$$

$$1.08\times10^{-10}=x^2$$

$$x=1.04\times10^{-5}$$

即：

$$S_{BaSO_4}=1.04\times10^{-5}\text{mol/L}$$

【例 11】 已知 298K 时 Ag_2CrO_4在水中的溶度积为 1.1×10^{-12}，求 298K 时 Ag_2CrO_4在水中的溶解度。($M_{Ag_2CrO_4}=331.7$g/mol)

解：设 Ag_2CrO_4的溶解度(S)为 $x$mol/L，

$$Ag_2CrO_4(s) \rightleftharpoons 2Ag^+(aq)+CrO_4^{2-}(aq)$$

平衡浓度/(mol/L) $\qquad 2x \qquad x$

$$K_{SP,Ag_2CrO_4}^{\ominus}=[Ag^+]^2\cdot[CrO_4^{2-}]$$

$$1.1\times10^{-12}=(2x)^2\cdot x$$

$$x=6.5\times10^{-5}$$

即：

$$S_{Ag_2CrO_4}=6.5\times10^{-5}\text{mol/L}=2.2\times10^{-2}\text{g/L}$$

通过上面的例题比较可得知：对于相同类型的难溶电解质，如 AgCl 与 $BaSO_4$，在同温度下，溶度积大的溶解度也大，可以通过溶度积大小直接比较溶解度大小。对于不同类型的难溶电解质，如 AgCl 与 Ag_2CrO_4，前者的溶度积大而溶解度反而小，因此不能直接根据它们的溶度积值来比较其溶解度的大小。

三、溶度积规则

难溶电解质的多相离子平衡是暂时的、有条件的动态平衡，当条件改变时就可以使溶解的离子转化为固体——沉淀的生成，或者使固体转化成溶液中的离子——沉淀的溶解。将平衡移动原理应用到难溶电解质的多相离子平衡体系中，可以判断出难溶电解质沉淀生成和溶解规律。

对于任一难溶电解质的沉淀-溶解平衡：

$$A_mB_n(s) \rightleftharpoons mA^{n+} + nB^{m-}$$

溶液中其离子浓度计量系数的幂乘积称为反应商(也称离子积)，用 Q_i 表示任意状态下离子浓度积。

$$Q_i = [A^{n+}]^m \cdot [B^{m-}]^n$$

对于给定的难溶电解质，在一定条件下沉淀能否生成或溶解，可以通过其离子积 Q_i 与溶度积 $K_{SP}^{\ominus}$ 进行比较，就可以判断沉淀产生和溶解进行的方向。

① $Q_i > K_{SP}^{\ominus}$ 时为过饱和溶液，沉淀可从溶液中析出，即生成沉淀；

② $Q_i = K_{SP}^{\ominus}$ 时为饱和溶液，溶液中的沉淀与已溶解的组分离子处于动态平衡状态；

③ $Q_i < K_{SP}^{\ominus}$ 时为不饱和溶液，无沉淀生成；若体系中已有沉淀存在，沉淀溶解，直至饱和为止。

以上三种关系及其结论称为溶度积规则。据此可以判断难溶电解质的沉淀-溶解平衡移动的方向，也可以通过控制有关离子的浓度，使沉淀生成或溶解。

【例 12】 已知 298K 时 PbI_2 的溶度积为 1.39×10^{-8}，(1) 在 0.01mol/L $Pb(NO_3)_2$ 溶液中，加入等体积的 0.01mol/L 的 KI 溶液时，是否有 PbI_2 沉淀生成？(2) 在 0.01mol/L $Pb(NO_3)_2$ 溶液中，加入等体积的 0.001mol/L 的 KI 溶液时，是否有 PbI_2 沉淀生成？

解：难溶电解质 PbI_2 的沉淀-溶解平衡方程式为：

$$PbI_2(s) \rightleftharpoons Pb^{2+}(aq) + 2I^-(aq)$$

(1) 由题意得：$[Pb^{2+}] = [I^-] = \dfrac{0.01}{2} = 0.005(mol/L)$

$$Q_i = [Pb^{2+}] \cdot [I^-]^2 = 0.005^3 = 1.25 \times 10^{-7} > 1.39 \times 10^{-8}$$

即 $Q_i > K_{SP}^{\ominus}$，有 PbI_2 沉淀生成。

(2) 由题意得：$[Pb^{2+}] = \dfrac{0.01}{2} = 0.005(mol/L)$，$[I^-] = \dfrac{0.001}{2} = 0.0005(mol/L)$

$$Q_i = [Pb^{2+}] \cdot [I^-]^2 = 0.005 \times 0.0005^2 = 1.25 \times 10^{-9} < 1.39 \times 10^{-8}$$

即 $Q_i < K_{SP}^{\ominus}$，无 PbI_2 沉淀生成。

根据溶度积规则，要从溶液中沉淀出某一离子，必须加入一种沉淀剂，使溶液中离子积 $Q_i > K_{SP}^{\ominus}$，生成难溶物沉淀。

前面讨论的沉淀反应是只有一种难溶物生成的体系。在实际生产和科研中，溶液中常常含有几种离子，这些离子都可能与某种沉淀剂生成不同的几种沉淀物，或同时沉淀，或先后沉淀。

根据溶度积规则，需要沉淀剂浓度小的离子，先生成沉淀；需要沉淀剂浓度大的离子，则后生成沉淀。这种溶液中几种离子先后沉淀的现象称为分步沉淀。

离子沉淀的先后次序，取决于沉淀物的 $K_{SP}^{\ominus}$ 和被沉淀离子的浓度。对于同类型难溶电解质，当被沉淀离子的浓度相同或相近时，生成难溶沉淀物 $K_{SP}^{\ominus}$ 小的先沉淀出来，$K_{SP}^{\ominus}$ 大的后沉淀。例如在含有等浓度 Cl^-、Br^-、I^- 的溶液中，慢慢加入 $AgNO_3$ 溶液，因为 $K_{SP,AgI}^{\ominus} < K_{SP,AgBr}^{\ominus} < K_{SP,AgCl}^{\ominus}$，生成 AgI 所需的 $AgNO_3$ 浓度最小，故 AgI 最先析出，其后依次析出 AgBr、AgCl。

对于不同类型难溶电解质（如 AgCl、Ag_2CrO_4），或者溶液中离子浓度不相同，必须通过计算，根据生成不同难溶物时所需沉淀剂的浓度大小来确定。

四、沉淀的溶解与转化

根据溶度积规则，要使溶液中难溶电解质的沉淀溶解，必须使其离子积 $Q_i < K_{SP}^{\ominus}$，即必须降低溶液中难溶电解质的某一离子的浓度，才能使沉淀溶解。常用的方法有以下三种。

（一）酸碱溶解法

例如难溶于水的 $Mg(OH)_2$ 能溶于酸或铵盐溶液。

$$Mg(OH)_2(s) \rightleftharpoons Mg^{2+} + 2OH^-$$

$$2H^+(\text{酸}) + 2OH^- \rightleftharpoons H_2O \text{ 或 } 2NH_4^+ + 2OH^- \rightleftharpoons 2NH_3 \cdot H_2O$$

由于 $Mg(OH)_2$ 固体溶解部分电离出的 OH^- 能与酸提供的 H^+ 或铵盐提供的 NH_4^+ 结合成难电离的弱电解质水或氨水，从而降低了溶液中 OH^- 的浓度，$Q_i < K_{SP}^{\ominus}$，于是平衡向沉淀溶解的方向移动。

（二）配位溶解法

例如 AgCl 溶于氨水中，

$$AgCl(s) \rightleftharpoons Ag^+ + Cl^-$$

$$Ag^+ + 2NH_3 \rightleftharpoons [Ag(NH_3)_2]^+$$

在氨水中，由于 Ag^+ 和 NH_3 结合形成了稳定的配离子 $[Ag(NH_3)_2]^+$，降低了 Ag^+ 离子的浓度，导致 $[Ag^+] \cdot [Cl^-] < K_{SP,AgCl}^{\ominus}$，从而使 AgCl 沉淀溶解。

（三）氧化还原溶解法

加入氧化剂或还原剂，使沉淀因氧化还原反应而溶解。如 CuS 不溶于盐酸，但溶于热浓的 HNO_3 中，即有：

$$3CuS + 8HNO_3 = 3Cu(NO_3)_2 + 3S\downarrow + 2NO\uparrow + 4H_2O$$

由于 S^{2-} 被氧化为 S 的沉淀，使 $[S^{2-}]$ 降低，使 $[Cu^{2+}] \cdot [S^{2-}] < K_{SP,CuS}^{\ominus}$，结果 CuS 沉淀溶解。

综上所述，可知溶解沉淀的方法虽不同，但共同的规律是：凡能有效降低难溶电解质饱和溶液中的有关离子浓度，就可使难溶电解质溶解。

（四）沉淀的转化

借助于某试剂的作用，把一种难溶电解质转化成另一种难溶电解质的过程称为沉淀的转化。例如锅炉内壁上的水垢含有既难溶于水又难溶于酸的 $CaSO_4$，可借助于用 Na_2CO_3 溶液处理后，将 $CaSO_4$ 转化为疏松的可溶于酸的 $CaCO_3$，这样就容易清除水垢。

类型相同的难溶电解质，沉淀转化程度的大小取决于两种难溶电解质溶度积的相对大小。一般来说，溶度积较大的难溶电解质容易转化为溶度积较小的难溶电解质，即通常所说的由难溶电解质向更难溶电解质方向转化。两种沉淀物的溶度积相差越大，沉淀转化越完全。沉淀的转化在轻工业生产和分析化学中有广泛的应用。

拓展阅读

缓冲溶液的用途

在化学分析中，缓冲溶液主要指金属离子缓冲溶液(控制某金属离子或配体浓度在一定范围)和酸碱缓冲溶液(对溶液的酸度有稳定作用)。

在一些配位化学反应中，为了降低副反应的发生，需要借助由配位化合物和配体组成的金属离子缓冲溶液。

酸碱缓冲溶液一般由浓度较大的弱酸及其共轭碱组成，向这类溶液中引入少量的酸或碱，或对其稍加稀释时，溶液的酸度基本保持不变。此外，浓度较大的强酸溶液、强碱溶液也可作为缓冲溶液，因为强酸溶液中 H^+ 或强碱溶液中的 OH^- 浓度较大，增加少量的酸或碱不会对溶液的酸度产生大的影响。显然，强酸、强碱溶液只适于作高酸度(pH 值 <2)和高碱度(pH 值 >12)时的缓冲溶液，它们对稀释没有缓冲作用。

酸碱缓冲溶液在化学、生物化学和临床医学中，是维持生化反应向特定方向进行的重要因素。生物要维持生命活动，其 pH 值必须保持在一定范围内，否则就会导致死亡。在生物来源的物质中参与 pH 控制或构成缓冲体系的物质有蛋白质、有机酸和弱的无机酸及其盐。

植物中所含的柠檬酸(柠檬、番茄多含)、苹果酸(苹果、莴苣多含)、草酸(莴苣多含)以及酒石酸(葡萄、菠萝多含)，都是构成缓冲体系的物质，它们一般与磷酸盐一起作用来控制 pH。牛乳是一个复杂的缓冲体系，它含有二氧化碳、蛋白质、磷酸盐、柠檬酸盐和其他成分。

食品加工过程中，要使体系的 pH 稳定在预期的水平，必须通过缓冲体系。在食品工业，葡萄糖酸、乙酸、柠檬酸和磷酸的钠盐经常用于控制 pH 和调节酸味。在调节酸味上，柠檬酸盐优于磷酸盐，其酸味显得更为平和。

本章小结

1. 分散体系的基本概念：

分散体系：一种物质(或几种物质)以粒子形式分散在另一种物质里所形成的混合体系就称为分散体系。

分散体系由分散质和分散剂构成。

分散质(分散相)：被分散的物质。

分散剂(分散介质)：分散在它周围的介质。

按照分散质被分散的程度即粒子大小分类为：

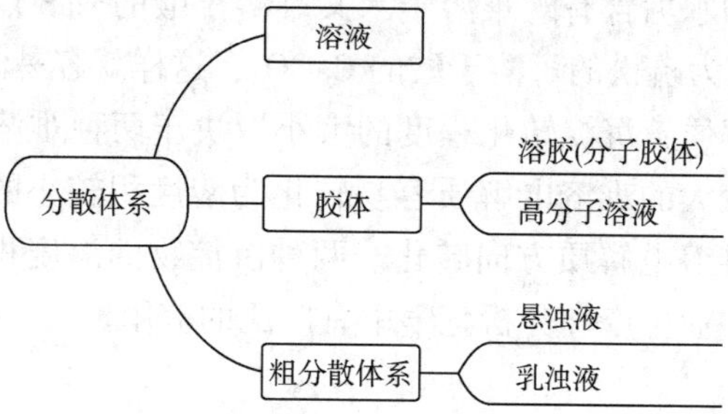

2. 溶液组成的表示方法：

（1）质量分数 $w_B = \frac{m_B}{m_B + m_A} \times 100\%$

（2）质量浓度 $\rho_B = \frac{m_B}{V}$

（3）物质的量浓度 $c_B = \frac{n_B}{V}$

（4）物质的量分数 $\chi_i = \frac{n_i}{n_{总}}$

（5）质量摩尔浓度 $b_B = \frac{n_B}{m_A}$

（6）体积比浓度：用两种及以上的液体的体积比表示混合液的浓度，比较粗略，无量纲。

3. 稀溶液的依数性：

溶液的蒸气压降低、沸点升高、凝固点降低、渗透压。

4. 拉乌尔定律：

在一定温度下，难挥发的非电解质稀溶液的蒸气压等于纯溶剂的蒸气压乘以溶剂的物质的量分数。表达式：$p_A = p_A^0 x_A$。

5. 电解质：

在水溶液中或熔融状态时能完全电离的化合物称为强电解质；在水溶液中或熔融状态时仅能部分电离的称为弱电解质。

6. 电离平衡：

在一定温度下，当电解质分子电离为离子的速率等于离子重新结合成分子的速率时，未电离分子和离子间就建立起动态平衡。

7. 电离度：

$$\alpha = \frac{已电离溶质的分子数}{溶液中原有溶质的分子总数} \times 100\%$$

或：

$$\alpha = \frac{已离解溶质的浓度}{未离解前溶质的起始浓度} \times 100\%$$

8. 弱电解质溶液起始浓度、电离平衡常数和电离度关系：

一元弱酸：$K_a^{\ominus} = c_a \alpha^2$ 或 $\alpha = \sqrt{\frac{K_a^{\ominus}}{c_a}}$

一元弱碱：$K_b^\ominus = c_b\alpha^2$ 或 $\alpha = \sqrt{\dfrac{K_b^\ominus}{c_b}}$

9. 同离子效应：

在已建立了酸碱电离平衡的弱酸或弱碱溶液中，加入含有同种离子的易溶强电解质，使酸碱电离平衡向着降低弱酸或弱碱电离度的方向移动，有降低弱电解质电离度的作用。

10. 水的离子积常数：

$$[H^+]\cdot[OH^-]=K\cdot[H_2O]=K_W^\ominus$$

11. 溶液的酸碱性判断：

中性溶液中$[H^+]=[OH^-]$，即$[H^+]=10^{-7}$mol/L；

酸性溶液中$[OH^-]<[H^+]$，即$[H^+]>10^{-7}$mol/L；

碱性溶液中$[OH^-]>[H^+]$，即$[H^+]<10^{-7}$mol/L。

12. 溶液酸碱性的测定方式：

酸碱指示剂、pH 试纸(广泛/精密)和 pH 计。

13. 缓冲溶液：

是一种能够抵抗外加少量酸、碱或水适当稀释，而保持体系的 pH 值基本不变的溶液。

14. 难溶电解质的溶度积：

$$K_{SP}^\ominus=[A^{n+}]^m\cdot[B^{m-}]^n$$

15. 溶度积规则：

① $Q_i>K_{SP}^\ominus$时为过饱和溶液，沉淀可从溶液中析出，即生成沉淀；

② $Q_i=K_{SP}^\ominus$时为饱和溶液，溶液中的沉淀与已溶解的组分离子处于动态平衡状态；

③ $Q_i<K_{SP}^\ominus$时为不饱和溶液，无沉淀生成。

16. 沉淀溶解的方法：

酸碱溶解法、配位溶解法、氧化还原溶解法。

习　　题

一、填空题

1. 在 HAc 溶液中加入少量盐酸溶液，则 Ac^-的浓度(　　)，HAc 的电离度(　　)(增大、减小、不变)，此现象称为(　　)。

2. pH 值用来表示水溶液的酸碱性，在 295K 时中性溶液的 pH 值(　　)，酸性溶液的 pH 值(　　)，碱性溶液的 pH 值(　　)。

3. 4. 0gNaOH 固体溶解后，配制成 250mL 溶液，该 NaOH 溶液的物质的量浓度是(　　)。

4. 缓冲溶液是一种能够抵抗外加少量(　　)、(　　)及加水稀释的影响，而本身 pH 值基本保持不变的溶液。

5. 在室温 295K 条件下，水的离子积常数 K_W =(　　　　)。

6. 计算下列溶液的 pH 值：

① 0. 1mol/L HCl 溶液，pH 值为(　　)。

② 0.1mol/L KOH 溶液，pH 值为(　　)。

7. 甲基橙的变色范围是 pH 值=(　　　)，当溶液的 pH 值小于这个范围的下限时溶液呈现(　　)色，当溶液 pH 值处在这个范围内时指示剂呈现(　　)色。

8. 生理盐水的质量分数为(　　)，质量浓度为(　　　)。

二、选择题

1. 下列符号中表示物质的量的符号是(　　)。

A. mol　　B. n　　C. mol/L　　D. C

2. 配制 1g/L 的 84 消毒液 1000mL，应取 50g/L84 消毒液的体积是(　　)。

A. 100mL　　B. 80mL　　C. 50mL　　D. 20mL

3. 相同质量的蔗糖($C_{12}H_{22}O_{11}$)和葡萄糖($C_6H_{12}O_6$)分别溶解于相同体积的水中，所得溶液的渗透压为(　　)。

A. 前者大于后者　　B. 后者大于前者

C. 两者相同　　D. 不能判断

4. 物质的量浓度相同的下列物质的水溶液，其 pH 值最大的是(　　)。

A. NaAc　　B. Na_2CO_3　　C. NH_4Cl　　D. NaCl

5. 欲配制 1000mL 0.1mol/L HCl 溶液，应取浓盐酸(12mol/L HCl)多少毫升。(　　)

A. 0.84mL　　B. 8.3mL　　C. 5mL　　D. 16.8mL

6. 欲配制 1L 0.1mol/LNaOH 溶液，应称取 NaOH(其摩尔质量为 40.01g/mol)多少克?(　　)

A. 0.4g　　B. 1g　　C. 4g　　D. 40g

7. AgCl 和 Ag_2CrO_4 的溶度积分别为 1.8×10^{-10} 和 2.0×10^{-12}，则下面叙述中正确的是(　　)。

A. AgCl 与 Ag_2CrO_4 的溶解度相等

B. AgCl 的溶解度大于 Ag_2CrO_4

C. 二者类型不同，不能由 $K_{sp}^{\ominus}$ 大小直接判断溶解度大小

D. 都是难溶盐，溶解度无意义

8. 下面的叙述中，正确的是(　　)。

A. 溶度积大的化合物溶解度肯定大

B. 向含 AgCl 固体的溶液中加适量的水使 AgCl 溶解又达平衡时，AgCl 溶度积不变，其溶解度也不变

C. 将难溶电解质放入纯水中，溶解达平衡时，电解质离子浓度的乘积就是该物质的溶度积

D. AgCl 水溶液的导电性很弱，所以 AgCl 为弱电解质

9. 影响缓冲容量的主要因素是(　　)。

A. 缓冲溶液的 pH 值和缓冲比

B. 弱酸的 pK_a 和缓冲比

C. 弱酸的 pK_a 和缓冲溶液的总浓度

D. 缓冲溶液的总浓度和缓冲比

10. 在 HAc 溶液中，加入下列哪种物质，会使 HAc 的电离度降低(　　)?

A. NaCl　　B. HCl　　C. $CaCl_2$　　D. Na_2SO_4

三、判断题(正确打√，错误打×)

(　　)1. 在液态溶液中，通常把含量较少的组分叫溶质，含量较多的组分叫溶剂。

(　　)2. 酸性水溶液中不含 OH^-，碱性水溶液中不含 H^+。

(　　)3. 弱酸和弱碱的电离平衡 K_i 不仅与溶液温度有关，而且与其浓度有关。

(　　)4. 缓冲溶液稀释时，无论怎样稀释其 pH 值都保持不变。

(　　)5. 电离度和平衡常数都可以表示电解质的电离程度，它们都与浓度无关。

(　　)6. 将 0.1mol/L HAc 和 0.1mol/L NaOH 等体积混合可组成缓冲溶液。

(　　)7. 酚酞在酸性溶液中为无色，而在碱性溶液中为红色。

(　　)8. 强酸、强碱溶液也是一种缓冲溶液。

(　　)9. pH 值=5 的溶液中，其 $[H^+]=10^{-5}$mol/L。

(　　)10. 难溶电解质的溶度积 $K_{sp}^{\ominus}$ 越小，则其溶解度也越小。

(　　)11. 将浓氨水的浓度稀释到原来的一半，溶液中 OH^- 离子浓度就减小到原来的1/2。

(　　)12. 因为 0.1mol/L 的 HAc 溶液中，HAc 的电离常数为 1.76×10^{-5}，所以 0.2mol/L 的 HAc 溶液中 HAc 的电离常数就是 $2\times1.76\times10^{-5}$。

(　　)13. 将 NaOH 溶液的浓度稀释到原来的一半，溶液中 OH^- 离子浓度就减少到原来的一半。

(　　)14. 若 HCl 溶液的浓度为 HAc 溶液的两倍，则 HCl 溶液中 H^+ 浓度也为 HAc 溶液中 H^+ 浓度的两倍。

(　　)15. 同缓冲体系的缓冲溶液，总浓度相同时，$pH=pK^{\ominus}$ 的溶液缓冲容量最大。

四、简答题

1. 何谓蒸气压？蒸气压大小受哪些因素影响？

2. 非挥发性溶质的稀溶液蒸气压下降的原因是什么？

3. 什么是分级电离？为什么多元弱酸的分级电离常数逐级减小？

4. 什么是同离子效应？在 HAc 溶液中加入下列物质时，HAc 的电离平衡如何移动？

(1) NaAc　(2) HCl　(3) NaOH

5. 什么是缓冲溶液？举例说明其作用原理。

6. 什么是缓冲容量？影响缓冲容量的主要因素有哪些？总浓度均为 0.10mol/L 的 HAc-NaAc 和 $H_2CO_3-HCO_3^-$ 缓冲体系的缓冲容量相同吗？

7. 在 0.10mol/L HAc 溶液中，加入少量 NaAc 固体，使 NaAc 的浓度为 0.10mol/L(不考虑体积的变化)，比较加入 NaAc 固体前后 H^+ 浓度和 HAc 电离度的变化。

8. 不同物质溶液依数性的比较：①0.1mol/L NaCl 溶液；②0.1mol/L 蔗糖溶液；③0.1mol/L HAc；④0.1mol/L Na_2SO_4 溶液。请将这四种溶液按沸点由高到低顺序排列。

五、计算题

1. 求 0.01kgNaOH、0.100kg($\frac{1}{2}Ca^{2+}$)、0.100kg($\frac{1}{2}Na_2CO_3$)的物质的量。

2. 在 100g 水中溶解 17.1g 蔗糖($C_{12}H_{22}O_{11}$)，溶液的密度为 1.0638g/mL，求蔗糖的物

质的量浓度、质量摩尔浓度、物质的量分数、质量分数。

3. 20℃将350g$ZnCl_2$溶于650g水中，溶液的体积为739. 5mL，求此溶液的物质的量浓度和质量摩尔浓度。

4. 30g乙醇(B)溶于50g四氯化碳(A)中形成溶液，其密度为$\rho=1.28$g/mL，分别用质量分数、摩尔分数、物质的量浓度和质量摩尔浓度来表示该溶液的组成。

5. 293K时900g水中含有0. 4mol非挥发性溶质，求该溶液的蒸气压为多少，蒸气压下降多少。(已知$p^0_{水}=2.34$kPa)

6. 0. 01mol/L HAc溶液的电离度为4. 2%，求HAc的电离常数和溶液中氢离子浓度。

7. HAc的$K_a^{\ominus}=1.76\times10^{-5}$，求0. 2mol/L HAc的电离度和氢离子浓度。

8. 某溶液中$[H^+]=6.38\times10^{-6}$mol/L，求此溶液的pH值。

9. 某溶液在室温时测得pH值为3. 89，求此溶液中OH^-离子的浓度。

10. 国家标准规定洗面奶的pH值为4. 5~8. 5，已知某品牌洗面奶中$[H^+]=1.0\times10^{-6}$，请问该洗面奶是否符合国家标准？试计算该洗面奶中$[OH^-]$以及pOH值。(已知水的离子积常数$K_W^{\ominus}=1.0\times10^{-14}$)

11. 已知298K时Ag_2S的溶度积为6.3×10^{-50}，求298K时Ag_2S的溶解度。

第四章　胶体与表面活性剂

知识目标

1. 理解胶体溶液的概念；
2. 掌握胶体的性质；
3. 了解胶团的结构式；
4. 理解胶体的稳定性和聚沉；
5. 掌握表面活性剂的概念和分类；
6. 理解表面活性剂的性质；
7. 了解表面活性剂的作用。

能力目标

1. 能够认识日常生活中经常接触和应用的胶体；
2. 能够运用溶胶的特性解决生活中的小问题；
3. 熟知轻化工行业常用的表面活性剂的性能和用途。

素质目标

1. 养成认真观察、勤于思考的习惯；
2. 增强理论联系实际的应用能力。

第一节　胶　　体

在人们日常生活中经常接触和应用胶体，如牛奶、豆浆、塑料、橡胶制品、硅酸胶体、淀粉胶体、蛋白质胶体、雾、墨水、涂料、有色玻璃、果冻、鸡蛋清、血液以及化妆品中的雪花膏、牙膏、水溶性香水、香粉蜜、香波、唇膏、指甲油等。此外，许多轻化工产品的原料均是以胶体的形态存在，在精细化学品的生产配制中也能应用到胶体的相关知识，本节主要介绍胶体及其性质。

一、胶体及分类

胶体属于分散体系之一，在这种分散体系中，其分散质颗粒直径的大小在 1～100nm 之间，将这种由 1～100nm 的质点分散于分散介质里所形成的一种高度分散的多相体系称为胶体，即溶胶。胶体不仅限于固态粒子在液态介质中的分散液，气体或固体也可作为分散介质，而分散相可以是气体，也可以是液体或固体。按照分散剂的不同胶体可分为：气溶胶、液溶胶和固溶胶。分散剂是气体形态的称为气溶胶，例如：云、烟、雾等都是气溶胶；分散剂是液体形态的称为液溶胶，例如：牛奶、豆浆、实验室制备的 $Fe(OH)_3$和 AgI 胶体等都是液溶胶；分散剂是固体形态的称为固溶胶，例如：烟水晶、有色玻璃、蓝宝石等都是固溶胶，如图 4-1 所示。

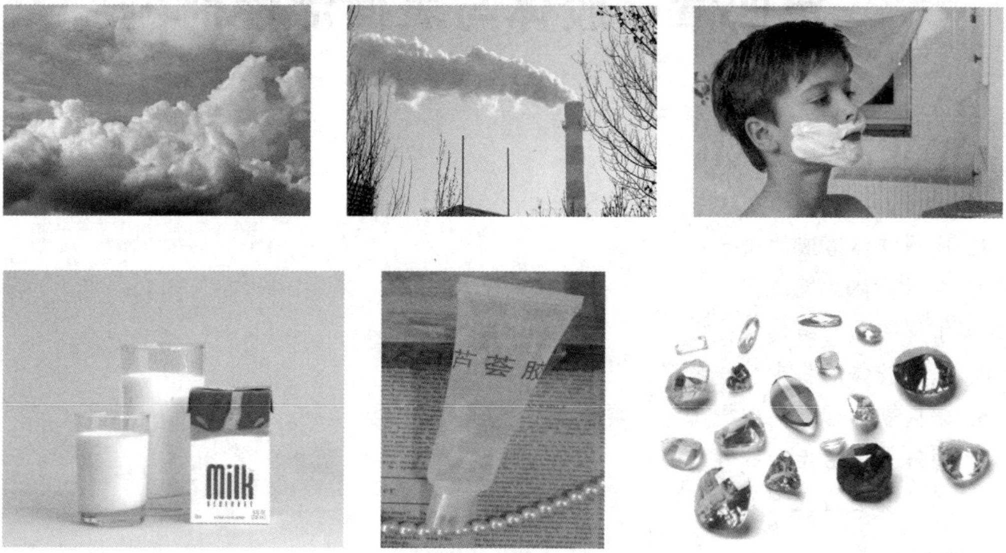

图 4-1　日常生活中常见的胶体

二、胶体的性质

胶体和溶液具有共同的性质，如凝固点下降、渗透压等，但由于胶体分散质的粒子直径远大于分子或离子，多以一定的界面和周围的介质分开，形成一个新体系，还具有特殊的性质，特别是胶体的光学性质、动力学性质和电学性质。

（一）光学性质——丁达尔效应

溶胶和其他分散体系相比，最特殊的是其光学性质。其中丁达尔现象是鉴别溶胶最简单的方法，也是溶胶区别于溶液、悬浮液等其他分散体系最明显的特征之一。1869 年英国物理学家丁达尔发现，当一束光线透过胶体，从入射光的垂直方向可以观察到胶体里出现的一条光亮的“通路”，这种现象叫丁达尔现象，也叫丁达尔效应。

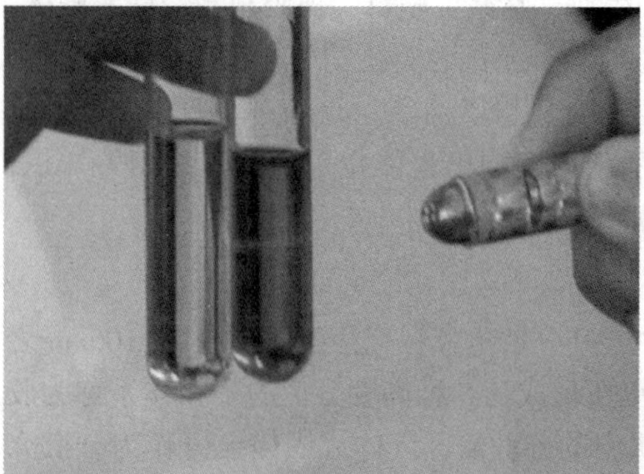

图 4-2　胶体的光学特性

胶体的光学特性是因为光在溶胶体系传播过程中，溶胶粒子直径为 1～100nm 小于入射光波长，发生光的散射，这时观察到光波环绕微粒而向其四周放射的光，称为散射光或乳光。丁达尔效应就是光的散射现象或称乳光现象。光线照射到粒子直接大于入射光波长很多倍时发生光的反射；对于溶液，分子或离子更小，但因散射光的强度随散射粒子体积的减小而明显减弱，故真溶液对光的散射作用很微弱。

如图 4-2 所示，将新制得的红褐色的

$Fe(OH)_3$胶体溶液和$CuSO_4$溶液分别置于两支试管内，用一束光射向两只试管，从侧面观察现象。可以看到，当光束通过试管中红褐色的$Fe(OH)_3$胶体溶液时，形成了一条光亮的通路。当光束通过装有$CuSO_4$的溶液时，没有看到这样的现象。当光束通过$CuSO_4$溶液时，由于溶液中粒子的直径小于1nm，光在粒子上的散射太弱了，不容易看到光束通过溶液的途径，因此，可以用丁达尔效应来鉴别胶体和溶液。

（二）动力学性质——布朗运动

1827年英国植物学家罗伯特·布朗(Robert Brown)在研究花粉颗粒在水中悬浮状态的微观行为时，发现花粉总是做不规则的运动，这就是布朗运动(见图4-3)。

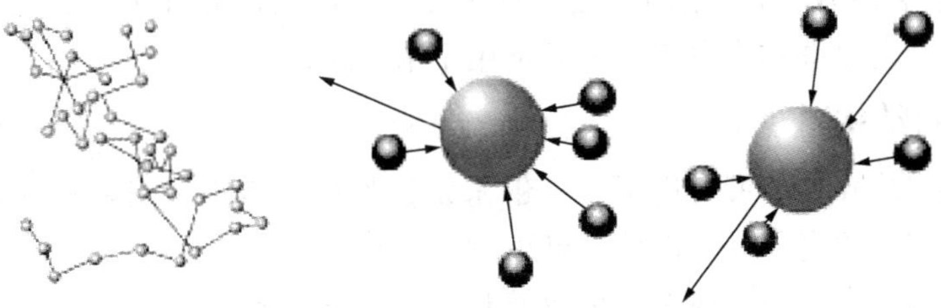

图4-3　布朗运动

在超显微镜下，可以看到胶体微粒处于不停顿的无规则运动状态，由于胶体粒子总是处在布朗运动之中，使胶粒能自发地从浓度高处向浓度低处扩散，布朗运动的本质源于分子固有的热运动。当不断做热运动的液体分子(即介质分子)对微粒从不同的方向冲击时，由于受力不平衡而产生不规则的运动，以及胶粒很小，它不因重力场的作用而迅速沉降，因此可保持溶胶的稳定性。

布朗运动与溶胶粒子的化学性质无关，与粒子大小、温度和介质的黏度有关。温度越高，粒子运动的速度越快，介质黏度越大，粒子运动速度越慢。布朗运动是溶胶的动力学性质之一。

布朗运动产生的原因是分散质粒子本身处于不断的热运动中和分散剂分子对分散质粒子的不断撞击。溶胶粒子因布朗运动而具有一定的扩散作用。

（三）电学性质——电泳和电渗

溶胶在外电场作用下，出现分散相和分散介质发生相对位移的现象称为电动现象。常见的有电泳和电渗。

1. 电泳

在溶胶中插入两个电极，通入直流电，可以看到胶粒发生定向运动——向阴极或阳极移动。这种胶体粒子在外电场作用下发生定向移动的现象称为电泳。在一个U形管里盛有红褐色的$Fe(OH)_3$溶胶，在U形管两端各插入铂电极，通直流电一段时间后，可以看到阴极附近的颜色逐渐变深，而阳极附近的颜色逐渐变浅。

电泳实验表明胶体粒子是带有电荷的，且有正负之分。胶粒带正电，则向直流电源负极(阴)移动；胶粒带负电，则向直流电源正极(阳)移动。由于胶体溶液是电中性的，所以，胶粒带正电荷(或负电荷)，则分散介质必带负电荷(或正电荷)。电泳管中$Fe(OH)_3$溶胶向负极移动，说明$Fe(OH)_3$溶胶中分散质粒子带正电荷。胶粒带正电荷称为正溶胶，一般金属氢氧化物的溶胶即为正溶胶。类似的实验中As_2S_3向正极移动，则As_2S_3溶胶中分散质带负电荷。胶粒带负电荷称为负溶胶，如：土壤、硫化物、硅酸、金、银、硫等溶胶。

由于粒子大小不同，所带电荷不同，因而电泳的速度和方向也不同。研究电泳现象不仅可了解胶体粒子的结构和电现象，还可以利用其电泳速度的不同，将不同带电胶粒分离出来。例如，可以把不同蛋白质分子或核酸分子分离出来。因此电泳也是生物化学领域中的一种重要的分离实验技术。

2. 电渗

电泳实验是分散介质不动、胶粒在电场作用下发生定向运动；电渗现象与此相反，是分散相胶粒固定不动，而分散介质在外电场作用下定向移动。如把溶胶浸渍在多孔性物质(如海绵)上，使溶胶粒子被吸附而固定，在多孔性物质两侧施加电压，通电后就可观察到介质的移动，这种现象就称为电渗。电渗常用于水的净化。

三、胶体的结构

电动现象说明溶胶粒子带有电荷，一般来说，胶粒之所以带电是由于胶核表面优先选择吸附与它组成相关的离子或表面分子电离所引起的。

构成胶体物质的大量分子或离子的聚集体称为胶核，通常它是晶体结构。由于胶核的比表面积很大，胶核具有强烈的吸附作用。如果分散介质中有少量电解质，则胶核就会选择性地吸附某种离子。当吸附正离子时，胶体粒子就带正电荷；当吸附负离子时则带负电荷。胶核的这种选择吸附性，与被吸附离子的本性和表面结构有关。法扬斯(Fajans)规则表明：与胶核有相同化学元素的离子，能优先被吸附，即优先吸附胶核的组成离子。

以 $AgNO_3$ 和 KI 溶液混合制备 AgI 溶胶($AgNO_3 + KI = AgI + KNO_3$)为例，其结构如图 4-4所示，固体 AgI 粒子聚集形成胶核，若制备时 KI 过量，则胶核表面优先吸附 I^- 而带负电荷。溶液中的反离子 K^+，一部分被吸附在其周围形成紧密层(吸附层)，另一部分 K^+ 则扩散在溶胶的分散介质中，形成扩散层；若制备时 $AgNO_3$ 过量，则胶核表面优先吸附 Ag^+ 而带正电荷。溶液中的反离子 NO_3^-，一部分被吸附在胶核周围形成紧密层，另一部分则扩散在溶胶的分散介质中，形成扩散层。

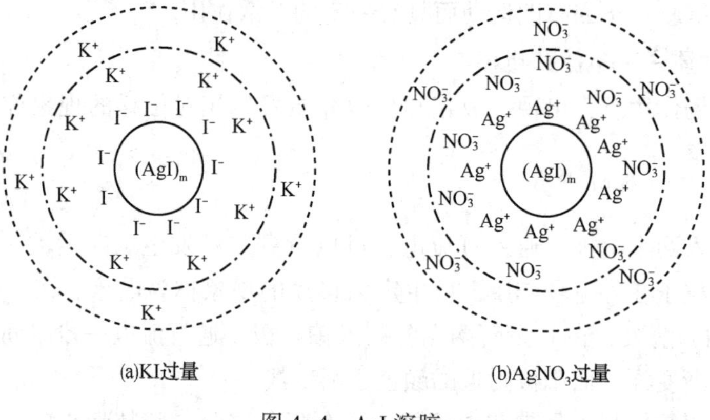

图 4-4 AgI 溶胶

胶核和被吸附的离子与部分反离子形成的紧密层(吸附层)，二者合在一起称为胶粒，胶粒和扩散层合在一起就构成胶团，整个胶团保持电中性。胶团的结构式如图 4-5 所示。

由溶胶胶团的结构式可见，胶团是电中性的，所谓溶胶带电指胶粒带电，当吸附正离子时带正电荷，吸附负离子则带负电荷。

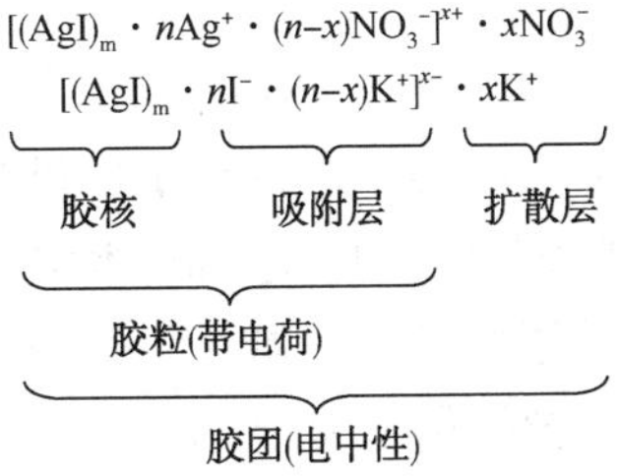

图 4-5　胶团的结构式

m—胶核中 AgI 分子个数；n—胶核所吸附的离子数；x—扩散层中反离子数

四、胶体的稳定性和聚沉

(一) 胶体的稳定性

生产和科研中常常需要形成稳定的胶体，如照相用的底片涂有一层很细的 AgBr 胶粒的明胶；染色中的有机染料大多数以胶体状态分散于水中；人体血液中所含的难溶性盐，如碳酸钙、磷酸钙等就是因蛋白质保护下以胶体的状态存在等。溶胶稳定和聚沉的实质是胶粒间斥力和引力的相互转化，促使粒子相互聚结的是粒子相互吸引的能量，而阻碍其聚结的则是相互排斥的能量。虽然溶胶是热力学不稳定的体系，但是有的溶胶如 $Fe(OH)_3$溶胶可以存放几年，法拉第金溶胶甚至几十年后才能沉降下来，溶胶稳定存在的原因主要有以下几方面：

① 动力学稳定性：胶体是多相分散体系，颗粒小，分散度大，比表面积大，有巨大的表面能，故在热力学上是不稳定的，有自动聚结的趋势，人们将这种性质称为聚结不稳定性。从动力学角度看，胶粒的分散度高，扩散能力较强，产生强烈的布朗运动，又能阻止其因重力作用而引起的下沉，胶粒不易凝聚，在动力学上胶体体系是稳定的，溶胶的这种性质称为动力学稳定性。

② 溶剂化稳定性：物质与溶剂之间所起的化合作用称为溶剂化。根据双电层理论，通常胶团扩散层中的反离子都是溶剂化的，使胶粒和反离子周围形成溶剂化膜。因此胶粒在溶剂化的离子的包围之中，使胶粒被水所包围形成溶剂膜，也阻止胶粒聚结，因此体系比较稳定。

③ 静电稳定性：DLVO 理论认为，在一定条件下溶胶的稳定性取决于胶粒之间的作用。从胶团的结构式可知，每个胶粒都带有相同的电荷。当两个胶粒相互接近而扩散层未重叠时，胶粒之间以引力为主；当扩散层重叠，胶粒非常接近时，同性电荷的斥力占优势，使胶粒不易接近聚结，保持了溶胶的稳定性。

溶胶的稳定性是由于溶胶的动力学稳定性对重力场的反作用、胶粒带电产生的斥力以及溶剂化引起的机械阻力三者综合表现的结果，其中静电稳定性是胶体体系稳定的主要原因。

(二) 胶体的聚沉

溶胶的稳定性是有条件的，稳定条件被破坏，溶胶中的分散相粒子相互聚结，甚至从分散剂中以沉淀形式分离出来的过程称为聚沉或凝结。引起溶胶聚沉的因素很多，如加入电解质、加热、溶胶的浓度、pH 值以及溶胶间的相互作用等，其中研究最多的是电解质的作用。

促使胶体聚沉的方法有：

1. 电解质

加入电解质聚沉的原因：①加入电解质后，离子浓度增多，其中与反离子符号相同的离子会把扩散层中的反离子挤入紧密层，中和了部分胶粒表面所带电荷，排斥力减弱，使胶粒合并成大颗粒而聚沉；②扩散层中反离子减少，以致溶剂化层的作用减弱，胶粒之间的静电斥力不足以克服其引力，胶粒聚集变大。

电解质的聚沉能力大小常用聚沉值来表示。在一定时间内促使一定量溶胶开始聚沉所需电解质的最低浓度称为该电解质的聚沉值，单位为 mmol/L。聚沉值越大表示该电解质的聚沉能力越小，聚沉值与聚沉能力呈现倒数关系。

比较多种电解质的聚沉值可得出如下经验规律：

① 电解质负离子对正电性溶胶的聚沉起主要作用，而正离子对负电性溶胶的聚沉起主要作用。聚沉能力随离子价数的增加而显著增大。

② 相同价数的离子聚沉能力不同，具有相同负离子的各种盐(以氯化物盐类为例)，其正离子的聚沉能力按下列顺序递减：$Cs^+>Rb^+>Na^+>Li^+$。

例如 KCl、NaCl 对 As_2S_3溶胶的聚沉值分别为 49.5mmol/L、51.0mmol/L，而具有相同正离子的各种盐(以钾盐为例)，其负离子的聚沉能力按下列顺序递减：$Cl^->Br^->NO_3^->I^-$。

③ 一般来说，任何化合价数的有机化合物离子都具有很强的聚沉能力，这可能与胶粒对有机离子有较强的吸附作用有关。

不同电解质对溶胶的聚沉值见表 4-1。

表 4-1　不同电解质对溶胶的聚沉值　　mmol/L

$Fe(OH)_3$正电性溶胶		As_2S_3负电性溶胶	
NaCl	9.25	NaCl	51.0
KCl	9.0	KCl	49.5
K_2SO_4	0.02	$CaCl_2$	0.65
$MgSO_4$	0.22	$MgSO_4$	0.81
$K_3[Fe(CN)_6]$	0.096	$AlCl_3$	0.03
		$Al(NO_3)_3$	0.05

2. 溶胶的相互聚沉

将带相反电荷的溶胶混合时，由于电性中和削弱了溶胶的静电作用会使溶胶发生聚沉。例如自来水及污水净化例子，天然水中含有的悬浮粒子一般带负电荷，加入硫酸铝后，生成带正电的 $Al(OH)_3$溶胶，二者发生聚沉，再加上 $Al(OH)_3$的吸附作用连同杂质一起下沉，达到净化水的目的。

3. 温度和浓度

升高温度可以使溶胶聚沉，由于温度升高可使胶粒的运动速度加快，增加了胶粒的碰撞机会而聚结。增加溶胶的浓度，胶粒粒子数目的增多，也能增加胶粒间相互碰撞的机会而导致聚沉。

4. 其他方法

有机高分子化合物对溶胶既有聚沉作用，又有保护作用。在溶胶中加入少量高分子化合物时，胶粒吸附在高分子化合物上，质量变大而引起聚沉，这种现象称为敏化作用；若在溶胶中加入大量高分子化合物时，使之能覆盖胶粒表面，增加胶粒间分散介质的亲和力，从而增加了溶胶的稳定性，这种现象称为保护作用。

五、胶体的应用

(一) 农业生产

土壤的保肥作用，土壤里许多物质如黏土、腐殖质等常以胶体形式存在。

(二) 医疗卫生

血液透析，血清纸上电泳，利用电泳分离各种氨基酸和蛋白质。医学上越来越多地利用高度分散的胶体来检验或治疗疾病，如胶态磁流体治癌术是将磁性物质制成胶体粒子，作为药物的载体，在磁场作用下将药物送到病灶，从而提高疗效。

(三) 日常生活

制豆腐原理(胶体的聚沉)、豆浆、牛奶、粥和明矾净水等。

(四) 自然地理

江河入海口处形成三角洲，其形成原理是海水中的电解质使江河泥沙形成胶体发生聚沉。

(五) 工业生产

制有色玻璃(固溶胶)。在金属、陶瓷、聚合物等材料中加入固态胶体粒子，不仅可以改进材料的耐冲击强度、耐断裂强度、抗拉强度等机械性能，还可以改进材料的光学性质。有色玻璃就是由某些胶态金属氧化物分散于玻璃中制成的。国防工业中有些火药、炸药须制成胶体。一些纳米材料的制备，冶金工业中的选矿，石油原油的脱水，塑料、橡胶及合成纤维等的制造过程都会用到胶体。

第二节　表面活性剂

表面活性剂(surfactant)，又称乳化剂，是能使目标溶液表面张力显著下降的物质，它能使一种液体均匀散于另一种互不相溶的液体中。具有固定的亲水亲油基团，在溶液的表面能定向排列。表面活性剂的分子结构具有两性：一端为亲水基团，另一端为疏水基团；亲水基团常为极性基团，如羧酸、磺酸、硫酸、氨基或胺基及其盐，羟基、酰胺基、醚键等也可作为极性亲水基团；而疏水基团常为非极性烃链，如8个碳原子以上烃链。

公元前2500年左右，人类就学会了用羊油和草木灰制造肥皂。19世纪中叶，肥皂开始实现工业化大生产，同时也出现了化学合成的表面活性剂。20世纪30年代，长链烷基、苯基出现于美国。第一次世界大战后，德国开发了乙二醇衍生物，聚乙二醇与各种有机化合物(包括醇、酸、酯、胺、酰胺)等结合，形成多种优良性能的非离子表面活性剂。我国的表面活性剂和合成洗涤剂工业起始于50年代，尽管起步较晚，但发展较快。1995年洗涤用品总量已达到310万t，仅次于美国，排名世界第二位。

表面活性剂分子具有独特的两亲性：一端为亲水的极性基团，简称亲水基，也称为疏油基或憎油基，有时形象地称为亲水头，如—OH、—COOH、—SO_3H、—NH_2；另一端为亲油的非极性基团，简称亲油基，也称为疏水基或憎水基，如R—(烷基)、Ar—(芳基)。两类结构与性能截然相反的分子碎片或基团分处于同一分子的两端并以化学键相连接，形成了一种不对称的、极性的结构，因而赋予了该类特殊分子既亲水又亲油的特性。

表面活性剂的亲油或亲水程度可以用HLB值的大小判别，HLB值即亲水亲油平衡值(Hydrophile-Lipophile Balance)，又可以分为O/W(水包油)型和W/O(油包水)型。HLB值也称水油度，HLB值越大，代表亲水性越强，HLB值越小，代表亲油性越强。一般而言HLB值在1~40，如石蜡HLB值=0(无亲水基)，聚乙二醇HLB值=20(完全亲水)。对阴离子表面活性剂，可通过乳化标准油来确定HLB值。HLB值可作为选用表面活性剂的参考依据，见表4-2。

表4-2 表面活性剂用途的HLB值参考值

HLB值	15~18	13~15	8~16	7~9	3.5~6	1.5~3
用途	增溶剂	洗涤剂	油/水型乳化剂	润湿剂	水/油乳化剂	消泡剂

表面活性剂的分类方法很多，根据疏水基结构进行分类，分直链、支链、芳香链、含氟长链等；根据亲水基进行分类，分为羧酸盐、硫酸盐、季铵盐、内酯等；有些研究者根据其分子构成的离子性分成离子型、非离子型等，还有根据其水溶性、化学结构特征、原料来源等各种分类的方法。但是众多分类方法都有其局限性，很难将表面活性剂定位，并在概念内涵上不发生重叠。

通常认为，按照表面活性剂的化学结构可将其分为离子型表面活性剂(包括阳离子表面活性剂与阴离子表面活性剂)、非离子型表面活性剂、两性表面活性剂、复配表面活性剂、其他表面活性剂等。

一、离子型表面活性剂

离子型表面活性剂，又称离子型乳化剂，是可以形成胶束的一类物质，其分子总是同时含有亲水基团和亲油基团，且其亲水基团又分为阴离子型、阳离子型和两性离子型。

(一) 阴离子表面活性剂

阴离子表面活性剂主要为三类：第一类为肥皂类，通式：$(RCOO)_nM$。脂肪酸烃R一般为11~17个碳的长链，常见有硬脂酸、油酸、月桂酸。根据M代表的物质不同，又可分为碱金属皂、碱土金属皂和有机胺皂。它们均有良好的乳化性能和分散油的能力。但易被破坏，碱金属皂还可被钙、镁盐破坏，电解质亦可使之盐析。第二类为硫酸化物$RO-SO_3-M$，主要是硫酸化油和高级脂肪醇硫酸酯类。脂肪烃链R在12~18个碳之间。硫酸化油的代表是硫酸化蓖麻油，俗称土耳其红油。高级脂肪醇硫酸酯类有十二烷基硫酸钠(SDS)，别称为月桂醇硫酸钠和K12，其乳化性很强，且较稳定，较耐酸和钙、镁盐。在药剂学上可与一些高分子阳离子药物产生沉淀，对黏膜有一定刺激性，用作外用软膏的乳化剂，也用于片剂等固体制剂的润湿或增溶。第三类为磺酸化物$R-SO_3-M$，主要有脂肪族磺酸化物、烷基芳基磺酸化物和烷基萘磺酸化物。它们的水溶性和耐酸，耐钙、镁盐性比硫酸化物稍差，但在酸性溶液中不易水解，常用品种有二辛基琥珀酸磺酸钠(阿洛索-OT)、十二烷基苯磺酸钠、甘胆酸钠。

常见的阴离子表面活性剂见表4-3。

表4-3 常见的阴离子表面活性剂

中文名称	INCI名称	外观	性质和用途
月桂醇硫酸酯钠	Sodium Lauryl Sulfate	白色或淡黄色粉状	用于洗护用品和加工食品中，主要起到去污、乳化、发泡等作用
油酸钠	Sodium Oleate	黄色粉末或淡褐黄色粗粉末	水果、蔬菜表面成膜，织物防水剂
硬脂酸钠	Sodium Stearate	白色细微粉末	硬脂酸钠是肥皂的主要成分，起乳化、分散、抑制等作用
三(月桂醇聚醚-4)磷酸酯	Trilaureth-4 Phosphate	白色粉末	具有优良的乳化、分散、渗透、润湿、发泡、去污、增溶能力，耐硬水。作为乳化剂、去污剂等，广泛应用于个人护理用品领域
三(鲸蜡硬脂醇聚醚-4)磷酸酯	Triceteareth-4 Phosphate	米白色蜡状固体	化妆品中的乳化剂和稠定剂
硬脂醇聚醚-2磷酸酯	Steareth-2 Phosphate	白色固体	特有的内外润滑性，可形成"润滑剂分子层"，良好的脱模性
油醇聚醚-3磷酸酯	Oleth-3 Phosphate	透明黄色黏液	清洁剂、表面活性剂

（二）阳离子表面活性剂

阳离子表面活性剂主要是含氮的有机胺衍生物，起作用的部分是阳离子，因此称为阳性皂。按照阳离子表面活性剂的化学结构，主要可分为铵盐型、季铵盐型、杂环型和啰盐型等四类。

阳离子表面活性剂具有良好的杀菌、柔软、抗静电、抗腐蚀等作用和一定的乳化、润湿性能，也常常用作相转移催化剂。但这类表面活性剂很少单独用作洗涤剂，因为很多基质的表面在水溶液中，特别是在碱性水溶液中通常带有负电荷，不能和阴离子表面活性剂混合使用。在应用过程中，带正电荷的表面活性剂会在基质表面形成亲水基向内、疏水基向外的排列，使基质表面疏水而不利于洗涤，甚至产生负面作用。此外，这类表面活性剂的主要应用领域也不像其他表面活性剂用来降低表面张力，而是利用其结构上的特点，用于其他特殊方面。

常见的阳离子表面活性剂见表4-4。

表4-4 常见的阳离子表面活性剂

中文名称	INCI名称	外观	性质和用途
苯扎溴铵(新洁尔灭)	Benzalkonium Bromide	无色或浅黄色透明液体，芳香，味苦	用于手术前皮肤消毒，黏膜和伤口消毒，手术器械消毒
西曲氯铵	Hexadecyltrimethylammonium Chloride	白色结晶粉末	用于染发剂、洗发水/护发素、定型发胶等头发护理产品中

续表

中文名称	INCI 名称	外观	性质和用途
二硬脂基二甲基氯化铵	Dimethyldistearylammonium Chloride	白色或微黄色膏状体或固体	头发调理剂、抗静电剂、皮肤调理剂、表面活性剂、乳化剂
棕榈酰胺丙基三甲基氯化铵	Palmitamidopropyltrimonium Chloride	白色至淡黄色固体或膏体	优良的抗静电、杀菌、防腐、增溶、乳化、分散性能，对皮肤、眼睛、呼吸系统有刺激性

（三）两性离子表面活性剂

两性离子表面活性剂的分子结构中同时具有正、负电荷基团，在不同 pH 值介质中可表现出阳离子或阴离子表面活性剂的性质。如卵磷脂，是制备注射用乳剂及脂质微粒制剂的主要辅料；氨基酸型，$R-NH_2^+-CH_2CH_2COO^-$，甜菜碱型，$R-N^+(CH_3)_2-COO^-$在碱性水溶液中呈阴离子表面活性剂的性质，具有很好的起泡、去污作用；在酸性溶液中则呈阳离子表面活性剂的性质，具有很强的杀菌能力。

常见的两性表面活性剂见表 4-5。

表 4-5　常见的两性表面活性剂

中文名称	INCI 名称	外观	性质和用途
大豆卵磷脂	Soybean Lecithin	半透明无色粉状物	乳化剂、保湿剂、增稠剂、营养补充剂，预防心脑血管疾病
羟基化卵磷脂	Hydroxylated Lecithin	浅黄色黏稠状液体	乳化剂，护肤、防紫外线、美白、保湿、抗衰老
椰油酰谷氨酸钠	Sodium Cocoyl Glutamate	白色粉末	化妆品、护肤品里的表面活性剂、清洁剂
月桂酰谷氨酸钠	Sodium Lauroyl Glutamate	白色粉末	化妆品、护肤品里的表面活性剂、增泡剂、清洁剂
十二烷基乙氧基磺基甜菜碱	Dodecyl-2-hydroxy-1-proply Sulfobetain	浅黄色固体	用于温和婴儿香波、婴儿泡沫浴、婴儿护肤产品中，洗涤剂、润湿剂、增稠剂及杀菌剂

二、非离子表面活性剂

非离子表面活性剂是指溶于水不产生电离的羟基或醚基为主要亲水基的表面活性剂，其表面活性由中性分子体现出来。非离子表面活性剂是较晚应用于生产中的一类表面活性剂。但自 20 世纪 30 年代开始应用以来，发展非常迅速，应用也非常广泛，很多性能超过离子表面活性剂。

含有醚基或酯基的非离子表面活性剂在水中的溶解度随温度的升高而降低，当温度升高到一定程度时，非离子表面活性剂会从溶液中析出，使原来透明的溶液变浑浊。当温度低于某一点时，混合物再次成为均相，这个温度称为非离子表面活性剂的“浊点”（Clouding Point，CP）。这一现象的产生是因为非离子表面活性剂在水中的溶解度随温度的升高而降低，当温度升高到一定程度时体系的氢键受到破坏，非离子表面活性剂会从溶液中析出，使原来透明的溶液变浑浊。

非离子表面活性剂大多为液态和浆状态，它在水中的溶解度随温度升高而降低。非离子表面活性剂具有良好的洗涤、分散、乳化、润湿、增溶、匀染、防腐蚀和保护胶体等多种性能，数据显示，我国表面活性剂产业发展迅速，广泛地用于纺织、造纸、食品、塑料、皮革、毛皮、玻璃、石油、化纤、医药、农药、涂料、染料、化肥、胶片、照相、金属加工、选矿、建材、环保、化妆品、消防和农业等各方面。

非离子表面活性剂具有很高的表面活性，良好的增溶、洗涤、抗静电、钙皂分散等性能，刺激性小，还有优异的润湿和洗涤功能。应用的 pH 值范围比一般离子型表面活性剂更宽广，可与其他离子型表面活性剂共同使用，在离子型表面活性剂中添加少量非离子表面活性剂，可使该体系的表面活性提高。非离子表面活性剂可以分为聚乙二醇类、硅油类、甘油脂肪酸酯类、聚甘油脂肪酸酯、山梨醇类、糖类衍生物等。

(一) 聚乙二醇类

高分子表面活性剂可根据在水中电离后亲水基所带电荷分为阴离子型、阳离子型、两性离子型和非离子型四类高分子表面活性剂。聚乙二醇类非离子型表面活性剂包括脂肪醇聚氧乙烯醚、聚乙二醇脂肪酸酯类等。

脂肪醇聚氧乙烯醚是化妆品中重要的一种非离子表面活性剂，此类表面活性剂具有良好的润湿性能和乳化性能、耐硬水、易生物降解以及价格低廉等优点。

常见的聚乙二醇类表面活性剂见表 4-6。

表 4-6　常见的聚乙二醇类表面活性剂

中文名称	INCI 名称	外观	性质和用途
月桂醇聚醚-8	Laureth-8	白色膏状体	温和、优良的去污、乳化和发泡性能，易生物降解
鲸蜡硬脂醇聚醚-12	PPG-4-Ceteareth-12	白色蜡状固体	化妆品中作乳化剂、表面活性剂及柔润剂，抑制油腻感，稳定化妆品胶体
油醇聚醚-20	OLETH-20	白色蜡状固体	清洁剂、表面活性剂、乳化剂
PEG-8 月桂酸酯	PEG-8 Laurate	浅黄色液体/固体	乳化剂、表面活性剂，用于膏霜、乳液、泡泡浴及护发素产品
丙二醇硬脂酸酯	Propylene Glycolmono Stearate	微黄色或白色固体	乳化剂、消泡剂、稳定剂

(二) 硅油类

有机硅乳化剂一般以硅氧烷或改性的聚甲基硅氧烷作为主链，通过酯化反应、硅氢化加成反应等步骤，将亲水性的极性基团聚合到硅氧烷主链或两端而得到。除具有普通乳化剂的共性外，还具有比普通乳化剂更好的表面活性与铺展性，可以显著降低水的表面张力，尤其是作为制备 W/O(油包水)型体系的乳化剂，具有优良的乳化性能。

硅油类表面活性剂按照不同产品类型，包括如下几个类别：阴离子有机硅表面活性剂、阳离子有机硅表面活性剂、两性有机硅表面活性剂、非离子型有机硅表面活性剂。按照不同应用，主要包括如下几个方面：个人护理、纺织品、油漆和涂料、农业等。

有机硅乳化剂一般为非离子型乳化剂，由于有机硅乳化剂的疏水基团比传统碳链疏水性更强，具有优良的降低表面活性的能力，是一类高效的乳化剂。分子中具有很多支链结构，故不易结晶，在低温时不沉淀。其特殊的分子结构具有良好的柔顺性，能获得更好的甲基堆积，降低分子间的相互作用力，在液体表面形成紧密的单分子膜，使其具有非常好的润湿性和润滑性。

常用硅油类表面活性剂见表4-7。

表4-7 常用硅油类表面活性剂

中文名称	INCI 名称	外观	性质和用途
鲸蜡基 PEG/PPG-10/1 聚二甲基硅氧烷	CETYL PEG/PPG-10/1 Dimethicone	无色透明黏稠状液体	W/O型乳化剂，具有润滑和锁水能力，使皮肤如丝般柔滑，可避免乳液水油分离，适用于"轻爽型"油包水乳液，与高含量的植物油和活性成分有很好的兼容性
双-PEG/PPG-14/14 聚二甲基硅氧烷	BIS-PEG/PPG-14/14 Dimethicone	透明至轻微浑浊的液体	能赋予产品天鹅绒般丝滑肤感，适用于彩妆配方
甲氧基 PEG/PPG-25/4 聚二甲基硅氧烷	MethoxyPEG/PPG-25/4 Dimet Hicone	无色透明液体	乳化剂，提供天鹅绒般的肤感和长效肌肤保湿
月桂基 PEG-8 聚二甲基硅氧烷	Lauryl Peg-8 Dimethicone	无色至淡黄色透明液体	表面活性剂，润滑，防紫外线

（三）甘油脂肪酸酯类

甘油脂肪酸类表面活性剂主要是指甘油单脂肪酸酯，由脂肪酸和甘油酯化而成，是非离子型表面活性剂中重要的一种。甘油脂肪酸脂类表面活性剂性能温和，广泛用于化妆品和食品中。

常见甘油硬脂酸酯类表面活性剂见表4-8。

表4-8 常见甘油硬脂酸酯类表面活性剂

中文名称	INCI 名称	外观	性质和用途
甘油硬脂肪酸酯	Glyceryl Stearatese	白色蜡状固体	乳化剂，是雪花膏、冷霜等的理想原料，也用于医药和食品，如中性药膏和冰激凌
甘油油酸酯	Glyceryl Monooleate	浅黄色液体	用作表面活性剂、润滑剂、医药原料等
甘油硬脂酸酯柠檬酸酯	Glyceryl Stearate Citrate	白色或淡黄色固体粉末	具有乳化、分散、螯合、抗氧化增效、抗淀粉老化及控制脂肪凝集等作用

（四）聚甘油脂肪酸酯

聚甘油脂肪酸酯简称聚甘油酯(PGFE)，是一类高效、性能优良的多羟基酯类非离子型乳化剂。聚甘油酯是由聚甘油与脂肪酸直接酯化制得的，根据各种聚甘油的聚合度、脂肪酸的种类、酯化度、脂肪酸与聚甘油的比例的不同组合，可得到从亲水性到亲油性，外观从淡黄色液体到蜡状固体的多种物质。可用作 O/W(水包油)型和 W/O 型的乳化剂、增溶剂、稳定剂、保湿剂、分散剂等。同时聚甘油酯在酸性、碱性和中性环境中相当稳定，含盐量较高时也有很好的乳化性。其对人体皮肤和毛发无刺激，安全性高，也可应用于食品行业。

常见聚甘油脂肪酸酯表面活性剂见表 4-9。

表 4-9 常见聚甘油脂肪酸酯表面活性剂

中文名称	INCI 名称	外观	性质和用途
聚甘油脂肪酸酯	Polyglyceryl Ester of Fatty Acid	奶白色至淡黄色粉末	用于食品工业，具有乳化、黏度调节、结晶调整、品质改良、抗菌等作用
聚甘油-10 硬脂酸酯	Polyglyceryl-10 Stearate	淡黄色到黄色性状黏稠状液体	乳化剂，应用于防晒霜、美白保湿面霜、洁面乳、精华液、卸妆乳、面膜等护肤彩妆产品
聚甘油-3 二异硬脂酸酯	Polyglyceryl-3 Diisostearate	淡黄色黏稠状液体	具有耐候性、乳化、分散、稳定等性能，具有非常好的卸妆能力，用于无水彩妆、防水防晒产品、婴儿护肤品
聚甘油-6 聚蓖麻醇酸酯	Polyglyceryl-6 Polyricinoleate	黄色至棕色液体	乳化剂，对皮肤温和

（五）山梨醇类

早在 20 世纪 40 年代，以司盘(Span，失水山梨醇脂肪酸酯)为代表的山梨醇类表面活性剂便已由美国阿特拉斯公司研制成功。山梨醇类表面活性剂通常是 W/O 乳化剂，具有很强的乳化、分散、润滑作用，可与各类表面活性剂混用。失水山梨醇与不同高级脂肪酸反应形成的各种不同的酯，乳化能力会有很大不同。

常见山梨醇类表面活性剂见表 4-10。

表 4-10 常见山梨醇类表面活性剂

中文名称	INCI 名称	外观	性质和用途
失水山梨醇月桂酸酯	Span-20	浅黄色液体	用作膏霜类化妆品的油包水型乳化剂，通常与亲水性表面活性剂配合使用
山梨坦硬脂酸酯	Span-60	棕黄色蜡状物	乳化剂，具有较强的乳化、分散、润湿作用
聚山梨醇酯-60	Tween-60	黄色半固体	护肤品里的乳化剂、表面活性剂，具有乳化、分散、润湿作用
聚山梨醇酯-85	Tween-85	无色透明液体	增溶剂、乳化剂、抗静电剂、润滑剂

（六）糖类衍生物

糖类衍生物表面活性剂包括葡萄糖苷类及蔗糖酯类。糖苷类乳化剂主要是以糖类为原料，在一定的催化条件下，与脂肪酸或醇类通过脱水缩合、分离纯化等工艺制备，具有很好的生物降解性，性质温和，在酸性、碱性和高电解质体系中表现出很好的相容性，广泛用于各种化妆品中作为乳化剂。

常见糖类衍生物表面活性剂见表 4-11。

表 4-11　常见糖类衍生物表面活性剂

中文名称	INCI 名称	外观	性质和用途
鲸蜡硬脂基葡糖苷	Cetearyl Glucoside	无色至淡黄色颗粒	能乳化植物油、矿物油和合成油脂，用于膏霜、乳液，防晒产品
蔗糖硬脂酸酯	Sucrose Stearate	白色至微黄色颗粒状晶体	乳化剂，用于化妆品、食品和医药产品
甲基葡糖倍半硬脂酸酯	Methy Glucose Sesquistearate	浅黄色片状物	油溶性，稳定性好，用于高档化妆品中
PEG-20 甲基葡糖倍半硬脂酸酯	PEC G-20 Methyl Glucose Sesquistearate	白色至浅黄色半固体	易溶于水，乳化能力强，温和无刺激

拓展阅读

表面活性剂和合成洗涤剂的发展趋势

1995 年世界洗涤剂总产量达到 4300 万吨，其中肥皂 900 万吨。据专家预测，全世界人口从 2000 年到 2050 年将翻一番，洗涤剂总量将从 5000 万吨增加到 12000 万吨，净增 1.4 倍，这是一个令人鼓舞的数字。

根据 2023 年表面活性剂行业市场现状分析，行业朝高品质、高性能、低成本方向发展。据统计，截至 2022 年我国表面活性剂市场规模约为 387.05 亿元。表面活性剂及洗涤用品对我国经济建设发展及人民生活水平提升具有日益重要的作用，受到国家产业政策的大力支持。2021 年 8 月，中国洗涤用品工业协会发布《表面活性剂行业“十四五”高质量发展指导意见》《中国洗涤用品工业“十四五”高质量发展指导意见》，明确大力发展本土资源下的天然油脂衍生表面活性剂，推动行业绿色化可持续发展。

目前国内表面活性剂仍以中、低端产品为主，高端产品及核心技术仍严重缺乏。未来，我国表面活性剂行业将继续围绕提高产品性能、降低成本、保护环境及应用领域的研究开发，重点发展高效、绿色、环保、安全、生物降解型表面活性剂。在表面活性剂应用领域将重点开发在化妆品领域中的应用，例如对皮肤清洁、抗炎及抗菌等方面的性能；在日用洗涤用品和日化洗涤产品中，除传统的阴离子、阳离子等表面活性剂外，新型非离子表面活性剂将具有巨大的发展潜力。

同时，随着我国环境保护力度的不断加大，生物降解型表面活性剂作为一种绿色环保型的表面活性剂，具有很好的应用前景；随着人们健康和环境保护意识的不断增强，环保型表面活性剂将具有广阔的市场前景，对其市场需求将大幅增加。

DLVO 理论

DLVO 理论是一个重要的胶体化学理论，主要用于解释和理解胶体系统的稳定性。该理论主要关注溶胶粒子间相互作用势能与粒子间距的关系，认为粒子间的相互作用是范德华吸引力和双电层重叠引起的静电斥力之间的平衡。这两种力的相对大小决定了溶胶的稳定性，即粒子是否能保持分散或聚集。

范德华引力是一种分子间的短程吸引力，与分子间距的六次方成反比。而双电层排斥是由于粒子表面带电而产生的静电斥力。粒子间距较远时，这两种力都较小，但随着粒子间距的减小，它们的作用逐渐增强。DLVO 理论通过计算这些力的势能与粒子间距的关系，来预测胶体的稳定性。

扩展的 DLVO 理论还考虑了其他因素，如电解质浓度、双电层反号离子电价等，这些因素影响双电层的厚度和表面电位，进而影响静电排斥力的大小。此外，加入表面活性剂后，还会引入位阻效应、溶剂化效应等，这些都会影响胶体的稳定性。

总的来说，DLVO 理论提供了一个基本的框架来理解胶体系统的稳定性，包括蛋白质分子的相互作用。

本章小结

1. 由 1~100nm 的质点分散于分散介质里所形成的一种高度分散的多相体系称为胶体。按照分散剂的不同可分为气溶胶、液溶胶和固溶胶。

2. 胶体的特性：

（1）光学性质——丁达尔效应；

（2）动力学性质——布朗运动；

（3）溶胶的电学性质——电泳和电渗。

3. 胶体的结构：

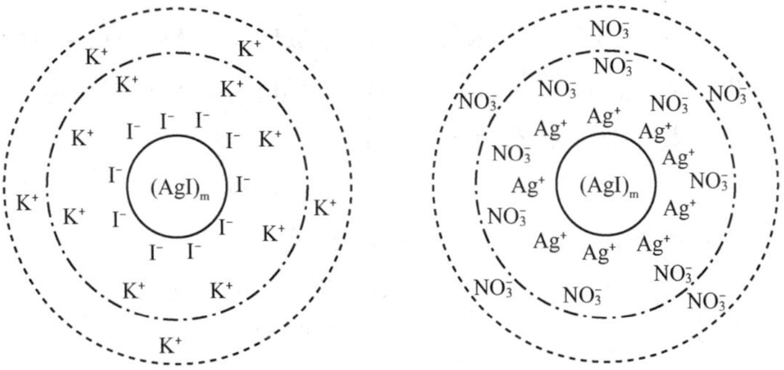

(a) (b)

胶团的结构式可表示为：

$$[(AgI)_m \cdot nAg^+ \cdot (n-x)NO_3^-]^{x+} \cdot xNO_3^-$$

$$\underbrace{\underbrace{\underbrace{[(AgI)_m}_{\text{胶核}} \cdot \underbrace{nI^- \cdot (n-x)K^+]^{x-}}_{\text{吸附层}}}_{\text{胶粒(带电荷)}} \cdot \underbrace{xK^+}_{\text{扩散层}}}_{\text{胶团(电中性)}}$$

4. 胶体的稳定性：(1) 动力学稳定性；(2) 溶剂化作用；(3) 静电稳定性。

5. 胶体的聚沉：

(1) 电解质；(2)溶胶的相互聚沉；(3)温度和浓度；(4)其他方法。

6. 表面活性剂的定义。

7. 表面活性剂的分类。

8. 离子型表面活性剂：

(1) 阴离子表面活性剂简介、性质与用途；

(2) 阳离子表面活性剂简介、性质与用途；

(3) 两性离子表面活性剂简介、性质与用途。

9. 非离子型表面活性剂：

(1) 聚乙二醇类表面活性剂简介、性质与用途；

(2) 硅油类表面活性剂简介、性质与用途；

(3) 甘油脂肪酸酯类表面活性剂简介、性质与用途；

(4) 聚甘油脂肪酸酯表面活性剂简介、性质与用途；

(5) 山梨醇类表面活性剂简介、性质与用途；

(6) 糖类衍生物表面活性剂简介、性质与用途。

习　题

一、选择题

1. 用过量 $AgNO_3$ 和少量 KI 作用制备 AgI 溶胶，其胶团结构式为(　　)。

A. $[(AgI)_m \cdot nI^- \cdot (n-x)K^+]^{x-} \cdot xK^+$　　B. $[(AgI)_m \cdot nAg^+ \cdot (n-x)NO_3^-]^{x+} \cdot xNO_3^-$

C. $[(AgI)_m \cdot nK^+ \cdot (n-x)I^-]^{x-} \cdot xI^-$　　D. $[(AgI)_m \cdot nNO_3^- \cdot (n-x)Ag^+]^{x-} \cdot xAg^+$

2. 下列各性质中，属于胶体的动力学性质的是(　　)。

A. 布朗运动　　B. 电泳　　C. 丁达尔现象　　D. 流动电势

3. 引起胶体聚沉的诸因素中，最重要的是(　　)。

A. 温度的变化　　B. 溶胶浓度的变化

C. 非电解质的影响　　D. 电解质的影响

4. 将 KBr 加入浓的 $AgNO_3$ 溶液中，制备 AgBr 溶胶，再向其中加入下列不同的电解质，能使它在一定时间内完全聚沉所需电解质最少的是(　　)。

A. Na_2SO_4　　B. $NaNO_3$　　C. $K_3[Fe(CN)_6]$　　D. KCl

5. 等体积 0. 10mol/L KI 和 0. 12mol/L 的 $AgNO_3$ 溶液混合制成的 AgI 溶胶，下列电解质中，聚沉能力最强的是(　　)。

A. Na_2SO_4　　B. $MgSO_4$　　C. $K_3[Fe(CN)_6]$　　D. $FeCl_3$

6. 没有外力的影响液体总是趋向于成为(　　)。

A. 球体　　B. 正方体　　C. 长方体　　D. 四面体

7. 在食品工业中表面活性剂用作乳化剂、分散剂和(　　)。

A. 蒸煮剂　　B. 施胶剂　　C. 稳定剂　　D. 润湿剂

8. 对于表面活性剂溶液，临界胶束浓度越小，达到表面吸附饱和所需浓度(　　)。

A. 越低　　　　　　　　B. 越高
C. 不能定性判断　　　　　D 可以定量判断

9. 亲油基相同，聚氧乙烯链越长，其亲水性(　　)。
A. 越弱　　B. 越强　　C. 不变　　D. 无法预测

10. 表面活性剂浓度越大，形成的胶束(　　)。
A. 越少　　B. 越多　　C. 越大　　D. 越小

11. 天然稳泡剂主要有明胶和(　　)。
A. 蛋白胶　　B. 凝胶　　C. 皂素　　D. 硅胶

12. 粉状洗涤剂可分为民用洗涤剂和(　　)。
A. 商用洗涤剂　　B. 军用洗涤剂　　C. 工业洗涤剂　　D. 农业洗涤剂

13. 只适用于测定离子表面活性剂临界胶束浓度的方法是(　　)。
A. 表面张力法　　B. 电导法　　C. 染料法　　D. 光散射法

14. 在医药行业中表面活性剂用作杀菌剂、助悬剂和(　　)。
A. 蒸煮剂　　B. 施胶剂　　C. 增溶剂　　D. 柔软剂

15. 因溶质在表面发生吸附(正吸附)而使溶液表面张力降低，这类物质被称为(　　)。
A. 非表面活性物质　　　　B. 表面活性物质
C. 活性溶剂　　　　　　　D. 非活性溶剂

16. 非离子表面活性剂胶束聚集度大，导致增容作用强，并具有良好的乳化和(　　)。
A. 润湿能力　　B. 吸附能力　　C. 稳定能力　　D. 去稳定能力

17. 亲水基相同，亲油基的链越长，亲油性(　　)。
A. 越大　　B. 越小　　C. 不发生变　　D. 发生突变

18. 增溶作用属于(　　)。
A. 非热力学稳定体系　　　　B. 动力学稳定体系
C. 热力学稳定体系　　　　　D. 化学变化

19. 破乳的方法有机械法、物理法和(　　)。
A. 实践法　　B. 生物法　　C. 理论法　　D. 化学法

20. 通常人们习惯将润湿角大于90°的称为(　　)。
A. 浸湿　　B. 润湿　　C. 乳化　　D. 不润湿

二、问答题

1. 胶体的主要特征是什么？胶粒带电的原因是什么？
2. 阴离子表面活性剂有哪些？
3. 硅油类表面活性剂有哪些类型？

第五章　氧化还原反应和电极电势

知识目标

1. 掌握氧化还原反应的本质及特点；
2. 了解氧化数、氧化还原反应及电对等概念；
3. 熟悉原电池的组成表示式。

能力目标

1. 知道电极电势的产生机理、测定原理和方法；
2. 能用 Nernst 方程计算电极电势，能用电极电势判断氧化剂、还原剂的相对强弱，判断氧化还原反应进行的方向与程度。

素质目标

1. 培养学生宏观辨识和微观探析的核心素养；
2. 初步形成绿色环保的意识，增强社会责任感。

学习指南

本章主要学习氧化还原反应及原电池相关基础知识在生产和生活中的应用。学习时通过氧化值的变化来理解氧化还原反应；在此基础上学习原电池的概念、组成等；通过对电极电势的学习，会判断原电池的正负极；理解电对得失电子难易程度与电极电势高低的关系；结合能斯特方程理解电极电势的影响因素；学会用电极电势判断物质的氧化还原性强弱、判断氧化还原反应方向。

氧化还原反应是化学反应中极为重要的一类，反应过程中常伴有能量效应，自然界中生物的生命活动、生产生活中的化学电池、金属冶炼、火箭发射等都与氧化还原反应息息相关。研究氧化还原反应，对人类的进步具有极其重要的意义。为了更好地探讨电化学方面的知识，我们有必要学习更多的氧化还原反应及电极电势的内容。

第一节　氧化还原反应及电对

一、氧化数

由反应 $Zn+Cu^{2+}(aq)═Zn^{2+}(aq)+Cu$ 可知，反应中电子从 Zn 转移到 Cu^{2+}。

而反应 $C+O_2═CO_2$ 中由于氧的电负性大于碳，在 CO_2 分子中碳氧间的共用电子对会偏向氧的一端，反应中的氧和碳均没有完全获得或失去电子。

以上两种情况的反应都属于氧化还原反应。由此可见，氧化还原反应的实质是反应物之间发生了电子转移或偏移。

为了更好地描述氧化还原反应，表明元素所处的氧化状态，1970 年国际纯粹与应用化学联合会(IUPAC)对氧化数作了定义：氧化数(又称氧化值)是某元素一个原子的表观电荷数，这种电荷数是假设把每一个化学键中的电子指定给电负性较大的原子而求得。

物质中元素原子的氧化数确定规则一般有以下几种：

① 单质中原子的氧化数为零。如在氢气(H_2)中，H 的氧化数为 0。

② 简单离子中原子的氧化数等于离子的电荷数。如 NaBr 中 Na 的氧化数为+1。

③ 在大多数化合物中氢的氧化数为+1，在金属氢化物中为-1(如 NaH、CaH_2)。

④ 在大多数化合物中氧的氧化数为-2，在过氧化物中氧的氧化数为-1(如 H_2O_2、Na_2O_2)，在氟的氧化物中氧的氧化数为+2(如 OF_2)，在超氧化物中氧的氧化数为-1/2(如 KO_2)。

⑤ 在所有化合物中氟的氧化数均为-1，其他卤素原子的氧化数在二元化合物中为-1，但在卤素的二元互化物中，原子序数小的卤原子的氧化数为-1，如 BrCl 中 Cl 的氧化数为-1；在含氧化合物中按氧化物确定，如 ClO_2中 Cl 的氧化数为+4。

⑥ 电中性的化合物中所有原子的氧化数的代数和为 0。多原子离子中所有原子的氧化数的代数和等于离子的电荷数。

氧化数和化合价二者概念不同，大多数情况下是一致的，但也存在特殊情况。如 CH_4、CH_3Cl、CH_2Cl_2、$CHCl_3$、CCl_4中 C 的化合价都是 4，但氧化数分别为-4、-2、0、+2、+4。

【例 1】 求 $Cr_2O_7^{2-}$ 中 Cr 的氧化数和 Fe_3O_4中 Fe 的氧化数。

解：设 $Cr_2O_7^{2-}$ 中 Cr 的氧化数为 x，由于氧的氧化数为-2，则：

$$2x+7\times(-2)=-2$$

$$x=+6$$

故 $Cr_2O_7^{2-}$ 中 Cr 的氧化数为+6。

设 Fe_3O_4中 Fe 的氧化数为 y，由于氧的氧化数为-2，则：

$$3y+4\times(-2)=0$$

$$y=+\frac{8}{3}$$

故 Fe_3O_4中 Fe 的氧化数为$+\frac{8}{3}$。

由例 1 可见，元素的氧化数可以是整数，也可以是分数(或小数)。

二、氧化还原反应

根据氧化数的概念，可把凡是元素的氧化数前后有变化的反应称为氧化还原反应。根据氧化数的升高或降低可把反应拆成两个半反应，元素氧化数升高的过程称为氧化反应，元素氧化数降低的过程称为还原反应。反应中，发生氧化反应的物质称为还原剂；发生还原反应的物质称为氧化剂。

比如：$C+H_2O(g)=\!=\!=CO(g)+H_2(g)$反应中，碳元素的氧化数由 0 升高到+2，发生了氧化反应，C 是还原剂；H_2O 中氢元素的氧化数由+1 降低到 0，发生了还原反应，H_2O 是氧化剂。

又如：$Zn+Fe^{2+}(aq) = Fe+Zn^{2+}(aq)$反应中，Zn 失去了两个电子生成了 Zn^{2+}，Zn 的氧化数由 0 升高到+2，Zn 被氧化；Fe^{2+}得到两个电子生成了 Fe，氧化数从+2 降到 0，Fe^{2+}被还原。

在氧化还原反应中还有一些特殊情况，如在反应 $KMnO_4 = K_2MnO_4+MnO_2+O_2\uparrow$ 中，氧元素的氧化数由−2 升高到 0，发生了氧化反应；锰元素的氧化数由+7 降低到+6 和+4，发生了还原反应，氧化剂、还原剂均是同一种化合物 $KMnO_4$。这种氧化数升降发生于同一种物质中的反应称为自氧化还原反应。而在反应 $Cl_2+H_2O = HClO+HCl$ 中，氯元素的氧化数由 0 变为+1 和−1，这类同种元素部分氧化数升高、部分降低的反应称为自氧化还原反应(又称为歧化反应)。

在本章的学习中，重点讨论在溶液中有电子转移的氧化还原反应。

三、氧化还原半反应和氧化还原电对

根据电子的得与失将氧化还原反应拆分为两个氧化还原半反应。例如：

$$Zn(s)-Cu^{2+}(aq) = Cu(s)+Zn^{2+}(aq)$$

氧化反应：$Zn(s)-2e^- \longrightarrow Zn^{2+}(aq)$(Zn 失去电子，生成 Zn^{2+})

还原反应：$Cu^{2+}(aq)+2e^- \longrightarrow Cu(s)$($Cu^{2+}$得到电子，生成 Cu)

氧化反应和还原反应同时存在，所以电子有得必有失，而且在反应过程中得失电子的数目相等。氧化、还原半反应可用通式写为：

$$a\,氧化型+ne^- \rightleftharpoons b\,还原型$$

或：

$$aOx+ne^- \rightleftharpoons bRed$$

式中：a、b 为半反应式中氧化型、还原型物质的化学计量系数；n 为半反应中转移的电子数；Ox 为氧化型物质(反应中元素氧化数相对较高者)；Red 为还原型物质(反应中元素氧化数相对较低者)。

通常把同一元素的氧化型物质及其对应的还原型物质组成的氧化还原电对，写成氧化型/还原型(或 Ox/Red)(如 Cu^{2+}/Cu，Zn^{2+}/Zn)。每个氧化、还原半反应中都是一个氧化还原电对。所以氧化还原反应实质上可看作两组氧化还原电对之间电子转移的结果。

氧化还原电对中氧化型物质的氧化能力越强，对应的还原型物质还原能力越弱；氧化型物质的氧化能力越弱，对应还原型物质的还原能力越强。例如 MnO_4^-/Mn^{2+}中，MnO_4^- 氧化能力强，是强氧化剂，而 Mn^{2+}还原能力弱，是弱还原剂。又如在 Zn^{2+}/Zn 电对中，Zn 是强还原剂，Zn^{2+}是弱氧化剂。

常见的氧化剂一般是活泼的非金属单质和一些含有高氧化数元素的化合物，如 X_2(X 代表 F、Cl、Br、I)、O_2、$(NH_4)_2S_2O_8$、KIO_3、$KMnO_4$、$K_2Cr_2O_7$、$NaBiO_3$、浓 H_2SO_4及 Fe^{3+}、Ce^{4+}等。

常见的还原剂一般是活泼的金属单质和一些含有低氧化数元素的化合物，如 Na、Mg、CO、H_2S、X^-及 Fe^{2+}、Sn^{2+}等。处于中间氧化数的物质，如 H_2O_2、H_2SO_3等，既有氧化性，又有还原性。

第二节　原电池与电池反应

一、原电池的组成

氧化还原反应中电子的转移引起化学能的变化，化学能可转化为热能或电能。若将一块锌片和一块铜片同时插入盛有稀硫酸的烧杯中，用导线把两个金属片及一个电流计串联起来，我们就会发现锌片不断溶解，铜片上有气泡产生，而且电流表指针发生偏转。这是一个自发的氧化还原反应，说明利用该装置可以将化学能转化为电能。

这种将化学能转化成电能的装置称为原电池，简称电池。锌铜原电池示意如图 5-1 所示。

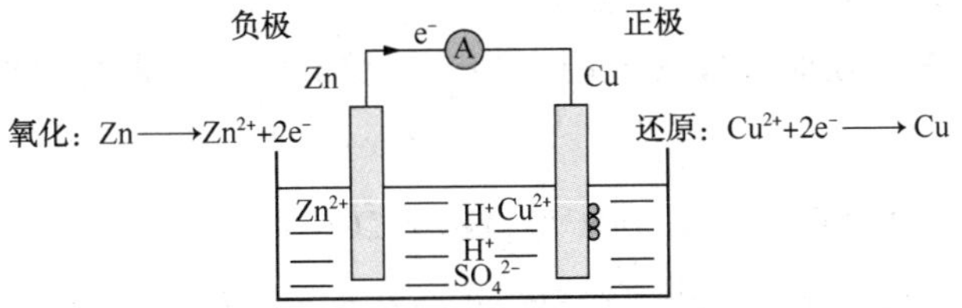

图 5-1　锌铜原电池示意图

在铜锌原电池中原电池由 Zn^{2+}/Zn、Cu^{2+}/Cu 两个电对组成。半电池中有一种固态物质作为导体，称为电极。有些电极既起导电作用，又参与氧化还原反应，如铜锌原电池中的锌片、铜片。也有些固体物质只起导电作用，不参与电池系统中的物质反应，这种物质称为惰性电极，常用的有金属铂和石墨。如 Fe^{3+}/Fe^{2+}、Cl_2/Cl^- 等无固体电极的电对，需用惰性电极作导体。

在原电池中，电子给出的电极称为负极，发生氧化反应；接受电子的电极称为正极，发生还原反应。正、负极反应的加和为电池总反应。在铜锌原电池中，锌极为负极，铜极为正极，电极反应和电池反应如下：

锌极(-)反应　　$Zn(s)-2e^- \rightleftharpoons Zn^{2+}(aq)$　　(氧化反应)

+　铜极(+)反应　　$Cu^{2+}(aq)+2e^- \rightleftharpoons Cu(s)$　　(还原反应)

电池反应　$Zn(s)+Cu^{2+}(ag) \rightleftharpoons Zn^{2+}(ag)+Cu(s)$　　(氧化还原反应)

二、原电池的组成式

原电池装置可以用电池表示式或电池符号表示，如铜锌原电池可表示为：

$$(-)Zn(s)\mid Zn^{2+}(c_1) \;\vdots\;\vdots\; Cu^{2+}(c_2)\mid Cu(s)(+)$$

c_1、c_2 表示溶液浓度；s 表示固体，也可不注明。

书写电池符号要注意以下几点：

① 化学式表示电池中各物质的组成，溶液要标明浓度(mol/L)，气体物质应注明其分压(kPa)。若不写，默认气体分压为 100kPa，溶液浓度为 1mol/L。

② 一般把负极写在电池组成式的左边，正极写在右边。

③ 以符号“｜”表示不同物相之间的界面，用“┆┆”表示盐桥，同一相中的不同物质之间用“,”隔开。

④ 如果半电池中无金属单质作电极极板，需外加惰性金属(如铂)或石墨作电子载体。

三、原电池的组成式与电池反应相互转换

按负极发生氧化反应、正极发生还原反应的原则，可以写出电池组成式的化学反应，即电池反应。相反，若将一个反应中发生氧化反应的电对作负极，发生还原反应的电对作正极，即可把一个化学反应设计成原电池。

【例 2】 写出下列电池的反应式：

$$(-)Pt \mid I_2(s) \mid I^-(c_1) \mid Cl^-(c_2) \mid Cl_2(p_{Cl_2}),\ Pt(+)$$

解：负极氧化反应：$2I^-(c_1)-2e^- \rightleftharpoons I_2(s)$

正极还原反应：$Cl_2(p_{Cl_2})+2e^- \rightleftharpoons 2Cl^-(c)$

电池反应：$Cl_2(p_{Cl_2})+2I^-(c_1) \rightleftharpoons 2Cl^-(c_2)+I_2(s)$

【例 3】 将如下氧化还原反应拆成两个半电池反应，并分别写出电极组成式和电池组成式。

$$Cr_2O_7^{2-}(c_1)+6Fe^{2+}(c_5)+14H^+(c_3) \rightleftharpoons 2Cr^{3+}(c_2)+6Fe^{3+}(c_4)+7H_2O$$

解：(1)根据正极发生还原反应，负极发生氧化反应，将上述氧化还原反应拆成两个半电池反应。

正极对应反应： $Cr_2O_7^{2-}(c_1)+14H^+(c_3)+6e^- \rightleftharpoons 2Cr^{3+}(c_2)+7H_2O$

负极对应反应： $6Fe^{2+}(c_5)-6e^- \rightleftharpoons 6Fe^{3+}(c_4)$

(2) 对应电极为：

正极： $Pt \mid Cr_2O_7^{2-}(c_1),\ Cr^{3+}(c_2),\ H^+(c_3)$

负极： $Pt \mid Fe^{3+}(c_4),\ Fe^{2+}(c_5)$

(3) 原电池组成式为：

$$(-)Pt \mid Fe^{2+}(c_5),\ Fe^{3+}(c_4) \parallel Cr_2O_7^{2-}(c_1),\ Cr^{3+}(c_2),\ H^+(c_3) \mid Pt(+)$$

第三节　电极电势

一、电极电势的产生

从前面原电池装置实验中，能检测到正负极之间有电子(电流)流动，说明两电极间存在着电势差。正负极的电极电势是如何产生的？德国化学家能斯特(Nernst)曾提出的双电层理论，说明了金属-金属离子电极的电极电势产生机理。

(一) 金属溶解与金属离子沉积

金属晶体是由金属原子、离子和自由电子组成的。当把金属插入含有该金属离子的电解质溶液时，会发生两种倾向：一是金属表面的金属离子(M^{n+})受到极性水分子的作用，有脱离金属表面进入溶液而将电子留在金属上(金属溶解)的倾向，金属越活泼，金属离子浓度越小，这种倾向越大；二是溶液中的金属离子又有从金属表面获得电子而沉积到金属表面的倾向，金属越不活泼，溶液中金属离子浓度越大，这种沉积倾向越大。当金属溶解与金属离子沉积的速率相等时，就达成了动态平衡：

$$M(s) \rightleftharpoons M^{n+}(aq)+ne^-$$

(二) 双电层的形成

若金属溶解的倾向大于金属离子沉积的倾向，则达到平衡时，金属极板表面上会带有过剩的负电荷，受负电荷的静电吸引，靠近金属表面的溶液带正电，这样金属表面和溶液的界面处形成了带正、负电荷的双电层，其结构如图 5-2(a)所示。相反，如果金属离子沉积的倾向大于金属溶解的倾向，则达平衡时，金属表面带正电，溶液带负电，其双电层结构如图 5-2(b)所示。一般把金属与其盐溶液之间形成双电层所产生的电势差称为金属的平衡电极电势，简称电极电势，用 $\varphi_{Ox/Red}$ 表示，单位是伏特(V)。

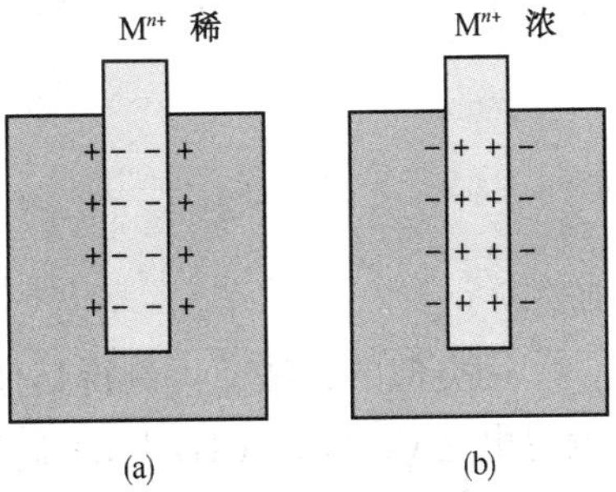

图 5-2　双电层示意图

二、标准电极电势

电极电势的大小，反映电极的电对得失电子倾向的大小。电极电势应用很多，但至今仍无法测量电极电势的绝对值，实际应用中只能使用相对值，即选定某一特定电极作为参照标准，其他电极的电极电势大小通过与这个参照标准比较来确定。目前国际上选择标准氢电极(SHE)作为参照电极。

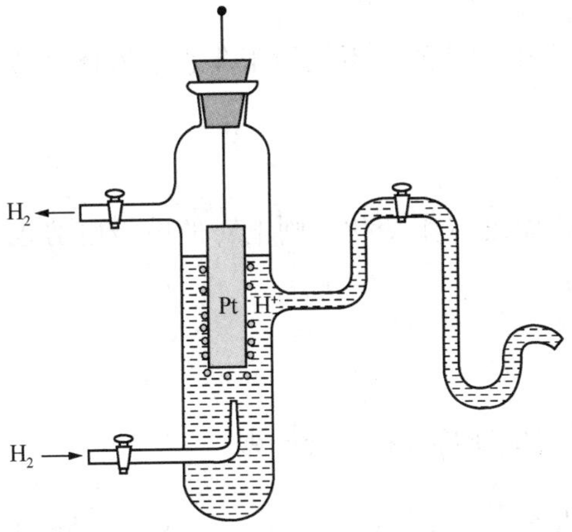

图 5-3　标准氢电极示意图

(一) 标准氢电极

标准氢电极是一种假定的理想状态，如图 5-3 所示。通常将镀有一层多孔铂黑(Pt)的铂片放入氢密子浓度为 1mol/L 的溶液中，并不断通入分压为 100kPa 的高纯氢气，使铂黑吸附 H_2 至饱和，这时溶液中的 H^+ 和 H_2 之间建立了以下平衡：

$$2H^+(aq)+2e^- \rightleftharpoons H_2(g)$$

在标准状态，即温度为 298K，组成电极的离子浓度为 1mol/L，气体压力为 100kPa(活度为 1)时，标准氢电极的电势值被指定为零，即：

$$\varphi_{SHE}=0.0000V$$

并以此作为与其他电极电势进行比较的相对标准。

(二) 其他电极电势的测定

标准状态下的电极电势称为标准电极电势 $\varphi^{\ominus}$。电极电势或标准电极电势，可以通过实验来测定，例如，锌电极的标准电极电势测定装置如图 5-4 所示。

电池组成式为：

$$Zn \mid Zn^{2+}(1mol/L) \parallel SHE$$

原电池的两个电极的电极电势差称为电动势，用 E 表示，单位是伏特(V)。

$$E=\varphi_{(+)}-\varphi_{(-)}$$

测定出电池的电动势，就可计算电极的电势。测得上

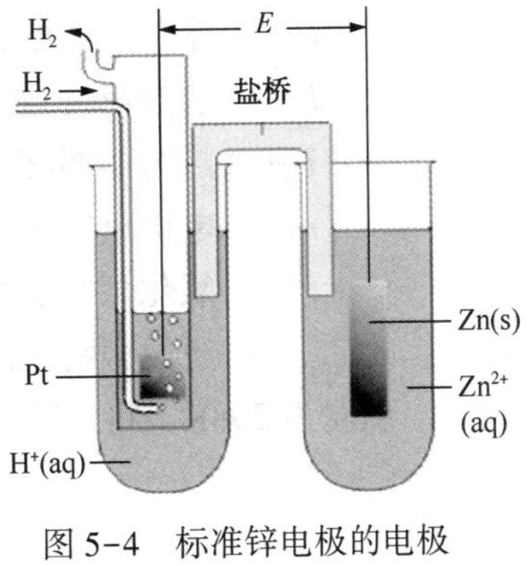

图 5-4　标准锌电极的电极电势测定装置

述电池的电动势 $E^{\ominus}=0.7618\text{V}$，即：

$$E^{\ominus}=\varphi^{\ominus}_{(+)}-\varphi^{\ominus}_{(-)}=\varphi^{\ominus}_{(H^+/H_2)}-\varphi^{\ominus}_{(Zn^{2+}/Zn)}$$
$$=0-\varphi^{\ominus}_{(Zn^{2+}/Zn)}$$
$$=0.7618\text{V}$$

所以：

$$\varphi^{\ominus}_{Zn^{2+}/Zn}=-0.7618\text{V}$$

用类似的方法，可测得其他氧化还原电对的标准电极电势。例如，当温度为 298K 时，测得电池 Cu | Cu^{2+}(1mol/L) ‖ SHE 的电动势 $E^{\ominus}=0.3419\text{V}$，铜电极为正极，则其标准电极电势 $\varphi^{\ominus}_{Cu^{2+}/Cu}=0.3419\text{V}$ 。

（三）标准电极电势表

采用上述方法可测定电极的标准电极电势值。将各种氧化还原电对的标准电极电势按一定的方式汇集，就构成标准电极电势表。

使用标准电极电势表时应注意以下几点：

① 电极反应常以还原反应的形式书写：a 氧化型+$ne^-\rightleftharpoons$ g 还原型。$\varphi^{\ominus}$值不因电极反应的写法而改变。如 $Cl_2+2e^-\rightleftharpoons 2Cl^-$与 $2Cl^--2e^-\rightleftharpoons Cl_2$的 $\varphi^{\ominus}_{Cl_2/Cl^-}$都是 1.358V。

② $\varphi^{\ominus}$值反映的是标准状态下构成电对物质的氧化还原能力，与电极反应的计量系数无关。如 $Fe^{3+}+e^-\rightleftharpoons Fe^{2+}$与 $2Fe^{3+}+2e^-\rightleftharpoons 2Fe^{2+}$的 $\varphi^{\ominus}_{Fe^{3+}/Fe^{2+}}$都是 0.771V。

③ 标准电极电势是电极在标准条件下水溶液体系中的性质，不能用于非水溶液体系或高温下的固相反应。

三、影响电极电势的因素

标准电极电势是在标准状态下测定的，若浓度或温度发生变化，则电对的电极电势也会受影响。影响电极电势的因素可用能斯特方程表示。

（一）能斯特方程

一般电极反应：$a\text{Ox}+ne^-\rightleftharpoons b\text{Red}$。

则非标准状态下电对 Ox/Red 的电极电势可以通过能斯特方程进行计算：

$$\varphi_{Ox/Red}=\varphi^{\ominus}_{Ox/Red}+\frac{RT}{nF}\ln\frac{c^a_{Ox}}{c^b_{Red}} \qquad (5-1)$$

式中 $\varphi^{\ominus}_{Ox/Red}$——电对的标准电极电势，V；

$\varphi_{Ox/Red}$——电对的电极电势，V；

R——摩尔气体常数，其值为 8.314J/(mol · K)；

F——法拉第常数，其值为 96485C/mo1；

T——热力学温度，K；

n——电极反应中转移的电子数；

c_{Ox}——氧化型物质的浓度，mol/L；

c_{Red}——还原型物质的浓度，mol/L。

当温度为 298K，将各常数代入上式，则能斯特方程可改写为：

$$\varphi_{Ox/Red}=\varphi^{\ominus}_{Ox/Red}+\frac{0.0592}{n}\lg\frac{c^a_{Ox}}{c^b_{Red}} \qquad (5-2)$$

式(5-2)表明，当温度 T 一定时，半反应中氧化型与还原型物质的浓度发生变化，将导致电极电势的改变。同一个电极(半)反应，其氧化型物质浓度(c_{Ox})越大，或还原型物质浓度(c_{Red})越小，$\varphi_{Ox/Red}$值越大；反之，还原型物质浓度(c_{Red})越大，或氧化型物质浓度(c_{Ox})越小，$\varphi_{Ox/Red}$值越小。应用能斯特方程时需注意以下几点：

① 计算前，应先配平电极反应式。

② 组成电对的物质中若有纯固体、纯液体(包括水)则不必代入方程中；若为气体用分压表示(气体分压代入公式时，应除以标准态压力 100kPa)。

③ 若电极反应中有 H^+、OH^- 等物质参加反应，H^+ 或 OH^- 的浓度也应写在能斯特方程中。

(二) 影响电极电势的因素

从能斯特方程可以看出，影响电极电势高低的主要因素是标准电极电势、温度和电极反应中各物质的浓度。不仅氧化型与还原型物质的浓度，而且溶液中的酸度、沉淀反应配离子的形成等均可引起电极反应中相关离子浓度的改变，都有可能改变 φ 值。

【例 4】 已知$MnO_4^- + 8H^+ + 5e^- \rightleftharpoons Mn^{2+} + 4H_2O$，$\varphi^{\ominus}_{MnO_4^-/Mn^{2+}} = 1.51V$，试计算：

(1) $c_{H^+} = 0.1mol/L$；(2) $c_{H^+} = 1.0\times10^{-7}mol/L$ 时的 $\varphi_{MnO_4^-/Mn^{2+}}$值。

(设 $c_{MnO_4^-} = c_{Mn^{2+}} = 1.0mol/L$，$\varphi_{MnO_4^-/Mn^{2+}} = \varphi^{\ominus}_{MnO_4^-/Mn^{2+}} + \dfrac{0.0592}{5}\lg\dfrac{c_{MnO_4^-}c^8_{H^+}}{c_{Mn^{2+}}}$，$T=298K$)

解：(1) 当 $c_{H^+} = 1.0\times10^{-1}mol/L$ 时：

$$\begin{aligned}\varphi_{MnO_4^-/Mn^{2+}} &= \varphi^{\ominus}_{MnO_4^-/Mn^{2+}} + \frac{0.0592}{5}\lg\frac{c_{MnO_4^-}c^8_{H^+}}{c_{Mn^{2+}}}\\ &= 1.51 + \frac{0.0592}{5}\lg(1.0\times10^{-1})^8\\ &\approx 1.415(V)\end{aligned}$$

(2) 当 $c_{H^+} = 1.0\times10^{-7}mol/L$ 时：

$$\begin{aligned}\varphi_{MnO_4^-/Mn^{2+}} &= \varphi^{\ominus}_{MnO_4^-/Mn^{2+}} + \frac{0.0592}{5}\lg\frac{c_{MnO_4^-}c^8_{H^+}}{c_{Mn^{2+}}}\\ &= 1.51 + \frac{0.0592}{5}\lg(1.0\times10^{-7})^8\\ &\approx 0.85(V)\end{aligned}$$

由结果可知，$\varphi_{MnO_4^-/Mn^{2+}}$值随 c_{H^+}的降低明显减小，MnO_4^-的氧化能力减弱。凡有 H^+参加的电极反应，pH 对其 φ 值均有较大的影响，有时还能影响氧化还原的产物。例如，Na_2SO_3 与 $KMnO_4$在不同介质中的反应：

$$2MnO_4^- + 5SO_3^{2-} + 6H^+ = 2Mn^{2+}(\text{肉色}) + 5SO_4^{2-} + 3H_2O \quad (\text{强酸性介质})$$

$$2MnO_4^- + 3SO_3^{2-} + 6H_2O = 2MnO_2\downarrow(\text{棕色}) + 3SO_4^{2-} + 2OH^- \quad (\text{中性介质})$$

$$2MnO_4^- + SO_3^{2-} + 2OH^- = 2MnO_4^{2-}(\text{绿色}) + SO_4^{2-} + 2H_2O \quad (\text{强碱性介质})$$

【例 5】 电极反应：

$$Cr_2O_7^{2-} + 14H^+ + 6e^- \rightleftharpoons 2Cr^{3+} + 7H_2O$$

$\varphi^{\ominus}_{Cr_2O_7^{2-}/Cr^{3+}} = 1.231V$，若 $Cr_2O_7^{2-}$ 和 Cr^{3+}浓度均为 1mol/L，求 298.15K、pH 值=6 时的电极电势。

解：$Cr_2O_7^{2-}+14H^++6e^- \rightleftharpoons 2Cr^{3+}+7H_2O$，$c_{Cr_2O_7^{2-}}=c_{Cr^{3+}}=1mol/L$

pH 值=6，$c_{H^+}=1\times10^{-6}mol/L$，$n=6$，

所以：

$$\varphi_{Cr_2O_7^{2-}/Cr^{3+}}=\varphi^{\ominus}_{Cr_2O_7^{2-}/Cr^{3+}}+\frac{0.0592}{6}\lg\frac{c_{Cr_2O_7^{2-}}c^{14}_{H^+}}{c^2_{Cr^{3+}}}$$

$$=1.231+\frac{0.0592}{6}\lg(1.0\times10^{-6})^{14}$$

$$=0.404(V)$$

第四节　电极电势的应用

在氧化还原反应中，电极电势有较广泛的应用。主要表现在以下几方面：

一、比较氧化剂和还原剂的相对强弱

根据电极电势的意义可知，电对的 φ 值越高，则该电对中氧化型物质在水溶液中得电子的能力越强，是强的氧化剂，其对应的还原型物质的还原能力就越弱，是弱的还原剂；φ 值越低，电对中的还原型物质的还原能力越强，是强的还原剂，其对应的氧化型物质的氧化能力越弱，是弱的氧化剂。在标准状态下，可直接用 $\varphi^{\ominus}_{Ox/Red}$ 比较，非标准状态时，应根据能斯特方程计算后的 $\varphi^{\ominus}_{Ox/Red}$ 值的大小作出判断。

【例 6】 在标准状态下，下列电对所涉及的物质中哪一个是最强的氧化剂？哪一个是最强的还原剂？各物质氧化能力、还原能力的强弱顺序如何？

Fe^{3+}/Fe^{2+}、MnO_4^-/Mn^{2+}、I_2/I^-、Cu^{2+}/Cu

解：查标准电极电势附录表可得：

$I_2+2e^- \rightleftharpoons 2I^-$　　$\varphi^{\ominus}_{I_2/I^-}=0.5355V$

$Fe^{3+}+e^- \rightleftharpoons Fe^{2+}$　　$\varphi^{\ominus}_{Fe^{3+}/Fe^{2+}}=0.771V$

$MnO_4^-+8H^++5e^- \rightleftharpoons Mn^{2+}+14H_2O$　　$\varphi^{\ominus}_{MnO_4^-/Mn^{2+}}=1.507V$

$Cl_2+2e^- \rightleftharpoons Cl^-$　　$\varphi^{\ominus}_{Cl_2/Cl^-}=1.36V$

电对 MnO_4^-/Mn^{2+} 的 $\varphi^{\ominus}$ 最大，故 MnO_4^- 是最强的氧化剂；电对 I_2/I^- 的 $\varphi^{\ominus}$ 最小，故 I^- 是最强的还原剂。

氧化能力强弱顺序：$MnO_4^->Cl_2>Fe^{3+}>I_2$。

还原能力强弱顺序：$I^->Fe^{2+}>Cl^->Mn^{2+}$。

二、判断氧化还原反应进行的方向

任意一个氧化还原反应，都可以用如下通式表示：

$$(氧化型)_1+(还原型)_2 \rightleftharpoons (还原型)_1+(氧化型)_2$$

若将这个氧化还原反应放在原电池中，根据负极发生氧化反应，正极发生还原反应，则电对$(氧化型)_1/(还原型)_1$对应的电极应为正极，电对$(氧化型)_2/(还原型)_2$对应的电极应为负极。当 $E=\varphi_{(+)}-\varphi_{(-)}>0$（或 $\varphi_{(+)}>\varphi_{(-)}$）时，反应正向进行；$E<0$，反应逆向进行；$E=0$，反应处于平衡状态。

【例 7】 已知 $Fe^{3+}+e^- \rightleftharpoons Fe^{2+}$，$\varphi^{\ominus}_{Fe^{3+}/Fe^{2+}}=0.771V$，

$Cr_2O_7^{2-}+14H^++6e^- \rightleftharpoons 2Cr^{3+}+7H_2O$，$\varphi^{\ominus}_{Cr_2O_7^{2-}/Cr^{3+}}=1.231V$

当 $c_{Fe^{3+}}=1.0\times10^{-3}\ mol \cdot L^{-1}$，$c_{Fe^{2+}}=c_{Cr_2O_7^{2-}}=c_{Cr^{3+}}=1.0mol \cdot L^{-1}$，pH 值 = 6 时，反应 $Cr_2O_7^{2-}+6Fe^{2+}+14H^+ \rightleftharpoons 2Cr^{3+}+6Fe^{3+}+7H_2O$ 向哪个方向进行？并与标准状态下的反应方向进行比较。

解：(1)非标准状态下，由能斯特方程可求得：

$$\varphi_{Fe^{3+}/Fe^{2+}}=\varphi^{\ominus}_{Fe^{3+}/Fe^{2+}}+0.0592 \cdot \lg \frac{c_{Fe^{3+}}}{c_{Fe^{2+}}}$$

$$=0.771+0.0592 \cdot \lg \frac{1.0\times10^{-3}}{1.0}$$

$$=0.594(V)$$

同理可求得：$c_{Cr_2O_7^{2-}/Cr^{3+}}=0.404V$

$$E=\varphi_{Cr_2O_7^{2-}/Cr^{3+}}-\varphi_{Fe^{3+}/Fe^{2+}}=0.404V-0.594V=-0.19V<0$$

则反应逆向进行。

(2) 标准状态下：

$$E^{\ominus}=\varphi^{\ominus}_{Cr_2O_7^{2-}/Cr^{3+}}-\varphi^{\ominus}_{Fe^{3+}/Fe^{2+}}=1.231V-0.771V=0.460V>0$$

则反应正向进行。

一般来说，当两个电对的 $\varphi^{\ominus}$ 值相差较大时($\Delta\varphi>0.4V$)，可直接由标准电极电势来判断氧化还原反应的方向；但若两个电对的 $\varphi^{\ominus}$ 值相差较小，则必须根据能斯特方程计算出有关的电极电势或电池电动势，才能正确判断反应的方向。

三、判断氧化还原反应进行的程度

任意一个化学反应完成的程度可以用平衡常数来衡量。氧化还原反应的平衡常数 $K^{\ominus}$ 与原电池的标准电池电动势 $E^{\ominus}$ 的关系为：

$$\lg K^{\ominus}=\frac{nFE^{\ominus}}{2.303RT} \tag{5-3}$$

式中 $E^{\ominus}$——标准电池电动势，V；

$K^{\ominus}$——标准平衡常数；

n——电池反应中所转移的电子的物质的量，mol；

F——法拉第常数，其值为 96485C/mo1；

T——热力学温度，K；

R——摩尔气体常数，其值为 8.314J/(mol · K)。

将 $T=298.15K$、$R=8.314J/(mol \cdot K)$、$F=96485C/mol$ 代入，得：

$$\lg K^{\ominus}=\frac{nE^{\ominus}}{0.0592} \tag{5-4}$$

式中 $E^{\ominus}=\varphi^{\ominus}_{(+)}-\varphi^{\ominus}_{(-)}=\varphi^{\ominus}_{(氧化剂)}-\varphi^{\ominus}_{(还原剂)}$。

由式(5-3)可以看出，$E^{\ominus}$ 越大，平衡常数 $K^{\ominus}$ 亦越大，反应进行越完全。对于 $n=1$ 的反应 $E^{\ominus}>0.4V$；$n=2$ 的反应，$E^{\ominus}>0.2V$ 时，均有 $K^{\ominus}>10^6$，可以认为反应已进行完全。

【例 8】 计算下列反应的平衡常数：

$$MnO_2+4H^+(aq)+2Cl^-(aq) = Mn^{2+}(aq)+Cl_2(g)+2H_2O$$

解：由反应方程式，可知 $n=2$，

$$\varphi^{\ominus}_{(+)}=\varphi^{\ominus}_{氧化剂}=\varphi^{\ominus}_{MnO_2/Mn^{2+}}=1.230V$$

$$\varphi^{\ominus}_{(+)}=\varphi^{\ominus}_{还原剂}=\varphi^{\ominus}_{Cl_2/Cl^-}=1.36V$$

所以：

$$E^{\ominus}=\varphi^{\ominus}_{(+)}-\varphi^{\ominus}_{(-)}=1.230-1.36=-0.13(V)$$

代入 $\lg K^{\ominus}=\dfrac{nE^{\ominus}}{0.0592}$，可以求得：

$$K^{\ominus}=4.06\times10^{-5}$$

这是实验室制氯气的基本反应，反应平衡常数如此之小，故只有用 MnO_2 与浓盐酸反应，以提高 $[H^+]$ 及 $[Cl^-]$，来降低 φ_{Cl_2/Cl^-}，才能制备出氯气。

拓展阅读

科学家能斯特简介

能斯特(Walther Hermann Nernst，1864—1941 年)，德国物理化学家，1864 年 6 月 25 日生于西普鲁士的布利森。进入莱比锡大学后，在奥斯特瓦尔德指导下学习和工作。1887 年获得博士学位。

1891 年任哥丁根大学物理化学教授。1905 年任柏林大学物理化学教授。1925 年起担任柏林大学实验物理研究所所长(1924—1933 年)。1932 年被选为伦敦皇家学会会员。由于纳粹政权的迫害，1933 年退职，在农村度过了他的晚年。1941 年 11 月 18 日在柏林逝世。

能斯特是一位法官的儿子。他诞生的地点离哥白尼诞生地仅 20 英里。能斯特的早期工作是电化学，在这个领域里他作出了很多贡献。1889 年作为一个 25 岁的青年在物理化学领域崭露头角，他将热力学原理应用到了电池上。这是自伏打在将近一个世纪发明电池以来，第一次有人能对电池产生电动势作出合理解释。他推导出一个简单公式，即电化学中著名的能斯特方程。这个方程将电池的电动势同溶液浓度联系起来。能斯特的解释已为其他更好的解释所代替，但他的方程沿用至今。1889 年能斯特还引入溶度积这个重要概念，用来解释沉淀反应。他用量子理论的观点研究低温下固体的比热，提出光化学的“原子链式反应”理论。1903 年，提出了缓冲溶液概念。1906 年，他的主要工作是在热力学方面，根据对低温现象的研究，得出了热力学第三定律，人们称之为“能斯特热定理”，这个定理有效地解决了计算平衡常数问题和许多工业生产难题。由于他在热力学方面的贡献，能斯特获得了 1920 年诺贝尔化学奖。此外，他还研制出含氧化锆及其他氧化物发光剂的白炽电灯，设计出用指示剂测定介电常数、离子水化度和酸碱度的方法，发展了分解和接触电势、钯电极性状和神经刺激理论。能斯特共发表 157 篇论文，著有 14 本书，最著名的是《理论化学》(1895 年)。

本章小结

1. 氧化还原反应：

(1) 氧化数：元素原子的表观荷电数。

(2) 氧化：失去电子的过程；还原：得到电子的过程。

(3) 氧化还原对：Zn^{2+}/Zn、Cu^{2+}/Cu。

2. 原电池：

(1) 定义：将化学能转变为电能的装置，反应自发进行。

(2) 正负极：

正极：获得电子(还原反应)，$Cu^{2+}+2e^{-} \longrightarrow Cu$。

负极：电子流出(氧化反应)，$Zn^{2+}-2e^{-} \longrightarrow Zn$。

(3) 原电池组成式：$(-)Zn(s) \mid Zn^{2+}(c_1) \parallel Cu^{2+}(c_2) \mid Cu(s)(+)$。

(4) 电池电动势：$E=\varphi_{(+)}-\varphi_{(-)}$。

3. 电极电势：

(1) 意义：电对得失电子能力强弱标志。

(2) 标准电极电势：相对于标准氢电极的大小，可测。

(3) 影响因素：能斯特方程($\varphi_{Ox/Red}=\varphi^{\ominus}_{Ox/Red}+\dfrac{0.0592}{n}\lg\dfrac{c^{a}_{Ox}}{c^{b}_{Red}}$)。

(4) 电极电势的应用：

判断氧化还原能力：φ 大，氧化型氧化能力强；φ 小，还原型还原能力强。

判断反应进行的方向：$E>0$，反应正向进行；$E<0$，反应逆向进行。

判断反应程度：$\lg K^{\ominus}=\dfrac{nE^{\ominus}}{0.0592}$。

习　　题

一、判断题

(　　)1. $CHCl_3$中 C 与一个 H 和三个 Cl 形成四个共价键，因此 C 的氧化数是 4。

(　　)2. 电对的电极电势越高，其氧化能力越强。

(　　)3. 组成原电池的两个电对的电极电势相等时，电池反应处于平衡状态。

(　　)4. 溶液的 pH 值越大，则 $KMnO_4$的氧化能力越强。

二、填空题

1. 氧化还原反应的实质是反应中发生了__________，________的过程称为氧化。

2. 在 $2Na+2H_2O = 2NaOH+H_2\uparrow$ 的反应中，__________得到电子，__________是氧化剂；________失去电子，____________是还原剂。

3. 在氧化还原反应中，电极电势值越低的电对，其还原型物质____电子的倾向越大，是越强的________剂。

4. 在原电池中电极电势较低的电极是______极，发生了________反应。

5. Cu-Zn 原电池的电池组成式是________________________________，其正极反应为____________，负极反应为______________，电池反应为______________。

6. 在氧化还原反应中，氧化剂是 $\varphi^{\ominus}$______的电对中的______型物质，还原剂是 $\varphi^{\ominus}$________的电对中的______型物质。

三、选择题

1. 下列反应中，属于氧化还原反应的是(　　)。

A. 硫酸与氢氧化钡溶液的反应

B. 石灰石与稀盐酸的反应

C. 二氧化锰与浓盐酸在加热条件下反应

D. 醋酸钠的水解反应

2. 在 $Cl_2+2NaOH \xlongequal{} NaClO+NaCl+H_2O$ 反应中，Cl_2是(　　)。

A. 氧化剂　　B. 溶剂

C. 还原剂　　D. 既是氧化剂又是还原剂

3. 单质 A 和单质 B 反应成 AB(其中 A 为正价)，下列说法正确的是(　　)。

A. B 被氧化　　B. A 是氧化剂

C. A 发生氧化反应　　D. B 具有还原性

4. 下列关于氧化数的叙述中，不正确的是(　　)。

A. 在多原子分子中，各元素的氧化数的代数和为 0

B. 氧的氧化数一般为-2

C. 氢的氧化数只能为+1

D. 氧化数可以为整数、分数或 0

5. 标准状态下，在含 Cl^-、Br^-、I^-的混合溶液中，欲使 I^-氧化成 Cl^-、Br^-不被氧化，应选择的氧化剂是(　　)。

A. $KMnO_4$　　B. $K_2Cr_2O_7$　　C. $(NH_4)_2S_2O_8$　　D. $FeCl_3$

6. 利用标准电极电势判断氧化还原反应进行的方向，正确的说法是(　　)。

A. 氧化态物质与还原态物质起反应

B. $\varphi^{\ominus}$较大电对的氧化态物质与 $\varphi^{\ominus}$较小电对的还原态物质起反应

C. 氧化性强的与氧化性弱的物质起反应

D. 还原性强的与还原性弱的物质起反应

7. $KMnO_4$是常用的氧化剂，其氧化能力与溶液 pH 值的关系是(　　)。

A. pH 值越高，氧化能力越强　　B. pH 值越高，氧化能力越弱

C. 氧化能力与 pH 值无关　　D. 难以判断

8. 下列原电池中，电动势最大的是(　　)。

A. $(-)Zn \mid Zn^{2+}(c) \parallel Cu^{2+}(c) \mid Cu(+)$

B. $(-)Zn \mid Zn^{2+}(0.1c) \parallel Cu^{2+}(0.2c) \mid Cu(+)$

C. $(-)Zn \mid Zn^{2+}(c) \parallel Cu^{2+}(0.1c) \mid Cu(+)$

D. $(-)Zn \mid Zn^{2+}(0.1c) \parallel Cu^{2+}(c) \mid Cu(+)$

9. 对于电池反应 $Cu^{2+}+Zn \xlongequal{} Cu+Zn^{2+}$，下列说法正确的是(　　)。

A. 当 $c_{Cu^{2+}}=c_{Zn^{2+}}$时，电池反应达到平衡

B. 当 $\varphi^{\ominus}_{Zn^{2+}/Zn}=\varphi^{\ominus}_{Cu^{2+}/Cu}$时，电池反应达到平衡

C. 当原电池的标准电动势为 0 时，电池反应达到平衡

D. 当原电池的电动势为 0 时，电池反应达到平衡

10. 已知 $\varphi^{\ominus}_{Fe^{2+}/Fe}=-0.45\ V$，$\varphi^{\ominus}_{Ag^{+}/Ag}=0.799\ V$，$\varphi^{\ominus}_{Fe^{3+}/Fe^{2+}}=0.771\ V$，标准状态下，上述电对中最强的氧化剂和还原剂分别是(　　)。

A. Ag^{+}，Fe^{2+}　　B. Ag^{+}，Fe　　C. Fe^{3+}，Fe^{2+}　　D. Fe^{2+}，Ag

四、问答题

1. 在下列两组物质中，分别按 Mn、N 元素的氧化数由低到高的顺序将各物质进行排列。

(1) MnO_2，$MnSO_4$，$KMnO_4$，$MnO(OH)$，K_2MnO_4，Mn；

(2) N_2，NO_2，N_2O_5，N_2O，NH_3，N_2H_4。

2. 根据下列所提供的标准电极电势数据，解释下列现象。

(1) 为使 Fe^{2+}溶液不被氧化，常放入铁钉。

(2) H_2S 溶液，久置会出现混浊。

(3) 无法在水溶液中制备 FeI_3。

($\varphi^{\ominus}_{Fe^{3+}/Fe^{2+}}=0.771V$，$\varphi^{\ominus}_{Fe^{2+}/Fe}=-0.45V$，$\varphi^{\ominus}_{S/H_2S}=0.14V$，$\varphi^{\ominus}_{O_2/H_2O}=1.23V$，$\varphi^{\ominus}_{I_2/I^-}=0.54V$)

五、计算题

1. 计算在 1mol/L HCl 溶液中，当 $[Cl^-]=1.0mol/L$ 时，Ag^+/Ag 电对的条件电极电势是多少。

2. 计算在 1.5mol/L HCl 介质中，当 $[Cr_2O_7^{2-}]=0.10mol/L$，$[Cr^{3+}]=0.020mol/L$ 时电对 $Cr_2O_7^{2-}/Cr^{3+}$的电极电势。

3. 已知 $\varphi^{\ominus}_{Cu^{2+}/Cu}=0.340V$，$\varphi^{\ominus}_{Ag^{+}/Ag}=0.799V$，将铜片插入 0.10mol/L $CuSO_4$溶液中，银片插入 0.10mol/L $AgNO_3$溶液中组成原电池。

(1) 计算原电池的电动势。

(2) 写出电极反应、电池反应和原电池符号。

(3) 计算电池反应的平衡常数。

模块二

有机化学模块

第六章　烃类化合物

知识目标

1. 了解有机化合物的特性及结构特点；
2. 熟悉各种烃的结构特征和分类；
3. 掌握各种烃的命名方法；
4. 了解各种烃的物理性质及变化规律；
5. 掌握烷烃、烯烃、炔烃、环烷烃和单环芳烃的化学性质。

能力目标

1. 能认识各种烃，并会对简单化合物进行命名或结构式的书写；
2. 能识别常见的官能团；
3. 能鉴别常见的烷烃、烯烃、炔烃、环烷烃和单环芳烃等。

素质目标

1. 具有理论联系实际的思维方法，实事求是的科学态度；
2. 具有较强的实践能力和创新能力。

有机化学是研究有机化合物的组成、结构、性质、制备方法与应用的一门学科。有机化合物是物质中的一大类。有机化合物大量存在于自然界，和人类生活有着极为密切的关系。人们对有机物的认识是随着生产实践和科学研究的不断发展而逐渐由浅入深的。最初，有机化合物是指从动植物体内取得的物质，它的性质和来源与无机物不同，由于动植物体内的物质和生命有着密切的关系，所以有机化合物的含义是“有生机之物”。

有机化合物被简称为有机物，那么什么叫有机物？有机物除含有碳外，绝大多数还含有氢，而且许多有机物中还常含有氧、氮、硫、磷、卤素等其他元素。但有些含碳的化合物如一氧化碳、二氧化碳、碳酸盐、金属氰化物（如 NaCN）及氰酸盐（如 NH_4OCN）等，具有典型的无机化合物的性质，仍属于无机化合物的研究范围。随着化学结构理论的建立，肖莱马（Schorlemmer C）从化学结构观点提出有机化合物的定义：碳氢化合物以及由碳氢化合物衍生而成的一大类化合物。所谓衍生物是指碳氢化合物中的一个或几个氢原子被其他原子或原子团取代而得的化合物。

由于元素碳在周期表中的特殊位置及碳原子的特殊结构，含碳的有机物在组成、结构和性质等方面与无机物有着不同的明显特点，并且有机物数目繁多，目前天然和人工合成的物质中绝大多数是有机物。有机物结构的特殊性使其具有以下特点：

① 组成有机物的元素种类少，分子结构复杂，但数目繁多。

② 熔点、沸点较低，热稳定性差，易于燃烧。

③ 大多数有机物难溶于水，易溶于有机溶剂。

④ 大多数有机物为非电解质，不易导电。

⑤ 反应速率一般较小，反应程度不高，并常伴有副反应。

⑥ 异构现象普遍存在。

第一节　有机化合物的分类及命名

有机物数目繁多，为了更好地进行学习和研究，对它进行分类是非常必要的。根据有机化合物分子结构分类的方法很多，但常用的分类有两种：一种是按碳原子连接方式(碳骨架)分类；另一种是按决定分子的主要化学性质的原子或基团(官能团)来分类。

一、按碳骨架分类

根据有机物分子碳链的形式以及组成碳链骨架原子等情况，有机物可分为三类。

(1) 开链化合物(脂肪族化合物)

这类化合物的共同特点是，分子中的碳原子相互连接成链状。开链化合物最早是从动植物油脂中获得的，所以又称为脂肪族化合物。如下列化合物：

$CH_3—CH_2—CH_3$　　$CH_2═CH—CH_3$　　$CH_3—CH_2—OH$

丙烷　　丙烯　　乙醇

(2) 脂环化合物

这类化合物的共同特点是，在它们的分子中具有由碳原子连接而成的环状构造(苯环结构除外)。这类环状化合物的性质与脂肪族化合物相似，所以称为脂环化合物。如环戊烷、1,3-环戊二烯，结构式如下：

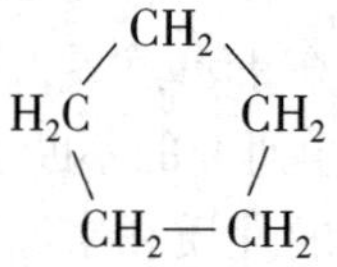

环戊烷

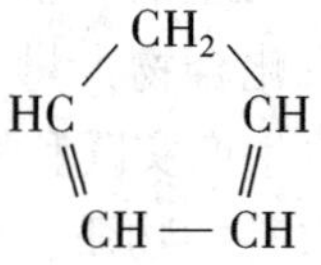

1,3-环戊二烯

(3) 芳香族化合物

这类化合物的共同特点是，在它们的分子中一般含有苯环结构并具有与脂肪族和脂环族化合物不同的性质。由于这类化合物最初是从树脂或香精油等天然物质中提取得到的具有芳香气味的化合物，所以称为芳香族化合物。如苯、甲苯、萘、苯酚，结构式如下：

苯

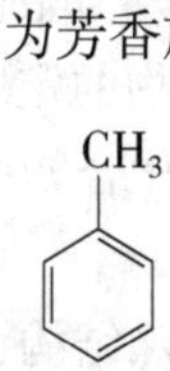

甲苯

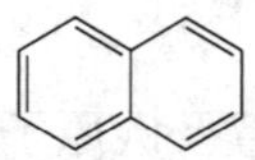
萘(樟脑丸的主要成分)

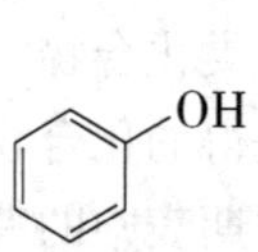

苯酚

二、按官能团分类

官能团是指有机化合物分子中特别容易发生反应的原子或基团，这些原子或基团决定了这类有机化合物的主要性质。一般来说，含有相同官能团的化合物，具有相似的性质，把它们归为一类化合物进行研究，不仅较为方便，而且还能反映出各类有机化合物之间的相互联系。一些常见的有机化合物的官能团见表 6-1。

表 6-1　常见有机化合物的官能团

官能团	名称	类别	官能团	名称	类别
$\gt C=C \lt$	双键	烯烃	$-\overset{O}{\overset{\Vert}{C}}-$	羰基	醛、酮
$-C\equiv C-$	三键	炔烃	$-\overset{O}{\overset{\Vert}{C}}-OH$	羧基	羧酸
$-OH$	羟基	醇、酚	$-NH_2(-NHR，-NR_2)$	氨基	胺
(C)—O—(C)	醚键	醚	$-SO_3H$	磺酸基	磺酸
$-\overset{O}{\overset{\Vert}{C}}-H$	醛基	醛	$-COOR$	酯基	酯
$-COX$	卤羰基	酰卤	$-CONH_2$	氨甲酰基	酰胺

三、有机化合物的命名

有机化合物命名法有多种，常用的有普通命名法(也称习惯命名法)和系统命名法。由于普通命名法仅适用于一些比较简单有机物的命名，在此不做详述。系统命名法是根据IUPAC制定的命名原则，结合我国文字特点而制定的国际通用的命名方法，适用于大多数有机物的命名。

下面简单介绍系统命名法的命名规则和步骤。有机化合物系统命名的基本方法分四步：选择主要官能团；确定主链及各取代基的位次；确定取代基的顺序；写出有机物名称。

(1) 选择主要官能团

通常按官能团优先排列顺序选择化合物中的主要官能团。习惯上把排在前面的官能团选为主要官能团，命名时称为某某化合物，排在后面的官能团看作取代基。其中，常见官能团的优先次序见表 6-2。

表 6-2　常见官能团的优先次序(按优先递降排序)

序号	类别	官能团	序号	类别	官能团	序号	类别	官能团
1	羧酸	$-COOH$	6	醛	$-CHO$	10	胺	$-NH_2$
2	磺酸	$-SO_3H$	7	酮	$-\overset{O}{\overset{\Vert}{C}}-$	11	炔烃	$-C\equiv C-$
3	羧酸酯	$-COOR$				12	烯烃	$\gt C=C \lt$
4	酰卤	$-COX$	8	醇	$-OH$			
5	酰胺	$-CONH_2$	9	酚	$-OH$	13	醚	$-OR$

如 $HOCH_2CH_2COOH$、$HOCH_2CH_2COOCH_3$ 和 $HOCH_2CH_2NH_2$，根据官能团的优先次序，上述物质主要官能团分别是—COOH、—$COOCH_3$ 和—OH，则它们分别被称为酸、酯和醇。

(2) 确定主链及各取代基的位次

选择含有主要官能团、取代基多的最长碳链为主链，从靠近官能团的一端开始给主链编号，确定主链上各取代基的位次。取代基的位次用阿拉伯数字标注。

(3) 确定取代基的顺序

当主链上有多个取代基时，由顺序规则决定名称中取代基的先后顺序。比较主链碳原子上所连各支链、取代基的第一个原子的原子序数的大小(同位素按相对原子质量的大小)，原子序数较大者为“较优”基团，“较优”后列出。原子序数越大，顺序越高。注：通常情况下，原子序数越大，相对原子质量也越大，故可比较相对原子质量。例如：I>Br>Cl>F>O>N>C>H。

(4) 写出有机物名称

写出化合物全名时，取代基的位次号(阿拉伯数字)写在取代基名称前面，用半字线“-”与取代基分开；相同取代基合并写出，用“二、三”等表示相同取代基的数目，位次号数字间用逗号“,”分开；前一取代基名称与后一取代基位次号间也用半字线“-”分开。在不会混淆时，可以省去位次号，多数情况下“1”可以省去。例如：

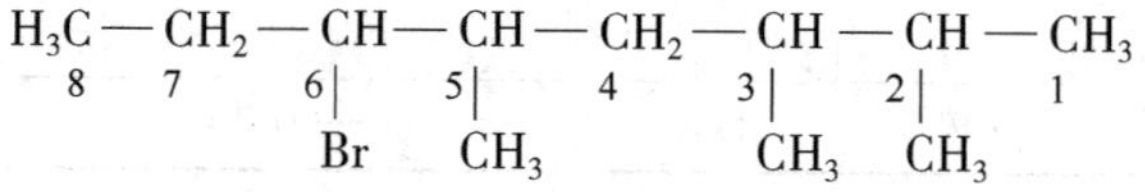

2,3,5-三甲基-6-溴辛烷

5-甲基-3-乙基-(-1-)庚醇

为了区分标明位次的1，2，3，…和标明取代基数目的二、三……读名称时，在1，2，3，…后加上“位”字。上述两个化合物分别读作二、三、五位三甲基六位溴辛烷和五位甲基三位乙基庚醇。

第二节　烷　　烃

只由碳和氢两种元素组成的化合物称为碳氢化合物，简称烃。首先讨论烃类，不仅因为烃是最简单的有机化合物，更主要的是烃还是各种有机物的母体。烃的种类很多，烃分子中的氢原子可被其他原子或基团取代而生成一系列的各种衍生物。开链的碳氢化合物称为脂肪烃。在脂肪烃分子中，只含有 C—C 单键和 C—H 键的，称为烷烃，也称为石蜡烃。烷烃分子中既不含有 C═C 双键，也不含 C≡C 三键，所以烷烃是饱和脂肪烃。

一、烷烃的结构和同分异构

最简单的烷烃是甲烷，分子式是 CH_4，球棍模型如图 6-1 所示。在任何一个烷烃分子中，如果 C 原子数是 n，H 原子数则是 $2n+2$。所以可用通式 C_nH_{2n+2}（n 为碳原子数）来表示烷烃分子的组成。

图 6-1　甲烷分子的球棍模型

从表 6-3 列举的几种烷烃可以看出，任何两个烷烃的分子式之间都相差一个或整数倍个 CH_2。将这些具有同一通式、结构和性质相似、相互间相差一个或整数倍个 CH_2 的一系列化合物称为同系列。同系列中的各个化合物称为同系物。相邻同系物之间的差 CH_2 称为同系差。同系列关系是有机化学中普遍存在的一种现象。因同系列中各同系物（特别是高级同系物）具有相似的结构和性质，所以在每一同系列里只要研究几个代表物就可以推知其他同系物的性质。但应该指出，由于同系物之间具有量的差异，有时某些同系物还由于异构的关系，使得同系物之间的性质可能出现很大的差别。所以，同系物规律只能作为研究有机化合物时的一种参考。推测的结果是否正确，还必须通过实践来验证。

分子中原子间相互连接的顺序和方式称为分子构造。表示分子构造的化学式称为构造式。分子构造用构造式表示最为简单明了。在有机化学中，分子构造是一个最重要、最基本的概念。下面给出 C_1~C_4 烷烃的分子式、构造简式和名称，见表 6-3。

表 6-3　C_1~C_4 烷烃的分子式、构造简式和分子结构

名称	分子式	构造简式	分子结构
甲烷	CH_4	CH_4	
乙烷	C_2H_6	$CH_3—CH_3$	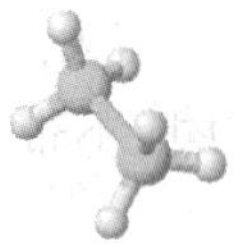
丙烷	C_3H_8	$CH_3—CH_2—CH_3$	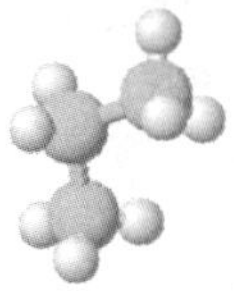
丁烷	C_4H_{10}	$CH_3—CH_2—CH_2—CH_3$ 或 $H_3C—CH—CH_3$ | CH_3	

从构造的观点看，烷烃同系列中任一化合物都可看作前一同系物分子中某个氢原子被（CH_3）基团取代后的产物。（CH_3）取代丙烷分子中两端碳原子上的任何一个氢原子，得到

的都是正丁烷 $CH_3CH_2CH_2CH_3$。当(CH_3)取代中间碳原子上的氢原子时，则得到异丁烷 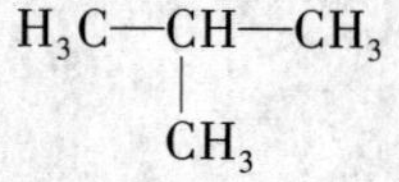 。正丁烷和异丁烷虽然都是四个碳原子的烷烃，却是性质不同的两种化合物，它们互为同分异构体(isomers)。这种分子式相同而结构不同的现象称为同分异构现象(isomerism)。随着分子中碳原子数的增大，烷烃构造异构现象变得越来越复杂，构造异构体的数目也越来越大。

二、烷基和烷烃的命名法

1. 伯、仲、叔、季碳原子和伯、仲、叔氢原子

在烷烃分子中，由于分子的构造不同，分子内各碳原子不尽相同，其性质也不同，为了研究方便将其分类，根据碳原子在分子中所处位置的不同而分为四类：

与一个碳原子直接相连的碳原子称为伯碳原子，又称一级碳原子，常用1°表示；

与二个碳原子直接相连的碳原子称为仲碳原子，又称二级碳原子，常用2°表示；

与三个碳原子直接相连的碳原子称为叔碳原子，又称三级碳原子，常用3°表示；

与四个碳原子直接相连的碳原子称为季碳原子，又称四级碳原子，常用4°表示。例如：

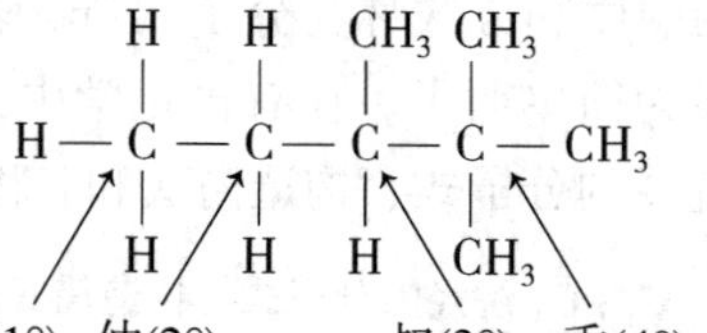

与伯、仲、叔碳原子相连的氢原子分别称为伯、仲、叔氢原子。

2. 烷基

从烃分子中去掉一个氢原子后剩下的基团称为烃基。烷烃分子中去掉一个氢原子后剩下的基团称为烷基。通常用 R 来表示烷基(有时 R 可代表烃基)。烷基的名称是从相应的烷烃的名称衍生而来。从直链(不带支链的连续链)烷烃分子的末端碳原子上去掉一个氢原子后剩下的基团(不带支链的烷基)称为某基(系统命名法)或正某基(普通命名法)。例如：

CH_4	$CH_3—$	$CH_3CH_2CH_3$	$CH_3CH_2CH_2—$
甲烷	甲基	丙烷	丙基(正丙基)

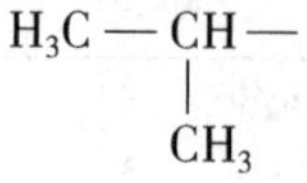

异丙基

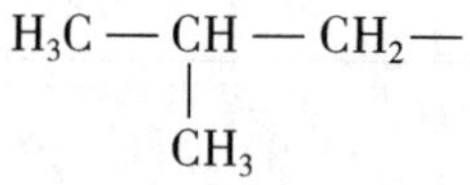

异丁基

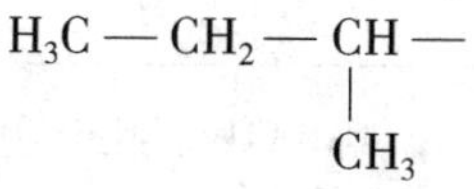

仲丁基

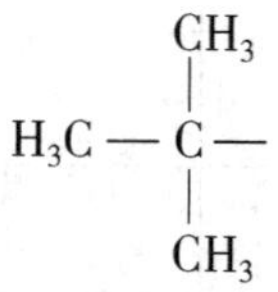

叔丁基

3. 烷烃的普通命名法

普通命名法通常把烷烃称为“某烷”，“某”是指烷烃分子中碳原子的总数。

① 碳原子数在10个及10个以下用天干“甲、乙、丙、丁、戊、己、庚、辛、壬、癸”十个字分别命名，10个碳原子以上用十一、十二等中文数字命名；

② 支链用“正”“异”“新”等字来表示。“正”表示无任何支链存在的直链烷烃，“异”表示碳链链端第二位碳原子上连有 1 个甲基，“新”表示碳链链端第二位碳原子上连有 2 个甲基。例如：

正戊烷

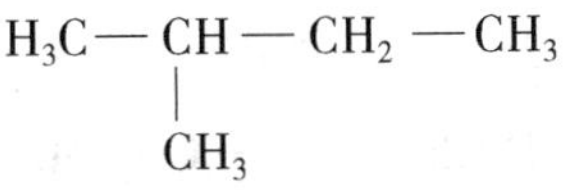
异戊烷

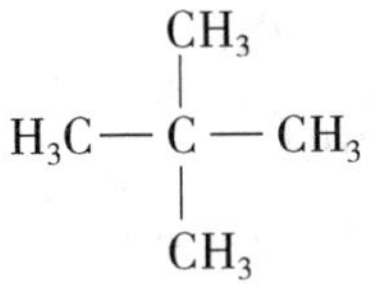
新戊烷

4. 烷烃的系统命名法

根据系统命名法，烷烃的命名应遵循下列原则：

(1) 选取主链(母体)

选择烷烃分子结构中最长的碳链(含有取代基最多的、连续的最长碳链)为主链，将主链作为母体，根据主链中所含碳原子数目称为“某烷”。

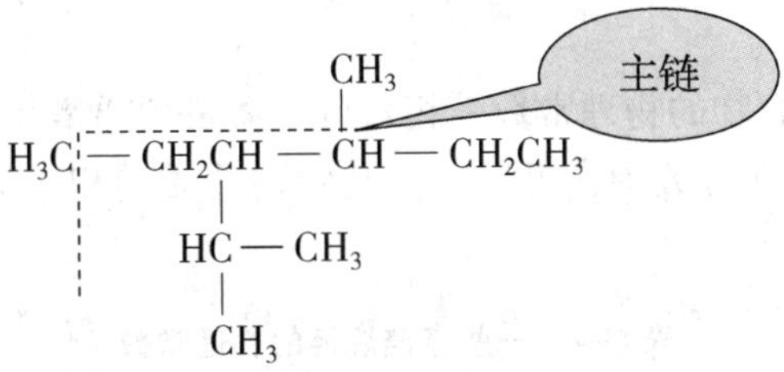

母体(己烷，含2个甲基，1个乙基)

母体(已烷，含 2 个甲基，1 个乙基)

(2) 确定主链碳原子的编号

确定主链碳原子的位次，主链碳原子的位次是从距离支链最近的一端开始，依次用 1，2，3，…编号。

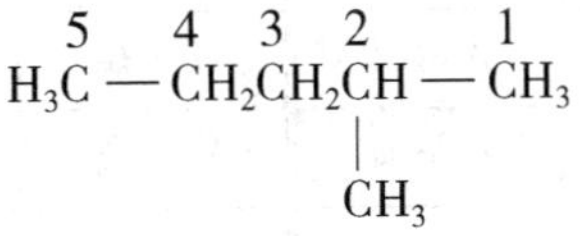

两个不同的取代基位于相同位次时，次序规则中排列小的取代基具有较小的编号。

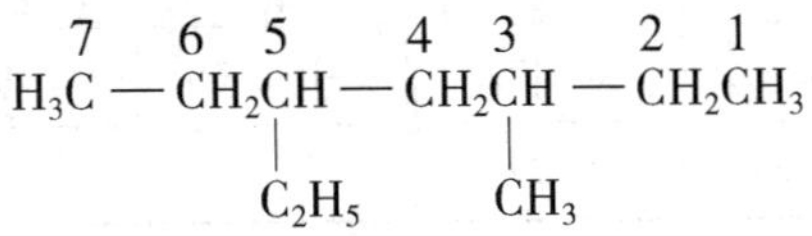

当两个相同取代基位于相同位次时，应使第三个取代基的位次最小。

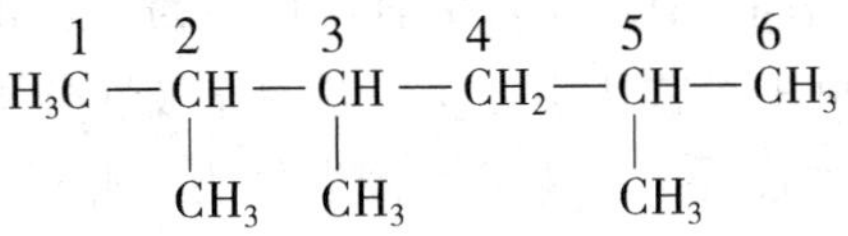

（3）写名称

主链为母体化合物，合并相同的取代基，总个数用二、三、四……表示。每个取代基的位次都应标出，表示各位次的数字间用“,”隔开。取代基的位次与名称之间用半字线“-”连接，写在母体化合物的名称前面。

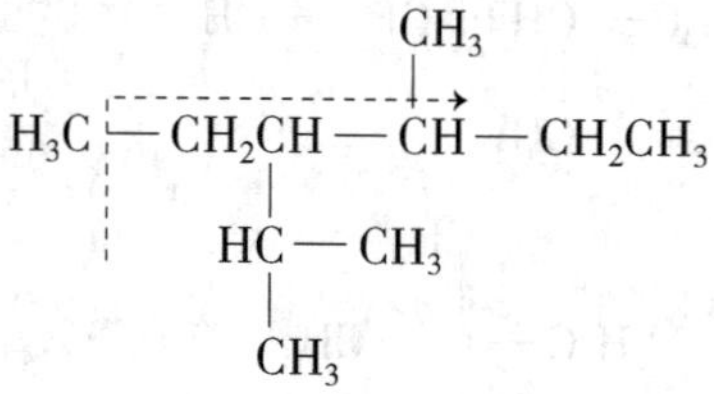

2,4-二甲基-3-乙基己烷

三、烷烃的物理性质

有机化合物的物理性质，一般包括化合物的存在状态、颜色、熔点、沸点、相对密度、溶解度、折射率、偶极矩等。除存在状态和颜色外，它们在一定条件下都有固定的数值，因此常把这些数值称为物理常数。各种化合物的物理常数，可以从化学或物理手册中查出来。通过仪器测定的物理常数与查到的标准数据比较，可以鉴定有机化合物的种类及其纯度。

一般说来，同系列化合物的物理常数随相对分子质量的递增而有规律的变化。从表6-4列出的一些直链烷烃的物理常数中，可以看出其物理性质随相对分子质量的递增，呈现出一定的递变规律。

表 6-4　一些直链烷烃的物理常数

名称	熔点/℃	沸点/℃	相对密度	名称	熔点/℃	沸点/℃	相对密度
甲烷	-182.6	-161.7	0.4240	十一烷	-25.6	195.8	0.7493
乙烷	-172.0	-88.6	0.5462	十二烷	-9.6	216.3	0.7493
丙烷	-187.1	-42.2	0.5824	十三烷	-6	-230	0.7568
丁烷	-135	-0.5	0.5788	十四烷	-5.5	251	0.7636
戊烷	-129.7	36.1	0.6264	十五烷	10	268	0.7688
己烷	-94	68.7	0.6594	十六烷	18.1	280	0.7749
庚烷	-90.5	98.4	0.6837	十七烷	22	303	0.7767
辛烷	-56.8	125.6	0.7028	十八烷	28	308	0.7767
壬烷	-53.7	150.7	0.7179	十九烷	32	330	0.7776
癸烷	-29.7	174	0.7298				

常温常压下，C_4以下的直链烷烃为气体，$C_5 \sim C_{16}$为液体，C_{17}以上为固体。直链烷烃中沸点随相对分子质量增加而增高，且同碳数的直链烷烃的沸点高于支链。

沸点的高低取决于分子间的范德华引力。烷烃为非极性分子，分子间力主要为色散力，即由原子核和电子在不断运动过程中产生的瞬间偶极力，此种力与分子中原子数目的多少及分子体积的大小成正比，所以沸点随相对分子质量增加而增加。又因色散力只在近距离内才有作用，它随分子间距离增大而迅速减弱，所以，带支链的烷烃分子不能像直链烷烃那样紧密靠近在一起，随着分子间距离增大，色散力减小，同碳数的直链烷烃的沸点高于支链烷烃。

烷烃的密度随相对分子质量增加而增大，且小于 1，是所有有机化合物中密度最小的一类化合物，主要原因是由于烷烃分子间作用力较弱，排列疏松，单位体积中容纳的分子数少，密度较低。烷烃为非极性分子，所以不溶于水，但溶于低极性或非极性的有机溶剂中，如苯、氯仿等。

四、烷烃的化学性质

烷烃分子中只含有 C—C 和 C—H 键，这两种键都是结合得比较牢固的共价键。烷烃分子无极性，也无特征官能团，与其他各类有机化合物相比，烷烃(特别是直链烷烃)的化学性质最不活泼，最不容易发生化学反应。在常温下，烷烃与强酸(浓盐酸、浓硫酸、浓硝酸)、强碱(氢氧化钠)、强氧化剂(高锰酸钾)、强还原剂(活泼金属)等都不发生反应，通常用作溶剂。但烷烃的化学稳定性只是相对的，在一定条件下，烷烃也可以发生某些化学反应。

烷烃的化学反应主要有两种类型：一类是 C—H 键断裂的反应，即氢原子被其他原子或基团所取代，如卤代反应；另一类是 C—C 键断裂的反应，如氧化反应。

1. 取代反应

有机化合物分子中的氢原子或其他原子与基团被别的原子或基团所取代的反应，称为取代反应。被卤素原子取代的反应称为卤化或卤代反应。

在室温和暗处，烷烃与卤素不发生反应，在日光或紫外光照射下，或加热时，则剧烈反应，甚至发生爆炸。如甲烷与氯气在强光照射下剧烈反应生成氯化氢和游离碳。

$$CH_4+Cl_2 \xrightarrow{\text{强光}} C+HCl$$

在光或适当加热的条件下，烷烃分子中的氢原子能逐步被卤素所取代，得到不同的卤代烷的混合物和卤化氢。例如：

$$CH_4+Cl_2 \xrightarrow[\text{或加热}]{\text{光}} CH_3Cl+HCl$$

反应较难停留在一氯甲烷阶段，因为生成的一氯甲烷还会继续被氯代，即：

$$CH_3Cl+Cl_2 \longrightarrow CH_2Cl_2+HCl$$

$$CH_2Cl_2+Cl_2 \longrightarrow CHCl_3+HCl$$

$$CHCl_3+Cl_2 \longrightarrow CCl_4+HCl$$

反应产物是一氯甲烷、二氯甲烷、三氯甲烷与四氯化碳的混合物，而且分离较为困难。工业上常把这种混合物用作溶剂。

卤素不同，烷烃的卤代反应活性也不同。不同卤素的相对活性是：

$$F_2>Cl_2>Br_2>I_2$$

2. 氧化反应

在常温时，烷烃一般不与氧化剂反应，也不与空气中的氧反应。但是，烷烃在空气中易燃烧，空气中完全燃烧时，生成二氧化碳和水，同时放出大量的热。例如：

$$CH_4+O_2 \xrightarrow{点燃} CO_2+H_2O$$

在一定的条件下，用空气氧化烷烃可以生成醇、醛、酮、酸等含氧有机化合物。因原料（烷烃和空气）便宜，这类氧化反应在有机化学工业上具有重要性。例如，工业上生产乙酸的一个方法就是以乙酸钴或乙酸锰为催化剂，在150~225℃、约5MPa条件下，用空气氧化正丁烷制得乙酸。

$$CH_3CH_2CH_2CH_3+O_2 \xrightarrow[\triangle]{Co^{2+},\ 5MPa} CH_3COOH+H_2O$$

应该注意的是，烷烃是易燃、易爆物质。烷烃（气体或蒸气）与空气混合达到一定程度时（爆炸范围以内）遇到火花就发生爆炸。在生产上和实验室中处理烷烃时必须小心。

五、烷烃的来源及重要的烷烃

1. 烷烃的来源

烷烃主要来自石油、天然气和油田气。

(1) 石油

石油是油状的黏稠液体。开采后未经加工的石油，习惯上叫原油。石油的化学成分比较复杂，它主要是由多种烃类组成的复杂混合物，同时还含有少量的氧、硫、氮的有机化合物等。原油的组成和质量因开采地区而有显著的差异。我国有些地区的原油含有大量的烷烃，甚至几乎全部是烷烃；有些地区的原油含有环烷烃；有些地区的原油含有芳烃。

石油经炼制可产生汽油、煤油、柴油等轻质燃料，以及润滑油、石油沥青、石油焦等产品。此外，还可得到烯烃和芳香烃等基础有机化工原料。

(2) 天然气和油田气

天然气是蕴藏在地下的可燃气体，其主要成分是甲烷，根据其含量的不同，天然气可分为两种，一种为干天然气，含甲烷86%~99%（体积分数）；另一种为湿天然气，除含甲烷60%~70%（体积分数）外，还含有一定量的乙烷、丙烷、丁烷等气体，有时也含有氮气、二氧化碳和硫化氢等。天然气除用作燃料外，也是制造炭黑、合成氨、甲醇和尿素等化工产品的重要原料。

油田气也叫油田伴生气。在石油开采过程中除得到液体原油外，还同时得到大量的石油气，常称为油田气。油田气的主要成分也是甲烷，另外还有乙烷、丙烷、丁烷等低级烷烃，以及少量的其他气体。油田气也是很好的化工原料，可制取液化石油气用作燃料。

2. 重要的烷烃——甲烷(CH_4)

甲烷是最简单、最重要的烷烃代表物，甲烷分子里的碳原子与4个氢原子并不在一个平面，整个分子呈正四面体形的立体结构，碳原子位于正四面体的中心，4个氢原子分别位于正四面体的4个顶点。甲烷是无色、无味、无毒，比空气轻的可燃气体，难溶于水。甲烷能与空气形成爆炸性混合物，这是一些矿井发生爆炸事故的原因之一。甲烷的化学性质很稳定，一般条件下不与其他物质反应。但点火能燃烧，并释放出大量的热，因此甲烷可以作为气体燃料。甲烷广泛存在于自然界，是油田气、天然气的主要成分。

第三节　烯　　烃

烯烃是分子中含有一个碳碳双键（$>C=C<$）的不饱和烃，碳碳双键又称烯键，是烯烃的特征官能团。烯烃比同碳数的烷烃少两个氢原子，其通式为 C_nH_{2n}。双键（$>C=C<$）位于末端的烯烃通常称为末端烯烃或 α-烯烃。例如：

$CH_2=CH_2$　乙烯

$CH_2=CH—CH_3$　丙烯

$CH_2=CHCH_2CH_3$　1-丁烯

一、烯烃的结构

乙烯是最简单的烯烃。乙烯分子式为 C_2H_4，构造式为

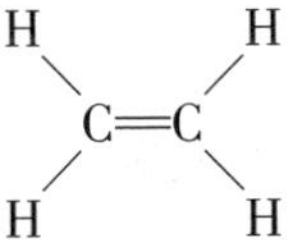

（图 6-2 为乙烯分子的球棍模型）。乙烯分子中碳原子以双键相连，碳碳双键中含有一个 σ 键和一个 π 键，所有的原子都在同一平面上。其他烯烃可以看作乙烯分子中的氢原子被烃基取代后的产物。烯烃都含有碳碳双键，所以基本结构都是相似的。

图 6-2　乙烯分子的球棍模型

二、烯烃的同分异构

烯烃分子中含有双键，使烯烃的同分异构现象较为复杂。除类似于烷烃中的碳链异构外，还有由于双键位置不同而引起的官能团位置异构，以及由于双键不能自由旋转，引起分子中连接在双键碳原子上的原子或基团在空间的排列就有两种不同的情况，即有两种不同的构型。分子中原子在空间的排列称为构型，构型异构在此不做详细描述。

① 碳链异构：烯烃中双键位置不变，而碳原子的连接方式改变。例如：

$CH_3—CH_2—CH=CH_2$

1-丁烯

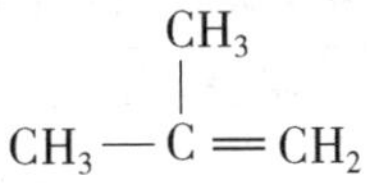

2-甲基丙烯

② 位置异构：官能团双键的位置不同。例如：

$CH_3—CH_2—CH=CH_2$

1-丁烯

$CH_3—CH=CH—CH_3$

2-丁烯

三、烯烃的命名

烯基：烯烃分子中去掉一个氢原子后剩下的基团称为烯基。

常见的烯基：

$CH_2=CH—$　　　$—CH=CH—CH_3$　　　$CH_2=CH—CH_2—$

乙烯基　　　丙烯基　　　烯丙基

烯烃的命名与烷烃有很多相似之处，包括普通命名法和系统命名法。烯烃系统命名法的要点是：

① 选主链。选择含双键且连接支链较多的最长碳链为主链，根据主链上的碳原子数，碳原子数少于 10 个时，称为“某烯”；碳原子数多于 10 个时，“烯”之前加“碳”字称为“某碳烯”。把支链当作取代基来命名。烯烃的名称依主链所含碳原子数而定。

② 编号。从靠近双键一端开始给主链碳原子编号，以双键碳原子中编号较小的数字表明双键的位次，放在“某烯”之前，中间用半字线“-”相连。

③ 写名称。取代基的位次、数目和名称均写在烯烃名称之前。例如：

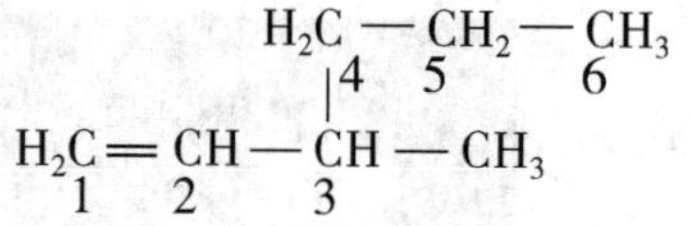

3-甲基-1-己烯

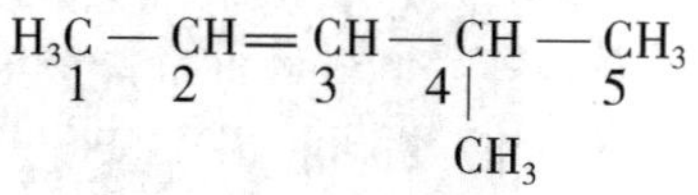

4-甲基-2-戊烯

$CH_3(CH_2)_{13}CH=CH_2$　　　1-十六碳烯

四、烯烃的物理性质

在常温常压下，C_4以下的烯烃为气体，$C_5\sim C_{18}$的烯烃为液体，C_{19}以上的烯烃为固体。

烯烃的物理性质与烷烃很相似，沸点随烯烃相对分子质量增加而升高。直链烯烃比带有支链的同系物沸点稍高。

熔点的变化规律与沸点相似，也随着分子中碳原子数目的增加而升高。

烯烃难溶于水，易溶于非极性溶剂。相对密度小于 1，比水轻。常见烯烃的物理常数见表 6-5。

表 6-5　烯烃的物理常数

名称	熔点/℃	沸点/℃	相对密度	名称	熔点/℃	沸点/℃	相对密度
乙烯	-169	-103.9	0.570	1-庚烯	-119	93	0.698
丙烯	-185	-48	0.610	1-辛烯	-104	122.5	0.716
1-丁烯	-184	-6.5	0.625	3-甲基-1-丁烯	-168.5	25	0.648
1-戊烯	-166	30	0.641				
1-己烯	-138	63.5	0.673				

五、烯烃的化学性质

在有机物中，与官能团直接相连的碳原子称为 α-碳原子，α-碳原子上的氢称为 α-氢原子。烯烃的化学性质比烷烃活泼，碳碳双键是烯烃的官能团。烯烃的化学性质主要表现在官能团（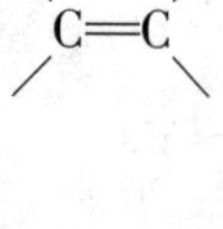）的加成与氧化，以及受碳碳双键影响较大的 α-碳原子上的氢原子

(α-H)的取代和氧化。烯烃的主要反应有：加成、氧化和α-H 的反应。

烯烃反应的主要部位如下：

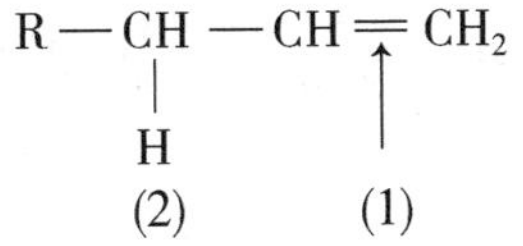

(1)双键的加成和氧化反应　(2)α-H的取代和氧化反应

1. 加成反应

在一定条件下，烯烃分子中的 C═C 双键中 π 键较易断裂，在双键的两个碳原子上各加一个原子或基团，生成饱和化合物，这种反应称为加成反应。这是双键(>C═C<)最普遍、最典型的反应。

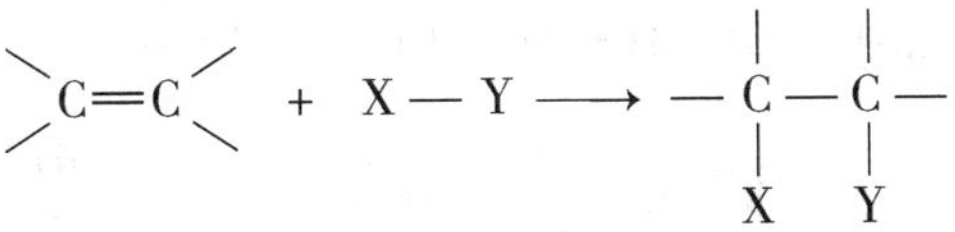

烯烃的加成反应有催化加氢、加卤素、加卤化氢、加硫酸、加水和加次氯酸等。其中烯烃能与卤素发生加成反应，双键相邻的两个碳原子上各加一个卤原子，生成二卤化物(两个卤原子连在两个相邻的碳原子上)。不同的卤素反应活性不同。氟与烯烃的反应非常猛烈，常使烯烃完全分解；氯与烯烃反应较氟缓和，但也要加溶剂稀释；溴与烯烃可正常反应，将乙烯通入溴的四氯化碳溶液中，溴的红棕色迅速褪去(见图 6-3)，生成 1,2-二溴乙烷，实验室中常用此法鉴别碳碳双键的存在：

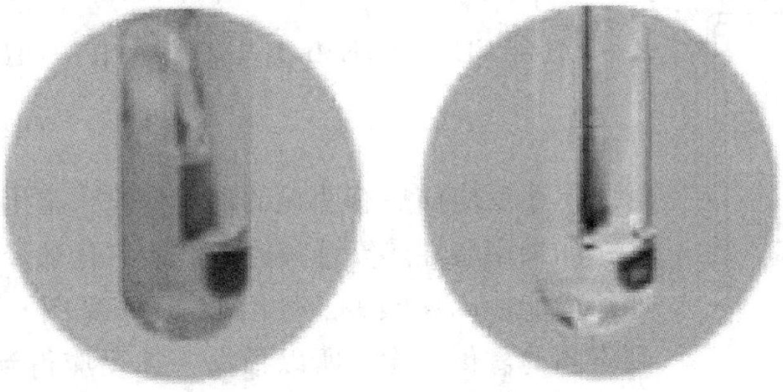

图 6-3　乙烯与溴水反应

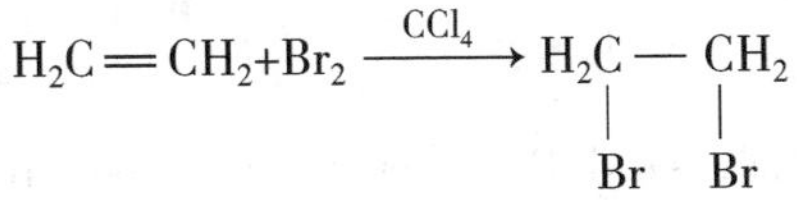

1,2-二溴乙烷(无色)

卤素的活泼顺序为：$F_2>Cl_2>Br_2>I_2$。

烯烃与水不易直接作用，但在适当的催化剂和加压下，也可与水直接加成生成相应的醇。例如：

$$H_2C=CH_2+H_2O \xrightarrow[\text{约300℃，约7MPa}]{\text{磷酸-硅藻土}} H_3C-CH_2-OH$$

$$H_3C-CH=CH_2+H_2O \xrightarrow[\text{约250℃，约4MPa}]{\text{磷酸-硅藻土}} H_3C-\underset{\underset{CH_3}{|}}{CH}-OH$$

这是工业上生产乙醇、异丙醇最重要的一种方法，称为烯烃直接水合法。

烯烃与次卤酸(常用次氯酸或次溴酸)加成，生成卤代醇。当不对称烯烃与次卤酸加成时，带部分正电荷的卤原子首先加到含氢较多的双键碳原子上，带部分负电荷的羟基加到含氢较少的双键碳原子上。例如：

$$H_2C=CH_2+H-O-Cl \longrightarrow \underset{\underset{Cl}{|}}{H_2C}-\underset{\underset{OH}{|}}{CH_2}$$

$$H_3C-CH=CH_2+H-O-Cl \longrightarrow H_3C-\underset{\underset{OH}{|}}{CH}-\underset{\underset{Cl}{|}}{CH_2}$$

2. 氧化反应

烯烃的活泼性还表现为双键容易被氧化。在氧化剂作用下，首先是双键中的 π 键发生断裂，若在强烈的氧化条件下，双键中的 σ 键也遭到破坏。因此，选用不同的氧化剂和反应条件可得到不同的氧化产物。

烯烃的氧化反应可用催化氧化和氧化剂(高锰酸钾、重铬酸钾-硫酸和有机过氧化物)氧化等。其中用适量碱性冷高锰酸钾稀溶液作氧化剂，则烯烃双键中的 π 键断裂，氧化成连二醇，高锰酸钾被还原为棕色的二氧化锰从溶液中析出。

$$R-CH=CH-R'+KMnO_4+H_2O \longrightarrow R-\underset{\underset{OH}{|}}{CH}-\underset{\underset{OH}{|}}{CH}-R'+MnO_2\downarrow$$

上述反应前后有明显的现象变化，常用于烯烃的鉴别。

如果用酸性热高锰酸钾浓溶液氧化烯烃，烯烃的双键断裂，如乙烯能使高锰酸钾酸性溶液褪色(见图6-4)，不同的烯烃得到不同的氧化产物。所以根据下述反应得到的氧化产物，可以推测原来烯烃的结构，同时可以由反应前后有明显的现象变化来鉴别烯烃。例如：

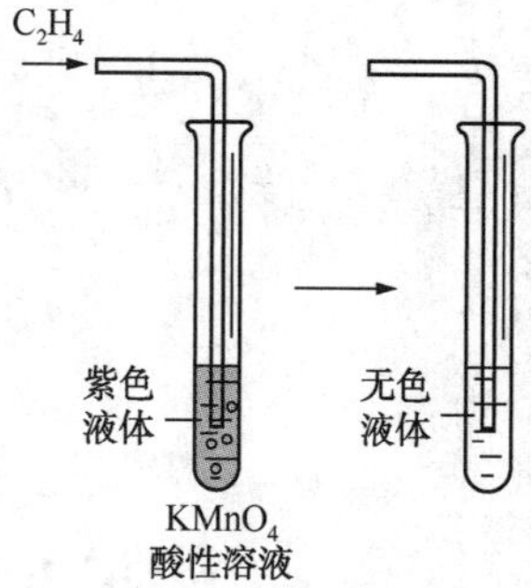

图6-4　乙烯与酸性高锰酸钾的反应

$$R-CH=CHR'+KMnO_4 \xrightarrow{H^+} R-\overset{\overset{O}{\|}}{C}-OH+R'\overset{\overset{O}{\|}}{C}-OH$$

$$R-\overset{\overset{R'}{|}}{C}=CH_2+KMnO_4 \xrightarrow{H^+} R-\overset{\overset{R'}{|}}{C}=O+H-\overset{\overset{OH}{|}}{C}=O \quad \xrightarrow{\text{氧化}} H_2O+CO_2$$

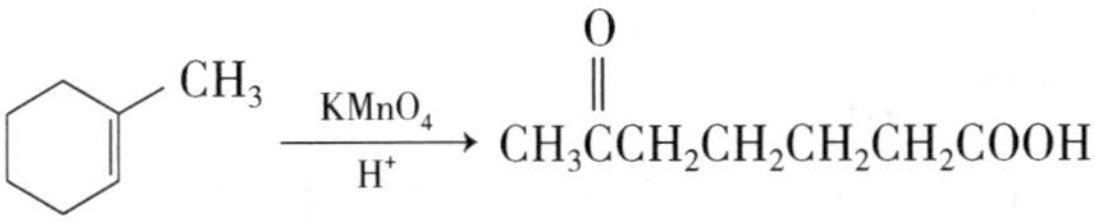

3. α-H 的反应

烯烃分子中的 α-H 因受双键的影响，表现出特殊的活泼性，容易发生取代反应和氧化反应。丙烯（$CH_2=CH-CH_3$）分子中含有乙烯基和甲基，在一定条件下，双键可以与氯加成，α-H 可以被氯原子所取代。因此，当丙烯与氯反应时，就会发生两个互相竞争的反应——加成与取代，生成两种不同的产物：

$$H_3C-CH=CH_2+Cl_2 \xrightarrow{<300℃，加成} CH_3CHClCH_2Cl\text{(主要反应)}$$

$$H_3C-CH=CH_2+Cl_2 \xrightarrow{>300℃，取代} \underset{Cl}{\underset{|}{H_2C}}-CH=CH_2\text{(主要反应)}$$

实验发现，温度越高，就越有利于取代。约 300℃以下，主要发生的反应是加成反应；约 300℃以上，主要发生的反应就变成了取代反应。当温度升高到约 500℃，丙烯与氯的加成大大被抑制，可以得到较高产率的取代产物。工业上就是采用这个方法，使用干燥的丙烯在 500~530℃与氯反应来生产 3-氯丙烯。

α-H 不仅易被卤素所取代，也易被氧化。在不同的催化条件下，用空气或氧气作氧化剂，氧化产物不同。例如，丙烯在下列条件下，可氧化生成丙烯醛：

$$H_2C=CH-CH_3+O_2\text{(空气)} \xrightarrow[350℃,0.25MPa]{Cu_2O} \underset{\text{丙烯醛}}{H_2C=CH-\overset{\overset{O}{\|}}{C}H}$$

这是工业上生产丙烯醛的主要方法。

在钼酸铋或磷钼酸铋的催化下，丙烯高温气相氧化生成丙烯酸：

$$H_2C=CH-CH_3+O_2 \xrightarrow[300\sim400℃]{\text{催化剂}} H_2C=CH-\overset{\overset{O}{\|}}{C}-OH$$

这是工业上生产丙烯酸的一种方法。

4. 聚合反应

聚合反应是由单体合成聚合物的反应过程。

$$nCH_2=CH_2 \xrightarrow[1000\sim1500atm]{100\sim300℃催化剂} \left[CH_2-CH_2\right]_n \quad \text{聚乙烯(PE)}$$

$$nCH_3CH=CH_2 \xrightarrow[1000\sim1500atm]{100\sim300℃催化剂} \left[\underset{CH_3}{\underset{|}{CH}}-CH_2\right]_n \quad \text{聚丙烯(PP)}$$

其中，$CH_2=CH_2$ 和 $CH_3-CH=CH_2$ 为单体，聚合物中相同的结构单元：$-CH_2-CH_2-$ 和 $-\underset{CH_3}{\underset{|}{CH}}-CH_2-$ 为链节，n 为聚合度。聚乙烯和聚丙烯分别是由乙烯和丙烯为单体经聚合

制得的一种热塑性树脂。

六、自然界的烯烃及应用

通常情况下，乙烯($CH_2=CH_2$)是一种无色稍有气味的气体，密度为1.256g/L，比空气的密度略小，难溶于水，易溶于四氯化碳等有机溶剂。乙烯是世界上产量最大的化学产品之一，乙烯工业是石油化工产业的核心，乙烯产品占石化产品的75%以上，在国民经济中占有重要的地位。世界上已将乙烯产量作为衡量一个国家石油化工发展水平的重要标志之一。

自然界存在的烯烃我们研究了解最多的是乙烯，我国的劳动人民很早就知道使用燃香或烟熏的方法催熟香蕉，就是利用乙烯的催熟作用。乙烯是一种植物激素，可以调节植物的生长、发育和衰老。果实未成熟时乙烯含量较低，果实开始成熟时乙烯含量会大幅增加，使果实内部的化学成分发生变化，如使淀粉含量降低，含糖量增加，有色物质增加，水溶性果胶含量增加，硬度下降，使果实有特殊的香味等，因此乙烯可用作水果和蔬菜的催熟剂。

第四节　炔　烃

炔烃是分子中含有碳碳三键(—C≡C—)的开链不饱和碳氢化合物，碳碳三键是炔烃的官能团。炔烃比含相同碳原子数的烯烃少两个氢原子，其通式为C_nH_{2n-2}。三键位于末端的炔烃通常称为末端炔烃。例如：

$CH_3CH_2CH_2C\equiv CH$　　1-戊炔

一、炔烃的结构

乙炔是最简单和最重要的炔烃，分子式为C_2H_2，构造式为CH≡CH，图6-5为乙炔分子的球棍模型。乙炔分子中的碳碳三键是由一个σ键和两个π键组成的。乙炔分子中的两个碳原子和两个氢原子在同一条直线上，乙炔是直线形分子。其他炔烃可以看作乙炔分子中的氢原子被烃基取代后的产物。

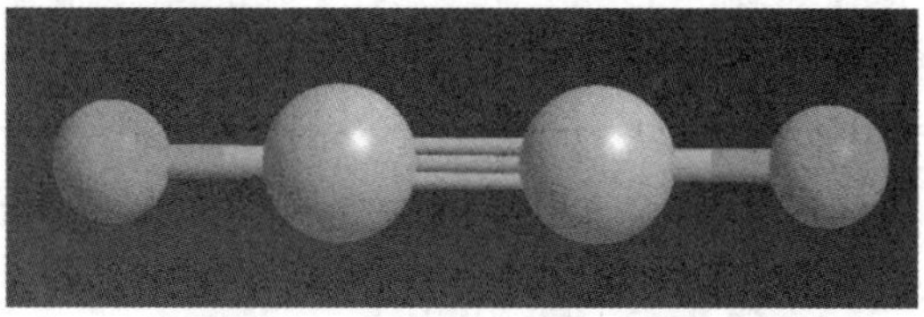

图6-5　乙炔分子的球棍模型

二、炔烃的同分异构

炔烃由于碳链的异构和官能团位置的不同而产生同分异构现象。例如：

$CH_3CH_2CH_2C\equiv CH$　　(Ⅰ) 1-戊炔

$CH_3\underset{\displaystyle CH_3}{\underset{|}{C}}HC\equiv CH$　　(Ⅱ) 3-甲基-1-丁炔

$CH_3C\equiv CCH_2CH_3$　　(Ⅲ) 2-戊炔

其中(Ⅰ)与(Ⅱ)、(Ⅲ)与(Ⅱ)互为碳链异构，(Ⅰ)与(Ⅲ)互为官能团位置异构。

三、炔烃的命名

炔烃的命名法与烯烃相似，以系统命名法最重要。

炔烃的系统命名法与烯烃相似，只需将“烯”改为“炔”即可。例如：

$CH_3CH_2CH_2C{\equiv}CH$　　1-戊炔

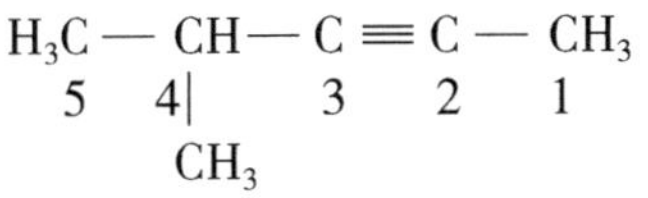

4-甲基-2-戊炔(不是2-甲基-3-戊炔)

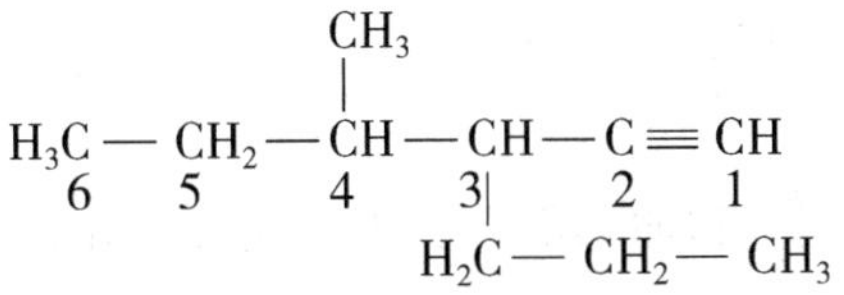

4-甲基-3-正丙基-1-己炔

分子中同时含有碳碳双键和碳碳三键时的命名原则为：

(1) 选主链。应选含双键和三键的最长碳链作主链，根据主链中碳原子数称为“某烯炔”。

(2) 编号。编号应保证双键和三键位次之和最小的前提下，使双键的位次尽量小。

(3) 写名称。与炔烃相同，主链的碳原子数写在“烯”字前面。例如：

$CH_3CH_2CH{=}CHC{\equiv}CH$　　$CH{\equiv}CCH_2CH_2CH{=}CH_2$

3-己烯-1-炔　　1-己烯-5-炔

四、炔烃的物理性质

炔烃的物理性质与烯烃相似，常温常压下，炔烃是无色的，低级炔烃($C_2 \sim C_4$)为气体，$C_5 \sim C_{17}$的炔烃为液体，高级炔烃(C_{18}以上)为固体。

炔烃的熔点和沸点随相对分子质量增加而升高，而且比相应的烯烃略高，原因是炔烃为直线形分子，分子可以彼此结合得更紧密，分子间的范德华力更强。

炔烃的相对密度也随相对分子质量增加而增大，都小于1，比水轻。

炔烃分子极性极弱，难溶于水，易溶于丙酮、石油醚和苯等有机溶剂。几种炔烃的物理常数见表6-6。

表6-6　炔烃的物理常数

名称	熔点/℃	沸点/℃	密度(20℃)/(g/cm³)
乙炔	-81.8	-84.0	0.168(沸点)
丙炔	-101.5	-23.3	0.671(沸点)
1-丁炔	-125.9	8.5	0.668(沸点)
1-戊炔	-106.5	40.2	0.695
2-戊炔	-109.5	56.1	0.713(17.5℃)
3-甲基-1-丁炔	-89.7	29.0	0.685
1-己炔	-132.4	71.4	0.719
1-庚炔	-80.9	99.8	0.733
1-十八碳炔	22.5		0.870(0℃)

五、炔烃的化学性质

炔烃的官能团是碳碳三键，和烯烃的双键相似，都含有 π 键，所以化学性质也相似，可发生加成、氧化等反应。此外，由于 $—C\equiv C—$ 所显示出的极性等，末端炔烃还可发生一些特有的炔氢反应。炔烃反应的部位如下：

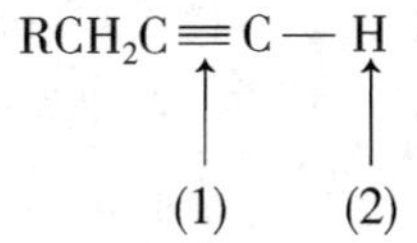

(1)三键的加成和氧化反应　(2)炔氢的反应

1. 加成反应

炔烃的加成反应也有催化加氢、加卤素、加卤化氢和加水等。其中，炔烃催化加氢可以生成相应的烯烃或烷烃。

$$R—C\equiv CH+H_2 \xrightarrow{催化剂} R—CH=CH_2 \xrightarrow{催化剂} R—CH_2—CH_3$$

选用活性强的催化剂，如 Pt、Pd、Ni 等，催化加氢反应难以停留在烯烃阶段，产物为烷烃。如果选用活性适当的催化剂，如用醋酸铅处理过的附在碳酸钙上的钯作催化剂，也称林德拉(Lindlar)催化剂，可以使炔烃加氢生成烯烃。

炔烃比烯烃容易催化加氢。当某烃分子中同时含有碳碳双键和三键时，催化加氢首先发生在三键上。

炔烃与溴的四氯化碳溶液反应，可使溴褪色。这是鉴别炔烃的方法之一。

$$CH\equiv CH + Br_2 \longrightarrow \underset{1,2\text{-}二溴乙烯}{CHBr=CHBr}+Br_2 \longrightarrow \underset{1,1,2,2\text{-}四溴乙烷(无色)}{CHBr_2—CHBr_2}$$

一般与水不发生反应，但在催化剂(如硫酸汞的稀硫酸溶液)作用下，也能与水进行加成反应，生成乙醛。

$$CH\equiv CH+H_2O \xrightarrow[98\sim105℃，约0.15MPa]{HgSO_4，H_2SO_4} \underset{乙烯醇}{CH_2=\overset{\overset{\displaystyle OH}{|}}{C}H} \longrightarrow \underset{乙醛}{CH_3CH=O}$$

反应中先生成乙烯醇，但乙烯醇不稳定，立刻进行分子内重排，羟基上的氢原子转移到另一个双键碳原子上，碳氧之间变成碳氧双键，形成乙醛。

2. 氧化反应

炔烃中碳碳三键也可以被氧化。将乙炔通入高锰酸钾的水溶液，则高锰酸钾被还原为棕褐色的二氧化锰沉淀，原来的紫色消失，并使乙炔的碳碳三键断裂，生成二氧化碳和水。

$$CH\equiv CH+KMnO_4 \longrightarrow CO_2+MnO_2\downarrow$$

其他非末端炔烃被高锰酸钾氧化，则可生成相应的羧酸。

$$R—C\equiv C—R' \xrightarrow[H^+]{KMnO_4} RCOOH+R'COOH$$

$$CH_3CH_2C\equiv CH \xrightarrow[H^+]{KMnO_4} CH_3CH_2COOH+CO_2$$

这一反应可用来检验分子中是否有碳碳三键的存在，并可从所得产物的结构来确定分子中三键的位次，以及原来炔烃的结构。

3. 炔氢的反应

与炔烃三键碳原子直接相连的氢称为炔氢。三键碳原子表现出较大的电负性，从而使炔氢原子比较活泼，可以与强碱、碱金属或某些重金属离子反应生成金属炔化物。

乙炔通过加热熔融的金属钠时，就可以得到乙炔钠和乙炔二钠：

$$HC\equiv CH \xrightarrow[\text{加热}]{Na} HC\equiv C-Na \xrightarrow[\text{加热}]{Na} Na-C\equiv C-Na$$

乙炔与硝酸银的氨溶液反应能生成白色乙炔化银沉淀，与氯化亚铜的氨溶液反应能生成棕红色乙炔化亚铜沉淀。

$$HC\equiv CH+Ag(NH_3)_2NO_3 \longrightarrow Ag-C\equiv C-Ag\downarrow \text{(白色)}$$

$$HC\equiv CH+Cu(NH_3)_2Cl \longrightarrow Cu-C\equiv C-Cu\downarrow \text{(棕红色)}$$

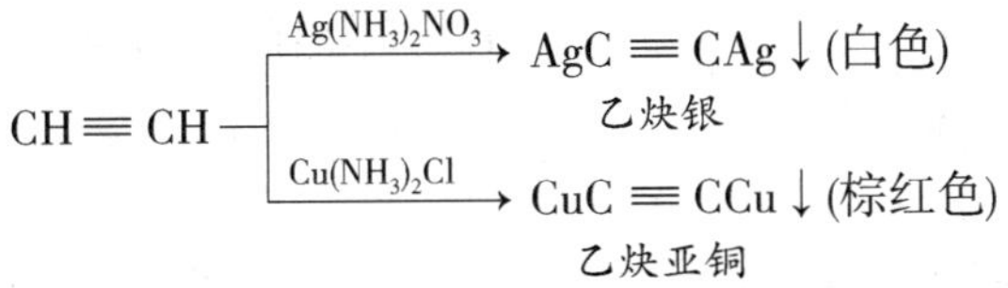

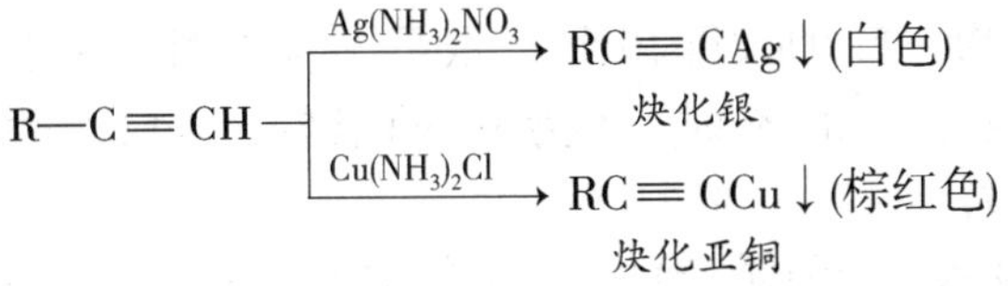

上述反应常温下可迅速反应，现象明显，是具有—C≡C—H构造的末端炔烃的一个特征反应。在实验室中和生产上经常用于乙炔以及其他末端炔烃的分析和鉴别。

炔化银（RC≡CAg）和炔化亚铜（RC≡CCu）分子中的碳-金属键基本上是共价键。可被稀盐酸分解，重新生成末端炔烃。这个性质在实验室中可用来分离、精制末端炔烃。

炔化银和炔化亚铜潮湿时比较稳定，干燥时，因撞击、震动或受热会发生爆炸。因此实验中对生成的炔银或炔亚铜要及时用酸处理，以免发生危险。

六、重要的炔烃

乙炔分子式为 C_2H_2，是直线型结构，属于最简单的炔烃，是无色、无味的易燃气体，难溶于水，易溶于丙酮。乙炔是有机化学工业的一个基础原料，用于生产乙醛、乙酸、乙酐、聚乙烯醇及氯丁橡胶等（见图 6-6）。此外，乙炔在氧中燃烧时生成的氧乙炔焰能达到 3000℃以上的高温，工业上常用于焊接或切断金属材料。

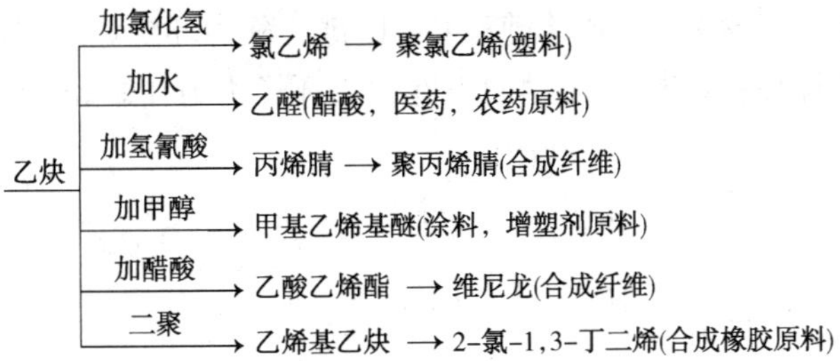

图 6-6 乙炔的应用

第五节 脂 环 烃

脂环烃是指碳架具有环状且性质和开链脂肪烃(烷、烯)相似的烃类。它们在自然界中广泛存在，例如，在石油中含有环己烷、环戊烷、甲基环戊烷等。植物香精油如松节油、樟脑等也是复杂的脂环化合物，它们大都具有生理活性。

一、脂环烃的分类

① 根据分子中含有的碳环数目，脂环烃可以分为单环脂环烃、二环脂环烃及多环脂环烃，例如，环戊烷为单环脂环烃，十氢化萘为二环脂环烃。

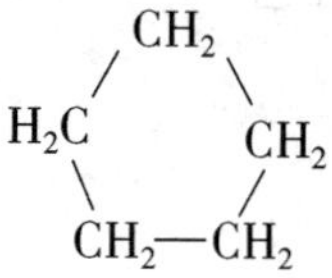
或
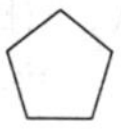

环戊烷(单环脂环烃)

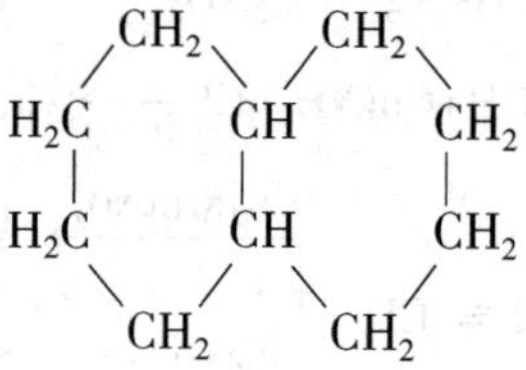
或
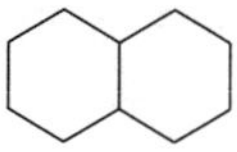

十氢化萘(二环脂环烃)

对于单环脂环化合物，当组成环的碳原子数是3~4个时，一般称为小环化合物；5~7个时，称为普通环化合物；8~11个时，称为中环化合物；≥12个时，称为大环化合物。其中以五、六元环化合物较为常见。

② 根据分子中组成环的碳原子数目，脂环烃可以分为三元环脂环烃、四元环脂环烃、五元环脂环烃等。例如：

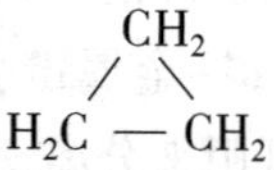
或

环丙烷(三元环)

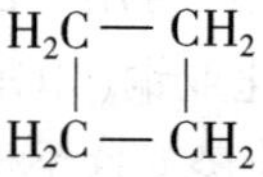
或

环丁烷(四元环)

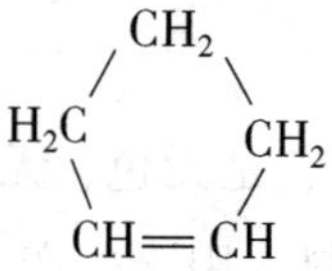
或

环戊烯(五元环)

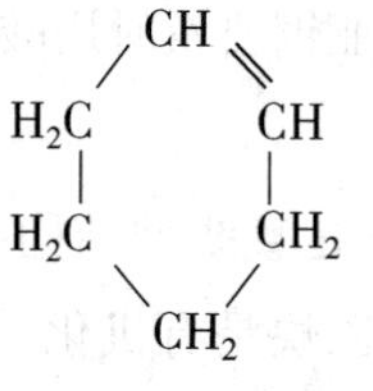
或
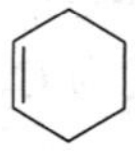

环己烯(六元环)

③ 根据碳环中是否含有C═C键和C≡C键，脂环烃可以分为饱和脂环烃和不饱和脂环烃。饱和脂环烃分子中只含有C—C单键和C—H键，称为环烷烃；碳环中含有C═C键的不饱和脂环烃称为环烯烃；含有C≡C键的不饱和脂环烃称为环炔烃。例如：

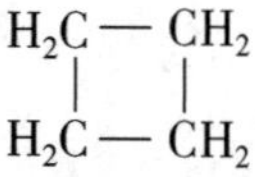
或

环丁烷(环烷烃或饱和脂环烃)

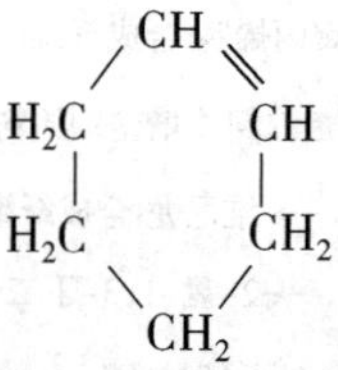
或

环己烯(环烯烃)

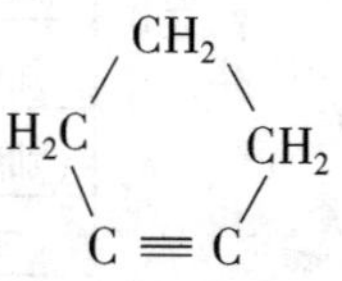
或
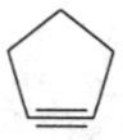

环戊炔(环炔烃)

二、脂环烃的命名

通常所说的环烷烃指单环环烷烃，环烷烃的通式为 C_nH_{2n}，和烯烃互为同分异构体。环烷烃的命名与烷烃相似。

以碳环作为母体，根据环上碳原子的数目称为环某烷；环上的侧链作为取代基；有两个或两个以上取代基时，需要标出取代基的位置。环上碳原子的编号是从与较小取代基相连的碳原子开始，同时尽量使各取代基的位次最小。命名时将取代基的位次和名称写在母体名前。例如：

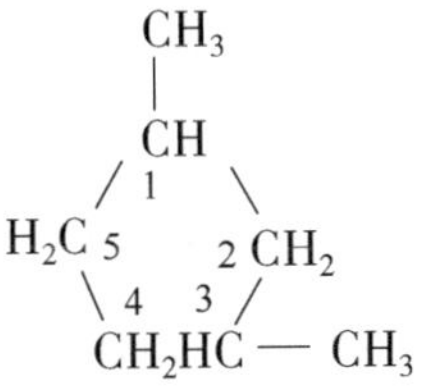

1,3−二甲基环戊烷

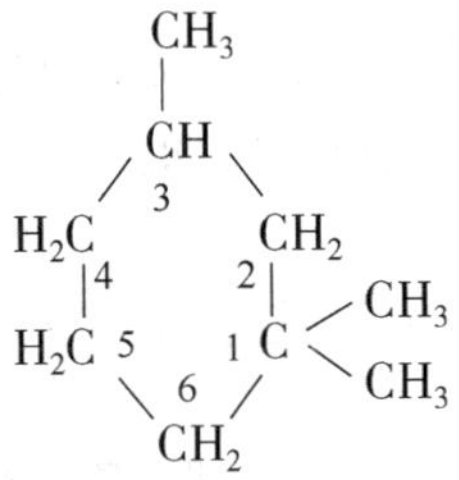

1, 1,3−三甲基环己烷

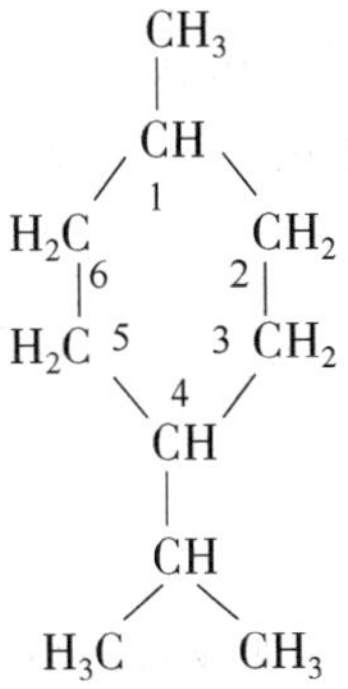

1−甲基−4−异丙基环己烷

单环不饱和脂环烃的命名与相应的环烷烃相似。环上碳原子的编号从不饱和键开始(把1，2 位次留给双键和三键碳原子)，并使取代基的位次与位次之和最小。对于只有一个不饱和键的脂环烃则不饱和键的位置也可以不用标出。例如：

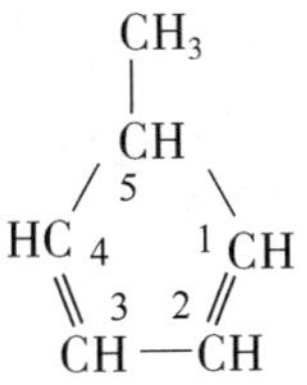

5−甲基−1,3−环戊二烯

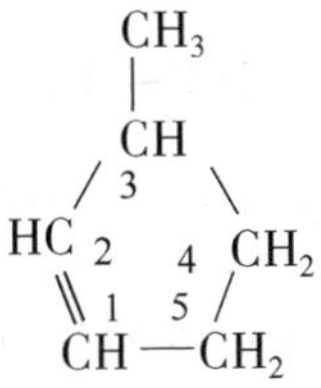

3−甲基环戊烯

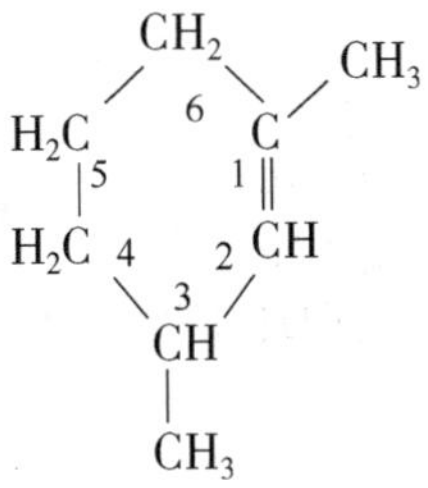

1,3−二甲基环己烯

三、环烷烃的物理性质

在常温常压下，环丙烷和环丁烷为气体，$C_5 \sim C_{11}$ 环烷烃为液体，其余高级同系物为固体。环烷烃的沸点、熔点和相对密度都较同碳数的开链烷烃高，但仍比水轻，也不溶于水，溶于有机溶剂。几种环烷烃的物理常数见表 6−7。

表 6−7　一些环烷烃的物理常数

名称	熔点/℃	沸点/℃	相对密度
环丙烷	−127. 6	−34. 5	0. 6807(沸点)
环丁烷	−90. 0	12. 0	0. 7038(0℃)
环戊烷	−93. 8	49. 5	0. 7457
环己烷	6. 5	80. 8	0. 799
环庚烷	8. 0	118. 5	0. 8098
环辛烷	4. 0	149. 0	0. 8349

四、环烷烃的化学性质

环烷烃的化学性质与相应的烷烃相似，可以发生取代反应和氧化反应。但由于具有碳环结构，因此还有与环状结构相关的一些特性。大环环烷烃和烷烃的化学性质相似；小环环烷烃比较容易发生开环，能与氢气、卤素和卤化氢等发生开环反应。即“大环”似烷，“小环”似烯。

1. 取代反应

环烷烃与烷烃一样，在光和热的作用下，可发生取代反应。但由于小环易开环，只有环戊烷和环己烷等较易发生环上的取代反应。例如：

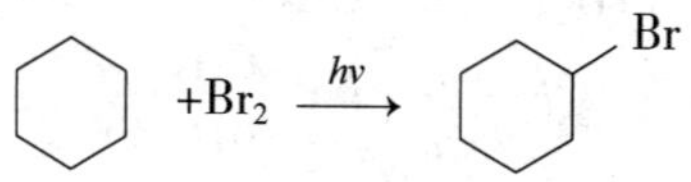

溴代环己烷

2. 加成反应

环烷烃加成时，小环极易开环发生加成。如三元环的稳定性最小，最容易开环；四元环次之；五元和五元以上的环稳定性较大，不易开环。这种环裂开而发生的反应，通常又称为开环反应。

在催化剂铂、钯或兰尼镍(Raney Ni)的作用下，环丙烷和环丁烷开环，和两个氢原子结合生成开链烷烃。例如：

$$\triangle + H_2 \xrightarrow[80℃]{Ni} H_3C—CH_2—CH_3$$

$$\square + H_2 \xrightarrow[120℃]{Ni} H_3C—CH_2—CH_2—CH_3$$

环丙烷和环丁烷及其同系物在常温时也容易与卤素加成。例如：

$$\triangle + Br_2 \longrightarrow Br—CH_2—CH_2—CH_2—Br$$

1,3-二溴丙烷

环丙烷及其烷基衍生物还可以在常温下与卤化氢发生加成反应。环丙烷的烷基衍生物与卤化氢加成时，环的断裂发生在含氢最少与含氢最多的相邻两个碳原子之间，氢原子加到连接氢原子较多的碳原子上。例如：

$$\triangle + HBr \longrightarrow H_3C—CH_2—CH_2—Br$$

1-溴丙烷

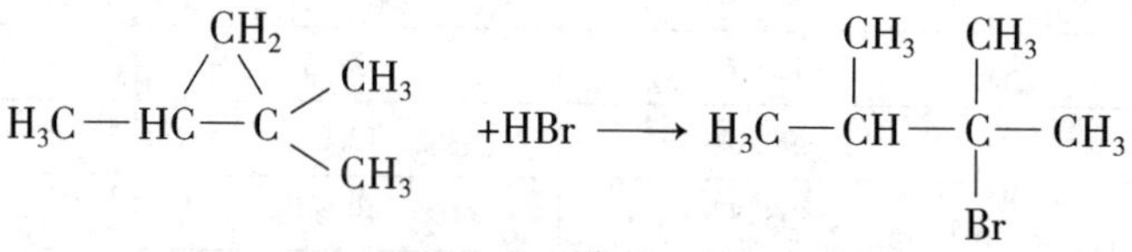

2,3-二甲基-2-溴丁烷

3. 氧化反应

环烷烃(包括环丙烷、环丁烷)在室温下与一般氧化剂(如高锰酸钾水溶液)不起反应，但可在加热条件下被强氧化剂氧化，或在催化剂存在下被空气氧化，反应条件不同，所生成的氧化产物也不同。例如：

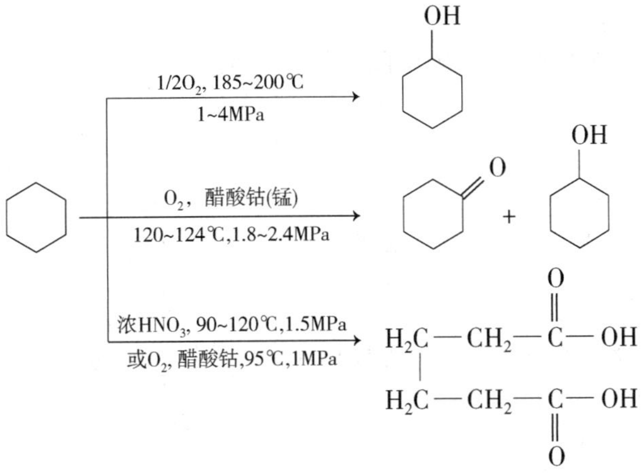

由上述讨论可见，环丙烷、环丁烷易发生加成反应，而环戊烷、环己烷以及高级环烷烃易发生取代反应和氧化反应。它们的化学性质可概括为：“大环”似烷，“小环”似烯。

环丙烷、环丁烷与烯烃、炔烃的化学性质既相似又有所区别。利用环丙烷、环丁烷能与溴加成但不能被高锰酸钾溶液氧化的性质，可将其与烷烃、烯烃和炔烃区别，也可鉴别环丙烷、环丁烷。

第六节　芳　香　烃

芳香烃通常指分子中含有苯环结构的碳氢化合物，是芳香族碳氢化合物的简称，又称芳烃。芳香烃最初是指从天然树脂和香精油中提取出来的具有芳香气味的物质。进一步研究发现，芳香烃含有 6 个碳原子和 6 个氢原子组成的特殊碳环——苯环结构。苯的同系物的通式是 $C_nH_{2n-6}(n\geqslant6)$。苯环结构具有特殊的稳定性不易破裂，这种特性在化学性质上表现为：易发生取代反应，难发生加成和氧化反应。苯是最简单、最基本的芳香烃。

一、苯的结构

苯分子的六个碳原子和六个氢原子都在一个平面内，它是一个平面正六边形构型，六个碳原子组成正六边形，碳碳键长是相等的，介于单键和双键键长之间，所有的键角都是 120°。即苯环分子中并没有单独的碳碳单键和碳碳双键，而是闭合的环状大 π 键。苯难以氧化和加成，与普通烯烃的性质有明显的区别，且碳氢比为 1∶1。从性质上看，苯环具有特殊的稳定性。为了表示苯的结构特点，苯分子的结构式可以表示为：

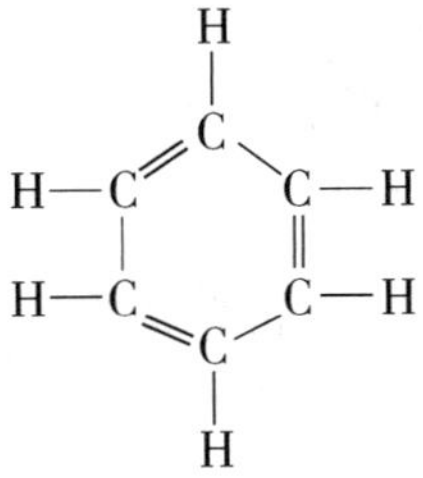

或简写为  和 

二、芳烃的分类

按分子中所含苯环的数目和连接方式的不同，芳香烃可分为三类。

1. 单环芳烃

分子中只含有一个苯环的芳烃称为单环芳烃。例如：

苯

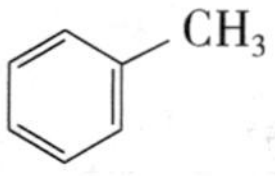

甲苯

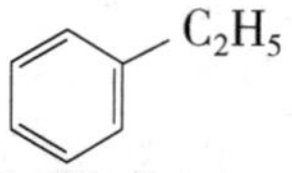

乙苯

2. 多环芳烃

分子中含有两个及以上独立苯环的芳烃称为多环芳烃。例如：

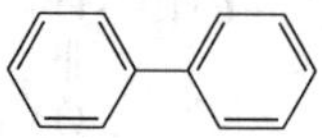

联苯

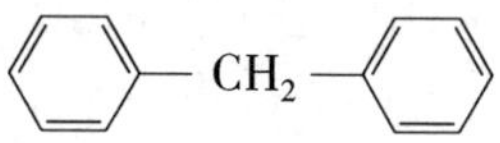

二苯甲烷

3. 稠环芳烃

分子中含有两个或多个苯环，彼此之间通过共享两个相邻碳原子稠合而成的芳烃称为稠环芳烃。例如：

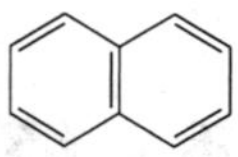

萘

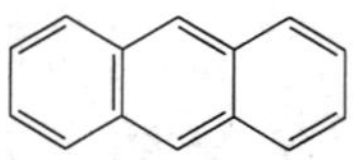

蒽

三、芳烃的同分异构和命名

1. 苯的一元取代物

命名时以苯环为母体，烷基为取代基，称为某烷基苯，“基”字按习惯常省略。苯的一元取代物只有一种。例如：

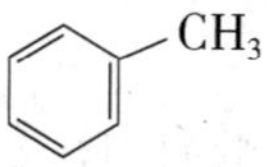

甲苯

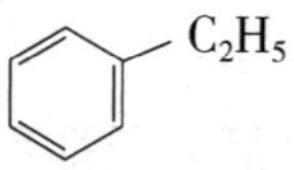

乙苯

当取代基含有 3 个或 3 个以上碳原子时，因侧链结构不同而产生同分异构体。例如：

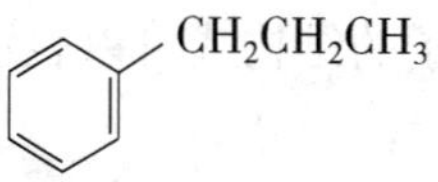

正丙苯

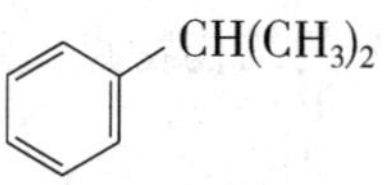

异丙苯

2. 苯的二元取代物

苯的二元取代物，由于苯环的相对位置不同而有三个同分异构体。命名时用阿拉伯数字标明烷基的位置，或用邻、间、对表示。例如：

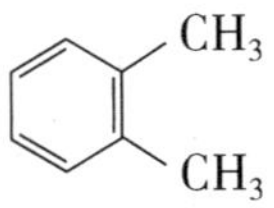

1,2-二甲苯(邻二甲苯)

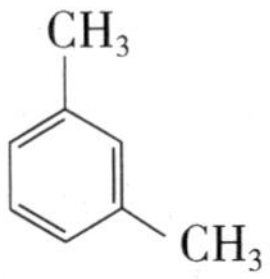

1,3-二甲苯(间二甲苯)

1,4-二甲苯(对二甲苯)

3. 苯的三元取代物

对于三个相同的烃基，命名时用阿拉伯数字，或用连、偏、均标明烃基的相对位置。例如：

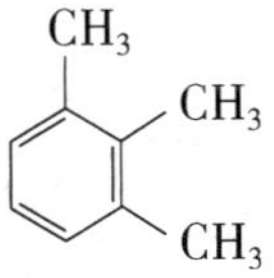

1,2,3-三甲苯
(连三甲苯)

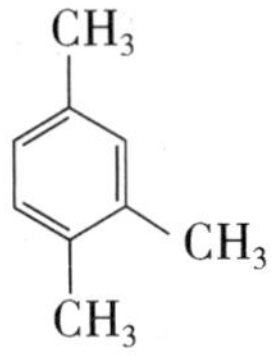

1,2,4-三甲苯
(偏三甲苯)

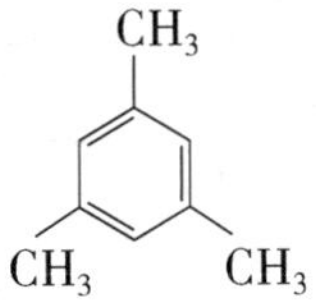

1,3,5-三甲苯
(均三甲苯)

若苯环上连有不同烃基，其位次的编号应将最小烃基定为 1 位，环上其他烃基的编号及列出次序原则与链烃相同，即遵循编号数字小和按次序规则顺序列出。例如：

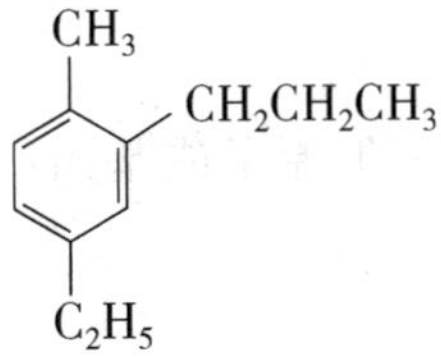

1-甲基-4-乙基-2-正丙基苯

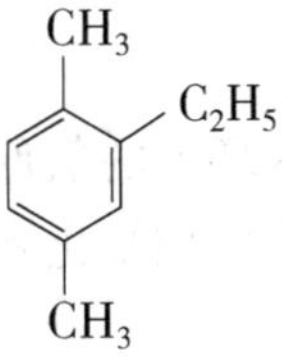

1,4-二甲基-2-乙基苯

若侧链结构复杂或侧链上有不饱和烃基时，则以侧链烃为母体，苯环作为取代基来命名。例如：

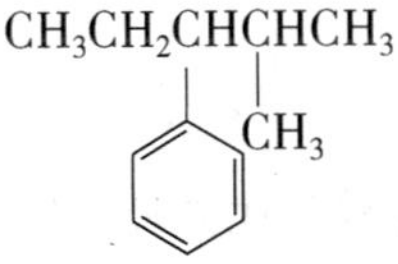

2-甲基-3-苯基戊烷

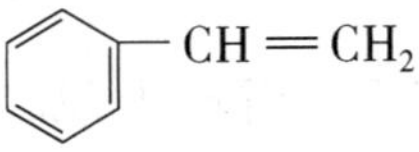

苯乙烯

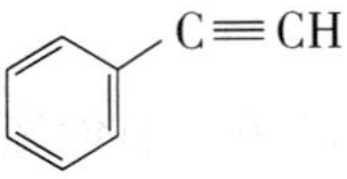

苯乙炔

4. 芳基

芳香烃分子中去掉一个氢原子，剩下的原子团称为芳基，常用 Ar—表示。苯基用 Ph—表示。例如：

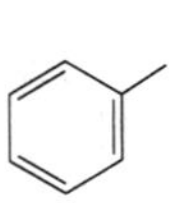

C_6H_5— 或苯基

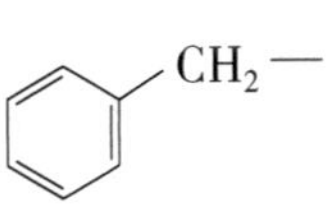

$C_6H_5CH_2$— 或苯甲基(苄基)

四、单环芳烃的物理性质

苯及其同系物大多为无色并具有特殊芳香气味的液体，比水轻，不溶于水，易溶于有机溶剂，如乙醚、四氯化碳、石油醚等非极性溶剂。单环芳烃蒸气有毒，损害造血器官，其中苯的毒性较大，使用时应注意防护。苯、甲苯、二甲苯均是很好的溶剂。沸点随相对分子质量升高而升高。常见单环芳烃的物理常数见表 6-8。

表 6-8　常见单环芳烃的物理常数

名称	熔点/℃	沸点/℃	相对密度
苯	5.5	80.1	0.877
甲苯	-95	110.6	0.867
乙苯	-95	136.2	0.867
邻二甲苯	-25.2	144.4	0.880
间二甲苯	-47.9	139.1	0.864
对二甲苯	13.2	138.3	0.861

五、单环芳烃的化学性质

苯的特殊结构决定了单环芳烃的化学性质与烯烃和炔烃不同，苯环上容易发生取代反应，不易发生加成和氧化反应。

1. 取代反应

苯及其同系物中苯环上的氢原子容易被其他原子或基团取代，从而发生取代反应，主要有卤化、硝化、磺化、烷基化和酰基化。

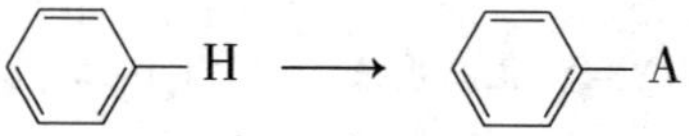

在铁或卤化铁催化作用下，苯与卤素反应生成卤代苯。

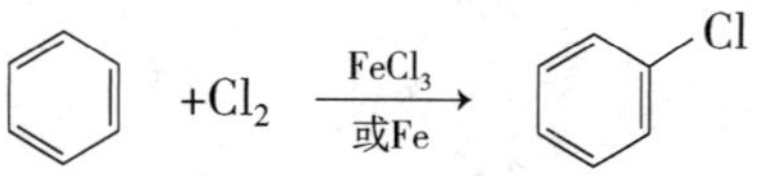

苯的同系物在没有催化剂的情况下，用光照或加热时，卤素取代芳环侧链上的氢原子。

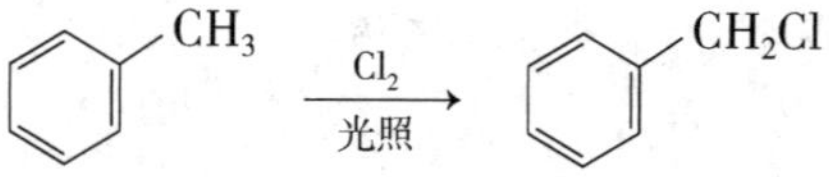

苯与浓硝酸及浓硫酸的混合物（称混酸）于 50～60℃ 反应，苯环上的氢原子被硝基所取代（$—NO_2$），生成硝基苯。

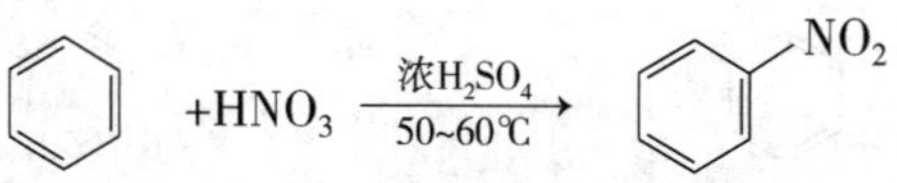

硝基苯可以继续硝化，主要生成间二硝基苯。

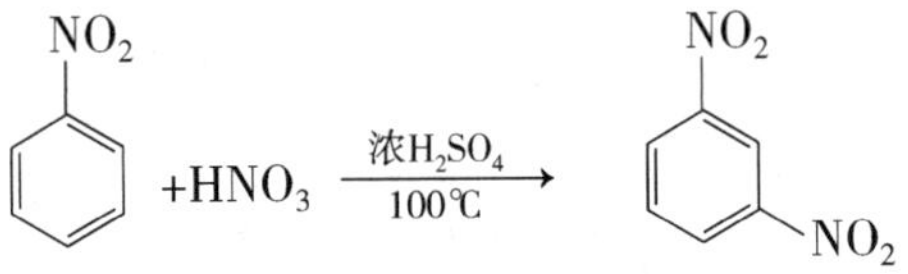

烷基苯比苯容易硝化，主要生成邻位和对位取代产物。

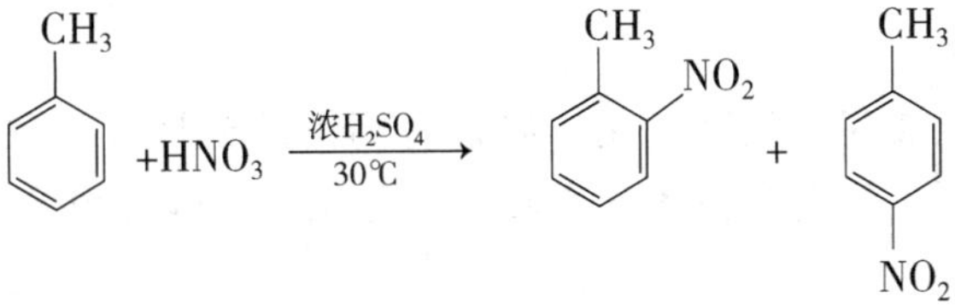

由上述讨论可见，苯环上原有的取代基对新引入的基团有定位作用，如果苯环上原有基团是硝基，能够使苯环强烈钝化，则主要生成间位产物，属于间位定位基，如—COOH、—SO_3H、—$COOC_2H_5$、—CF_3等都属于间位定位基。如果苯环上原有基团是甲基，能够使苯环活化，则主要生成邻位和对位产物，属于邻对位定位基，如—OH、—$NHCOCH_3$、—$C(CH_3)_3$等都属于邻对位定位基。还有一类定位基也属于邻对位定位基，但是可使苯环钝化，如—F、—Cl、—Br、—I。

苯与浓硫酸共热或与发烟硫酸作用，苯环上的氢原子被(—SO_3H)取代，生成苯磺酸，此反应是可逆反应。

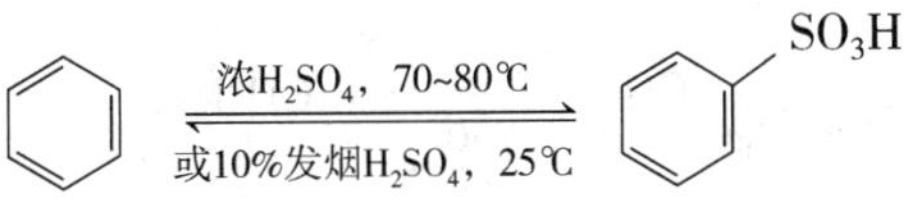

苯磺酸

芳烃在无水三氯化铝催化作用下，与卤代烷或酰卤等作用，苯环上的氢原子被烷基或酰基取代的反应称为傅-可反应。在苯环上引入烷基称为烷基化反应，在苯环上引入酰基称为酰基化反应。

常用的烷基化试剂有卤代烷、烯烃和醇。

常用的酰基化试剂有酰卤和酸酐。

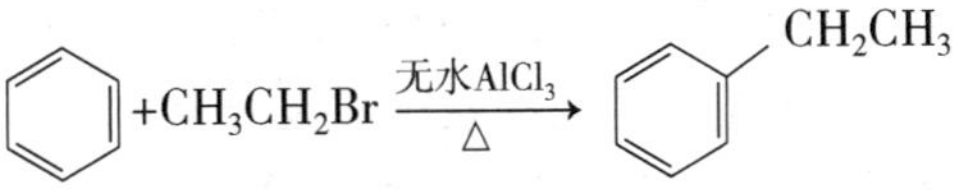

乙酰氯

2. 加成反应

苯环一般不容易发生加成反应。但在催化剂、高温或光照下，也可发生加成反应。

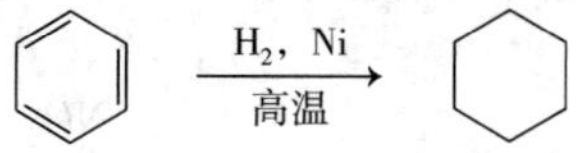

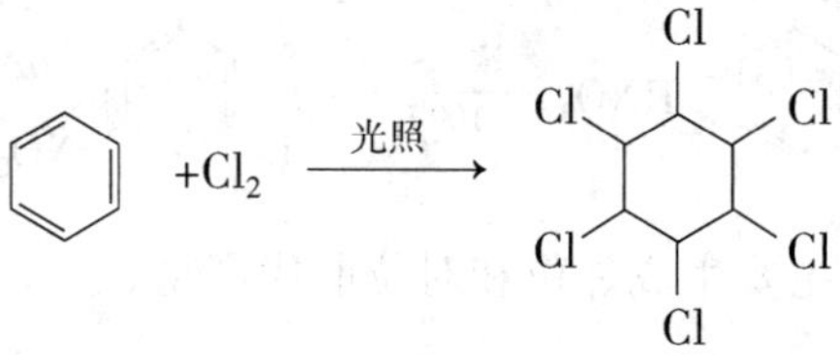

3. 氧化反应

苯环较稳定，不能被高锰酸钾氧化。但带有侧链的芳烃在强氧化剂如高锰酸钾、重铬酸钾和硝酸的氧化下，侧链易被氧化成羧酸，且无论侧链长短，氧化产物均为苯甲酸。例如：

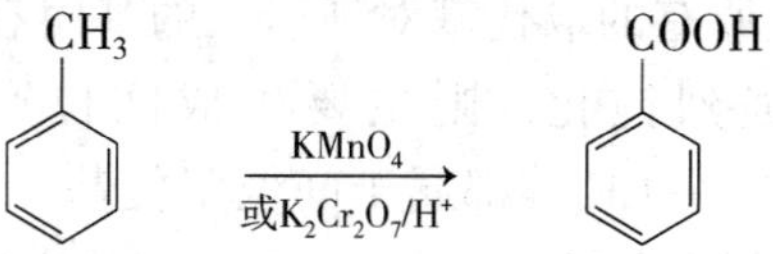

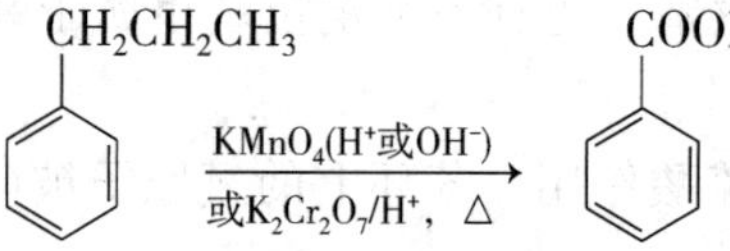

若侧链不含 α-H，如叔烷基苯，则不能发生上述氧化反应。例如：

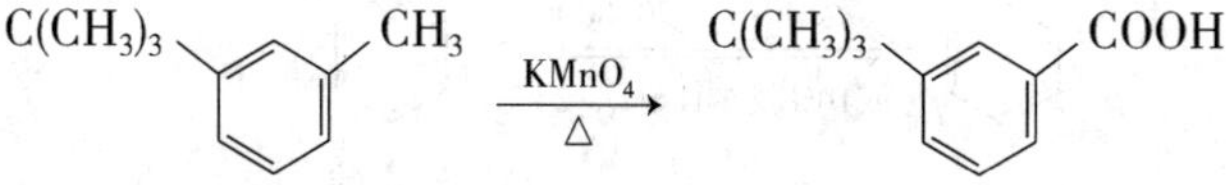

此类氧化反应若用高锰酸钾作为氧化剂，因反应灵敏和现象明显，通常可利用鉴别苯环侧链有无 α-H。

拓展阅读

化妆品中的角鲨烷

角鲨烷是从深海鲨鱼肝脏中提取的角鲨烯经氢化制得的一种性能优异的烃类油脂，故又名深海鲨鱼肝油。1906 年首先由东京工业实验室在鲨鱼肝油中发现。1926 年 Isidor Morris Heilbron 确定了角鲨烷的结构。角鲨烷主要存在于鲨鱼肝油中的不皂化部分，少量存在于橄榄油、米糠油、麦胚油、酵母及人体脂肪中。它在各种鲨鱼的肝脏中均有存在，其中以深海蓝鲨鱼肝油中含量最高。角鲨烷可从鲨鱼肝中提取，也可由两分子反式牻牛儿基丙酮与 1,4-丁二亚基三苯基膦经 Wittig 反应而制得。

科学研究发现，角鲨烷是少有的化学稳定性高、使用感极佳的动物油脂，对皮肤有较好的亲和性，不会引起过敏和刺激，并能加速配方中其他活性成分向皮肤中渗透，具有较低的极性和中等的铺展性，且纯净、无色、无异味，还可抑制霉菌的生长。

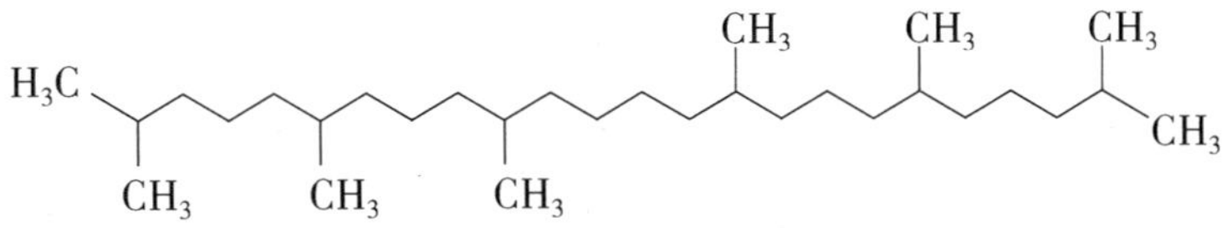

2，6，10，15，19，23-六甲基二十四烷(角鲨烷)

本章小结

1. 分子通式：烷烃、烯烃、炔烃和环烷烃的通式分别为 C_nH_{2n+2}、C_nH_{2n}、C_nH_{2n-2} 和 C_nH_{2n}。

2. 同分异构：碳链异构和官能团位置异构。

3. 有机化合物系统命名的基本方法步骤：①选择主要官能团；②确定主链及各取代基的位次；③确定取代基的列出顺序；④写出有机物名称。

4. 系统命名法原则：①选取含有官能团的最长碳链为主链；②必须从靠近官能团的一端开始编号；③按取代基的位次、名称和官能团的位次等写在母体名称的前面。

5. 化学性质：

(1) 烷烃(取代反应)：

$$CH_4+Cl_2 \xrightarrow{\text{漫射光}} CH_3Cl+HCl$$

(2) 烯烃和炔烃：

烯烃和炔烃一样能发生加成、氧化等反应。

加成反应	$\gt C=C\lt + X-Y \longrightarrow -\underset{X}{\overset{\vert}{\underset{\vert}{C}}}-\underset{Y}{\overset{\vert}{\underset{\vert}{C}}}-$
氧化反应	$R-CH=CHR' + KMnO_4 \xrightarrow{H^+} R-\overset{O}{\overset{\Vert}{C}}-OH + R'\overset{O}{\overset{\Vert}{C}}-OH$
α-H 的反应	$H_3C-CH=CH_2+Cl_2 \xrightarrow{<300℃，加成} CH_3CHClCH_2Cl$ (主要反应) $H_3C-CH=CH_2+Cl_2 \xrightarrow{>300℃，取代} \underset{Cl}{\underset{\vert}{H_2C}}-CH=CH_2$ (主要反应)
炔氢的反应	$HC\equiv CH+Ag(NH_3)_2NO_3 \longrightarrow Ag-C\equiv C-Ag\downarrow$ (白色)

(3) 环烷烃：

“大环”似烷，“小环”似烯。即：

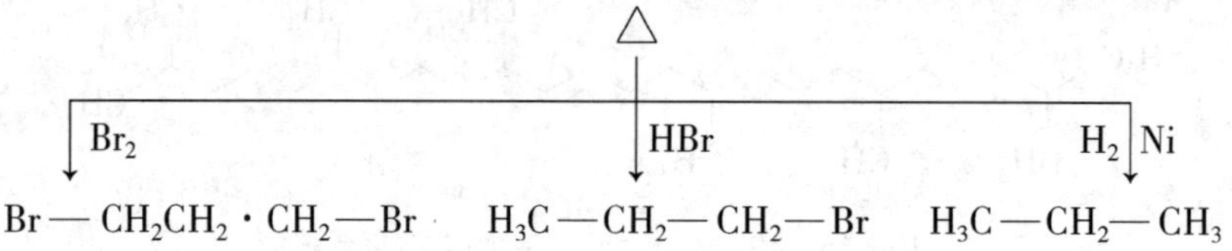

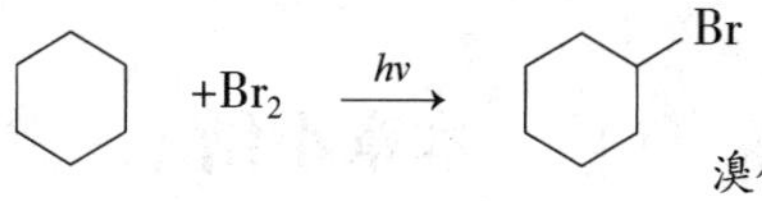

溴代环己烷

（4）芳烃：

取代反应	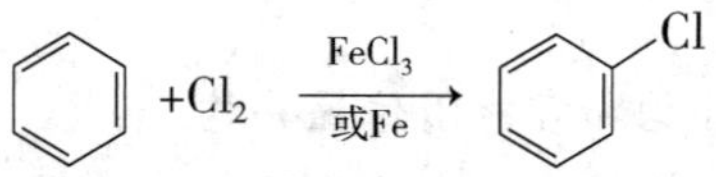
加成反应	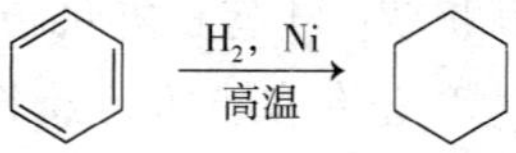
氧化反应	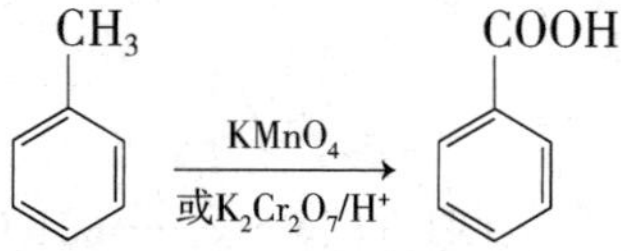

习　　题

一、填空题

1. 在有机化合物中，碳元素呈(　　)价，碳原子与碳原子之间不仅可以形成单键，还可以形成(　　)键和(　　)键。

2. 烷烃的通式是(　　)。烷烃分子中的碳原子数目每增加 1 个，其相对分子质量增加(　　)。

3. 烃基是烃分子中失去 1 个或几个(　　)后剩余的部分。

4. 烯烃是分子里含有(　　)键的不饱和烃的总称。烯烃的通式为(　　)，丙烯、1-丁烯的结构简式分别是(　　)和(　　)。

5. 烯烃能使高锰酸钾酸性溶液和溴的四氯化碳溶液褪色，与高锰酸钾发生的反应是(　　)反应；与溴的四氯化碳发生的反应是(　　)反应。

6. 链烃 C_8H_{16}、C_9H_{16}、$C_{12}H_{26}$、$C_{17}H_{36}$、C_7H_{14}和 C_8H_{14}，其中属于烷烃的是(　　)，属于烯烃的是(　　)，属于炔烃的是(　　)。

7. 乙醇的结构式是(　　)，甘油的结构式是(　　)。

8. 醛的官能团是(　　)，酮的官能团是(　　)，羧酸的官能团是(　　)，酯的官能团是(　　)。

二、选择题

1. 下列关于烃的说法中，正确的是(　　)。

A. 烃是指分子中含有碳和氢元素的化合物

B. 烃是指分子中含有碳元素的化合物

C. 烃是指燃烧反应后生成二氧化碳和水的有机物

D. 烃是指分子仅由碳和氢两种元素组成的化合物

2. 下列物质中，不能使溴水和高锰酸钾溶液褪色的是(　　)。

A. 乙烷　　B. 甲苯　　C. 乙烯　　D. 乙炔

3. 下列物质中，在一定条件下既能发生加成反应，又能发生取代反应，但不能使高锰酸钾酸性溶液褪色的是(　　)。

A. 乙烷　　B. 苯　　C. 乙烯　　D. 乙炔

4. 下列物质中，在一定条件下能使硝酸银的氨溶液产生白色沉淀的是(　　)。

A. 乙烷　　B. 甲苯　　C. 2-丁炔　　D. 乙炔

5. 下列物质中，在一定条件下能使溴的四氯化碳溶液褪色，但不能使高锰酸钾溶液褪色的是(　　)。

A. 乙烷　　B. 甲苯　　C. 环丙烷　　D. 乙炔

6. 甲苯与苯相比较，下列叙述中，不正确的是(　　)。

A. 常温下都是液体　　B. 都能使高锰酸钾酸性溶液褪色

C. 都能在空气中燃烧　　D. 都能发生取代反应

三、指出下列化合物所含官能团的名称，并指出化合物类型

1. 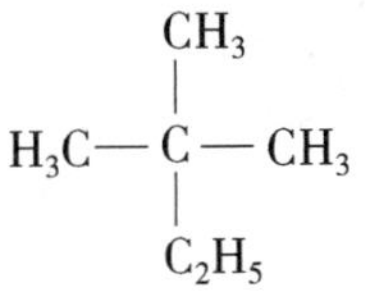

2. 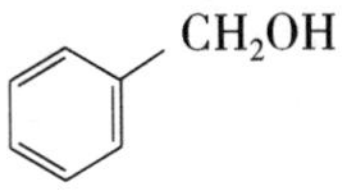

3. 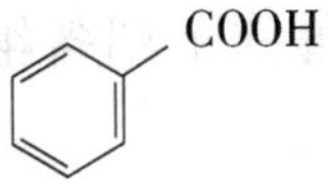

4. 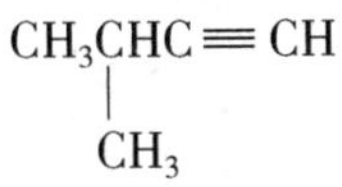

5. 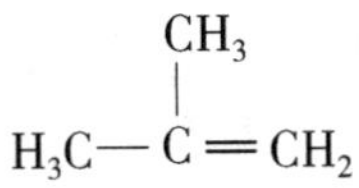

6. 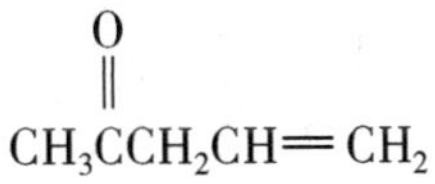

四、下列哪组是构造异构体？哪组是同一化合物？

1. 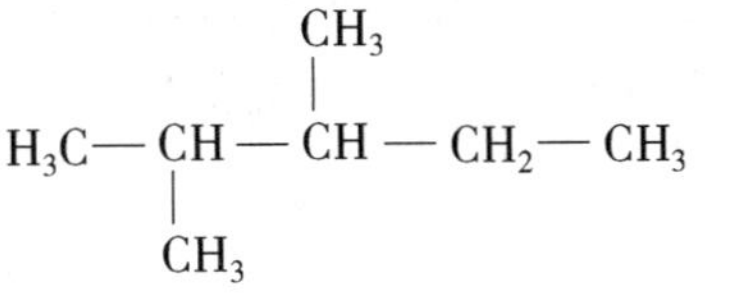 和 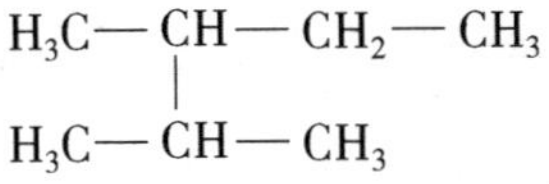

2. 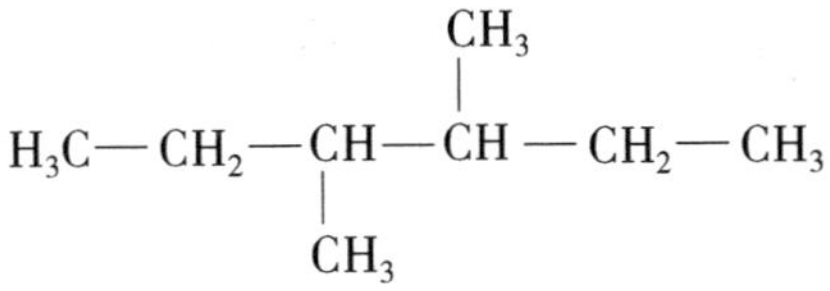 和 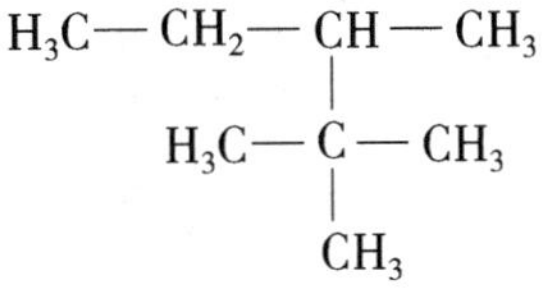

3. 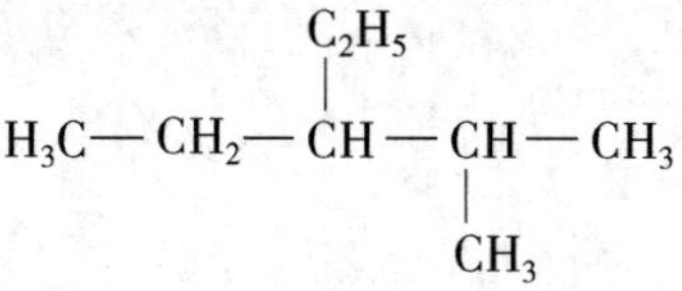 和 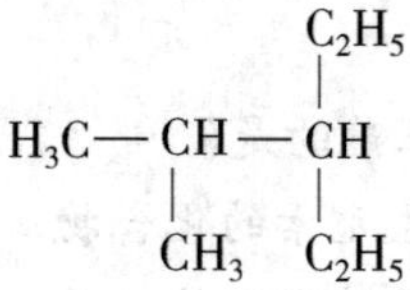

五、用系统命名法命名下列物质

1. 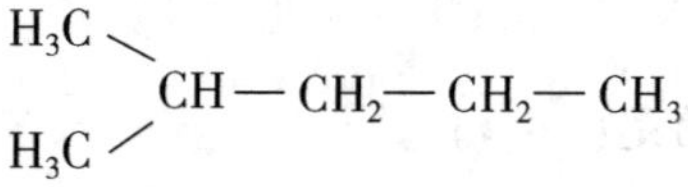

2. 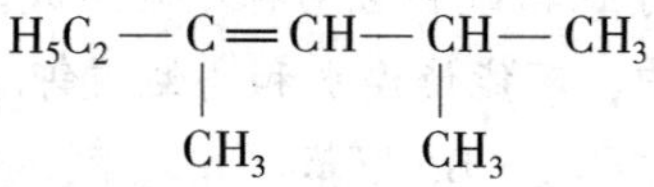

3. $(CH_3)_2CH\,C\equiv CC\,(CH_3)_3$

4. 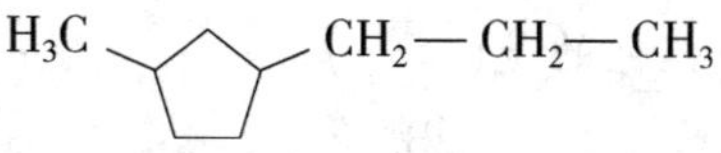

5. 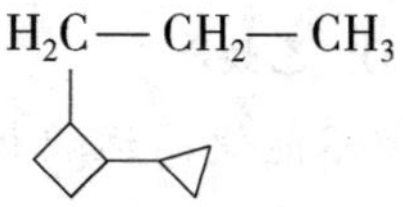

6. 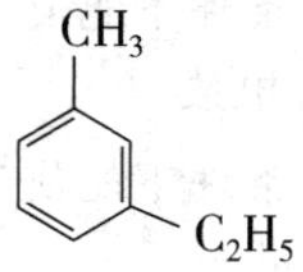

六、写出下列化合物的构造式

1. 2,2-二甲基丁烷
2. 2-甲基-2-丁烯
3. 2-甲基-1-戊烯-3-炔
4. 1,2-二甲基-1-乙基环己烷
5. 1,2-二甲基-4-乙基苯

七、用化学方法鉴别下列各组化合物

1. 乙烷，乙烯，乙炔
2. 1-丁炔，2-丁炔
3. 丙烷，丙烯，丙炔，环丙烷
4. 丁烯，1-丁炔，苯
5. 丙炔，苯，甲苯

第七章　卤　代　烃

知识目标

1. 掌握卤代烃的命名；
2. 掌握卤代烃的化学性质；
3. 了解不同结构卤代烃的活性。

能力目标

1. 能对卤代烃进行正确的命名；
2. 能利用卤代烃的性质合成其他新材料。

素质目标

1. 培养学生用辩证方式看待科学问题的能力；
2. 增强学生对环境保护和可持续发展的责任感和意识。

第一节　卤代烃的分类和命名

卤代烃是烃中的氢原子被卤素原子代替的一类化合物，通式为R-X，卤原子为官能团。

一、分类

(一) 根据卤代烃中烃基结构分类

1. 饱和卤代烃(卤代烷)

例如：CH_3CH_2Cl，$BrCH_2CH_2CH_2Br$，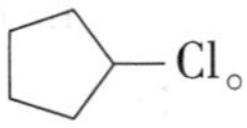。

2. 不饱和卤代烃(卤代烯炔烃)

例如：$CH_2{=}CHBr$，$CH{\equiv}CBr$。

3. 芳香卤代烃(卤代芳烃)

例如：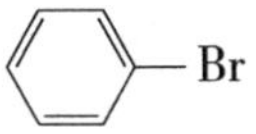，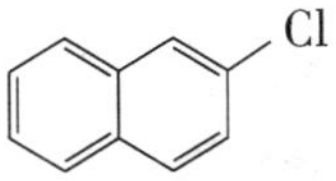。

(二) 根据与卤原子直接相连的碳原子类型分类

一元卤代烃分子中与卤原子直接相连的α-碳原子有伯碳、仲碳、叔碳三类，由此一元卤代烃可分成如下三类：

1. 伯卤代烃

例如：CH_3CH_2Cl，$CH{\equiv}CBr$ 。

2. 仲卤代烃

例如： $CH_3—\underset{}{\overset{\displaystyle CH_3}{\overset{|}{C}}}H—Cl$ 。

3. 叔卤代烃

例如： $CH_3CH_2—\underset{\underset{\displaystyle Br}{|}}{\overset{\overset{\displaystyle CH_3}{|}}{C}}—CH_3$ 。

（三）根据分子中所含卤原子数量分类

1. 一卤代烃

例如：RCH_2X 等。

2. 多卤代烃

例如：CHX_3，$RCHX_2$ 等。

二、命名

（一）习惯命名法

烃基结构较为简单的卤代烃，可在烃基名称的后面加上卤原子名称，称为某烃基卤。

$CH_3CH_2—Br$　　$CH_2{=}CHCH_2Cl$　　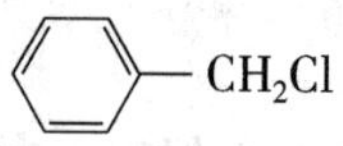

乙基溴　　烯丙基氯　　苯甲基氯(或苄基氯)

（二）系统命名法

1. 脂肪族卤代烃

以烃为母体，卤原子作为取代基进行命名，命名原则与脂肪烃相同。

CH_3Cl　　$CH_3CH_2\underset{\underset{\displaystyle Cl}{|}}{C}HCH_3$　　$CH_3\underset{\underset{\displaystyle Br}{|}}{C}H\underset{\underset{\displaystyle CH_3}{|}}{C}HCH_3$　　$CH_2{=}CHCH_2Cl$

一氯甲烷　　2-氯丁烷　　2-甲基-3-溴丁烷　　3-氯丙烯

2. 卤代芳烃

当卤原子直接连在苯环上时，以芳烃为母体，卤原子为取代基命名。

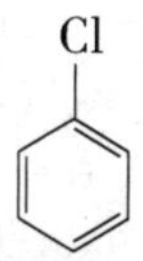

氯苯

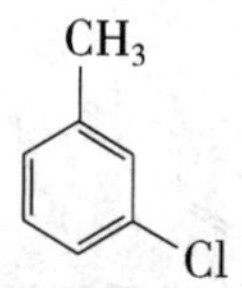

3-氯甲苯

当卤原子连在侧链时，以脂肪烃为母体，卤原子和苯环为取代基命名。

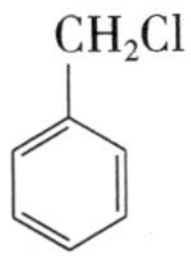

苯基氯甲烷

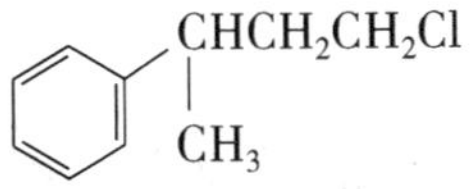

3–苯基–1–氯丁烷

第二节　卤代烃的性质

一、物理性质

常温常压下，只有少数低级卤代烷是气体，如氯甲烷、溴甲烷和氯乙烷等。一般卤代烃多为液体，C_{15}以上为固体。纯净卤代烃无色，有令人不愉快的气味，蒸气有毒，应避免吸入体内。卤代烷不溶于水，彼此可以相互混溶，也能溶于醇、醚、烃类等有机溶剂中。有些卤代烃本身就是有机溶剂，如多氯代烷和多氯代烯可用作干洗剂。卤代烷密度大于同碳数的烷烃的密度，一氟代烷和一氯代烷相对密度大于1，一溴代烷、一碘代烷以及多卤代烷和卤代芳烃的相对密度都大于1，此物理性质可用于卤代烃的分离提纯。在有机分子中引入氯或溴原子可减弱其可燃性，增强其不燃性。某些含氯、含溴有机物可作灭火剂和阻燃剂。例如，二氯二溴甲烷、三氟一溴甲烷可作灭火剂，比四氯化碳安全。卤代烷有毒，可能有致癌作用，使用时需注意。

二、化学性质

卤代烷分子中，卤原子为官能团，其电负性比碳原子大，强极性的碳卤键使得卤代烃的化学反应主要发生在官能团卤原子以及受卤原子影响而比较活泼的α–氢原子上。

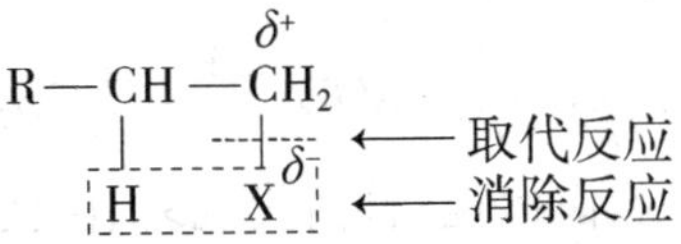

（一）取代反应

$$R—X + \begin{cases} H_2O \xrightarrow{NaOH} R—OH + NaX & 水解 \\ \quad\quad\quad\quad 醇 & \\ RONa \longrightarrow R—OR + NaX & 醇解 \\ \quad\quad\quad\quad 醚 & \\ NH_3 \longrightarrow R—NH_2 + HX & 氨解 \\ \quad\quad\quad\quad 胺 & \\ NaCN \longrightarrow R—CH + NaX & 氰解 \end{cases}$$

腈 $\downarrow H_3O^+$

$R—COOH$

1. 水解（生成醇）

卤代烃不溶或微溶于水，水解很慢，通常采用强碱水溶液加速水解，卤代烃中的卤原子被羟基取代生成醇。

$$CH_3Br + NaOH \xrightarrow[\triangle]{H_2O} CH_3OH + NaBr$$

2. 醇解(生成醚)

伯卤代烷与醇钠在相应的醇中反应，卤原子被烷氧基取代生成醚。

$$CH_3CH_2CH_2CH_2—Br + CH_3CH_2ONa \xrightarrow{CH_3CH_2OH} CH_3CH_2CH_2CH_2—O—CH_2CH_3$$

3. 氰解(生成腈)

伯卤代烷与氰化钠在醇溶液中反应，卤原子被氰基取代生成腈。

$$CH_3CH_2CH_2CH_2—Br + NaCN \xrightarrow{CH_3CH_2OH/H_2O} CH_3CH_2CH_2CH_2—CN$$

4. 氨解(生成胺)

伯卤代烷与过量的氨反应，卤原子被氨基取代生成伯胺。

$$CH_3CH_2CH_2CH_2—Br + NH_3 \longrightarrow CH_3CH_2CH_2CH_2—NH_2$$

5. 与硝酸银-乙醇溶液反应(检验卤代烃)

$$R—X + AgNO_3 \xrightarrow{乙醇} R—O—ONO_2 + AgX\downarrow$$

反应活性为叔卤代烷>仲卤代烷>伯卤代烷。叔卤代烷在室温下立刻产生卤化银沉淀，仲卤代烷反应片刻后出现沉淀，而伯卤代烷在室温下一般不产生沉淀，常常需要加热才有沉淀出现。该反应常用于鉴别不同类型的卤代烷。

(二) 消除反应

相邻两个碳原子上脱去小分子(如 HX、H_2O、NH_3)，生成不饱和化合物的反应称消除反应。

伯卤代烷与强碱的稀水溶液(常用 NaOH 的稀水溶液)共热时，主要发生取代反应生产醇。而与浓的强碱醇溶液(常用 KOH 的乙醇溶液)共热时，主要发生消除反应生成烯烃。例如：

$$CH_3CH_2CH_2CH_2—Br + KOH \xrightarrow[\triangle]{乙醇} CH_3CH_2CH{=}CH_2$$

反应中卤代烷的活性顺序是叔卤代烷>仲卤代烷>伯卤代烷。

仲卤代烷或叔卤代烷发生消除反应时，可能生产两种产物：

$$CH_3—CH_2—\underset{\underset{Br}{|}}{CH}—CH_3 \xrightarrow[\triangle]{KOH，乙醇} \underset{2-丁烯(81\%)}{CH_3—CH{=}CH—CH_3} + \underset{1-丁烯(19\%)}{CH_3—CH_2—CH{=}CH_2}$$

$$CH_3CH_2—\overset{\overset{CH_3}{|}}{\underset{\underset{Br}{|}}{C}}—CH_3 \xrightarrow[\triangle]{KOH，乙醇} \underset{\substack{2-甲基-2-丁烯\\(71\%)}}{CH_3CH{=}\overset{\overset{CH_3}{|}}{C}—CH_3} + \underset{\substack{2-甲基-1-丁烯\\(29\%)}}{CH_3CH_2—\overset{\overset{CH_3}{|}}{C}{=}CH_2}$$

大量实验证明：卤代烷在脱除卤化氢时，主要是含氢少的β-碳原子上的氢原子与卤原子脱去，生成双键上带有较多烃基的烯烃，这是一条经验规则，也称为查依采夫规则。

(三) 与金属镁反应(格氏试剂的生成)

在室温下，卤代烷在干醚(无水、无醇的乙醚)中与某些金属(例如锂、镁)反应，生成金属原子与碳原子直接相连的一类化合物，称为金属有机化合物。金属镁与卤代烃反应生成烷基卤化镁，成为格林尼亚(Grignard)试剂，简称格氏试剂(Grignard Reagent)，一般用 RMgX 表示。

$$R—X+Mg \xrightarrow{\text{干醚}} R—Mg—X$$

格氏试剂中 C—Mg 键是很强的极性共价键，成键电子云偏向于碳原子，烷基中与镁原子相连的碳原子带有部分负电荷，可受进攻分子中带正电性的部分基团影响而发生反应，所以格氏试剂非常活泼，是有机合成中常用的试剂。格氏试剂容易与含活泼氢(带正电性)的化合物作用生成相应的烃，也容易被空气中的氧气氧化，因此制备格氏试剂时要用干醚，最好在氮气保护下进行制备。

$$RMgX \xrightarrow{H—OH} R—H + Mg(OH)X$$
$$RMgX \xrightarrow{H—OR'} R—H + Mg(OR')X$$
$$RMgX \xrightarrow{H—NH_2} R—H + Mg(NH_2)X$$
$$RMgX \xrightarrow{HX} R—H + MgX_2$$
$$RMgX \xrightarrow{HC \equiv CR'} R—H + Mg\langle^{C \equiv CR'}_{X}$$

第三节　卤代烯烃和卤代芳烃

卤代烯烃为烯烃中的氢被卤原子取代的化合物，卤代芳烃为芳烃中的氢被卤原子取代的化合物。

一、卤代烯烃和卤代芳烃的分类

(一) 乙烯型卤代烃

卤原子直接与双键碳原子或芳环直接相连。

$CH_2═CHCl$　或 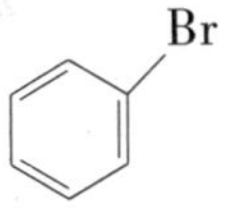

(二) 烯丙基(苄基)型卤代烃

卤原子与双键碳或芳环相隔一个饱和碳原子。

$CH_2═CHCH_2Cl$　或 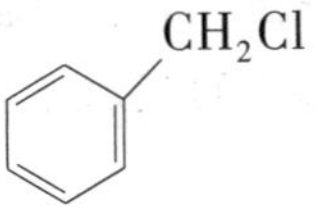

(三) 孤立型卤代烃

卤原子与双键碳或芳环相隔两个或两个以上饱和碳原子。

$CH_2═CHCH_2CH_2Cl$　或 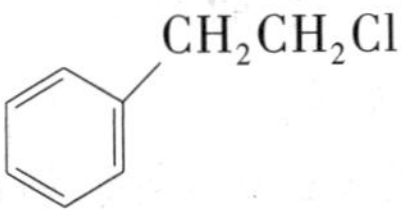

二、卤代烯烃和卤代芳烃中卤原子的活泼性

卤代烯烃和卤代芳烃室温下与 $AgNO_3$/醇溶液反应，烯丙型卤代烃立即产生沉淀，孤立型卤代烃的反应速度与卤烷相似，乙烯型卤代烃在常温下不能产生沉淀。以上实验表明三种类型卤代烃的活性差别很大，活性排序：烯丙型卤代烃>孤立型卤代烃>乙烯型卤代烃。如氯化苄碱性水解反应很快，而氯苯水解则需要高温、高压并在催化剂作用下才能进行。

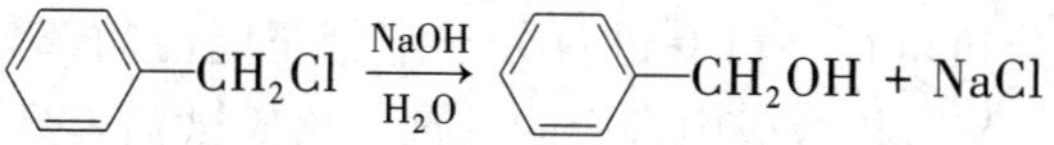

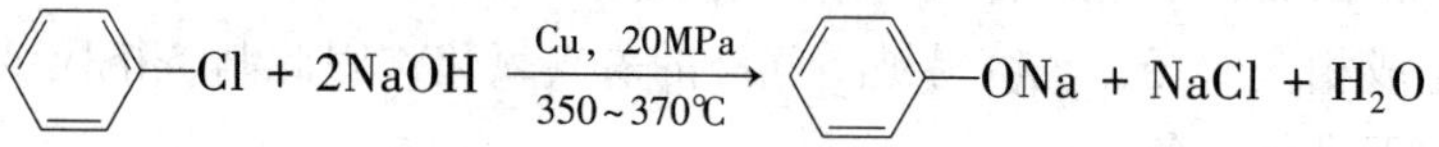

拓展阅读

卤代烷水解和消除反应的竞争

卤代烷的水解和消除反应都是在碱性条件下进行的，可以同时发生，即卤代烷的水解和消除反应存在相互竞争关系，以哪种反应为主取决于反应条件和卤代烷的结构。实验证明：强极性溶剂、较低温度、稀碱及伯卤代烷有利于取代反应，弱极性溶剂、较高温度、浓碱及叔卤代烷有利于消除反应，所以卤代烷在碱性水溶液中主要发生水解反应，在碱性醇溶液中主要发生消除反应。

“极性翻转”的格氏试剂

卤代物在无水乙醚或四氢呋喃中和金属镁作用生成烷基卤化镁 R-MgX，这种有机镁化合物被称为格氏试剂。格氏试剂是 1901 年由法国化学家格林尼亚(Victor Grignard)发现的，他因此获得 1912 年诺贝尔化学奖。

格氏试剂作为亲核试剂可以与醛、酮、羧酸等化合物发生加成反应，操作简便，应用广泛，是有机合成反应中非常重要的增长碳链的方法。值得一提的是，这里体现了极性翻转的化学思想，即亲电性的卤代烷在和金属镁作用后，生成了亲核性极强的格氏试剂，可以和各种常见的亲电试剂如醛、酮、亚胺、酯、环氧、二氧化碳等发生反应，应用非常广泛。

本章小结

1. 卤代烃的分类：

① 按烃基结构：饱和卤代烃(卤代烷)、不饱和卤代烃(卤代烯炔烃)、芳香族卤代烃(卤代芳烃)。

② 按卤原子的数目：一卤代烃、多卤代烃。

③ 按与卤素原子直接相连的碳原子类型：伯卤代烃、仲卤代烃、叔卤代烃。

2. 卤代烃的命名：

① 习惯命名法：烃基名加卤素名称。

② 系统命名法：选主链，靠近支链一端编号，按支链位次和名称、卤原子位次和名称、母体名称的顺序写化合物的名称。

3. 卤代烯烃和卤代芳烃：

① 分类：乙烯(苯基)型卤代烃、烯丙基(苄基)型卤代烃、孤立型卤代烃。

② 卤原子活性：烯丙基(苄基)型>孤立型>乙烯(苯基)型。

4. 化学反应：

① 取代反应：水解(制醇)、醇解(制醚)、氨解(制胺)、氰解(制腈)。

② 硝酸银(醇)溶液反应→硝酸烷基酯：卤代烷的鉴别反应。

③ 消除反应(脱卤化氢→烯烃)：反应活性叔>仲>伯，遵循查依采夫规则。

④ 与金属镁反应→烷基卤化镁：在干醚中生成合成上应用很广的格氏试剂。

习　　题

一、按系统命名法命名下列化合物

(1) $(CH_3)_2CHCH_2CH_2Cl$　　(2) $CH_3CH{=}CHCH_2CHBrCH_3$

(3) 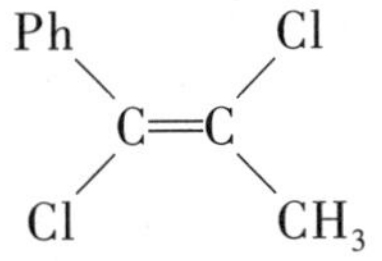　　(4) 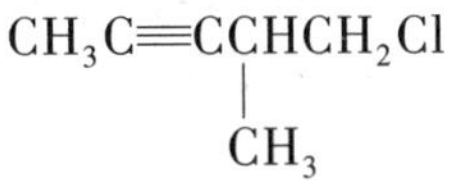

(5) 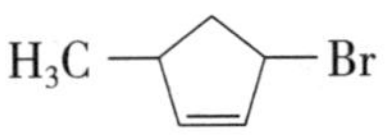　　(6) 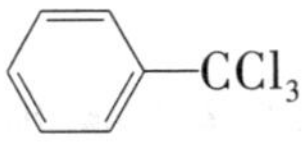

二、写出下列化合物的构造式

(1) 烯丙基溴　　(2) 4-苯基-3-溴-1-丁烯

(3) 3-甲基-2-氯戊烷　　(4) 3-溴-1,4-环己二烯

三、完成下列反应

(1) $CH_3CH{=}CH_2 \xrightarrow[\text{过氧化物}]{HBr} ? \xrightarrow[\text{干醚}]{Mg} ? \xrightarrow{HC\equiv CCH_3} ?+?$

(2) 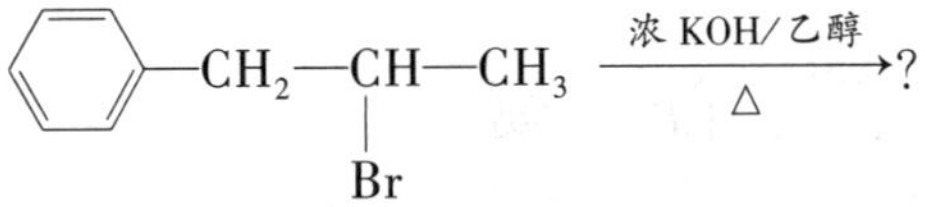

(3) $CH_3CH_2CH_2Br+CH_3CH_2ONa \xrightarrow{\text{无水乙醇}} ?$

四、用化学方法鉴别各组化合物

(1) 正丁基溴、叔丁基溴、仲丁基溴

(2) $CH_3CH{=}CHCl$、$CH_2{=}CHCHCl$、$(CH_3)_2CHCl$

五、综合题

1. 卤代烃 A 分子式为 C_3H_7Br，A 与热浓 KOH 乙醇浓液作用生成烯烃 B(C_3H_6)，氧化 B 生成两个碳的酸和 CO_2，B 与 HBr 作用生成 A 的异构体 D，试写出 A~D 的构造式。

2. 某一氯代烷与氢氧化钾的乙醇溶液共热可以得到 3-甲基-1-丁烯，试写出该氯代烷的结构式和名称。

第八章　含氧化合物

知识目标

1. 熟悉各种含氧化合物的结构特点及分类，了解羰基和碳碳双键的结构差异；
2. 掌握各种含氧化合物的系统命名法；
3. 了解各种含氧化合物的物理性质及变化规律；
4. 掌握醇、酚、醛、酮和羧酸的化学性质；
5. 了解各种含氧化合物的重要代表物。

能力目标

1. 会认识各种含氧化合物，能区分不同种类的衍生物；
2. 会对各种含氧化合物进行命名或结构式的书写；
3. 能鉴别常见的醇、酚、醛、酮和羧酸等化合物。

素质目标

1. 具有主动参与、积极进取的思想意识；
2. 具有崇尚科学、探究科学的学习态度。

第一节　醇、酚、醚

醇、酚和醚都是烃的含氧衍生物，是碳氧元素原子以单键相连的一类化合物。醇是脂肪烃、脂环烃或芳香烃侧链中的氢原子被羟基(—OH)取代而成的化合物，—OH为醇的官能团；酚是苯环上的氢原子被羟基(—OH)取代而成的化合物，—OH为酚的官能团；醚可看作醇或酚羟基上的氢被烃基取代得到的化合物。烃、醇、酚和醚可分别表示为：

R—H	R—OH	Ar—OH	R—O—R′
烃	醇	酚	醚

一、醇

(一) 分类

醇是由烃基和羟基两部分组成的，可按烃的类型和羟基的数目进行分类。

① 按烃基类型，醇可分为饱和醇、不饱和醇、脂环醇和芳香醇。如：

CH_3CH_2OH 饱和醇

$CH_2=CHCH_2OH$ 不饱和醇

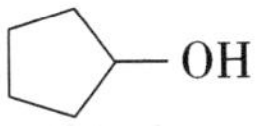

脂环醇

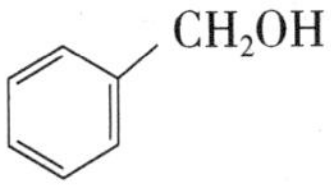

芳香醇

② 按醇分子中所含羟基的数目，醇可分为一元醇、二元醇和多元醇。如：

CH_3CH_2OH

一元醇

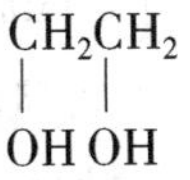

二元醇

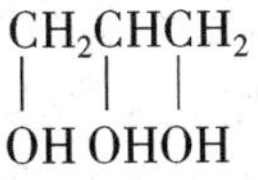

多元醇

③ 按羟基所连接的碳原子种类，醇可分为伯醇、仲醇和叔醇。如：

RCH_2OH

伯醇

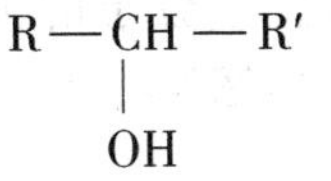

仲醇

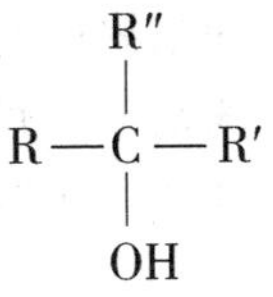

叔醇

(二) 命名

1. 普通命名法

适用于简单醇，在醇前面加上烃基的名称，如：甲醇、异丙醇、叔丁醇。

2. 系统命名法

结构复杂的醇通常采用系统命名法。命名原则如下：

① 选主链。选连有羟基的碳原子在内的最长碳链为主链，根据主链中碳原子数称为“某醇”。

② 编号。从靠近羟基一端将主链碳原子依次用阿拉伯数字编号，让羟基所连碳原子的位次尽量小。

③ 写名称。将取代基的位次、名称和羟基的位次写在母体名称前面。如：

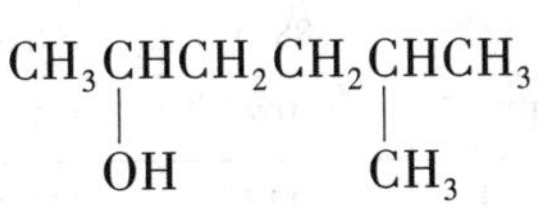

5-甲基-2-己醇

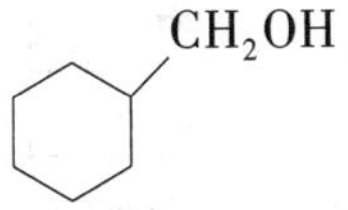

环己甲醇

④ 不饱和醇命名时应选择包括连有羟基和不饱和键在内的最长碳链为主链，从靠近羟基一端开始编号，称为某烯醇。如：

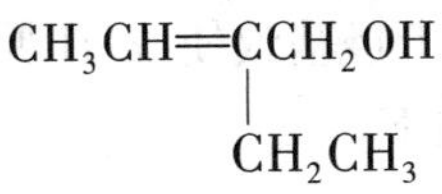

2-乙基-2-丁烯-(1)-醇

⑤ 芳香醇命名时，将芳基作为取代基命名。如：

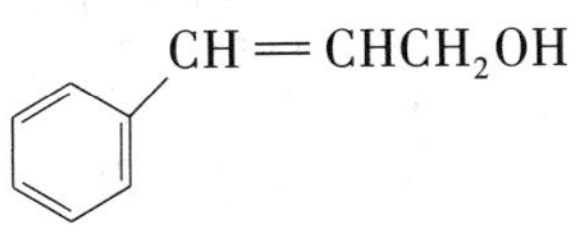

3-苯基-2-丙烯-(1)-醇

⑥ 多元醇的命名，应选择包括连有尽可能多的羟基碳链为主链，标明羟基的数目。如：

$$HOCH_2CH_2CH_2OH$$

1,3-丙二醇

（三）物理性质

低级的一元饱和醇为无色中性液体，具有特殊的气味和辛辣味道。4~11 个碳的醇为油状液体，12 个碳以上的高级醇为无臭、无味的固体。

同系列中醇的沸点随相对分子质量的增加而有规律地升高。同碳数的一元饱和醇中，沸点随支链的增加而降低，即伯醇的沸点最高，仲醇次之，叔醇最低。

低级醇的熔点和沸点比碳原子数相同的烷烃的熔点和沸点高得多，这是由于醇分子中羟基间有氢键缔合作用的结果(见图 8-1)。

随着相对分子质量的增大，烷基对整个分子的影响也越来越大，从而使高级醇的物理性质与烷烃近似。低级醇能与水互溶，如图 8-2 所示，高级醇与烃类相似，不溶于水而溶于有机溶剂。

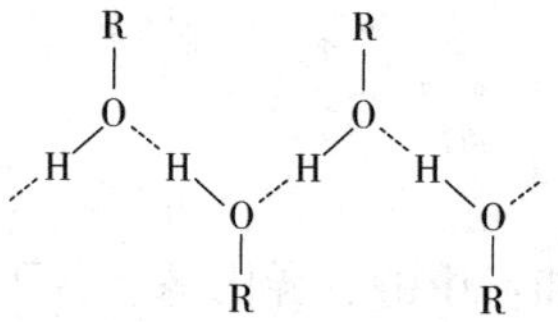

图 8-1　醇分子间氢键

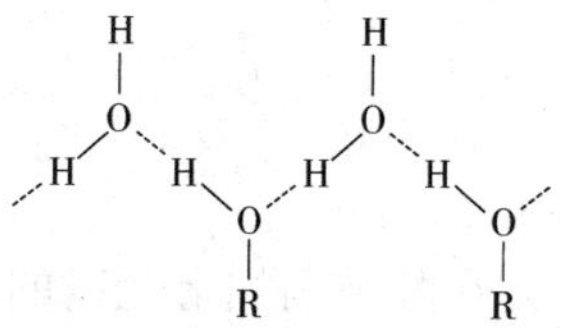

图 8-2　醇与水分子间氢键

一元饱和醇的密度虽比相应的烷烃大，但仍比水轻。常见醇的物理常数见表 8-1。

表 8-1　常见醇的物理常数

名称	熔点/℃	沸点/℃	相对密度	名称	熔点/℃	沸点/℃	相对密度
甲醇	-97.7	64.7	0.792	正己醇	-46.7	158	0.820
乙醇	-114.1	78.4	0.789	正庚醇	-34	176	0.822
正丙醇	-126.4	97.2	0.804	异丙醇	-88.5	82.3	0.786
正丁醇	-88.6	117.8	0.810	异丁醇	-108	107.9	0.802
正戊醇	-78.2	138.0	0.817	异戊醇	-117	131.5	0.812

（四）化学性质

醇的化学性质主要由羟基官能团决定。醇分子中氧原子的电负性较强，促使 C—O 键和 O—H 键容易断裂发生反应。此外由于羟基致使 α-H 原子和 β-H 原子比较活泼，能发生反应。醇分子中容易发生反应的部位如下：

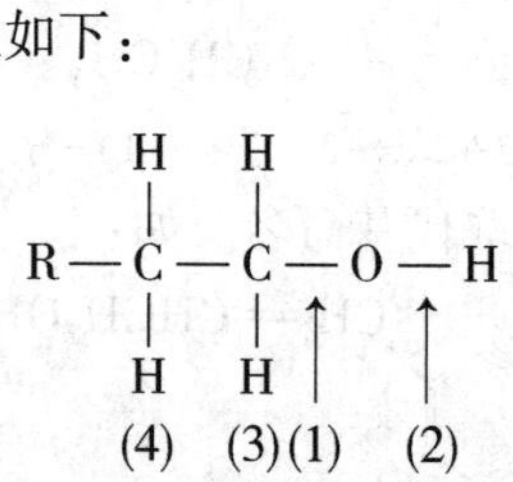

(1) 氢原子被取代；(2) 羟基被取代；(3) α-H反应；(4) β-H反应

1. 与活泼金属的反应

醇和水相似，能与活泼金属(钠、钾)反应，羟基中的氢原子被金属取代，生成相应的金属醇和氢气。但此反应比金属与水作用温和些。

$$CH_3CH_2OH+Na \longrightarrow CH_3CH_2ONa+H_2\uparrow$$

醇与活泼金属的反应体现醇有一定的酸性，但比水弱。其酸性大小顺序为：

水>甲醇>伯醇>仲醇>叔醇

2. 与氢卤酸反应

醇与氢卤酸反应生成卤代烃和水，是制备卤代烃的重要方法。

$$ROH+HX \rightleftharpoons RX+H_2O$$

不同类型的醇与卢卡斯(Lucas)试剂(无水氯化锌的浓盐酸溶液)作用时，叔醇反应很快，溶液立即浑浊；仲醇反应较慢，在室温下2~5min后，溶液出现浑浊；伯醇在室温下无现象，加热后溶液出现浑浊。所以可用卢卡斯试剂区别伯醇、仲醇、叔醇和鉴别醇。

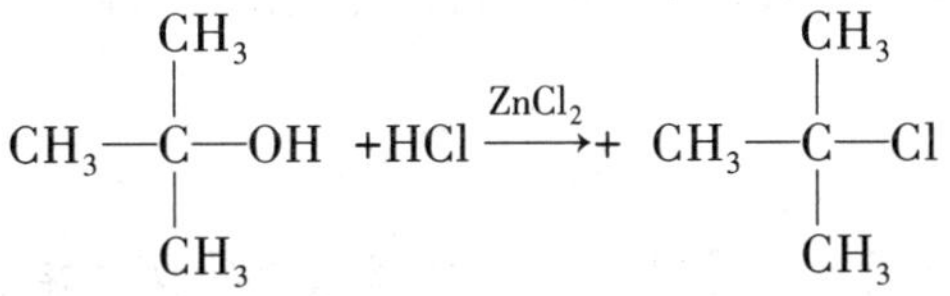

立即浑浊

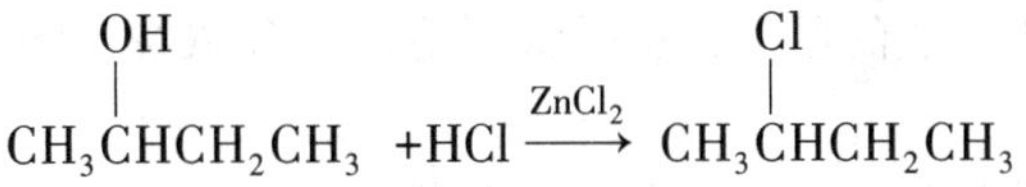

放置片刻浑浊

$$CH_3CH_2CH_2CH_2OH+HCl \xrightarrow[\triangle]{ZnCl_2} CH_3CH_2CH_2CH_2Cl$$ 室温无现象，加热后出现浑浊

3. 酯化反应

醇与含氧无机酸如硝酸和硫酸等作用，反应脱去水分子而生成无机酸酯。

$$CH_3CH_2OH+HONO_2 \rightleftharpoons CH_3CH_2ONO_2$$

醇与有机酸(羧酸)合成的酯类香料，是香料中很重要的一大类。

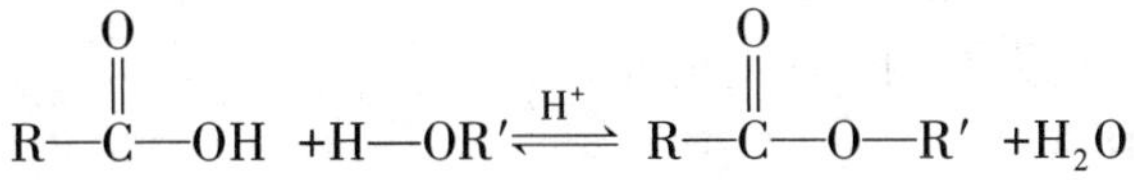

低级羧酸和低级醇生成的酯一般为挥发性液体，带有花、果、草的香气，如醋酸异戊酯有香蕉味，戊酸乙酯有苹果香味等。因为酯类的合成容易、原料来源广，合成的酯类香型很多，价格便宜，所以得到广泛应用。

4. 脱水反应

醇在浓硫酸或三氧化铝作催化剂下，加热易发生脱水反应。脱水方式有两种：一种是在较高温度下发生分子内脱水，生成烯烃；另一种是在较低温度下进行分子间脱水，生成醚。

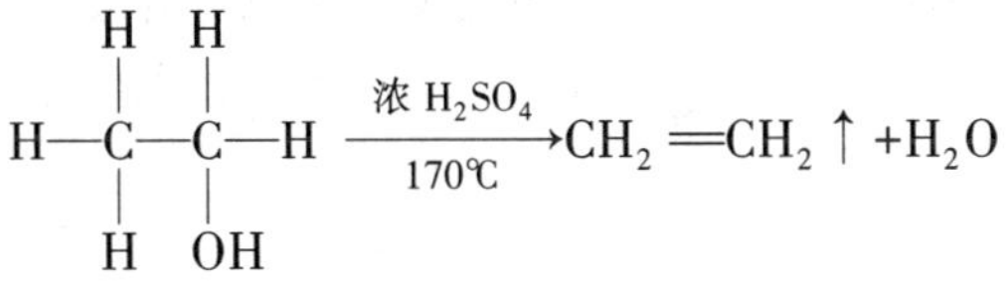

$$C_2H_5—OH+HO—C_2H_5 \xrightarrow[140℃]{浓 H_2SO_4} C_2H_5—O—C_2H_5$$

5. 氧化反应

有机化合物分子中得到氧或脱去氢的反应叫氧化反应，反之叫还原反应。醇分子中由于羟基的影响，使α-H原子较活泼，易发生氧化反应，生成含羰基的化合物，氧化的一般规律为：伯醇先被氧化为醛，醛继续被氧化为羧酸；仲醇被氧化为含有相同数目碳原子的酮；叔醇一般不易被氧化。

$$RCH_2OH \xrightarrow{[O]} RCHO \xrightarrow{[O]} RCOOH$$

$$R-\underset{\displaystyle OH}{\underset{|}{CH}}-R' \xrightarrow{[O]} R-\underset{\displaystyle O}{\underset{\|}{C}}-R'$$

常见的氧化剂通常有 $KMnO_4$，浓 HNO_3，$K_2Cr_2O_7$，$Na_2Cr_2O_7$，CrO_3/H_2SO_4，氧化铬-吡啶配合物等，其中 $KMnO_4$，浓 HNO_3，$K_2Cr_2O_7$ 和 $Na_2Cr_2O_7$ 的氧化能力更强。

醛比醇更易被氧化，如果想要得到醛，必须把生成的醛立即从反应混合物中蒸出，以防止醛继续被氧化为羧酸，或者通过氧化铬-吡啶配合物氧化也可以停留在醛的阶段。

（五）重要的醇

1. 乙醇（C_2H_5OH）

乙醇为无色液体，具有特殊气味，易燃，能与水以任意比例互溶，是应用最广的一种醇，俗称酒精。乙醇是有机合成工业的原料，也是常用溶剂。含70%~75%的乙醇杀菌力最强，可作防腐剂和消毒剂。

长期卧床病人用50%乙醇溶液涂擦皮肤，具有收敛作用，可促进血液循环，防止褥疮。在医药上常用乙醇配制酊剂，如碘酒是碘和碘化钾的乙醇溶液。

2. 乙二醇（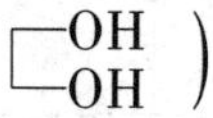）

最重要的二元醇是乙二醇，俗名甘醇。乙二醇是无色具有甜味的黏稠液体，可与水混溶。乙二醇能降低水的冰点，如40%（体积）的乙二醇水溶液冰点为-25℃，60%（体积）的乙二醇水溶液冰点为-49℃，因此乙二醇可用于制备防冻剂。由于乙二醇的吸水性能好，还可用于染色等。乙二醇还大量用作涤纶的原料。

3. 丙三醇（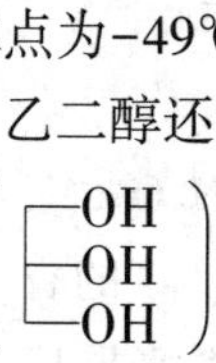）

最重要的三元醇是丙三醇，俗名甘油。甘油是无色具有甜味的黏稠性液体，分子中有三个羟基，能与水混溶，吸湿性强，能吸收空气中的水分，在印刷、纺织、医药、化妆品工业及日常生活中应用广泛。与浓硝酸、浓硫酸作用，形成硝酸甘油酯，俗称硝化甘油，是无烟火药中的主要成分，该酯也是缓解心绞痛的药物。

二、酚

酚的官能团是羟基(—OH)，羟基和苯环直接相连也称为酚羟基。

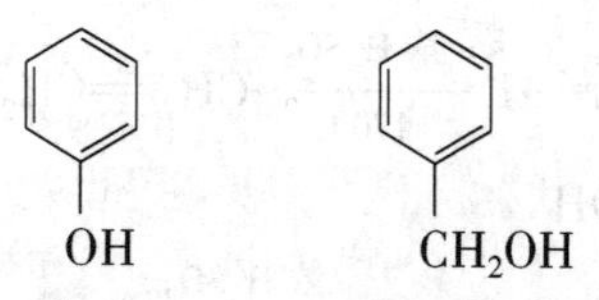

苯酚　　苯甲醇/苄醇

（一）分类

按分子中含有酚羟基的数目，可把酚分为一元酚、二元酚和多元酚，含有两个以上酚羟基的酚都称为多元酚。

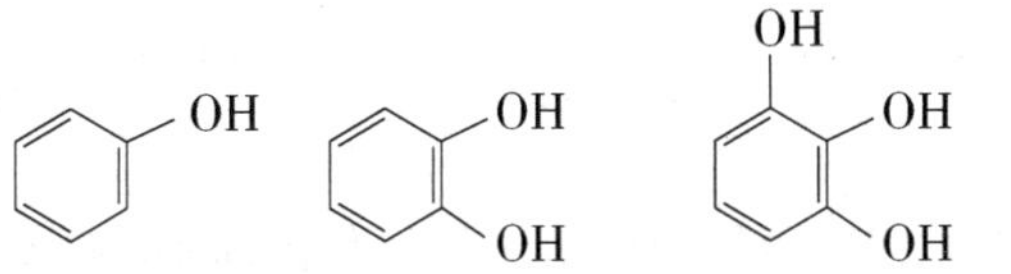

一元酚　　二元酚　　多元酚

（二）命名

酚的命名按照官能团优先规则（表 6-2）。若苯环上没有比酚羟基优先的基团，则以苯酚为母体，环上其他基团为取代基，按位次和名称写在母体名“苯酚”前面。如：

2-甲基苯酚(邻甲基苯酚)　　4-甲基-2-硝基苯酚

若苯环上有比酚羟基优先的基团，则以其他基团和苯环为母体，羟基作取代基。如：

2-羟基苯甲酸(邻羟基苯甲酸)　　3-羟基苯甲醛(间羟基苯甲醛)

（三）物理性质

大多数酚是无色针状结晶或白色结晶。因分子间易形成氢键，所以酚具有较高的沸点。

苯酚在室温下微溶于水，其余一元酚不溶于水，溶于有机溶剂；多元酚随羟基数目增多在水中溶解度增大。

低级酚都有特殊的刺激性气味，尤其对眼睛、呼吸道黏膜、皮肤等有强烈的刺激和腐蚀作用，在使用时应注意安全保护措施。

酚的毒性和腐蚀性较大，杀菌和防腐作用是酚类化合物的重要特性，消毒用的“来苏水”是甲苯酚与肥皂溶液的混合液。

（四）化学性质

酚中含有羟基，能发生一些和醇相似的反应，但由于苯环的影响使得它与醇相比有一定的差异。酚的反应主要为发生在苯环上的取代反应。

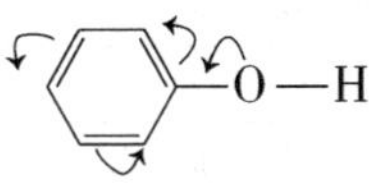

1. 羟基的弱酸性

酚能与氢氧化钠反应，生成可溶于水的酚钠。

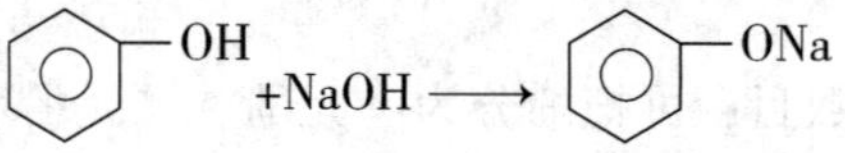

若在苯酚钠的水溶液中通入二氧化碳，即有游离苯酚析出。这是因为苯酚酸性比碳酸弱。

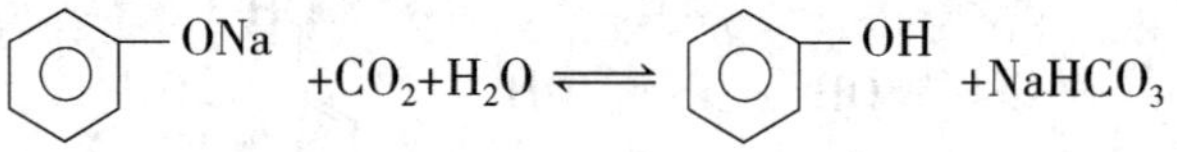

由于酚的酸性弱于碳酸，所以酚只能溶于氢氧化钠而不溶于碳酸氢钠。

实验室里常根据酚的这一特性，与既溶于氢氧化钠又能溶于碳酸氢钠的羧酸相区别。酸性比较：碳酸>苯酚>碳酸氢钠>水(见图 8-3)。

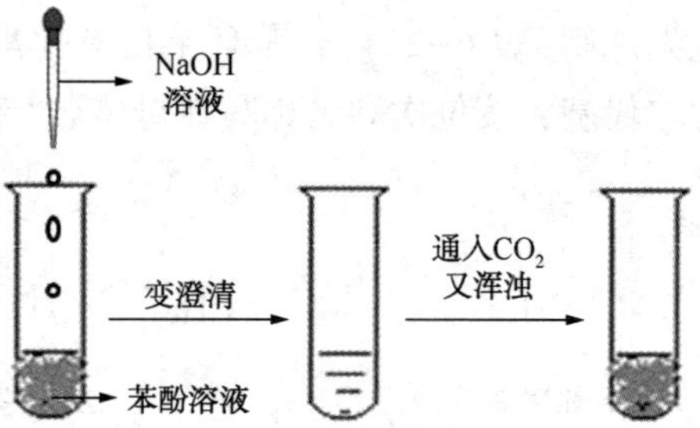

图 8-3　苯酚酸性强弱

2. 与 $FeCl_3$ 的显色反应

大多数酚与三氯化铁溶液发生颜色反应，一般认为酚与三氯化铁生成了带颜色的配合物(见图 8-4)。不同的酚产生的颜色各不相同，见表 8-2。除酚以外，凡具有烯醇型(—C═C—OH)结构的化合物均能与三氯化铁溶液发生颜色反应，所以常用三氯化铁溶液来检验酚类和烯醇的存在。

$$ArOH+FeCl_3 \longrightarrow [Fe(OAr)_6]^{-3}$$

紫色配合物

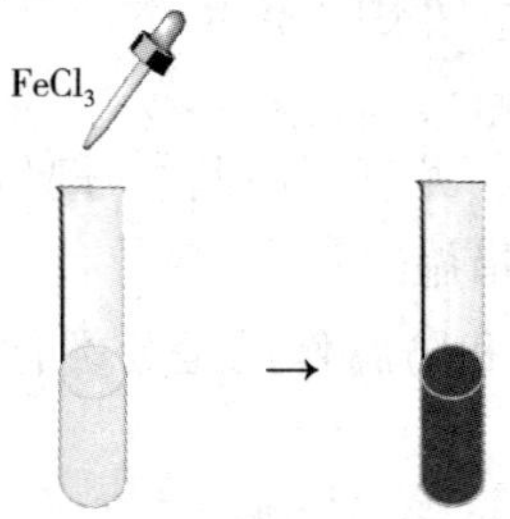

图 8-4　苯酚的显色反应

表 8-2　酚类化合物与三氯化铁的显色

名　称	显　色	名　称	显　色
苯酚	蓝紫	邻苯二酚	绿
邻甲苯酚	红	间苯二酚	蓝~紫
对甲苯酚	紫	对苯二酚	暗绿
邻硝基苯酚	红~棕	α-萘酚	紫
对硝基苯酚	棕	β-萘酚	墨绿

3. 苯环上的取代反应

酚比苯更容易进行取代反应，可以进行卤代、硝化和磺化等反应。如苯酚与溴水在室温下立即反应产生2,4,6-三溴苯酚的白色沉淀。此反应十分灵敏，可作为苯酚的定性鉴别和定量测定。

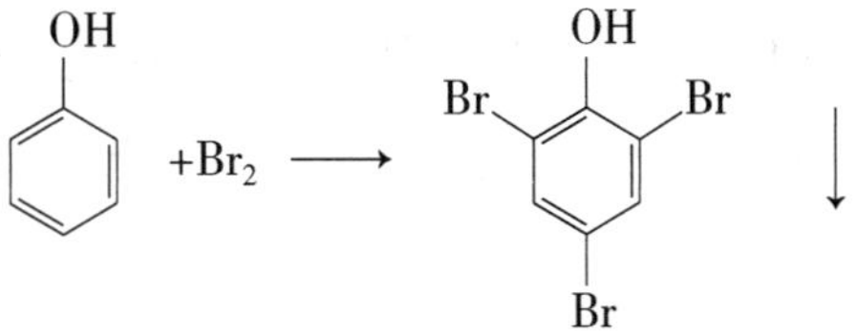

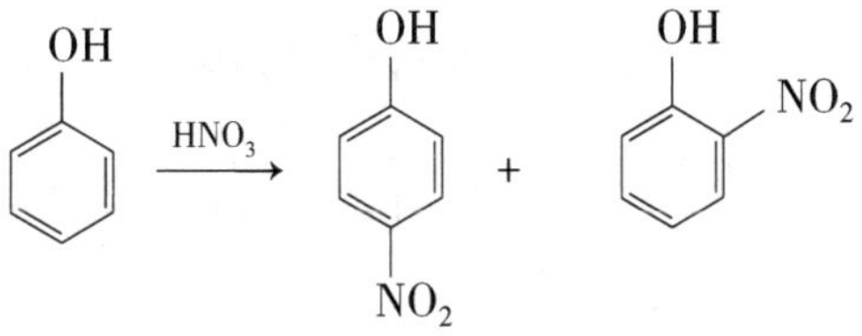

4. 氧化反应

酚类易被氧化，但产物复杂。纯苯酚系无色结晶，在空气中放置后，就能逐渐氧化变为粉红色、红色或暗红色。苯酚如用酸性重铬酸钾强烈氧化，则生成对苯醌。

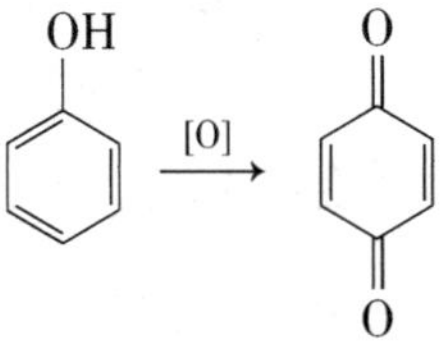

对苯醌

（五）重要的酚

1. 苯酚

苯酚俗称石炭酸，是具有特殊气味的无色结晶，熔点40.8℃，有毒，具有一定的杀菌作用。在医药上可用作防腐剂和消毒剂。苯酚主要源于煤焦油，是重要的化工原料，大量用于制造酚醛树脂及其他高分子材料、药物、染料和炸药等。

2. 对苯二酚

对苯二酚又叫氢醌，是无色固体，溶于水、乙醇和乙醚。它是一种强还原剂，可用作显影剂，能把感光后的溴化银还原为金属银。常用作抗氧化剂，以保护其他物质不被氧化。

3. 维生素E

维生素E又名生育酚，是天然存在的酚，广泛存在于植物中，在麦胚油中含量最多。维生素E为黄色油状物，热稳定，临床用于治疗先兆性流产和习惯性流产，或治疗痔疮、冻疮等。维生素E还具有延缓衰老的作用。

三、醚

（一）结构和分类

醚是两个烃基通过氧原子连接起来所形成的化合物。其中C—O—C称为醚键，是醚的官能团。

醚的结构通式为：R-O-R(R′)、Ar-O-R、Ar-O-Ar。(Ar为芳烃基)

醚分子中两个烃基相同，称为单醚；两个烃基不同，称为混醚。若氧所连接的两个烃基形成环状，则称为环醚。

CH_3OCH_3 单醚

$CH_3OC_2H_5$ 混醚

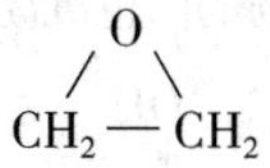
环醚

（二）命名

1. 普通命名法

单醚命名时，称为二某醚，对于分子较小的简单脂肪醚，“二”可省略。如：

CH_3OCH_3

二甲醚(甲醚)

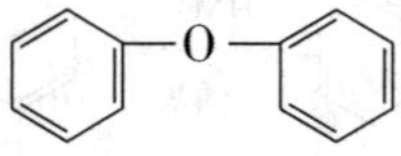
二苯醚

混醚命名时，将较小的烃基放在前面；若其中一个为芳基，将芳基放在前面。如：

$CH_3OCH_2CH_3$

甲乙醚

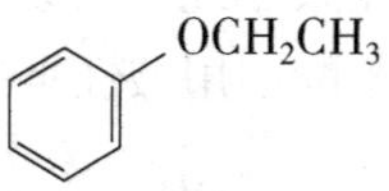
苯乙醚

环醚一般称为环氧某烷，也可按杂环化合物命名。如：

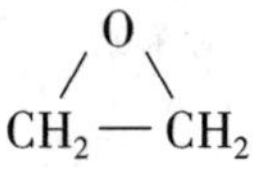
环氧乙烷

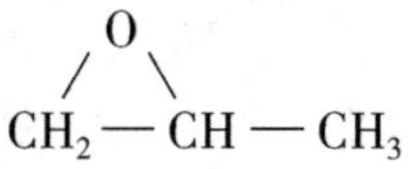
1, 2−环氧丙烷

2. 系统命名法

烃基结构复杂的醚按系统命名法命名。以复杂的烃基为母体，烷氧基作取代基。如：

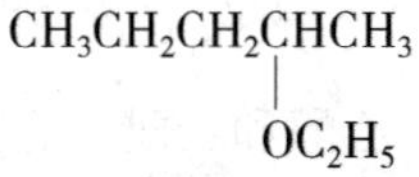
2−乙氧基戊烷

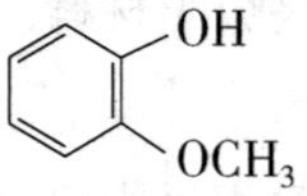
2−甲氧基苯酚

（三）物理性质

多数醚是易挥发、易燃的液体。因醚分子间不能形成氢键，所以沸点比相对分子质量相近的醇要低得多。相对密度比醇小。多数醚不溶于水，易溶于有机溶剂。

因醚不活泼，常用它来萃取有机物或作有机反应的溶剂。纯净的乙醚在外科手术中曾经是一种全身麻醉剂。

（四）化学性质

醚是比较稳定的化合物，其稳定性仅次于烷烃。一般情况下，醚对稀酸、碱、氧化剂和还原剂都十分稳定，所以在许多有机化学反应中，用醚作为溶剂。但当醚遇到强酸时，可与其作用生成锌盐，也可发生醚键的断裂。

1. 𬭸盐的生成

醚能溶解于冷的浓强酸(硫酸或盐酸)中，生成一种不稳定的盐，这种盐称为𬭸盐。

烷烃不与冷的浓酸反应也不溶于其中。所以可用此反应区别醚与烷烃。

$$R—O—R' + HCl—[R—\underset{\displaystyle H}{\underset{|}{O}}—R']^+ Cl^-$$

𬭸盐

生成的𬭸盐只能存在于浓酸中，当加水稀释，𬭸盐立即分解，醚会重新游离出来。常利用此反应鉴别醚与烷烃、卤代烃，也可把醚从烷烃和卤代烃中分离出来。

2. 醚键的断裂

在较高温度下，强酸能使醚键断裂，其中最有效的试剂是浓氢碘酸。烷基醚断裂后生成卤代烷和醇。通常是较小的烷基生成卤代烷，较大的烷基生成醇。

$$CH_3OCH_2CH_3+HI \longrightarrow CH_3I+CH_3CH_2OH$$

带有芳基的混醚与氢碘酸反应时，通常生成卤代烷和酚。两个烃基都是芳基的醚，醚键非常稳定，不易断裂。

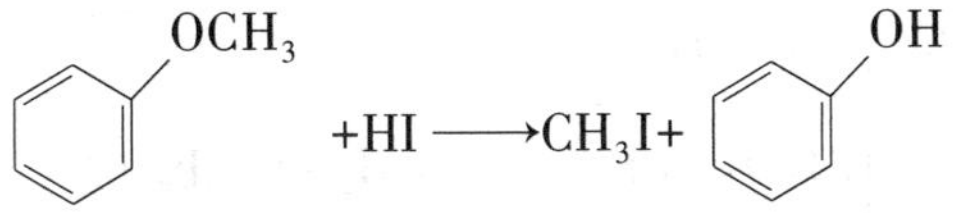

(五) 重要的醚

1. 乙醚($C_2H_5—O—C_2H_5$)

乙醚是无色透明液体，具有刺激性气味，极易挥发，非常容易燃烧。乙醚，曾用作吸入麻醉剂，但是因乙醚易燃、易爆，麻醉苏醒后常有恶心、呕吐等副作用而限制了它的广泛使用。

2. 苯甲醚(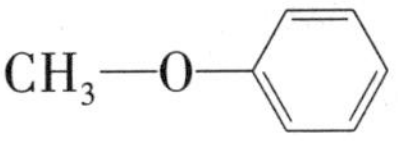)

苯甲醚又称茴香醚，分子式 C_7H_8O，相对分子质量为 108.13，无色液体，熔点-37.3℃，沸点 155℃，相对密度 0.9980~1.0010，折射率 1.5165~1.5175。苯甲醚天然存在于云龙蒿的油中，具有让人愉快的茴香味香气。用于有机合成，也用作溶剂、香料和驱虫剂。

第二节 醛 和 酮

醛和酮分子中都含有羰基($—\overset{\displaystyle O}{\overset{\|}{C}}—$)官能团，它们都是较为重要的羰基化合物。羰基碳原子上至少连有一个氢原子的化合物称为醛，可用通式 $R—\overset{\displaystyle O}{\overset{\|}{C}}—H$ 表示，其中 $—\overset{\displaystyle O}{\overset{\|}{C}}—H$ (—CHO)称为醛基，是醛的官能团。羰基的两端与烃基相连的化合物称为酮，可用通式 $R—\overset{\displaystyle O}{\overset{\|}{C}}—R'$ 表示，酮分子中的羰基也称为酮基($—\overset{\displaystyle O}{\overset{\|}{C}}—$)，是酮的官能团。

一、醛酮的结构

羰基是醛和酮的官能团。在羰基中，碳和氧以双键相连，与碳碳双键类似，碳氧双键

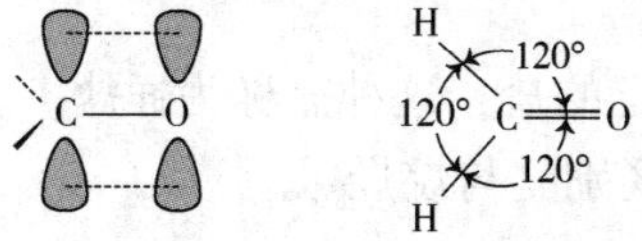

(a)羰基π键的形成　(b)甲醛的平面结构

图 8-5　羰基的结构

也是由一个σ键和一个π键组成，羰基具有三角形平面结构，如图 8-5 所示。

羰基中的碳氧双键不同于烯烃中的碳碳双键，碳氧双键是极性键，碳碳双键是非极性键，所以羰基是有极性的。

二、醛酮的分类

根据羰基所连接的烃基的不同，将醛和酮分为脂肪族醛和酮、脂环族醛和酮、芳香族醛和酮。如：

CH_3CHO　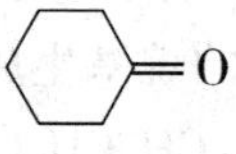　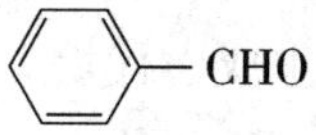　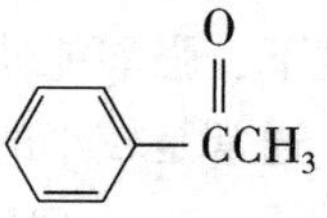

乙醛　环己酮　苯甲醛　苯乙酮

根据烃基是否含有不饱和键，可分为饱和醛、酮和不饱和醛、酮。如：

$$CH_3CH_2\overset{\overset{O}{\|}}{C}CH_3 \qquad CH_2=CHCHO$$

丁酮　丙烯醛

根据分子中含有羰基的数目，分为一元醛、酮和多元醛、酮。如：

$$CH_3-\overset{\overset{O}{\|}}{C}-CH_3 \qquad OHCCH_2CHO$$

丙酮　丙二醛

三、醛酮的命名

1. 习惯命名法

简单的醛和酮多采用习惯命名法。醛的习惯命名法与伯醇相似，只需把“醇”字改为“醛”字即可。如：

$CH_3CH_2CH_2CHO$　$(CH_3)_2CHCHO$　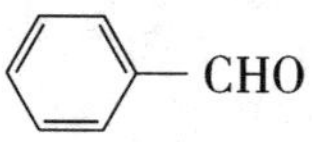

正丁醛　异丁醛　苯甲醛

有些醛常用俗名，是由相应羧酸的名称而来。如：

$HCHO$　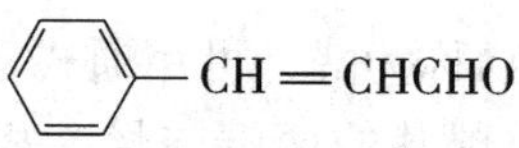　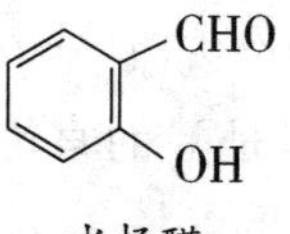

蚁醛　肉桂醛　水杨醛

酮的习惯命名是按羰基所连接的两个烃基的名称称为某(基)某(基)甲酮。“甲”字习惯上省略。脂肪混酮要把次序规则中较优先的基团写在后面，带芳基的混酮把芳基写在前面。如：

$$CH_3-\overset{\overset{O}{\|}}{C}-CH_3$$ 二甲基(甲)酮(二甲酮)

$$CH_3-\overset{\overset{O}{\|}}{C}-CH_2CH_3$$ 甲基乙基(甲)酮(甲乙酮)

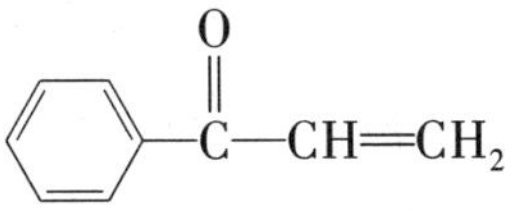

苯基乙烯基(甲)酮

2. 系统命名法

结构复杂的醛和酮采用系统命名法。原则如下：

① 选主链(母体)。选择含有羰基的最长碳链为主链。

② 编号。从靠近羰基的一端开始给主链编号。主链碳原子位次除用阿拉伯数字表示外，也可以用希腊字母表示，与羰基直接相连的碳原子为 α-碳原子，其余依次为 β、γ、δ……位；酮分子中与羰基直接相连的两个碳原子都是 α-碳原子，可分别用 α、α'表示，其余以此类推。

③ 写名称。将取代基的位次、数目、名称以及羰基的位次依次写在醛酮母体名称之前。当酮基位次只有一种可能时，位次可省略。醛基总在碳链的一端，可不注明位次。不饱和醛酮要注明不饱和键的位次。如：

$$CH_3\underset{\underset{CH_3}{|}}{CH}CH_2CHO$$

3-甲基丁醛
(β-甲基丁醛)

$$CH_3\underset{\underset{CH_3}{|}}{CH}\overset{\overset{O}{\|}}{C}CH_2CH_3$$

2-甲基-3-戊酮
(α-甲基-3-戊酮)

$$CH_3-\overset{\overset{O}{\|}}{C}-CH_2Br$$

α-溴丙酮

$$CH_3CH_2\overset{\overset{O}{\|}}{C}CH_3$$

2-丁酮

不饱和醛、酮命名时，选包含羰基和不饱和键的最长碳链为主链，称为某烯醛或某烯酮。编号时，使羰基位次最小，并注明不饱和键的位次。如：

$$CH_2{=}CHCHO$$

2-丙烯醛

$$CH_3\overset{\overset{O}{\|}}{C}CH_2CH{=}CH_2$$

4-戊烯-2-酮

芳香族醛、酮命名时，常以脂肪醛和酮为母体主链，芳环作为取代基。如：

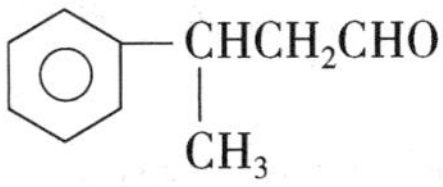

3-苯基丁醛

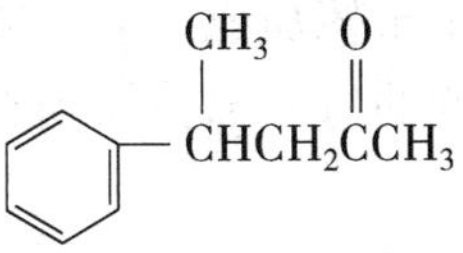

4-苯基-2-戊酮

多元醛、酮的命名，所有羰基都选进主链里，编号时，使多个羰基的位次之和最小。如：

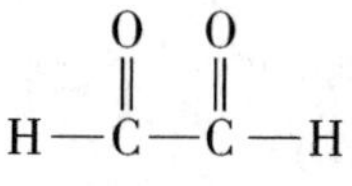
乙二醛

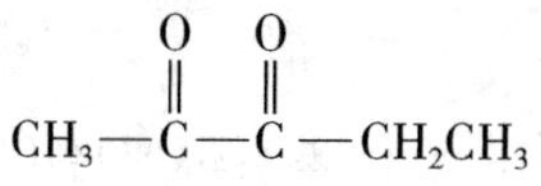
2, 3-戊二酮

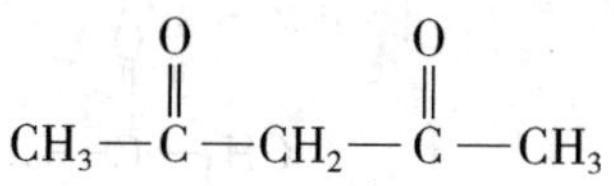
2, 4-戊二酮

四、醛酮的物理性质

常温下，除甲醛是气体外，C_{12}以下的各种醛和酮都是无色液体，高级醛、酮和芳香酮多为固体。低级醛有刺激性气味，中级醛有水果香味。酮和芳香醛带有芳香味，常用于香料工业。

醛和酮都是极性分子，故沸点比相对分子质量相近的烃和醚高。但分子间不能形成氢键，沸点比相对分子质量相近的醇低。

醛和酮的羰基能与水中的氢形成氢键，故低级醛和酮易溶于水，如甲醛、乙醛和丙酮能与水混溶。醛、酮在水中的溶解度随碳原子数的增加而递减。醛、酮易溶于乙醇、乙醚等有机溶剂。常见醛和酮的物理常数见表 8-3。

表 8-3　常见醛和酮的物理常数

名称	熔点/℃	沸点/℃	名称	熔点/℃	沸点/℃
甲醛	-92	-21	苯甲醛	-26	178
乙醛	-121	20	丙酮	-94	56
丙醛	-81	49	丁酮	-86	80
正丁醛	-99	76	2-戊酮	-78	102
正戊醛	-91	103	环己酮	-45	138

五、醛酮的化学性质

醛和酮的化学性质主要表现在活泼的羰基，以及受羰基影响较大的 α-氢原子上。由于结构上的共同特点，醛和酮有许多相似的化学性质。但结构不完全相同，从而表现出差异性，一般醛比酮活泼。羰基发生反应的部位为：

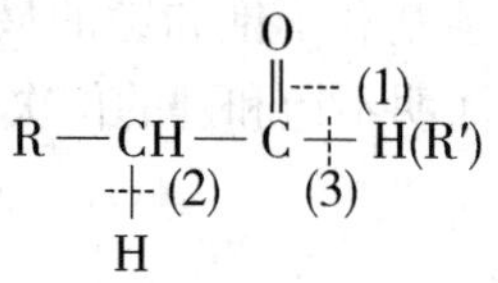

(1) π键断裂，能发生加成及还原反应；(2) α-氢原子的卤代、卤仿反应；(3) 氧化或歧化反应

1. *羰基的亲核加成反应*

羰基是强极性基团，羰基氧原子带部分负电荷，碳原子带部分正电荷，羰基碳原子易受亲核试剂的进攻而发生亲核加成反应。碳氧双键加成时，首先是试剂的亲核部分加到羰基碳原子上，然后是试剂的另一部分加到羰基氧原子上。由亲核试剂进攻而引起的加成反应称为亲核加成反应。

醛和酮分子中的羰基中含有 π 键，容易断裂，因此醛和酮可以和氢氰酸、亚硫酸氢钠、醇以及氨的衍生物等试剂发生加成反应。几种试剂与醛、酮的加成反应可用下列通式表示：

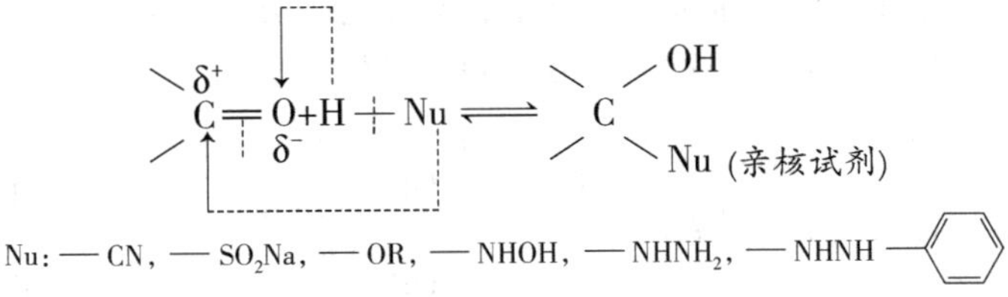

(1) 加氢氰酸

在少量碱催化下，醛和脂族甲基酮能与氢氰酸发生加成反应，生成α-羟基腈(即氰醇)。

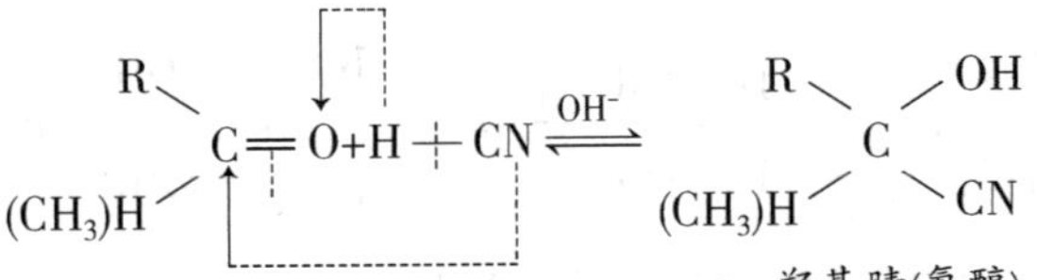

α－羟基腈(氰醇)

产物α-羟基腈比原来的醛或酮增加了一个碳原子，这是使碳链增长的一种方法。羟基腈在酸性水溶液中水解，即可得到羟基酸。

$$CH_3-\overset{O}{\overset{\|}{C}}-H + HCN \longrightarrow CH_3\overset{OH}{\overset{|}{C}}HCN \xrightarrow{H_2O,\ H^+} CH_3\overset{OH}{\overset{|}{C}}HCOOH + NH_3$$

α－羟基丙腈　　α－羟基丙酸(乳酸)

(2) 加亚硫酸氢钠

醛、脂族甲基酮和低级环酮(C_8以下)都能与亚硫酸氢钠饱和溶液(40%)发生加成反应，生成α-羟基磺酸钠。

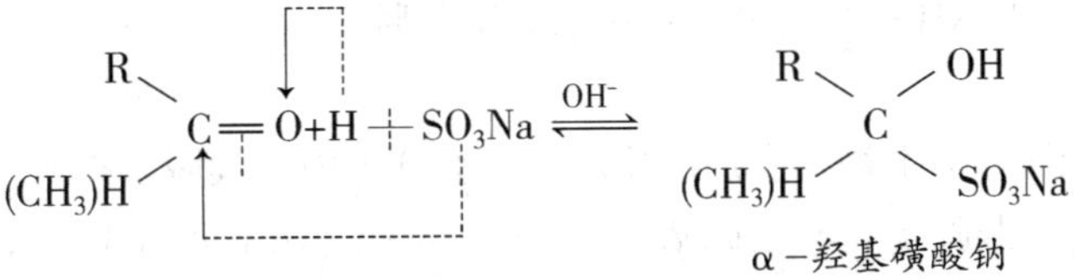

α－羟基磺酸钠

α-羟基磺酸钠为无色结晶，易溶于水，但不溶于饱和的亚硫酸氢钠溶液，以结晶析出。所以这个反应可用来鉴别醛、脂族甲基酮和C_8以下的环酮。生成的α-羟基磺酸钠遇稀酸或稀碱都可以分解为原来的醛或酮，利用这个反应可以分离和提纯醛和酮。

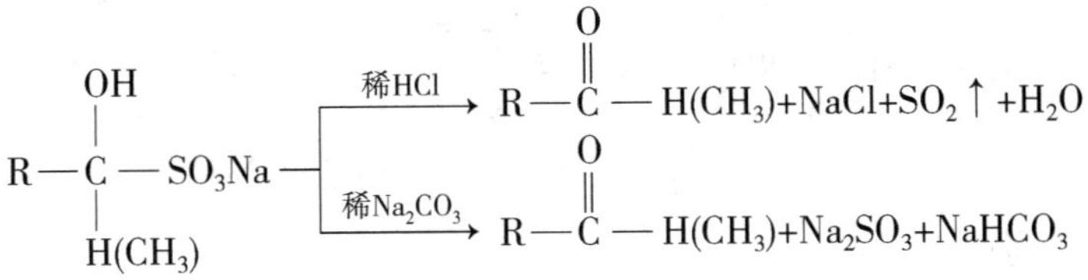

α-羟基磺酸钠与氰化钠或氰化钾水溶液反应，也可生成α-羟基腈，这样可避免使用易挥发的氢氰酸(有毒)。

$$CH_3-\overset{O}{\overset{\|}{C}}-H + NaHSO_3 \xrightarrow{稀OH^-} CH_3\overset{OH}{\overset{|}{C}}HSO_3Na \xrightarrow{NaCN} CH_3\overset{OH}{\overset{|}{C}}HCN + Na_2SO_3$$

(3) 加醇

在干燥氯化氢气体或其他无水强酸催化下，醛能与一分子醇发生加成反应生成半缩醛，半缩醛不稳定，可以与另一分子醇进一步发生脱水反应生成缩醛。

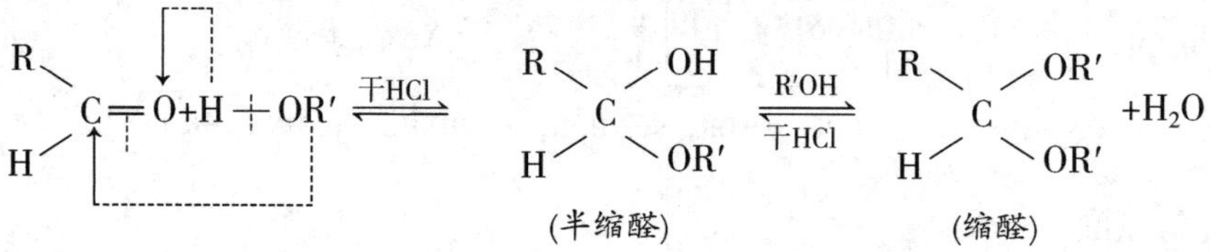

上述反应可以看成一分子醛与两分子醇间脱去一分子水生成缩醛。

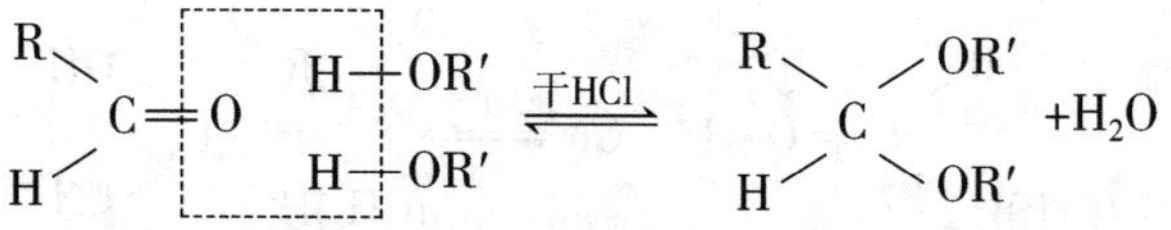

缩醛在稀酸溶液中很容易水解成原来的醛和醇。如：

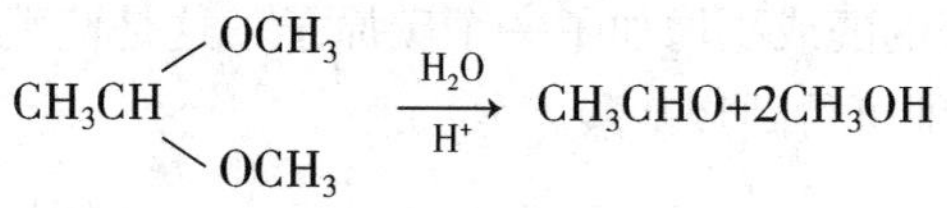

乙醛缩二甲醇

因醛基比较活泼，在有机合成上常利用缩醛的生成和水解来保护醛基。酮与醇也可发生类似的反应，生成半缩酮及缩酮，但反应较慢，有些酮难反应。

(4) 与氨的衍生物加成缩合

氨分子中氢原子被其他原子或基团取代后生成的化合物称为氨的衍生物。如羟氨(NH_2OH)、肼(NH_2NH_2)、苯肼(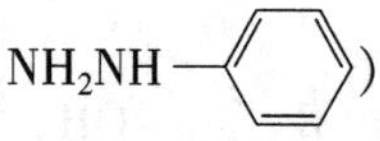)、2,4-二硝基苯肼(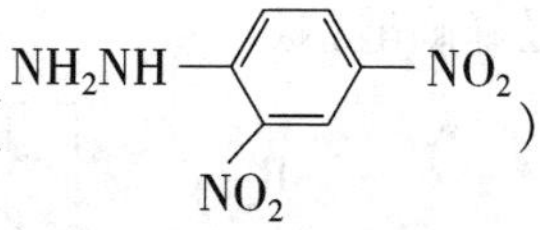)等都是氨的衍生物。醛、酮可以和氨的衍生物发生加成反应，产物分子内继续脱水得到含有碳氮双键的化合物，分别生成肟、腙、苯腙及2,4-二硝基苯腙。这一反应可用下列通式表示：

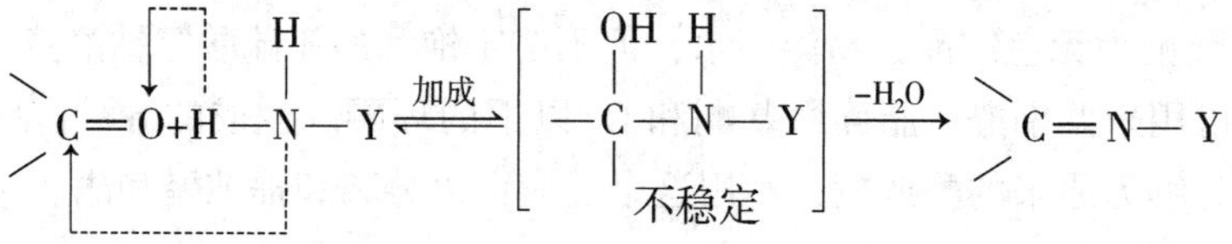

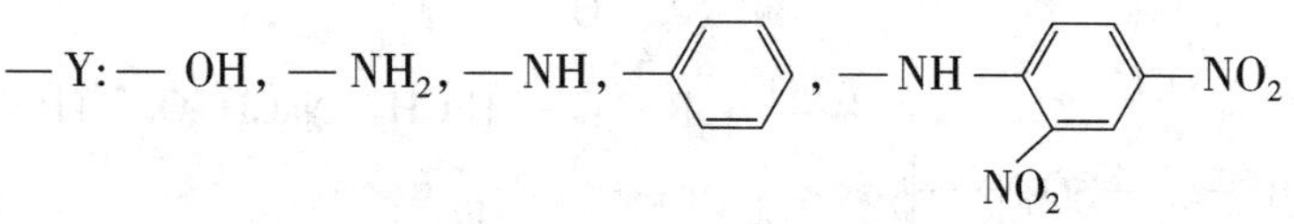

上式也可直接写成：

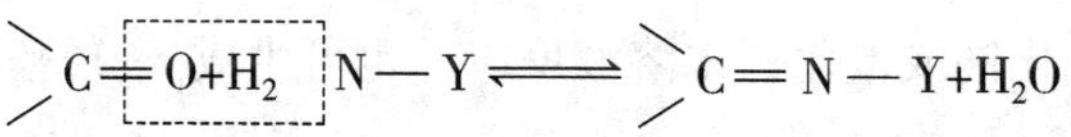

所以醛和酮与氨的衍生物的反应是加成-脱水反应，这一反应又称为羰基化合物与氨的衍生物的缩合反应。如：

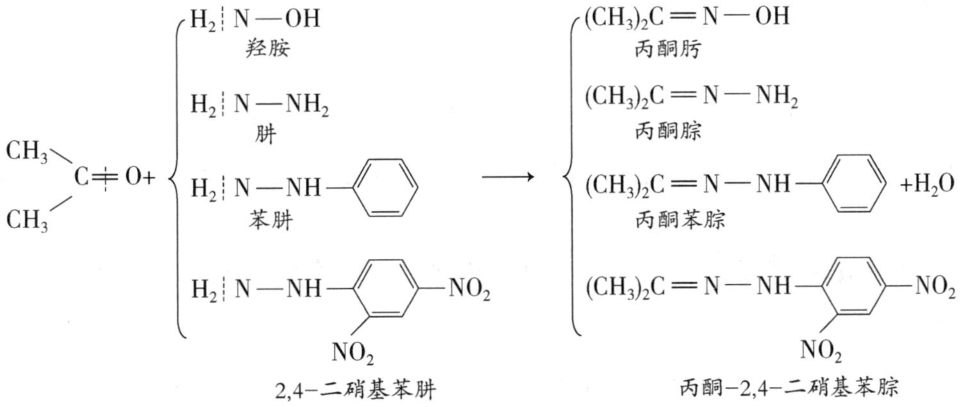

醛和酮与氨的衍生物的缩合产物一般是具有固定熔点的结晶固体，因此只要测定反应产物的熔点，就能确定参加反应的醛和酮，可用于醛和酮的鉴别。其中，2,4-二硝基苯肼是羰基化合物最常用的鉴定试剂，因醛和酮与其反应立刻生成的2,4-二硝基苯腙是黄色晶体沉淀，此反应明显，便于观察。

2. α-氢原子的反应

醛和酮分子中与羰基直接相连的碳原子上的氢原子称为α-氢原子。α-氢原子受羰基的影响，比较活泼，具有一定的酸性。

醛和酮分子中的α-氢原子容易被卤素取代，生成α-卤代醛、酮，一卤代醛或酮往往可以继续卤化为二卤代、三卤代产物。如：

$$CH_3CHO \xrightarrow[H_2O]{Cl_2} CH_2ClCHO \xrightarrow{Cl_2} CHCl_2CHO \xrightarrow{Cl_2} \underset{\text{三氯乙醛}}{CCl_3CHO}$$

在酸催化下，卤代反应可以控制在生成一卤代物阶段。如：

$$CH_3-\overset{\overset{\displaystyle O}{\|}}{C}-CH_3+Br_2 \xrightarrow[65℃]{CH_3COOH} \underset{\alpha\text{-溴丙酮}}{CH_3-\overset{\overset{\displaystyle O}{\|}}{C}-CH_2Br}+HBr$$

在碱催化下，卤代反应速度很快，具有 $CH_3-\overset{\overset{O}{\|}}{C}-$ 构造的醛(乙醛)、酮(甲基酮)一般不易控制在生成一卤代物或二卤代物阶段，而是生成同碳三卤代物 $CX_3-\overset{\overset{O}{\|}}{C}-$ ，而这种三卤代物在碱性溶液中不稳定，立即分解成三卤甲烷(卤仿)和羧酸盐。如：

$$(H)R-\overset{\overset{\displaystyle O}{\|}}{C}-CH_3+3NaOX \xrightarrow[(X_2+NaOH)]{} (H)R-\overset{\overset{\displaystyle O}{\|}}{C}-CH_3+3NaOX \xrightarrow{NaOH} (H)RCOONa+CHX_3$$

将次卤酸钠的碱性溶液与醛或酮反应生成卤仿，所以该反应称为卤仿反应。上式也可直接写成：

$$CH_3-\overset{O}{\overset{\|}{C}}-(R)H+3NaOX \longrightarrow H(R)COONa+CHX_3+2NaOH$$

如用次碘酸钠作试剂，生成具有特殊气味并不溶于水的黄色晶体碘仿，该反应称为碘仿反应。该反应现象明显，容易识别，常用于鉴别乙醛和甲基酮以及含有 $CH_3\overset{OH}{\overset{|}{C}H}-$ 构造的醇。

$$CH_3CH_2OH \xrightarrow{NaOI} CH_3CHO \xrightarrow{NaOI} HCOONa+\underset{\text{碘仿(黄色)}}{CHI_3\downarrow}$$

3. 氧化反应

醛羰基上的氢原子，非常容易被氧化，比较弱的氧化剂即可将醛氧化为碳原子数相同的羧酸。弱氧化剂不能氧化酮，因此可以利用氧化反应区别醛和酮。常用来区别醛和酮的弱氧化剂是托伦(Tollen)试剂和斐林(Fehling)试剂。

(1) 与托伦(Tollen)试剂反应

醛与托伦试剂(硝酸银的氨溶液)作用，醛被氧化成羧酸，银离子被还原成金属银。如果玻璃反应器非常洁净，析出的金属银将附着在玻璃壁上形成光亮的银镜，故这个反应称为银镜反应(见图 8-6)。

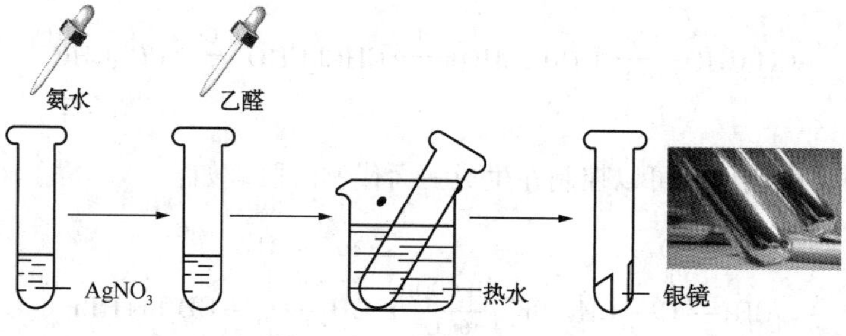

图 8-6 乙醛的银镜反应

$$RCHO+2[Ag(NH_3)_2]OH \xrightarrow{\triangle} RCOONH_4+2Ag\downarrow+3NH_3\uparrow+H_2O$$

脂肪醛和芳香醛都能与托伦试剂作用，而酮则不发生反应，常利用此性质鉴别醛和酮。

(2) 与斐林(Fehling)试剂反应

斐林试剂是由硫酸铜与酒石酸钾钠的碱溶液等体积混合而成的蓝色溶液。斐林试剂能将脂肪醛氧化成脂肪酸，同时二价铜离子被还原成砖红色的氧化亚铜沉淀。但费林试剂不能氧化芳香醛，因此可用斐林试剂来鉴别脂肪醛和芳香醛，见图 8-7 乙醛与斐林试剂反应所生成的氧化亚铜沉淀。

$$RCHO+\underset{\text{蓝色}}{2Cu(OH)_2}+NaOH \xrightarrow{\triangle} RCOONa+\underset{\text{红色}}{Cu_2O\downarrow}+3H_2O$$

甲醛的还原性较强，与斐林试剂反应可生成铜镜，可借此性质鉴别甲醛和其他醛类。

图 8-7　乙醛与斐林试剂的反应

$$HCHO+Cu(OH)_2+NaOH \xrightarrow{\triangle} HCOONa+Cu\downarrow+2H_2O$$

托伦试剂和斐林试剂不能氧化分子中的碳碳双键和碳碳三键，选择性较好，是良好的选择性氧化剂。例如，工业上用它来氧化巴豆醛制取巴豆酸。

$$CH_3CH=CHCHO \xrightarrow{Ag^+\text{或}Cu^{2+}} CH_3CH=CHCOOH$$

4. 还原反应

醛和酮能被还原成醇或烃。还原剂不同，羰基化合物的结构不同，还原产物也不同。

(1) 还原成醇

醛或酮都能很容易地分别被还原为伯醇或仲醇。

$$R-\overset{\overset{\displaystyle O}{\|}}{C}-H(R') \xrightarrow{[H]} R-\overset{\overset{\displaystyle OH}{|}}{C}H-H(R')$$

在不同的条件下，用不同的试剂可以得到不同的产物。

氢化铝锂($LiAlH_4$)、硼氢化钠($NaBH_4$)和异丙醇铝等是还原羰基常用的试剂，它们只将羰基还原为羟基，而不还原分子中的碳碳双键和碳碳三键，对羰基有较高的选择性。

$$CH_3CH=CHCHO \xrightarrow[\text{或 }LiAlH_4]{NaBH_4} CH_3CH=CHCH_2OH$$

在加压、加热下催化加氢，醛和酮分子中的羰基、碳碳双键和碳碳三键等不饱和键将同时被还原。

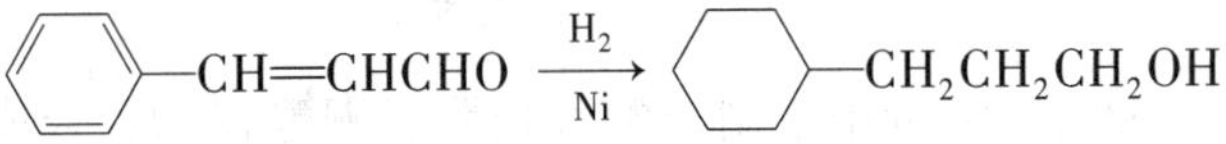

(2) 还原成烃

醛和酮可以被还原成烃，常用的还原方法有以下两种：

① 克莱门森(Clemmensen)还原。醛或酮与锌汞齐和浓盐酸共热，羰基可直接还原成亚甲基。这个反应称为克莱门森还原。

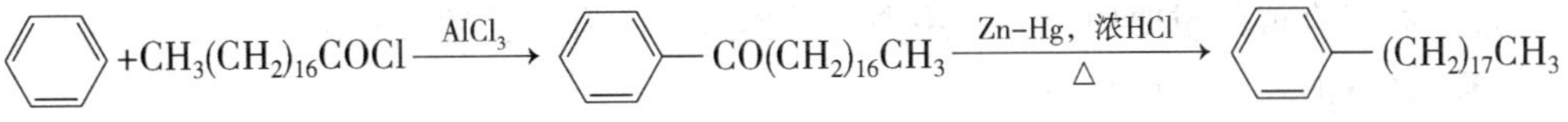

(不发生重排)　　十八烷基苯(77%)

② 沃尔夫-凯惜纳-黄鸣龙还原。醛或酮与水合肼在高沸点溶剂(如二甘醇、三甘醇等)

中与碱共热，羰基被还原成亚甲基。这一反应最初由俄国人沃尔夫和德国人凯惜纳共同发明，后经我国化学家黄鸣龙改进了反应条件，所以称为沃尔夫-凯惜纳-黄鸣龙还原。

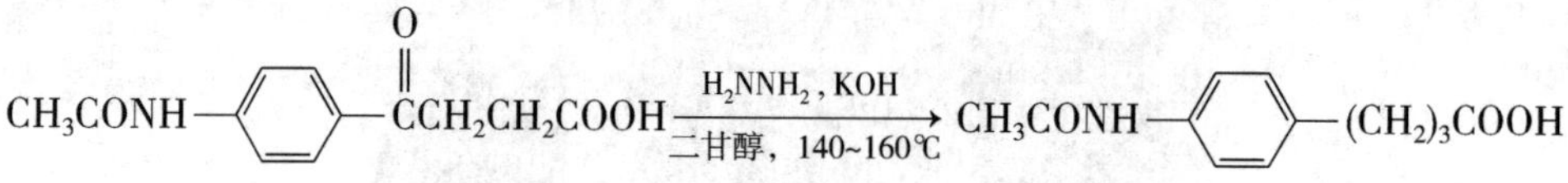

4-对乙酰氨苯基丁酸

5. 坎尼扎罗(Cannizzaro)反应

不含 α-氢的醛在浓碱溶液作用下，可以发生自身氧化还原反应。一分子醛被还原成醇，另一分子醛被氧化成羧酸，此反应称为坎尼扎罗反应，又称为歧化反应。

苯甲酸　　苯甲醇

两种不含 α-氢的醛在浓碱的作用下，也能发生歧化反应(交叉歧化反应)，但产物相当复杂，无实际应用价值。

六、重要的醛和酮

1. 甲醛(HCHO)

甲醛俗称蚁醛，在常温下是无色的有特殊刺激性气味的气体，沸点-21℃，易燃，易溶于水。甲醛能使蛋白质变性，致细菌死亡，因而有杀菌和防腐能力，30%~40%的甲醛水溶液(常含8%甲醇作稳定剂)称为“福尔马林”，在医药上广泛用作消毒剂和防腐剂，也可用作农药防止稻瘟病。甲醛有毒，对眼黏膜、皮肤都有刺激作用，过量吸入蒸气会引起中毒。

甲醛性质活泼，还原性较强，容易氧化。甲醛还容易发生自身的羰基加成生成聚合度不同的各类聚合物。例如，在常温下，甲醛气体能自动聚合为三聚甲醛。60%~65%的甲醛水溶液在少量硫酸存在下煮沸，也可聚合为三聚甲醛。

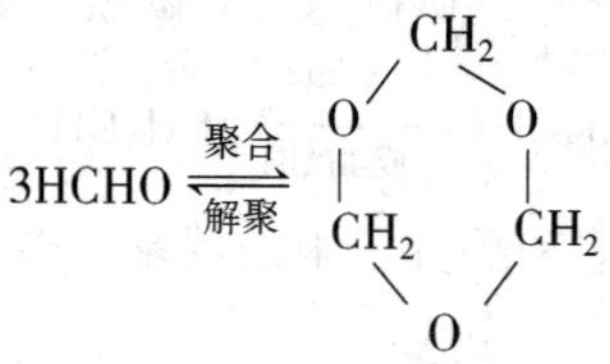

三聚甲醛

甲醛是重要的化工原料，大量用于制造酚醛树脂、脲醛树脂、合成纤维、各种胶黏剂和其他药剂及染料等。

2. 乙醛(CH_3CHO)

乙醛为无色、有刺激性气味、极易挥发的液体，沸点20.8℃，可溶于水、乙醇和乙醚中，易燃烧，蒸气与空气混合物的爆炸极限为4%~57%。

乙醛是有机合成的重要原料，可用来合成乙酸、乙酐、乙醇等有机产品。

3. 丙酮($CH_3-\underset{\underset{O}{\|}}{C}-CH_3$)

丙酮是最简单的酮，为无色、易燃、易挥发的具有清香气味的液体，沸点56℃，能与水、乙醇、乙醚和氯仿等混溶。在空气中的爆炸极限为2.55%~12.80%。

丙酮是优良的有机溶剂，能溶解油脂、树脂、蜡和橡胶等许多物质，用于涂料行业和人造纤维等，也是各种维生素和激素生产过程中的萃取剂。丙酮在化妆品中用作指甲油去光水。丙酮也是重要的有机化工原料，可用来制造环氧树脂、有机玻璃、氯仿等，还用于制药和涂料等行业。

4. 苯甲醛(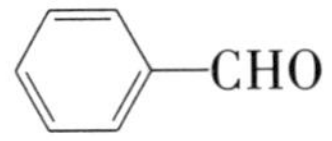)

苯甲醛是最简单的芳香醛，又称安息香醛、苦杏仁油，为无色或淡黄色液体，微溶于水，易溶于有机溶剂，在室温下能自动被氧化成苯甲酸；微量苯甲醛用于花香：紫丁香、白兰、金合欢、紫罗兰等肥皂香精。

5. 环己酮(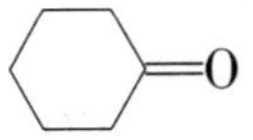)

环己酮是无色油状的液体，有丙酮的气味，微溶于水，易溶于有机溶剂，毒性不大，但经常接触会引起皮炎；合成己二酸、己内酰胺的原料，生产尼龙；有机溶剂，溶解涂料油漆硝酸纤维素；用作指甲油的溶剂，如：洗甲水、卸甲水等。

第三节　羧酸及其衍生物

羧基($-\overset{\overset{\displaystyle O}{\|}}{C}-OH$)是由一个羰基($-\overset{\overset{\displaystyle O}{\|}}{C}-$)和一个羟基(—OH)组成的基团。它是羧酸的官能团。除甲酸(H—COOH)外，羧酸可以看成烃分子中的氢原子被羧基取代后的化合物。

羧酸的结构通式：

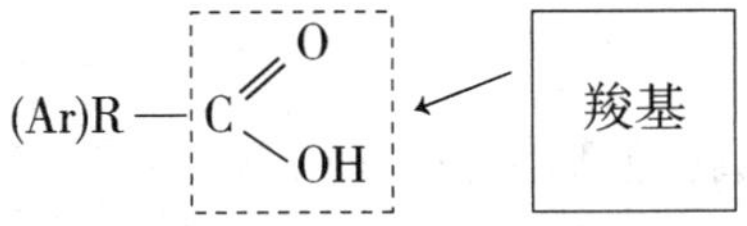

羧酸分子中的羧基上的羟基被(—X、—OR、—OCOR、—NH_2、—NHR、—NR_2)等原子或基团取代后所产生的化合物，分别称为酰卤、酸酐、酯和酰胺，总称为羧酸衍生物。

一、羧酸的结构和分类

羧酸是由烃基(R)和羧基相连所组成的有机化合物，其通式为RCOOH，官能团是羧基(—COOH)。羧酸是最重要的一类有机酸。

根据羧酸分子中烃基的种类不同分为：脂肪族羧酸、脂环族羧酸和芳香族羧酸。

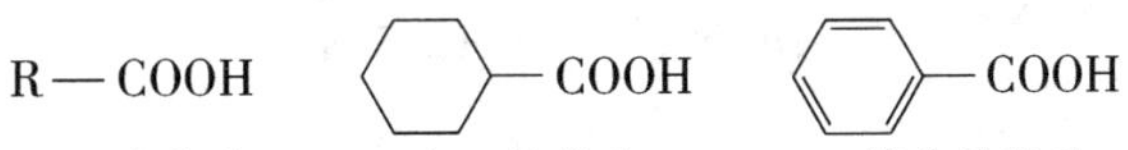

脂肪族羧酸　　脂环族羧酸　　芳香族羧酸

根据烃基是否饱和分为：饱和羧酸和不饱和羧酸。

$CH_2=CHCH_2COOH$　　烯酸

$CH\equiv C-CH_2COOH$　　炔酸

根据羧酸分子中所含羧基的数目分为一元酸、二元酸与多元酸。

CH_3COOH　　一元酸

HOOC—COOH　　二元酸

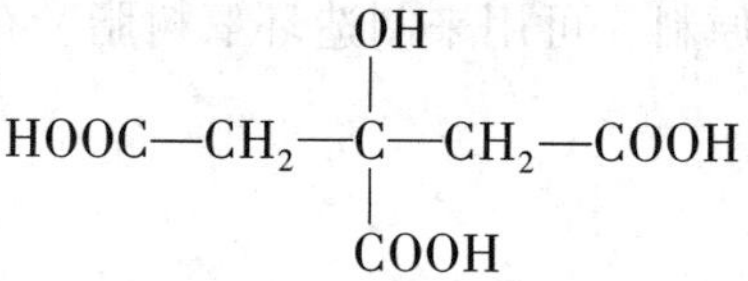
多元酸

二、羧酸的命名

羧酸的命名一般有两种方法，即俗名和系统命名法。

1. 俗名

一些常见的羧酸多用俗名，这是根据它们的来源命名的。如：

HCOOH	CH_3COOH	HOOCCOOH	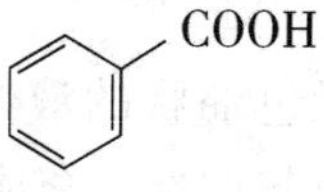
蚁酸	醋酸	草酸	安息香酸

2. 系统命名法

复杂的羧酸一般采用系统命名法，其原则为：

① 选主链。选含有羧基的最长碳链为主链，根据主链中碳原子数称为“某酸”。

② 编号。从羧基碳原子开始给主链碳原子依次用阿拉伯数字编号。

③ 写名称。将取代基的位次、数目和名称写在母体名称前面。如：

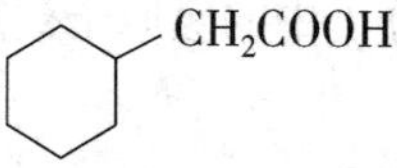
环己基乙酸

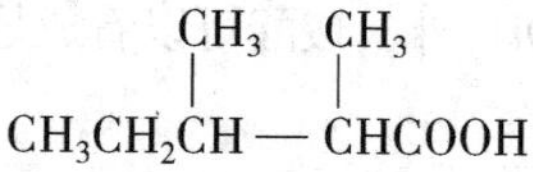
2,3−二甲基戊酸

④ 不饱和羧酸的命名应选择包括连有羧基和不饱和键在内的最长碳链为主链，从羧基碳原子开始编号，称为某烯酸。如：

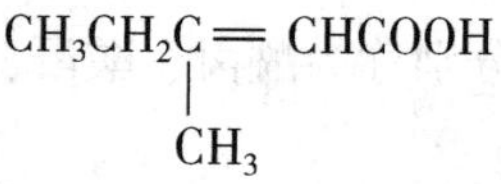
3−甲基−2−戊烯酸

⑤ 多元羧酸的命名是选择包括连有尽可能多羧基的碳链为主链，标明羟基的数目。如：

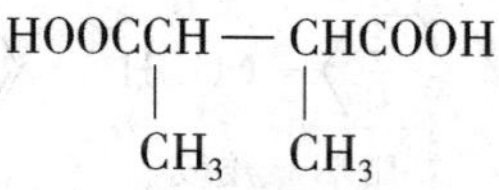
2,3−二甲基丁二酸

三、羧酸的物理性质

常温下，低级脂肪酸（$C_1 \sim C_3$）是无色有刺激性气味的透明液体；中级脂肪酸（$C_4 \sim C_{10}$）

是具有难闻气味的油状液体；高级脂肪酸（C_{10}以上）的直链一元酸是无臭无味的白色蜡状固体。二元脂肪酸和芳香族羧酸都是白色晶体。

羧酸的沸点比相对分子质量相近的醇还高，见表 8-4。直链饱和一元羧酸和二元羧酸的熔点表现出一种特殊的规律性变化。具有偶数碳原子的羧酸比其前后相邻的两个奇数碳原子同系物的熔点高，因分子间以氢键形成羧酸二聚体，如图 8-8 所示，即随碳原子数目增加而呈锯齿状上升。

表 8-4　醇与羧酸的熔点和沸点比较

项　目	CH_3CH_2OH	HCOOH	$CH_3CH_2CH_2OH$	CH_3COOH
熔点/℃	46	46	60	60
沸点/℃	78.5	100.7	97.4	117.9

羧酸分子可与水形成氢键，如图 8-9 所示，所以低级羧酸能溶于水，随着碳原子数的增加，烃基的影响越来越大，使羧酸在水中的溶解度逐渐减小，C_6 以上的羧酸则难溶于水而易溶于有机溶剂。

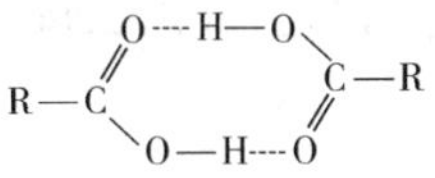

图 8-8　羧酸二聚体

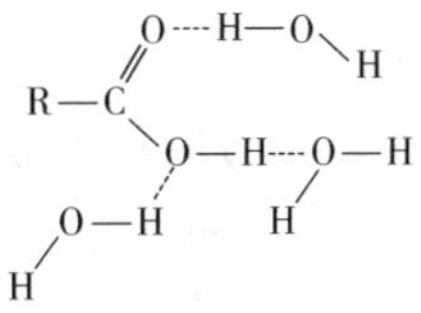

图 8-9　羧酸与水分子形成的氢键

饱和一元羧酸的相对密度随着碳原子数的增加而降低，只有甲酸和乙酸的相对密度大于 1，其他饱和一元羧酸的相对密度都小于 1。二元羧酸和芳香族羧酸的相对密度都大于 1。

四、羧酸的化学性质

羧酸的官能团是羧基，其化学性质主要体现在羧基和受羧基影响变得活泼的 α-氢原子上的反应。羧酸分子易发生化学反应的部位如下：

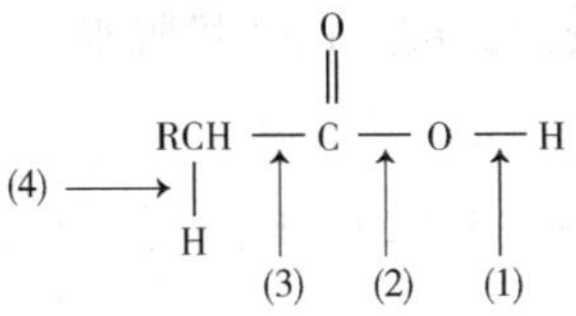

(1) 酸性；(2) 羟基的取代；(3) 脱羧和羰基的还原；(4) α-氢原子的取代

1. 酸性（O—H 键断裂）

羧酸具有酸性，在水溶液中能解离出氢离子，能与氢氧化钠反应生成羧酸盐和水。羧酸的酸性比苯酚和碳酸的酸性强，能与碳酸钠、碳酸氢钠反应生成羧酸盐（见图 8-10）。

$$RCOOH+NaOH \longrightarrow RCOONa+H_2O$$

$$RCOOH+NaHCO_3 \longrightarrow RCOONa+H_2O+CO_2\uparrow$$

2. 羟基的取代反应（C—O 键断裂）

羧酸分子中羧基上的羟基可被卤素原子（—X）、酰氧基（—OOCR）、烷氧基（—OR）、氨基（$—NH_2$）取代，生成主要的羧酸衍生物。

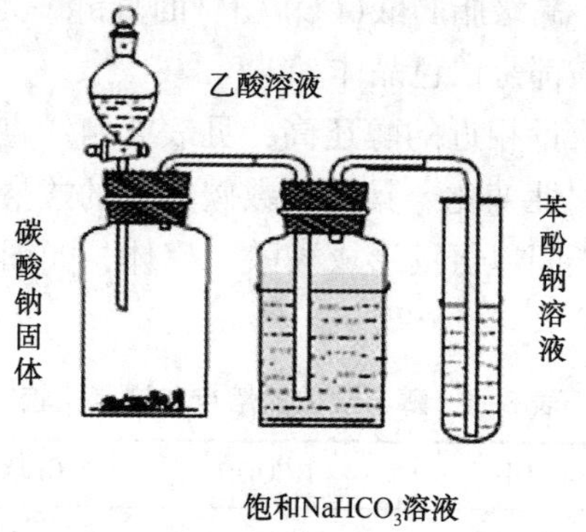

图 8-10　乙酸、碳酸和苯酚的酸性强弱

（1）酰卤生成

羧酸与三氯化磷、五氯化磷等作用生成酰氯。

$$\mathrm{R\overset{\overset{O}{\|}}{C}{-}OH + PCl_3 \longrightarrow R\overset{\overset{O}{\|}}{C}{-}Cl}$$

（2）酸酐的生成

在脱水剂作用下，羧酸加热生成酸酐。常用的脱水剂有五氧化二磷等。

$$\mathrm{R\overset{\overset{O}{\|}}{C}{-}OH + HO{-}\overset{\overset{O}{\|}}{C}R' \xrightarrow[\triangle]{P_2O_5} RCOO\overset{\overset{O}{\|}}{C}{-}R'}$$

（3）酯的生成

羧酸与醇在酸的催化下生成酯的反应称为酯化反应。酯化反应是可逆反应。通常以羧酸脱羟基，醇脱氢方式生成酯。

$$\mathrm{R\overset{\overset{O}{\|}}{C}{-}OH + HO{-}R' \overset{H^+}{\rightleftharpoons} R\overset{\overset{O}{\|}}{C}{-}OR' + H_2O}$$

（4）酰胺的生成

羧酸与氨或胺反应，首先生成铵盐，羧酸铵受热脱水后生成酰胺。

$$\mathrm{R\overset{\overset{O}{\|}}{C}{-}OH + NH_3 \longrightarrow R\overset{\overset{O}{\|}}{C}ONH_4 \xrightarrow[\triangle]{} R\overset{\overset{O}{\|}}{C}NH_2 + H_2O}$$

3. *脱羧反应*

羧酸分子脱去羧基放出二氧化碳的反应称为脱羧反应。饱和一元羧酸比较稳定，难于脱羧，但羧酸分子中的α-碳原子连有类似卤素原子或基团时，受热易脱羧。

$$\mathrm{Cl_3CCOOH \xrightarrow[\triangle]{} CHCl_3 + CO_2}$$

4. *还原反应*

羧酸在一般情况下和大多数还原剂不反应，但能被强还原剂氢化铝锂（$LiAlH_4$）还原成醇，而且分子中的碳碳不饱和键不受影响。

$$\mathrm{RCH_2CH{=}CHCOOH \xrightarrow{LiAlH_4} RCH_2CH{=}CHCH_2OH}$$

5. α-氢原子的取代反应

羧酸中的 α-氢原子比分子中其他氢活泼，在少量红磷或碘等作用下能被氯或溴取代。

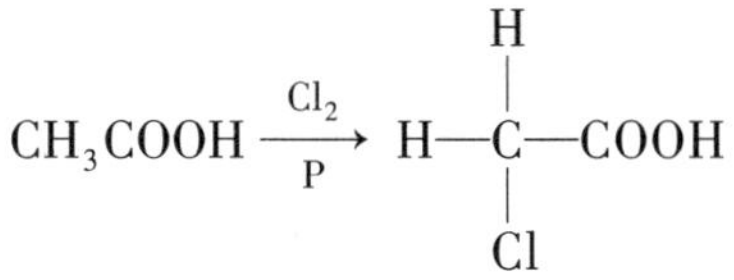

五、重要的羧酸

1. 甲酸(HCOOH)

甲酸俗称蚁酸，是具有刺激性气味的液体，相对密度 1.22，熔点 8.6℃，沸点 100.5℃，有腐蚀性，可溶于水、乙醇、乙醚和甘油。甲酸的结构比较特殊，既有羧基结构，又有醛基结构，具有较强的酸性和还原性，能与托伦试剂作用生成银镜，与斐林试剂作用生成铜镜，也能被一般氧化剂(高锰酸钾)氧化。

甲酸在工业上用作还原剂、橡胶的凝聚剂、缩合剂和甲酰化剂，不仅具有杀菌能力，还可用作消毒剂和防腐剂等。

2. 乙酸(CH_3COOH)

乙酸俗称醋酸，是食醋的主要成分，普通食醋中含乙酸 6%~8%。无水乙酸为无色有强烈刺激性气味的液体，熔点 16.6℃，沸点 118℃。当低于熔点时，无水乙酸呈冰状结晶析出，故无水乙酸又称冰醋酸。乙酸能与水混溶，也可溶于乙醇、乙醚和其他有机溶剂。

乙酸是重要的化工原料，可用来合成许多化工产品，如乙酸乙酯、乙酐和醋酸纤维等，也是食品、香料、化工、化纤和制药等工业中不可缺少的原料。还可作为橡胶凝聚剂、杀菌剂和反应的溶剂等。

3. 苯甲酸(C_6H_5COOH)

苯甲酸俗名安息香酸，为无色晶体，熔点 122℃，沸点 249℃，微溶于水，易溶于乙醇、乙醚等有机溶剂，酸性比一般脂肪酸的酸性强。因具有无味、低毒、抑菌和防腐性，苯甲酸及其钠盐用作食品的防腐剂，也可用于合成香料、染料和药物等。

4. 乙二酸(HOOC—COOH)

乙二酸俗称草酸，为无色晶体，熔点 102℃，通常含有两分子的结晶水，可溶于水和乙醇，不溶于乙醚等有机溶剂。草酸除有羧酸的性质外，还具有还原性，容易被高锰酸钾定量氧化，在分析中常用草酸来标定高锰酸钾溶液。

$$5HOOCCOOH+2KMnO_4+3H_2SO_4 = K_2SO_4+2MnSO_4+10CO_2+8H_2O$$

利用草酸的还原性，还可用作漂白剂、媒染剂和除锈剂等。

六、羧酸衍生物的结构、分类和命名

羧酸衍生物在结构上的共同特点是都含有酰基($R-\overset{\overset{O}{\|}}{C}-$)。如：

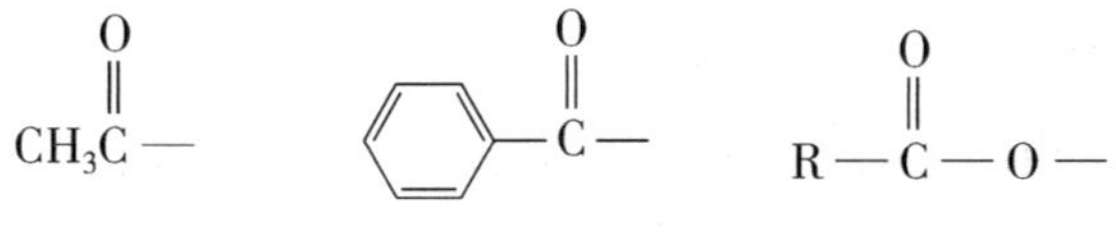

乙酰基　　苯甲酰基　　酰氧基

羧酸衍生物主要包括酰卤、酸酐、酯、酰胺四大类。酰卤是羧酸中羟基被卤素原子取代组成的化合物；酸酐是羟基被酰氧基取代组成的化合物；酯是羟基被烷氧基取代组成的化合物；酰胺是羟基被氨基取代组成的化合物。

1. 酰卤

酰卤由酰基和卤原子组成，其通式为： $R-\overset{O}{\overset{\|}{C}}-X$（X = F、Cl、Br、I）。

酰卤的命名是把相应的羧酸名称的“酸”改为“酰卤”，称为某酰卤。如：

$CH_3CH_2\overset{O}{\overset{\|}{C}}Cl$ 丙酰氯

$CH_2=CH\overset{O}{\overset{\|}{C}}Cl$ 丙烯酰氯

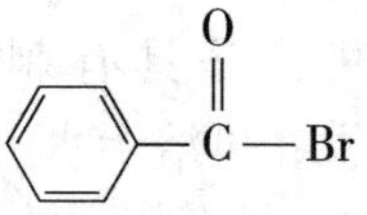
苯甲酰溴

2. 酸酐

酸酐由酰基和酰氧基组成，其通式为： $R-\overset{O}{\overset{\|}{C}}-O-\overset{O}{\overset{\|}{C}}-R'$ 。

酸酐的命名由相应的羧酸加“酐”字组成。若 R 和 R′相同称单纯酐，R 和 R′不同称混酐，二元羧酸分子内失水形成环状酐称为环酐或内酐。如：

$CH_3\overset{O}{\overset{\|}{C}}-O-\overset{O}{\overset{\|}{C}}CH_3$ 乙酸酐(单纯酐)

$CH_3\overset{O}{\overset{\|}{C}}-O-\overset{O}{\overset{\|}{C}}CH_2CH_3$ 乙丙酸酐(混酐)

3. 酯

酯由酰基和烷氧基组成，其通式为： $R-\overset{O}{\overset{\|}{C}}-OR'$ 。

酯的名称由形成它的酸和醇的名称组成，称某酸某酯。如：

$CH_3CH_2O\overset{O}{\overset{\|}{C}}CH_2CH_3$ 丙酸乙酯

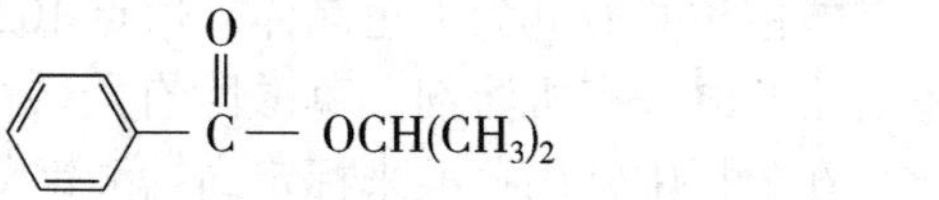
苯甲酸异丙酯

4. 酰胺

酰胺由酰基和氨基组成，其通式为： $R-\overset{O}{\overset{\|}{C}}-NH_2$ 。酰胺的命名也是把相应的羧酸名称的“酸”改为“酰胺”，称某酰胺。如：

$CH_3\overset{O}{\overset{\|}{C}}NH_2$ 乙酰胺

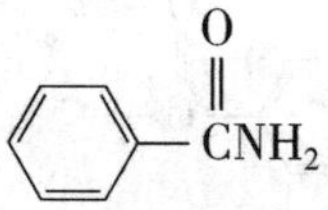
苯甲酰胺

$CH_2=CH\overset{O}{\overset{\|}{C}}NH_2$ 丙烯酰胺

七、羧酸衍生物的物理性质

酰卤中酰氯最重要，酰氯大多是无色有刺激性气味的液体或低熔点的固体。酰氯的沸点比相应的羧酸低。低级酰氯遇水激烈水解。

低级酸酐是无色有刺激性气味的液体，高级酸酐是无味固体。酸酐难溶于水而易溶于有机溶剂。酸酐的沸点比相对分子质量相近的羧酸沸点低。

低级酯是无色有水果香味的液体。酯能溶于水而易溶于乙醇和乙醚等有机溶剂。沸点比相应羧酸和醇均低。

除甲酰胺是液体外，其余酰胺在常温下均为固体。低级酰胺易溶于水，但随相对分子质量的增大其在水中溶解度降低。酰胺分子间有氢键，故沸点比相应的羧酸高。

八、羧酸衍生物的化学性质

1. 水解

四种羧酸衍生物化学性质相似，都能水解生成相应的羧酸，但反应的活性不同，水解进行的活性次序是：酰氯>酸酐>酯>酰胺。

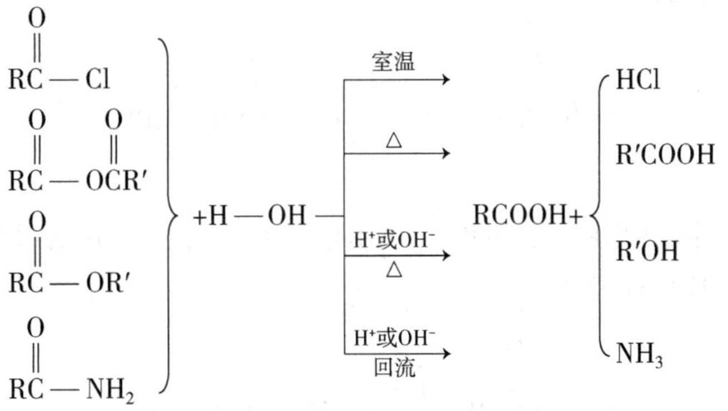

酯在酸催化下的水解，是酯化反应的逆反应，但水解不完全；在碱作用下水解时，产生的酸可与碱生成盐而破坏平衡体系，在足够碱的存在下，水解可以进行到底。酯在碱溶液中的水解反应又叫皂化反应。

2. 醇解

酰卤、酸酐、酯和酰胺能与醇作用生成酯的反应称为醇解。因酯的醇解生成了新的酯和醇，又称为酯交换反应。

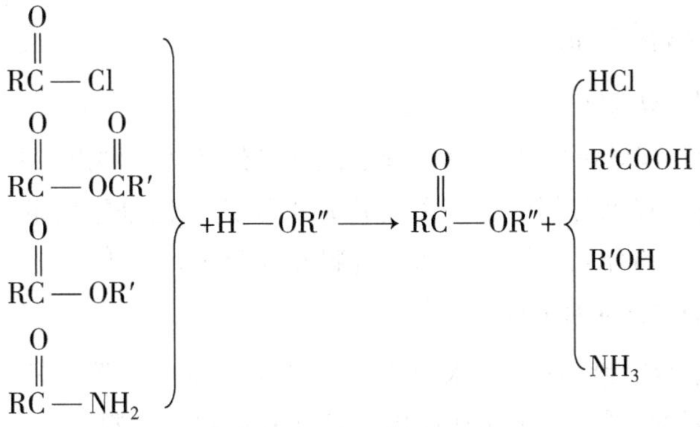

3. 氨解

酰卤、酸酐和酯与氨作用生成酰胺的反应称为氨解。

$$\left.\begin{array}{l} R\overset{O}{\overset{\|}{C}}-Cl \\ R\overset{O}{\overset{\|}{C}}-O\overset{O}{\overset{\|}{C}}R' \\ R\overset{O}{\overset{\|}{C}}-OR' \end{array}\right\} + NH_3 \longrightarrow R\overset{O}{\overset{\|}{C}}-NH_2 + \left\{\begin{array}{l} NH_4Cl \\ R'COONH_4 \\ R'OH \end{array}\right.$$

4. 酰胺的特性

酰胺除具有羧酸衍生物的通性外，还具有以下一些特性。

(1) 酸碱性

酰胺分子中，由于受羰基影响，氮原子与质子结合能力下降，故酰胺的碱性比氨弱，只有在强酸作用下才显示弱碱性。

$$CH_3\overset{O}{\overset{\|}{C}}NH_2+HCl \xrightarrow{\text{乙醚}} CH_3\overset{O}{\overset{\|}{C}}NH_2 \cdot HCl$$

(2) 脱水反应

酰胺与强脱水剂强热作用下，可以分子内脱水而生成腈。常用的脱水剂有五氧化二磷(P_2O_5)、乙酸酐($(CH_3CO)_2O$)等。

$$CH_3CH_2\overset{O}{\overset{\|}{C}}NH_2 \xrightarrow[\triangle]{P_2O_5} CH_3CH_2C \equiv N+H_2O$$

(3) 霍夫曼降级反应

酰胺与次氯酸钠或次溴酸钠的碱溶液作用，会失去羰基而生成比原来少一个碳原子的伯胺，这个反应称为霍夫曼降级反应。

$$R\overset{O}{\overset{\|}{C}}NH_2 \xrightarrow{NaOH,\ Br_2} R-NH_2$$

九、重要的羧酸衍生物

1. 乙酸酐[$(CH_3CO)_2O$]

乙酸酐又名乙酐、醋酸酐，为无色有刺激性气味的液体，沸点139.5℃，微溶于水，可溶于乙醚、苯和氯仿等有机溶剂。乙酸酐是优良的溶剂，也是重要的乙酰化试剂。工业上大量用于制造醋酸纤维和合成染料、药物、香料和高分子材料等。

2. 乙酸乙酯($CH_3COOCH_2CH_3$)

乙酸乙酯为无色可燃性液体，有水果香味，微溶于水，可溶于乙醇、乙醚和氯仿等有机溶剂，工业上常用作溶剂，也可用作染料、药物和香料的原料。

拓展阅读

生活中的柠檬酸

柠檬酸的化学名为2-羟基丙烷-1,2,3-三羧酸，是柑橘类水果中产生的一种天然防腐剂，也可作为食物和饮料中的酸味添加剂。柠檬酸的用途非常广泛，75%以上用于食品工业，可作为食品的酸味剂、抗氧化剂、pH调节剂，用于清凉饮料、果酱、水果和糕点等食品中，还可应用于医药工业，主要用作抗凝血剂、解酸药、矫味剂等。柠檬酸可作为化学分析试剂、色谱分析试剂及生化试剂，用作络合剂、掩蔽剂，也可以用来配制缓冲溶液。在日常生活中，柠檬酸可以去除水垢，因此可以用来清洗饮水机、电水壶以及淋浴喷头等。柠檬酸还具有良好的杀灭细菌芽孢的作用，再加上具有柠檬的清香气味，常被用作菜肴辅料，既美味爽口又能增进食欲，享有“西餐之王”美誉。

本章小结

1. 烃的衍生物类别：

$$R—H \longrightarrow R—A(—OH，—CHO—\overset{\overset{O}{\|}}{C}R'，—COOH—COOR'，—COX—\overset{\overset{O}{\|}}{C}O\overset{\overset{O}{\|}}{C}R'，—CONH_2)$$

2. 烃的衍生物比较：

类别	通式	官能团	代表性物质	结构特点	主要化学性质
醇	ROH	—OH	C_2H_5OH （乙醇）	C—O键和O—H键，有极性	1. 与活泼金属的反应 2. 与氢卤酸反应 3. 酯化反应 4. 脱水反应 5. 氧化反应
酚	ArOH	—OH	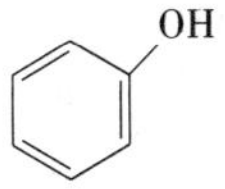 （苯酚）	—OH直接与苯环相连	1. 羟基的弱酸性 2. 与$FeCl_3$的显色反应 3. 苯环上的取代反应
醚	ROR	(C)—O—(C)	$CH_3—O—CH_3$ （甲醚）	C—O—C相连	1. 鎓盐的生成 2. 醚键的断裂
醛	RCHO	$—\overset{\overset{O}{\|}}{C}—H$	CH_3CHO （乙醛）	C═O双键有极性，有不饱和性	1. 羰基的亲核加成反应 2. α-H的反应 3. 氧化反应（银镜反应、铜镜反应）
酮	RCOR′	$—\overset{\overset{O}{\|}}{C}—R'$	$CH_3—\overset{\overset{O}{\|}}{C}—CH_3$ （丙酮）		

续表

类别	通式	官能团	代表性物质	结构特点	主要化学性质
羧酸	RCOOH	$-\overset{\displaystyle O}{\overset{\|}{C}}-OH$	CH_3COOH （乙酸）	受 C═O 影响， O—H 易断裂生成 H^+	1. 酸性 2. 羟基的取代反应 3. 脱羧反应 4. 还原反应 5. α-H 的反应
酯	RCOOR′ （R 和 R′可相同，也可不同）	$-\overset{\displaystyle O}{\overset{\|}{C}}-OR'$	$CH_3COOC_2H_5$ （乙酸乙酯）	C═O 影响其他基团	1. 水解 2. 醇解 3. 氨解 4. 酰胺：①酸碱性；②脱水反应；③霍夫曼降级反应
酰卤	RCOX	$-\overset{\displaystyle O}{\overset{\|}{C}}-X$	CH_3COCl （乙酰氯）		
酰胺	$RCONH_2$	$-\overset{\displaystyle O}{\overset{\|}{C}}-NH_2$	CH_3CONH_2 （乙酰胺）		
酸酐	RCOOOCR	$-\overset{\displaystyle O}{\overset{\|}{C}}-O-\overset{\displaystyle O}{\overset{\|}{C}}R$	$(CH_3CO)_2O$ （乙酸酐）		

习　　题

一、用系统命名法给下列物质命名

1. $C_6H_5CH_2CH_2\underset{\displaystyle OH}{\underset{|}{C}}HCH_3$

2. $CH_3CH_2\overset{\displaystyle OCH_3}{\overset{|}{C}}HCH_3$

3. $CH_3CH(CH_3)CHO$

4. 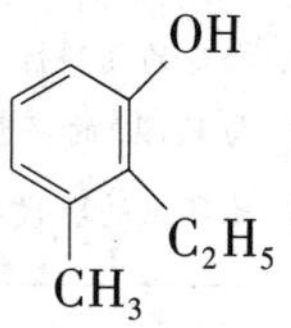

5. 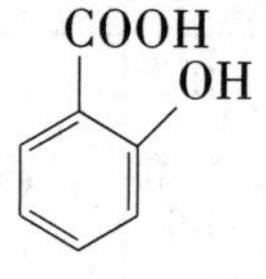

6. 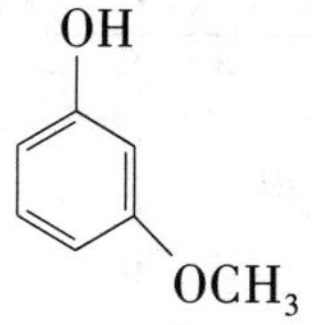

7. $CHOCH_2CH_2CHO$

8. 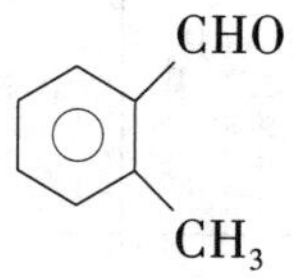

9. 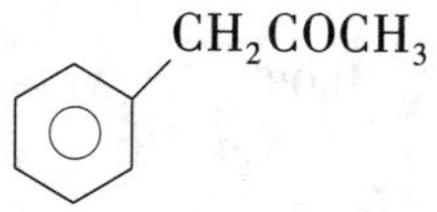

10. 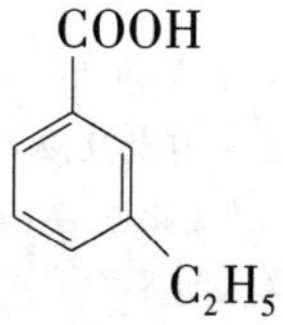

11. 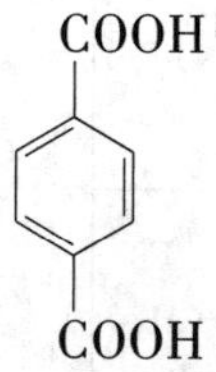

12. 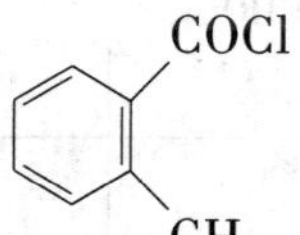

13. $CH_3CH_2CH_2O\overset{O}{\overset{\|}{C}}CH_3$　　14. 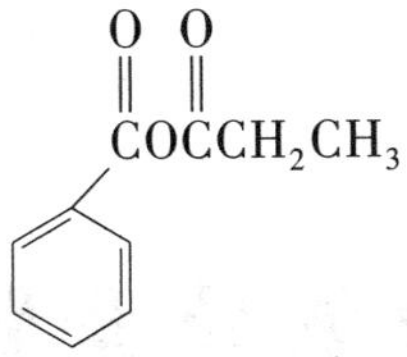　　15. $CH_3\overset{O}{\overset{\|}{C}}NHCH_3$

二、写出下列化合物的结构式

1. 苯甲醇　　2. 甘油　　3. 2-丁烯-1-醇
4. 2-甲基丙醛　　5. 3-丙基苯酚　　6. 甲乙酮
7. 乙醚　　8. 安息香酸　　9. 2,4-二甲基己二酸
10. 乙丙酸酐　　11. 甲酸丙酯　　12. 2-环丙基丁酰氯
13. 石炭酸　　14. 2,4-己二酮

三、用化学方法鉴别下列各组化合物

1. 异丙醇；苯酚；乙醇
2. 甲醛；乙醛；丙酮
3. 丙酮；异丙醇；3-戊酮
4. 乙醛；丙酮；苯甲醛；乙酸
5. 甲醇；甲醛；甲酸；乙酸

四、下列化合物有哪些能发生碘仿反应

（1）CH_3CH_2OH　　（2）CH_3CHO

（3）CH_3CH_2CHO　　（4）$CH_3CH_2CH_2OH$

（5）$H_3C-\underset{\underset{HO}{|}}{CH}-CH_3$　　（6）$H_3C-\underset{\underset{OH}{|}}{CH}-CH_2-CH_3$

（7）$H_3C-\overset{\overset{CH_3}{|}}{\underset{\underset{CH_3}{|}}{C}}-OH$　　（8）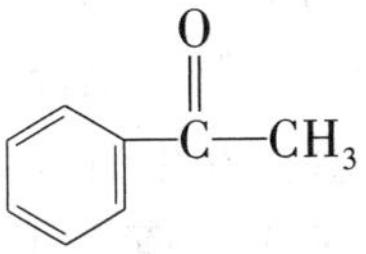

（9）$H_3C-\overset{O}{\overset{\|}{C}}-CH_3$　　（10）$H_3C-CH_2\overset{O}{\overset{\|}{C}}-CH_3$

第九章　含氮化合物及杂环化合物

知识目标

1. 掌握硝基化合物及胺的命名；
2. 掌握芳香族硝基化合物、胺的化学性质；
3. 了解杂环化合物的分类和命名；
4. 掌握重要杂环化合物的性质。

能力目标

1. 理解硝基对苯环上邻、对位基团的影响；
2. 理解重要杂环化合物的应用。

素质目标

1. 培养学生用唯物辩证的眼光分析和看待事物；
2. 培养学生的爱国热情和探索精神，激发学生的创新意识。

含氮有机化合物通常是指分子结构中 C 与 N 原子直接相连的一类有机化合物。如，硝基化合物、胺、酰胺、腈、重氮化合物、偶氮化合物等。在自然界中含氮化合物分布广泛，它与日常生活、生命过程密切相关，甚至在生命科学中占有较为重要的地位。

环状有机化合物是指构成环的原子除 C 原子外，还存在其他元素的原子(如 N、O、P、S 原子等)的化合物。将非碳原子称为杂原子。由碳原子及杂原子构成的环叫杂环。杂环化合物与苯环的结构特征相类似，具有一定的芳香性。杂环化合物在生命科学研究中同样有着极为重要的意义。

本章主要介绍重要的含氮有机化合物及杂环化合物。

第一节　硝基化合物

一、硝基化合物的定义、分类及命名

(一) 硝基化合物的定义和分类

定义：以硝基($—NO_2$)取代烃分子中的氢原子所形成的化合物称为硝基化合物。

分类：若按分子中烃基的种类分，硝基化合物可分为脂肪族硝基化合物和芳香族硝基化合物。

脂肪族硝基化合物（R—NO_2）。如：

$CH_3CH_2NO_2$

硝基乙烷

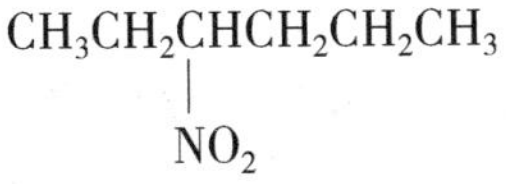

3-硝基己烷

芳香族硝基化合物（Ar-NO_2）。如：

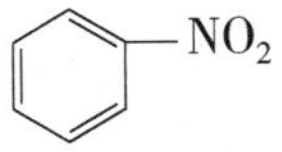

硝基苯

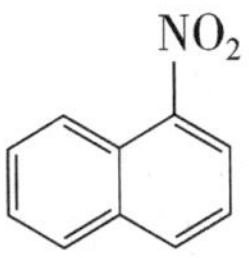

α-硝基萘

若按分子中硝基的数目可分为一元、二元和多元硝基化合物。如：

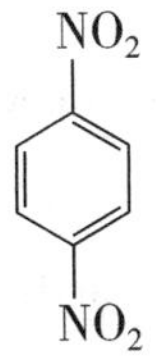

对二硝基苯

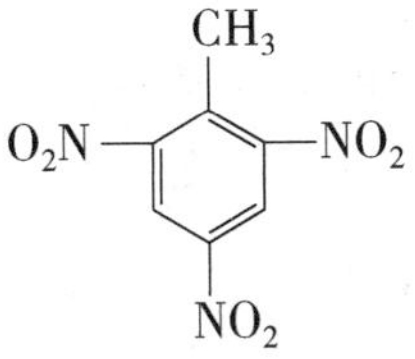

2,4,6-三硝基甲苯

（二）硝基化合物的命名

硝基化合物的命名法则与卤代烃相似，以硝基作为取代基，以烃作为母体。如：

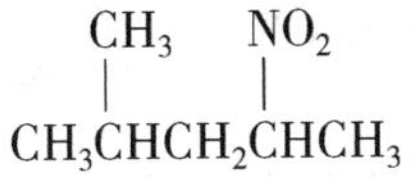

2-甲基-4-硝基戊烷

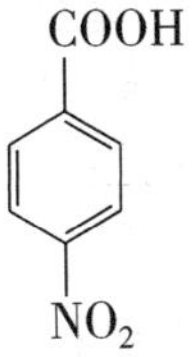

对硝基苯甲酸

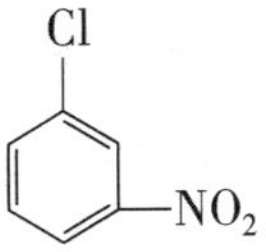

间硝基氯苯

二、硝基化合物的性质

（一）物理性质

硝基为强极性的基团，所以硝基化合物属于极性分子，同时有较高的沸点和密度。

脂肪族硝基化合物多数是难溶于水、密度大于 1 的油状液体；芳香族硝基化合物除了硝基苯是高沸点液体外，其余都是淡黄色固体。有苦杏仁味，味苦。芳香族硝基化合物不溶于水，可溶于有机溶剂和浓硫酸。

硝基化合物随分子中硝基数目的增加，其熔点、沸点和密度增大，颜色加深，苦味增强，对热稳定性减小，受热易分解爆炸；硝基化合物具有毒性，在分子中引入多个硝基后不仅毒性增加，氧化性也增强，且大多会成为具有爆炸性的物质。所以在储存和使用硝基化合物时务必注意安全。

(二) 化学性质

1. 还原反应

硝基化合物可在一定条件下发生还原反应，最终产物为相对应的胺。

$$ArNO_2 \text{ 或 } RNO_2 \xrightarrow{\text{还原}} ArNH_2 \text{ 或 } RNH_2$$

(1) 催化加氢

硝基苯在催化剂的作用下，可以与液相或气相加氢，生成苯胺。如：

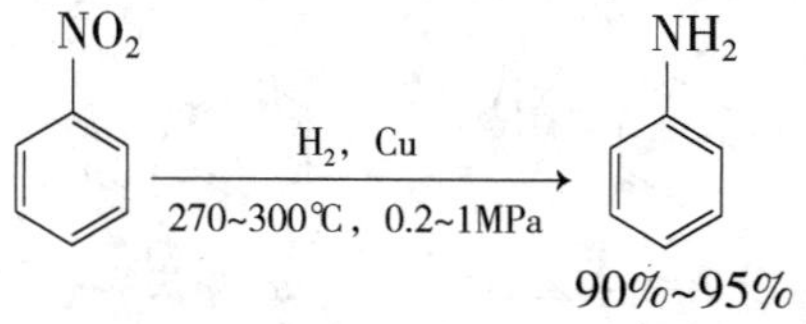

这是工业上生产苯胺的方法。

(2) 化学还原剂还原

当苯环上连有其他易还原的取代基时，宜选用 $SnCl_2$ 和盐酸作还原剂，因为它只还原硝基，其他取代基(如羰基)不受影响。如：

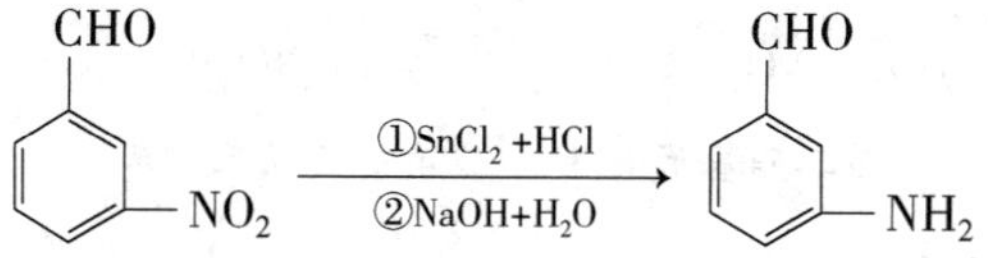

$LiAlH_4$ 作还原剂时，它能还原羰基、羧基、酯、酰胺、硝基、氰基等，但不能还原 C═C、 C≡C 。如：

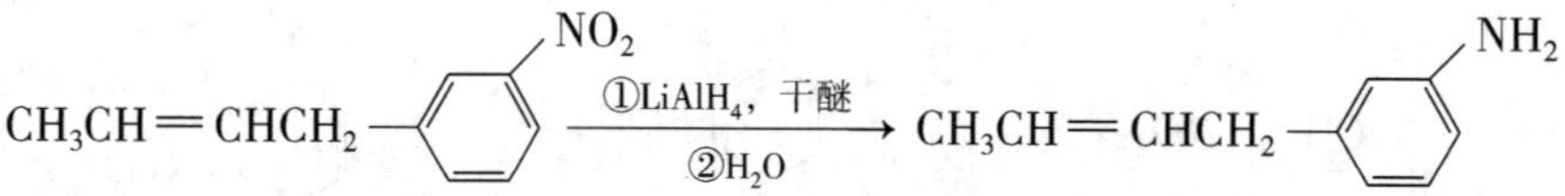

硝基苯在酸性条件下被铁粉还原，生成苯胺；而在碱性条件下被锌粉还原，则得到氢化偶氮苯，氢化偶氮苯再进行酸性还原也生成苯胺。前者为单分子还原，后者则为双分子还原。

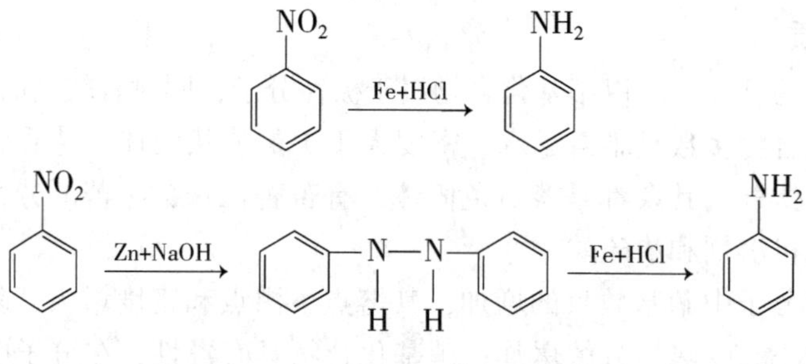

2. 苯环上的取代反应

由于硝基属于吸电子基团，能降低苯环电子云密度，从而使苯环的亲电取代反应活性降低，但亲核取代活性则增强。此外，硝基对苯环上的其他基团也有影响，如硝基可使邻、对位氯原子的亲核取代反应的活性增大，使酚羟基和羧基的酸性增强。

(1) 苯环上的亲电取代反应

当苯环上连有—NO_2 后发生亲电取代反应比苯要难，不仅反应速度慢，而且反应要求的条件也高。由于硝基主要使其邻、对位电子云密度降低更多，使间位电子云密度降低较少，因此苯环上的亲电取代反应主要发生在间位上。如：

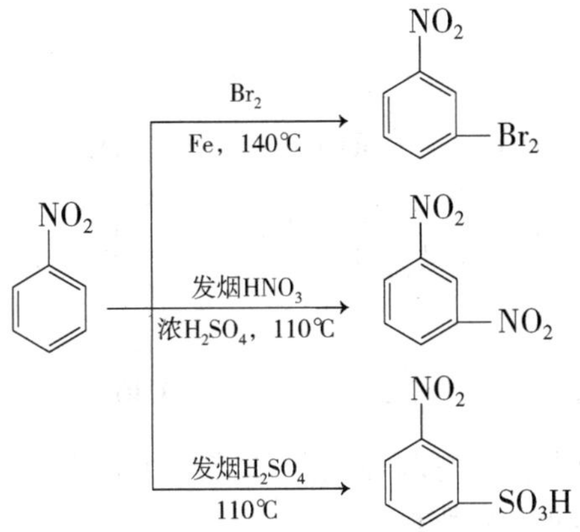

由于硝基对苯环的钝化作用，硝基苯不能发生 Friedel-Crafts 反应。

(2) 苯环上的亲核取代反应

氯苯在碱性下水解属于亲核取代反应，一般条件下很难发生，但当苯环上连有吸电子基团硝基时，能使其亲核取代反应活性增强。邻、对位硝基氯苯水解变得容易，并且硝基越多，取代反应越容易，反应条件越温和。如：

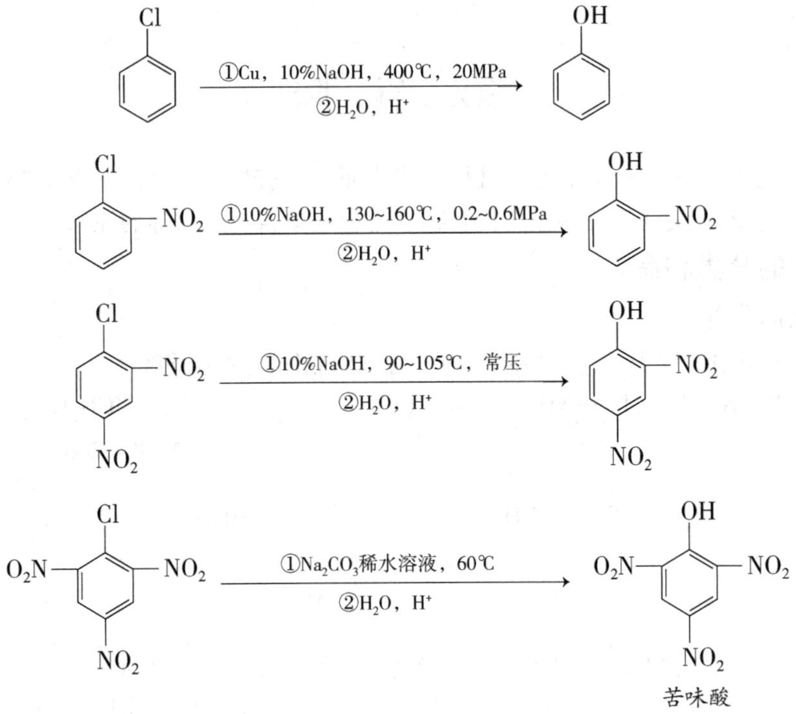

(3) 苯环上酚羟基、羧基的酸性

受硝基强吸电子效应的影响，苯环上的酚羟基和羧基酸性增强，邻位和对位上的硝基对酚羟基和羧基的影响较大。

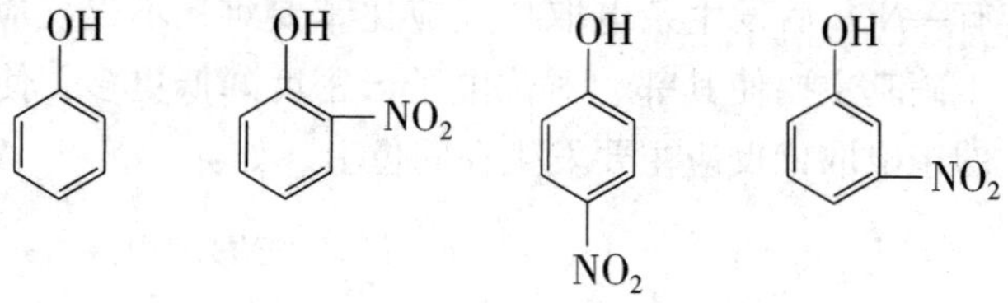

pK_a　　10.0　　7.21　　7.16　　8.00

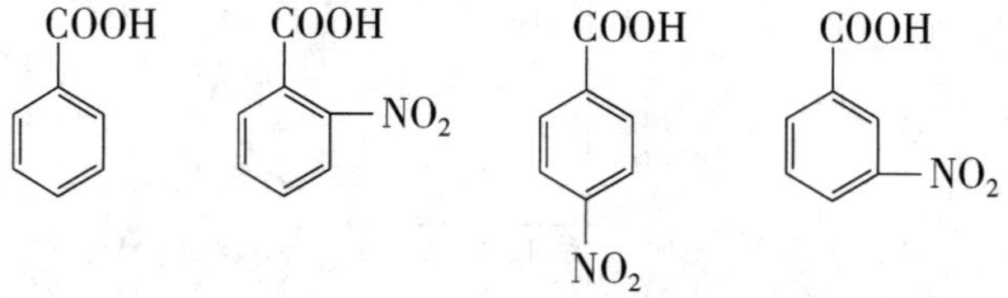

pK_a　　4.17　　2.21　　3.40　　3.46

苯环上连的硝基数目越多，则对苯环上羟基或羧基的酸性影响越大。如：2,4,6-三硝基苯酚(苦味酸)的酸性已接近无机强酸。

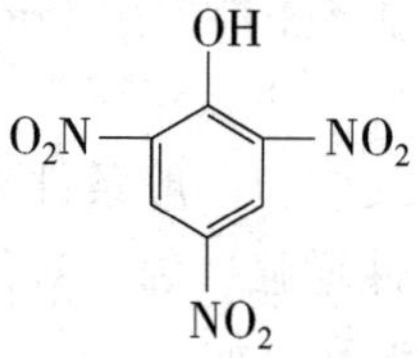

pK_a=0.35

第二节　胺

胺是氨分子中部分或全部氢原子被烃基取代而成的有机化合物。大部分都具有弱碱性，能和酸形成盐。苯胺是这一类的重要代表物，是合成染料、药物等的原料。

一、胺的分类和命名

(一) 胺的分类

① 按胺分子中氮原子所连接烃基不同，可分为脂肪胺和芳香胺。

脂肪胺(R—NH_2)　CH_3—NH_2（甲胺）　$(CH_3)_3N$（三甲胺）　$CH_3NHCH_2CH_3$（*N*-甲基乙基胺）

芳香胺(Ar—NH_2)

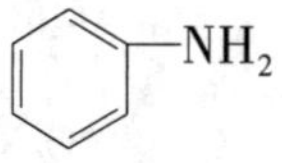

苯胺

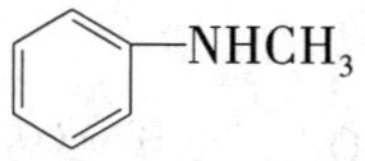

N-甲基苯胺

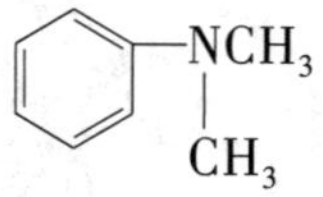

N,*N*-二甲基苯胺

② 按分子中所含氨基的数目不同，可分为一元胺、二元胺和多元胺。

CH_3CH_2—NH_2（一元胺）　H_2N—CH_2—CH_2—NH_2（二元胺）　H_2N—CH_2—$\underset{|}{CH}$—CH_2—NH_2，中间 CH 上连 NH（多元胺）

③ 按胺分子中与氮原子相连的烃基数目不同，可分为伯胺、仲胺、叔胺。

伯胺：氮原子与一个烃基相连，官能团为氨基（$-NH_2$）。

仲胺：氮原子与两个烃基相连，官能团为亚氨基（）。

叔胺：氮原子与三个烃基相连，官能团为次氨基或叔氮原子（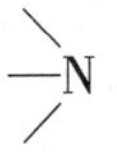）。

三类胺的通式为：NH_3 $R-NH_2$ R_2-NH R_3-N

氨　伯胺　仲胺　叔胺

注意：胺的伯、仲、叔区分与醇的伯、仲、叔区分的含义是不同的。伯、仲、叔醇是指羟基分别与伯、仲、叔碳原子相连接；而伯、仲、叔胺是指氮原子所连接的烃基数目。如叔丁醇和叔丁胺，两者均具有叔丁基，但前者是叔醇，后者是伯胺。

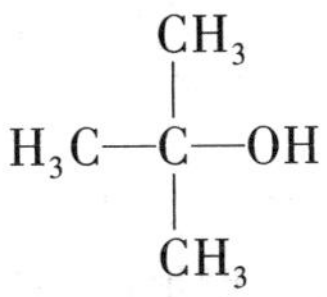

叔丁醇（叔醇）

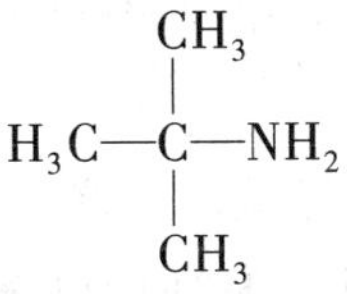

叔丁胺（伯胺）

（二）胺的命名

① 简单的胺命名，以胺作母体，烃基作取代基，称为某胺。如：

$CH_3CH_2NH_2$

乙胺

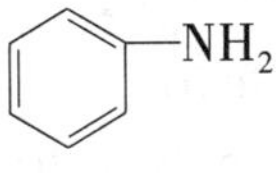

苯胺

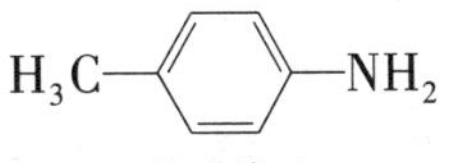

对甲苯胺

② 复杂的胺命名，以烃为母体，氨基作为取代基。有时也将其作为母体，用阿拉伯数字标明氨基的位次来命名。如：

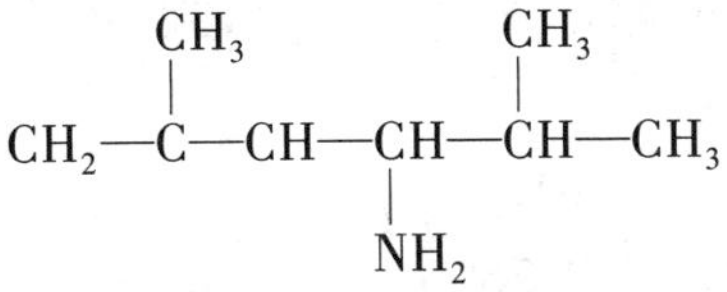

2,5-二甲基-3-氨基己烷

（2,5-二甲基-3-己胺）

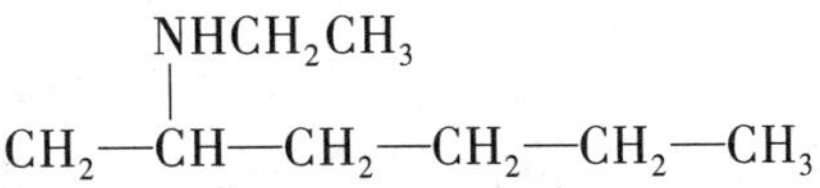

2-乙氨基己烷

（*N*-乙基-2-己胺）

③ 若有几个相同的烃基，可以合并起来写，用二、三等数字表示。若烃基不相同，简单烃基名称放在前面，复杂烃基放在后面。如：

$CH_3-NH-CH_3$

二甲（基）胺

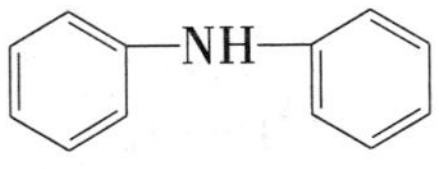

二苯（基）胺

$CH_3-NH-CH_2CH_2CH_3$

甲（基）丙（基）胺

④ 当芳香胺中氮原子上连有脂肪烃基时，以芳香胺作母体，在脂肪烃基名称前面加字母"N"，表示脂肪烃基连在氮原子上。如：

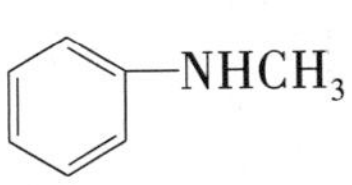

N-甲基苯胺

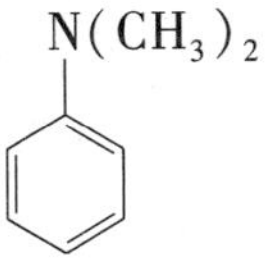

N,*N*-二甲基苯胺

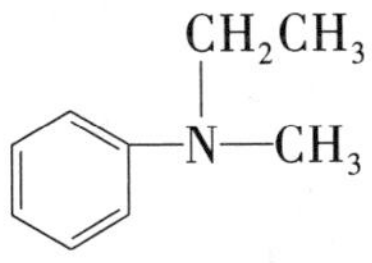

N-甲基-*N*-乙基苯胺

二、胺的性质

（一）胺的物理性质

低级胺有类似氨的气味，很多具有难闻的气味。如二甲胺、三甲胺有鱼腥味；1,4-丁二胺(腐胺)和1,5-戊二胺(尸胺)具有鱼、肉腐烂的恶臭味且有毒。大多数芳香胺为毒性较大的化合物。胺是极性分子，除叔胺外分子间可形成氢键，故沸点比相对分子质量相近的烃类高。但由于 N—H···H 氢键比 O—H···H 氢键弱，所以沸点比相近的醇和酸低。低级胺可溶于水，这是因为氨基与水可以形成氢键。但随着胺中烃基碳原子数的增多，水溶性逐渐减小，直至不溶。胺能与 $CaCl_2$ 形成络合物，所以一般用无水 KOH、NaOH 干燥。

（二）胺的化学性质

胺的化学性质主要由氨基的氮原子上未共用电子对决定，它可以与质子结合显碱性，能与酰基化试剂、亚硝酸、氧化剂等反应。

1. 胺的碱性

与氨相似，胺的水溶液呈碱性。这是由于胺分子中氮原子上也有孤对电子，易与水电离出来的 H^+ 结合形成配位键，从而使溶液中 OH^- 浓度增加的结果。

$$NH_3+H_2O \rightleftharpoons NH_4^++OH^-$$

$$RNH_2+H_2O \rightleftharpoons RNH_3^++OH^-$$

$$K_b=\frac{[RNH_3^+][OH^-]}{[RNH_2]}$$

一般脂肪胺的 $pK_b=3\sim5$，芳香胺的 $pK_b=7\sim10$（NH_3 $pK_b=4.76$）。

胺类的碱性一般呈以下规律：

① 对于脂肪胺，理论上酸碱性强弱为：$(CH_3)_3N>(CH_3)_2NH>CH_3NH_2>NH_3$。实验发现，脂肪胺在气态或非质子溶剂(如氯仿、氯苯)中，其碱性大小顺序与上述推测完全一致。但在水溶液中则有所不同，碱性强度为：

$$(CH_3)_2NH>CH_3NH_2>(CH_3)_3N>NH_3$$

pK_b　　3.27　　3.38　　4.21　　4.76

这是因为除了电子效应外，还与它们形成铵盐后溶剂化程度大小有关，溶剂化程度越大，铵正离子就越稳定，胺的碱性就越强。

② 对于芳香胺，碱性强度为：

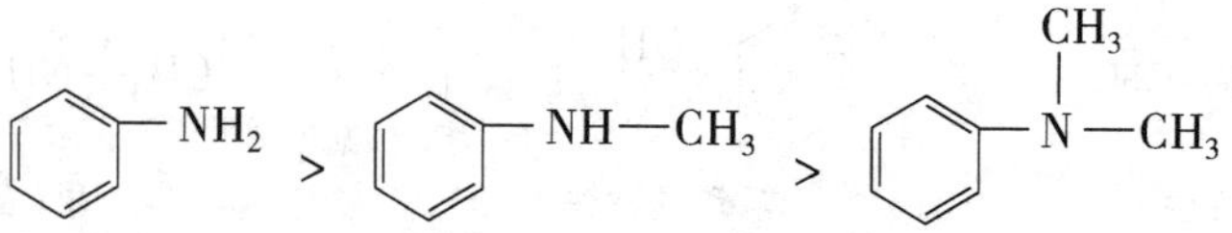

pK_b　　9.30　　9.60　　9.62

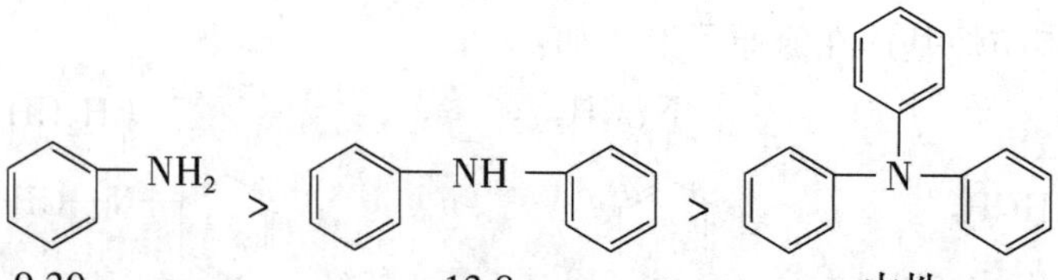

pK_b　　9.30　　13.8　　中性

前者主要是立体效应；后者既有电子效应，也有立体效应。

③ 苯环上处于氨基的邻、对位连有取代基时，则主要体现了电子效应对碱性强度的影响。如：

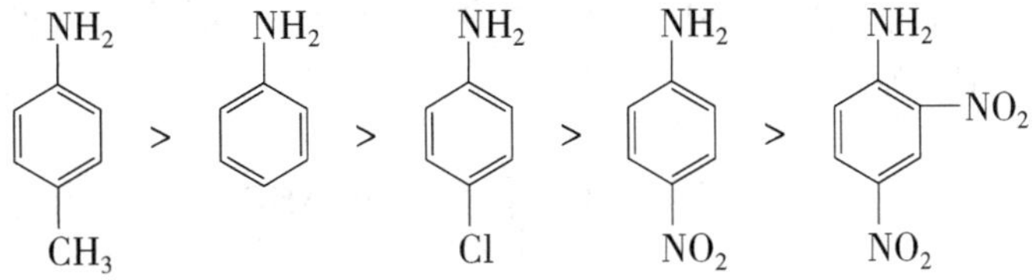

pK_b　8.90　9.30　10.02　13.00　13.82

胺是一种弱碱，它同强无机酸反应，生成相应的盐。如：

$$CH_3NH_2+HCl \longrightarrow [CH_3NH_3]^+Cl^-$$

甲基盐酸盐

得到的盐是强酸弱碱盐，当遇强碱时，又生成原来的胺。如：

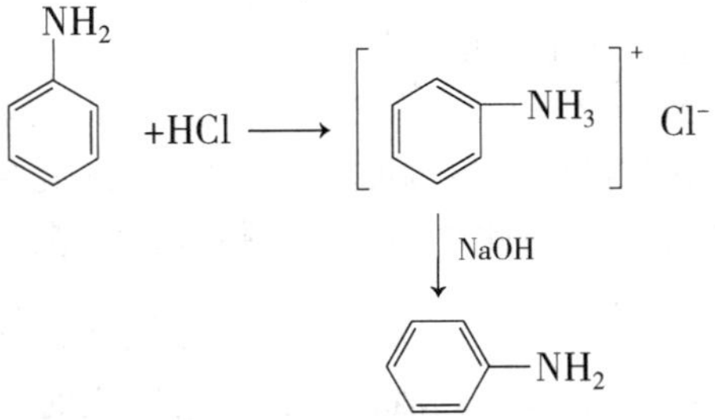

利用这个性质，可以把胺从其他非碱性物质中分离出来，也可以定性地鉴别胺。

2. 酰化、磺化反应

伯胺和仲胺都能与酰卤、酸酐等酰化剂发生反应。反应时胺分子中的氮原子上的氢原子被酰基取代而生成酰胺。如：

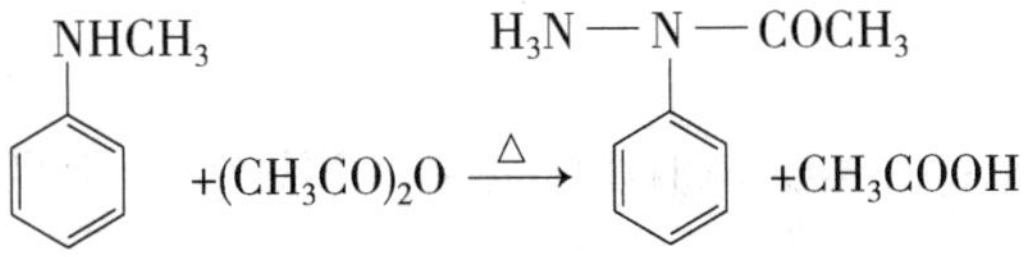

由于叔胺分子中氮原子上没有 H 原子，故不能发生酰化反应。

胺酰化后生成的 N-取代酰胺均为晶体，有具体的熔点。因此，可用酰化反应来鉴定胺。产物酰胺在酸或碱的催化下，可水解成原来的胺。如：

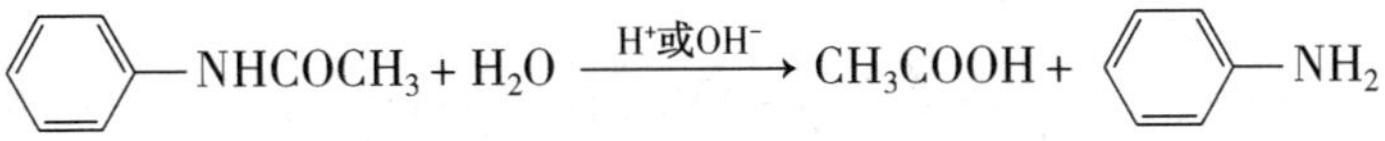

芳胺的酰化反应在有机合成中广泛应用。芳胺酰化后生成的酰胺基团不易被氧化，因此，常用于氨基的保护，以防氨基被氧化破坏。如：

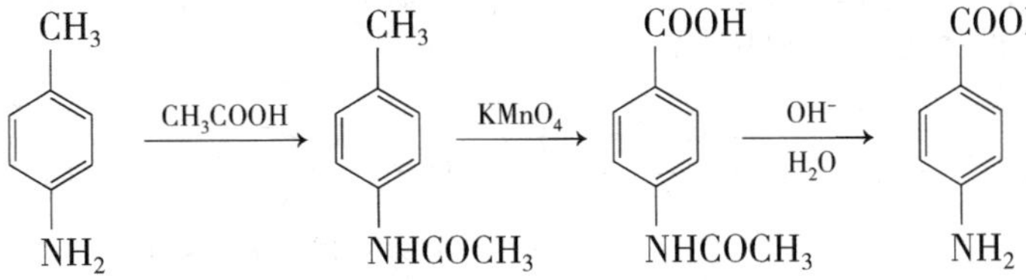

3. 胺的磺酰化反应

苯磺酰氯能使伯胺、仲胺发生磺酰化反应(氮原子上的氢原子被苯磺酰基取代，生成相应的磺酰胺)。伯胺反应生成的磺酰胺可溶于碱，而仲胺生成的磺酰胺不溶于碱也不溶于酸，因此可与仲胺分离。因叔胺中氮原子不含 H 原子，故不反应。此反应常用于鉴别和分离胺，称兴斯堡(Hinsberg)反应。

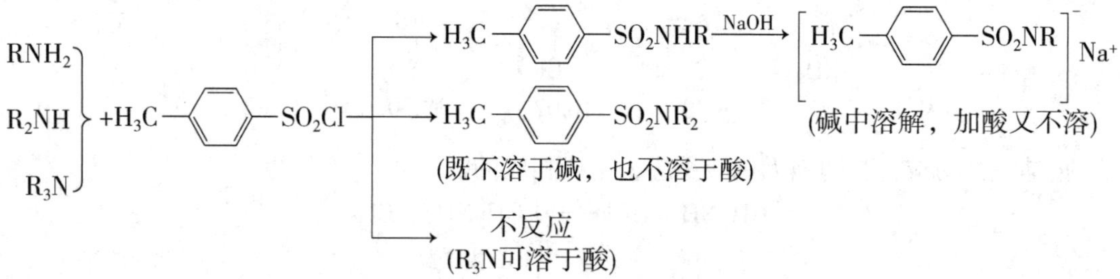

4. 与亚硝酸反应

脂肪族伯胺与亚硝酸反应，生成不稳定的重氮盐。

$$RNH_2+NaNO_2+2HCl \longrightarrow [\ N{\equiv}N{-}R\ ]^+Cl^-+NaCl+H_2O$$

该重氮盐低温条件下也易分解生成 N_2 和组成非常复杂的混合物，在合成上没有制备的意义。但此反应能定量释放出 N_2，因此可用于某些脂肪族伯胺的定性或定量分析。

$$RNH_2 \xrightarrow{NaNO_2,\ H^+} RN_2^+ \longrightarrow R^+ + N_2\uparrow\ (R^+\text{可生成多种产物})$$

芳香族伯胺与亚硝酸在低温下(<5℃)活性大，反应生成的重氮盐较为稳定，多种有机化合物可由它来合成。将生成的重氮盐加热，同样生成 N_2。

仲胺与亚硝酸反应生成 *N*-亚硝基化合物(亦称 *N*-亚硝胺)，一般为黄色油状或固体：

$$R_2NH \xrightarrow{NaNO_2,\ H^+} RN_2{-}N{=}O$$

N-亚硝胺与稀酸共热，又水解出原来的仲胺。该性质可用于分离或提纯仲胺。但 *N*-亚硝胺是一种很强的致癌物。

$$RN_2{-}N{=}O+HCl+H_2O \xrightarrow{\triangle} [R_2NH_2]^+\,Cl^- + HNO_2 \xrightarrow{OH^-} R_2NH$$

芳香族仲胺生成的 *N*-亚硝胺，在酸性条件下容易重排，生成对亚硝基化合物：

脂肪族叔胺在强酸性(pH 值<3)溶液中不与亚硝酸反应。芳香族叔胺与亚硝酸反应，生成氨基对位取代的亚硝基化合物。

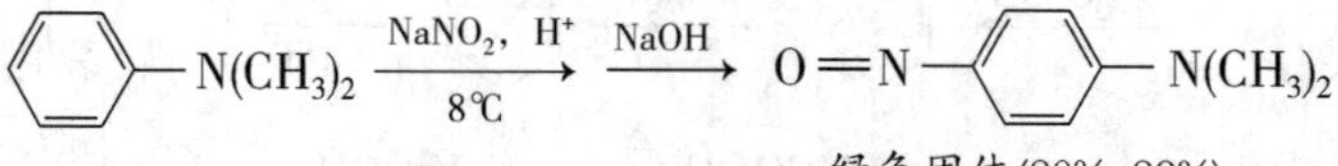

绿色固体(80%~89%)

根据上述的不同反应，可以用来区别脂肪族及芳香族的伯、仲、叔胺。

5. 芳环上的亲电取代反应

由于芳香胺氮原子上的未共用电子对与苯环发生供电子的共轭效应，使苯环上的电子云密度增加，尤其是氨基的邻对位电子云密度增加更明显，因此芳香胺易发生亲电取代反应。

（1）卤代反应

苯胺与氯和溴发生卤代反应，活性很高，不需要催化剂常温下就能进行，并直接生成三卤苯胺。如：

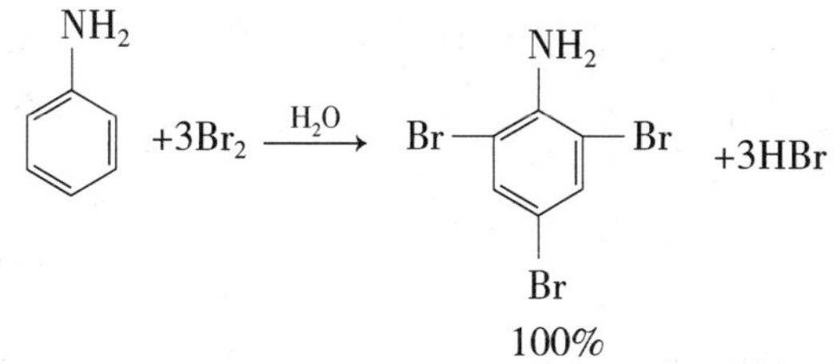

溴代反应生成的三溴苯胺是白色沉淀，反应很灵敏，并可定量完成，常用于苯胺的定性和定量分析。

若要得到一元取代产物，可将氨基进行酰化或与酸反应形成相应的产物，再进行卤代反应，可得到对位或间位的取代产物，再进行水解或碱化恢复氨基。

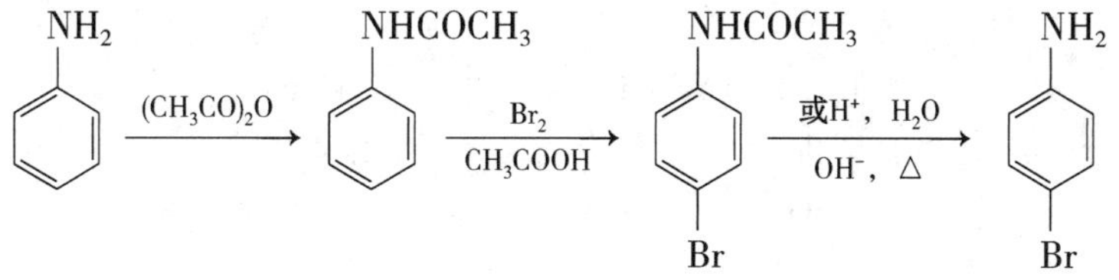

（2）硝化反应

苯胺的硝化反应很容易进行，但由于苯胺易被氧化，会生成焦油状物。因此苯胺一般不直接硝化，需保护氨基完成硝化后再水解恢复。

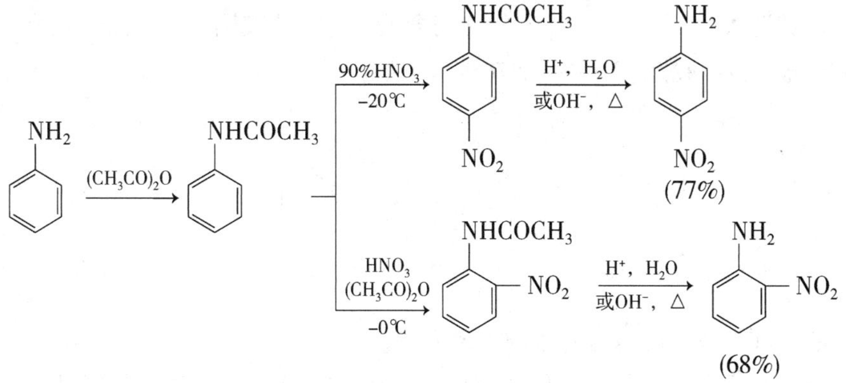

在强酸性条件下，苯胺生成铵盐，硝化时不会被氧化。但成盐后形成的铵基($—NH_3^+$)

为间位定位基，同时也钝化了苯环，硝化需在较强烈的条件下才能进行。如：

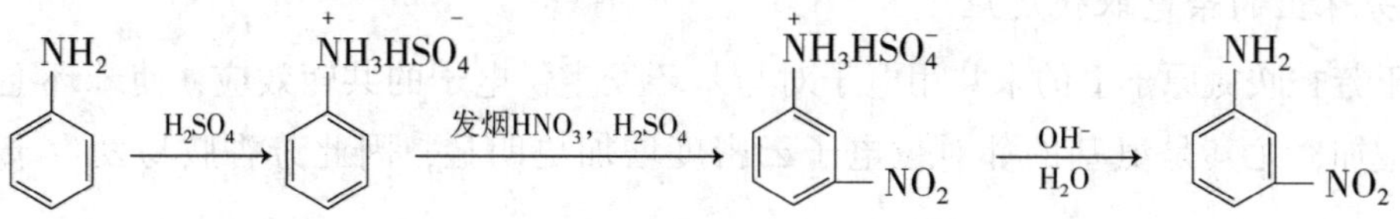

（3）磺化反应

若将苯胺溶于浓硫酸中，则首先生成苯胺硫酸盐，该盐在高温（200℃）下加热脱水发生分子内重排，即生成对氨基苯磺酸。

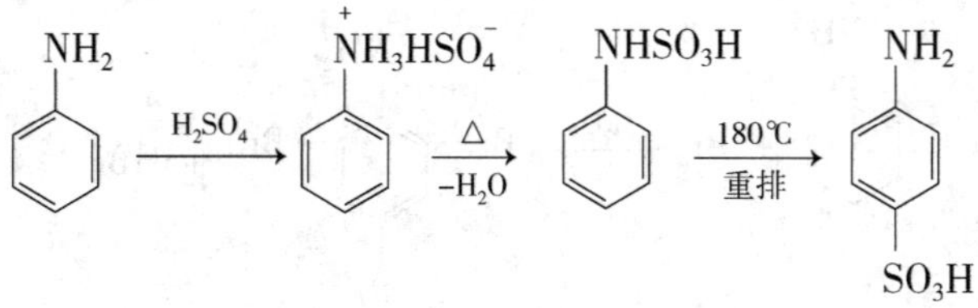

这是工业上生产对氨基苯磺酸的方法。

对氨基苯磺酸是白色固体，不溶于冷水，也不溶于酸的水溶液，能溶于碱的水溶液，呈现出不同于一般芳胺或芳磺酸的特性。这是由于对氨基苯磺酸分子实际上是以内盐形式存在的。这种内盐是强酸弱碱盐，在强碱性溶液中可形成磺酸钠盐，内盐被破坏：

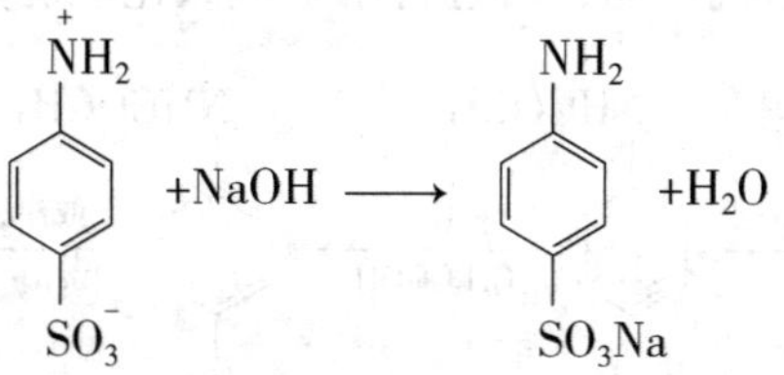

生成的对氨基苯磺酸钠能溶于水，因此，对氨基苯磺酸可溶于碱的水溶液。

6. 胺的氧化

胺易被氧化，芳香族胺更易被氧化。把苯胺暴露在空气中，就能逐渐被氧化而变色。因此，许多物质都能氧化苯胺。苯胺被漂白粉氧化，会产生明显的紫色，这可用于苯胺的定性鉴别。苯胺遇 $Na_2Cr_2O_7$、$FeCl_3$ 等氧化剂会被氧化成苯胺黑，也可用于鉴别。另外，低温条件下苯胺被 MnO_2 酸性溶液氧化成对苯醌。如：

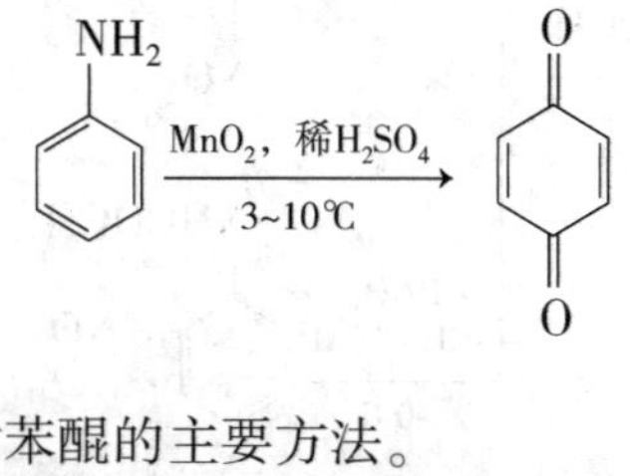

这是实验室和工业上制备对苯醌的主要方法。

因此在有机合成中，倘若要氧化芳胺环上其他基团时，必须先保护氨基，否则氨基很易被氧化。

第三节　杂环化合物

一、杂环化合物的分类和命名

1. 分类

杂环化合物成环规律与碳环一样，最稳定和最常见的是五元杂环和六元杂环。按分子内所含环的数目可分为单杂环和稠杂环，而稠杂环一般由苯环与单杂环或单杂环与单杂环稠合而成。此外，还可按环中杂原子的种类和数目来分类。一些简单的单杂环化合物分类可见表 9-1。

2. 命名

杂环化合物的命名多采用音译法，即用化合物的英文音译命名，将近似的同音汉字左边加上一个“口”字旁。常见杂环化合物的构造、分类和名称见表 9-1。

表 9-1　常见杂环化合物的构造、分类和名称

类别		含一个杂原子	含两个杂原子
五元单环	构造	  	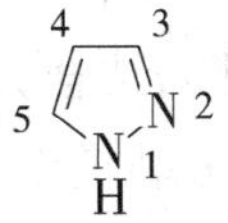 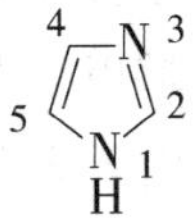 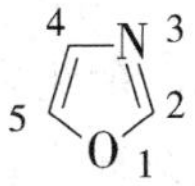 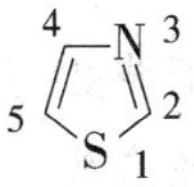
	名称	呋喃 (furan)　噻吩 (thiophene)　吡咯 (pyrrole)	吡唑 (pyrazole)　咪唑 (imidazole)　噁唑 (oxazole)　噻唑 (thiazole)
五元二环	构造	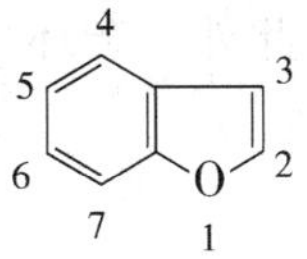 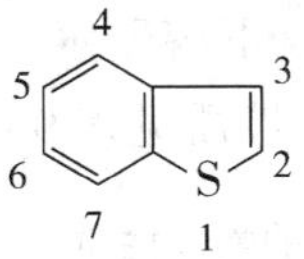 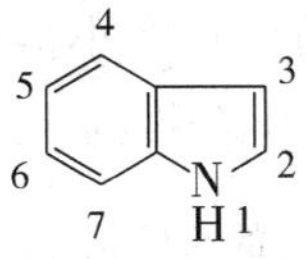	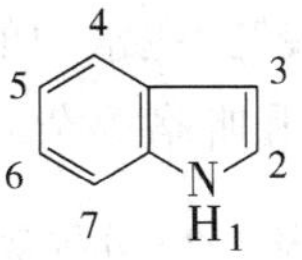 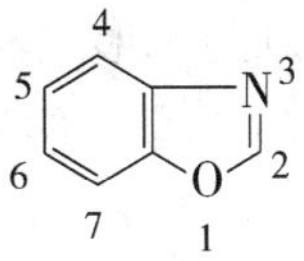 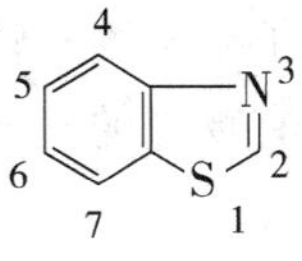
	名称	苯并呋喃 (benzofuran)　苯并噻吩 (benzothiophene)　吲哚 (indole)	苯并咪唑 (benzoimidazole)　苯并噁唑 (benzoxazole)　苯并噻唑 (benzothiazole)
六元单环	构造	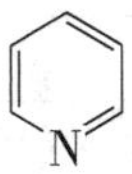	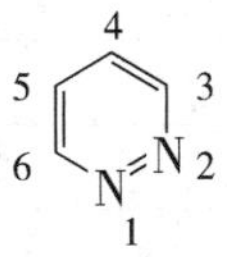 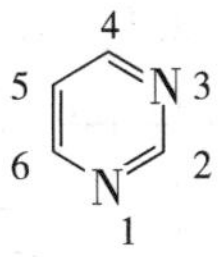 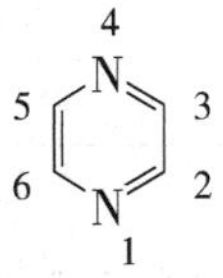
	名称	吡啶 (pyridine)	哒嗪 (pyridazine)　嘧啶 (pyrimidine)　吡嗪 (pyrazine)
六元二环	构造	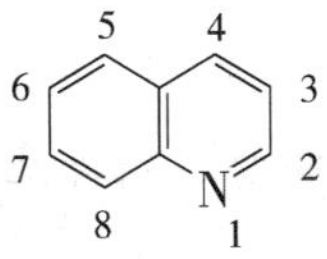 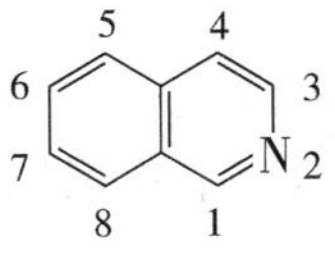	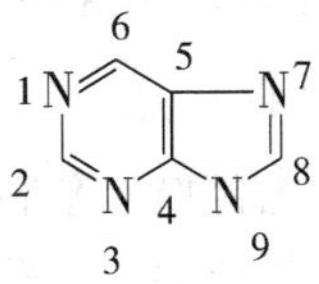
	名称	喹啉 (quinoline)　异喹啉 (isoquinoline)	嘌呤 (purine)

根据系统命名法则，对杂环的衍生物命名时，单环杂环化合物从杂原子开始编号，以使取代基的位次尽量小为原则。若按 α、β、γ……编号，则与杂原子相连的碳原子为 α 位，其次为 β 位。对于五元杂环，只有 α 和 β 位，对于六元杂环则有 α、β、γ 三种编位。如果杂环中有两种或两种以上的杂原子，则按 O、S、N 的次序将前面的杂原子编号为 1，使其他杂原子的编号尽量小。如：

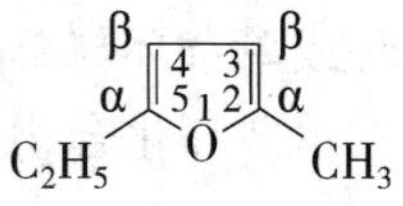

2-甲基-5-乙基呋喃
α'-甲基-α'-乙基呋喃

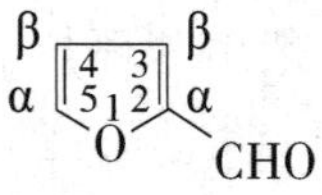

2-呋喃甲醛
α-呋喃甲醛

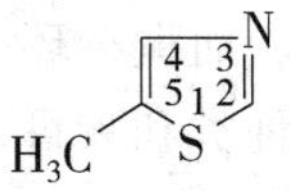

5-甲基噻唑
(不是2-甲基噻唑)

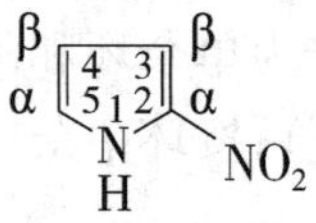

2-硝基吡咯
α-硝基吡咯

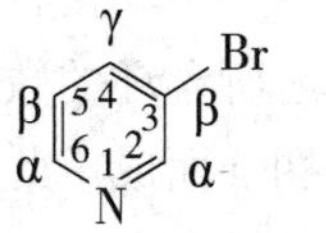

3-溴吡啶
β-溴吡啶

对于稠杂环一般都是其特定的编号次序，见表 9-1。

二、五元杂环化合物

（一）五元杂环化合物结构

在呋喃、吡咯和噻吩等分子中，碳原子和杂原子成键方式均为 sp^2 杂化，碳原子和杂原子彼此用 sp^2 杂化轨道以 σ 键的结合方式构成五元环，成环的五个原子处于同一平面上。在这些五元杂环中，由于五个 p 轨道上分布着六个 π 电子，所以五元杂环上碳原子的电子云密度比苯环上碳原子的电子云密度高，所以这类杂环比苯更容易发生亲电取代反应。

（二）五元杂环化合物的物理性质

在呋喃、吡咯和噻吩等分子中，杂原子上有一对电子参与了共轭，降低了杂原子上电子云密度，较难与水形成氢键，在水中的溶解度小甚至不溶于水。此外，杂环化合物都具有特殊的气味。呋喃、噻吩和吡咯等杂环化合物的物理性质见表 9-2。

表 9-2　几种常见的杂环化合物的物理性质

名　称	熔点/℃	沸点/℃	溶解性能
呋喃	-86	31.4	不溶于水，易溶于乙醇、乙醚
噻吩	-38	84	不溶于水，溶于乙醇、乙醚、苯
吡咯	-18.5	131	不溶于水，易溶于乙醇、乙醚
吲哚	52	253(分解)	溶于热水，易溶于乙醇、乙醚
吡啶	-41.5	115.6	溶于水，也易溶于乙醇、乙醚
喹啉	-15	238	不溶于水，易溶于乙醇、乙醚

（三）五元杂环化合物的化学性质

1. 亲电取代反应

五元杂环化合物比苯容易发生亲电取代反应，α 位比 β 位活泼，在这些杂环中引入一个取代基时，通常进入 α 位。

(1) 卤代反应

五元杂环化合物环上的氢被卤素原子取代。

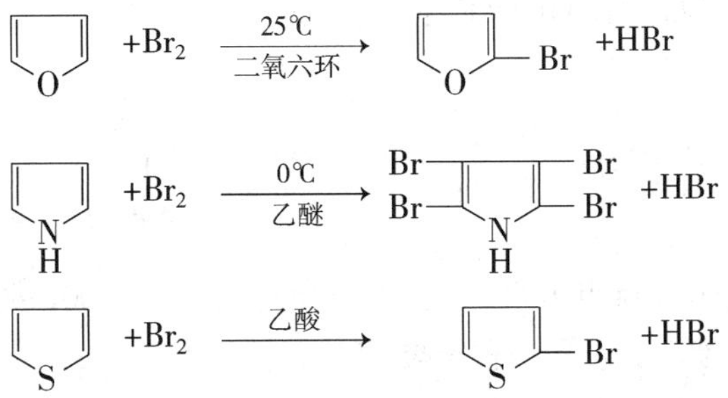

(2) 硝化反应

呋喃、噻吩、吡咯在强酸条件下易发生环的破裂，所能硝化时不用混酸，而是用比较温和的硝化试剂，如乙酰基硝酸酯(CH_3COONO_2)。

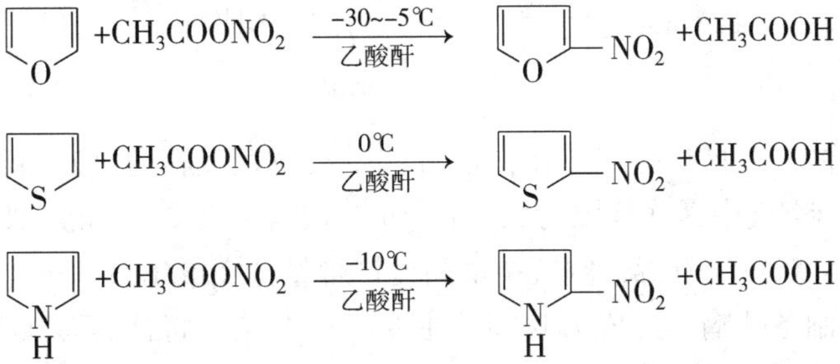

(3) 磺化反应

由于呋喃、吡咯易在强酸的条件下发生环的破裂，磺化时用吡啶三氧化硫作为磺化试剂。

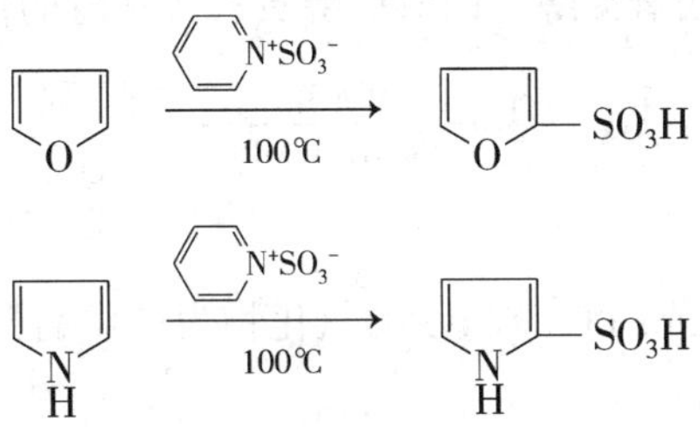

噻吩比较稳定，N 原子可以直接在室温下与浓 H_2SO_4 进行磺化反应生成 2-噻吩磺酸，而苯在同样的条件下不发生反应，可利用此性质除去苯中少量的噻吩杂质。

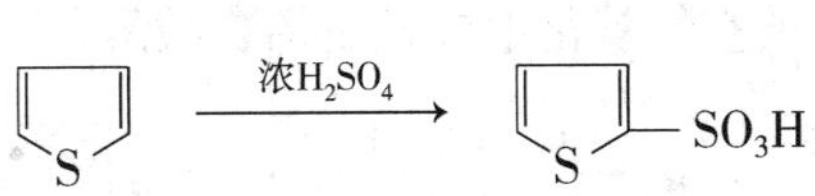

2. 还原反应

吡咯、呋喃和噻吩均可在一定条件下催化加氢生成饱和的产物。如：

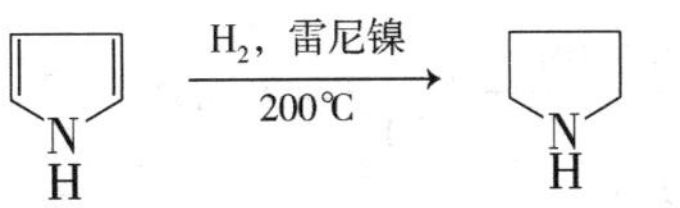

四氢吡咯

呋喃催化加氢则得到四氢呋喃(THF)：

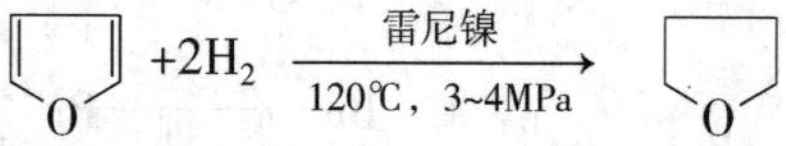

四氢呋喃

四氢呋喃是无色液体，沸点66℃，空气中允许含量为300μg/L，空气中爆炸极限为1.80%~11.80%(体积分数)。它是一种重要溶剂。

3. 重要的五元杂环衍生物——糠醛

呋喃最重要的衍生物是呋喃甲醛，俗称糠醛。它的制备方法是用3%~5%H_2SO_4水解糠皮、玉米芯、花生皮等农副产物。

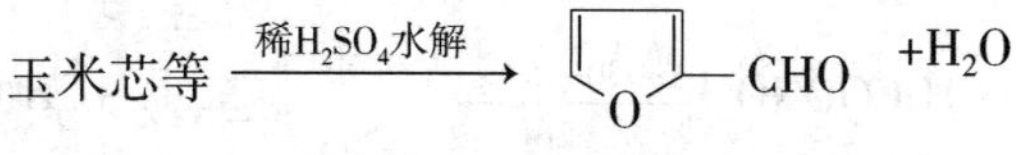

糠醛

糠醛为无色液体，因易受空气氧化，通常都带有黄色或棕色。它溶于醇、醚等有机溶剂中，沸点162℃。空气中爆炸极限为2.1%~19.3%(体积分数)，能与水组成共沸物(共沸点98℃，含糠醛34.5%)。有毒，空气中最高允许含量为2μg/L。

以糠醛为原料制备呋喃，已成为呋喃的主要工业制法。将糠醛蒸气与水汽混合，在催化剂及加热条件下糠醛即转变为呋喃。

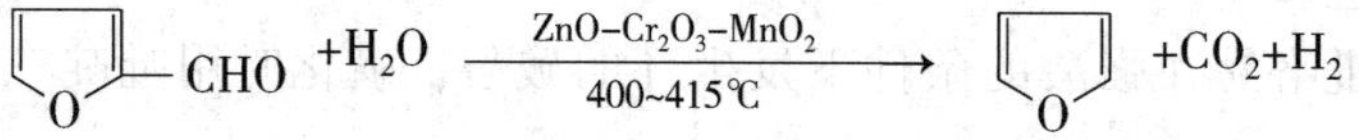

糠醛经催化氢化转化为四氢糠醇，四氢糠醇具有醇和醚的性质，是一种优良的溶剂：

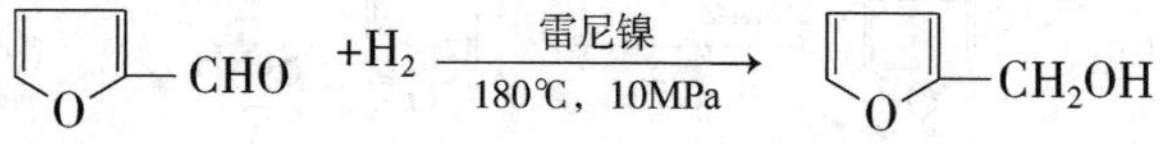

四氢糠醇

糠醛用$KMnO_4$的碱溶液或用Cu或Ag的氧化物为催化剂，用空气氧化生成糠酸：

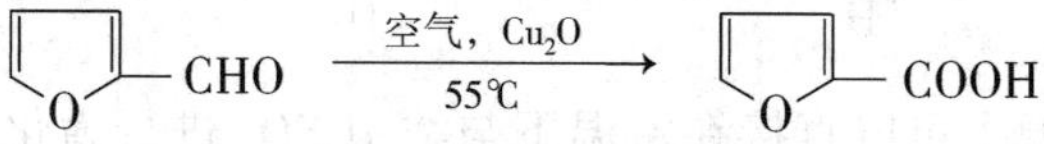

糠酸

糠醛在V_2O_5催化下，可被空气氧化生成顺丁烯二酸酐：

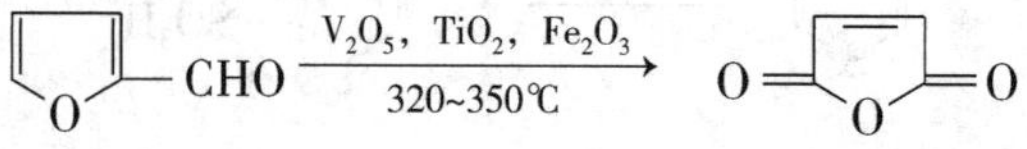

顺丁烯二酸酐

糠醛还能在强碱作用下发生歧化反应(坎尼扎罗反应)。如：

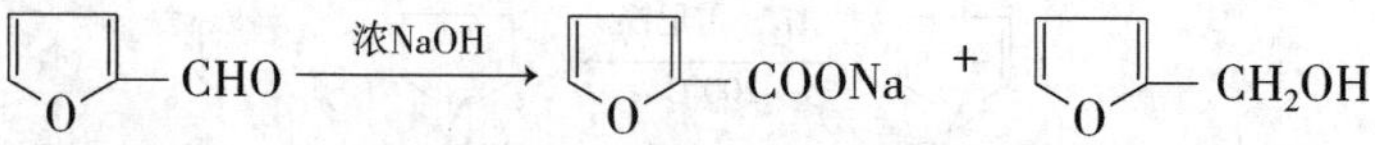

三、六元杂环化合物

六元杂环化合物中最重要的是吡啶和嘧啶，嘧啶是组成核糖核酸的重要生物碱母体，它本身并不存在于自然界，它的衍生物在自然界分布很广，如胸腺嘧啶、尿嘧啶等。吡啶是重要的有机碱试剂。

（一）吡啶的结构

吡啶环上的碳原子和氮原子均以 sp^2 杂化轨道相互重叠形成 σ 键，构成一个平面六元环。每个原子上有一个 p 轨道垂直于环平面，每个 p 轨道中有一个电子，这些 p 轨道侧面重叠形成一个封闭的大 π 键，π 电子数目为 6，符合 $4n+2$ 规则，与苯环类似。因此，吡啶具有一定的芳香性。氮原子上还有一个 sp^2 杂化轨道没有参与成键，被一对孤对电子所占据，使吡啶具有碱性。吡啶环上的氮原子的电负性较大，对环上电子云密度分布有很大影响，使 π 电子云向氮原子上偏移，在氮原子周围电子云密度高，而环的其他部分电子云密度降低，尤其是邻、对位上降低显著。所以吡啶的芳香性比苯差。

（二）吡啶的性质

吡啶是无色具有特殊臭味的液体，它的物理性质可见表 9-2。吡啶不仅能溶解大部分有机化合物，而且还能溶解许多无机化合物，是一种良好的溶剂。吡啶的化学性质如下。

1. 亲电取代反应

吡啶的性质类似于硝基苯。它虽然可以发生亲电取代反应，但比苯环困难。反应主要发生在 β 位，产率一般都比较低。如：

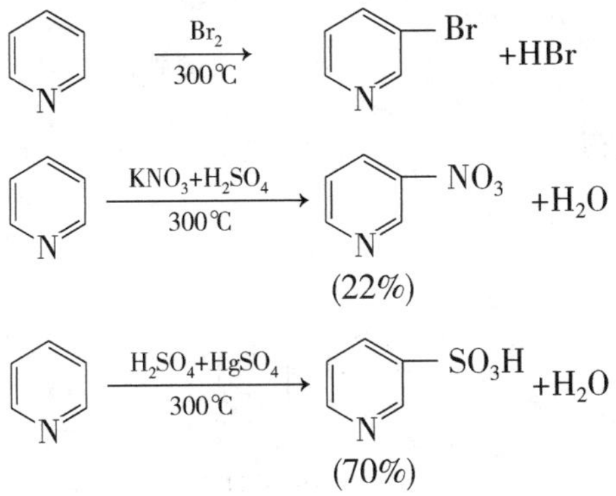

2. 还原反应

吡啶经催化氢化可得六氢吡啶（又称哌啶）：

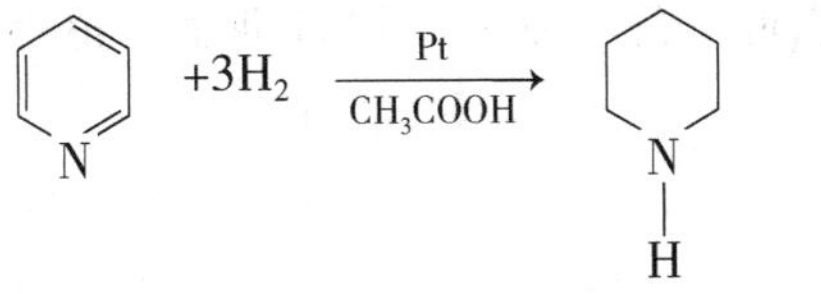

六氢吡啶(83%)

六氢吡啶是一种仲胺，性质与脂肪族仲胺相似。

3. 氧化反应

吡啶环不易氧化，当有侧链时，则侧链被氧化成羧基。如：

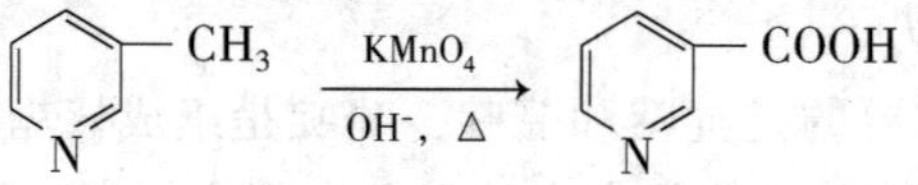

β-吡啶甲酸(烟酸)(77%)

4. 碱性

吡啶上 N 原子的孤对电子只可以与质子结合，因而吡啶是一种弱碱，它的水溶液能使石蕊试纸变蓝。它的碱性与脂肪胺、苯胺的比较如下：

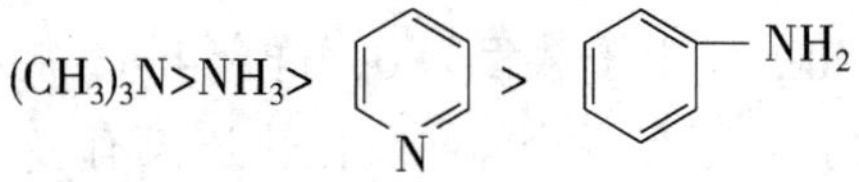

pK_b　4.2　4.8　8.8　9.4

吡啶与强无机酸生成盐，如：

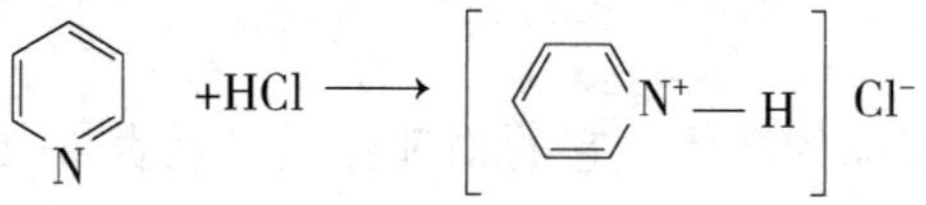

吡啶盐酸盐

吡啶容易与 SO_3 结合生成吡啶三氧化硫：

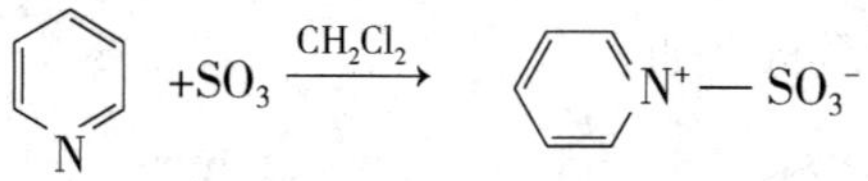

磺化剂

（三）重要的吡啶衍生物

1. 烟碱

烟碱分子构造式为：

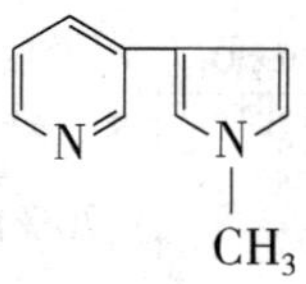

烟碱俗称尼古丁，它在植物中以柠檬酸盐或苹果酸盐形式存在，提取时常以石灰或烧碱处理。它是一种无色并有不愉快臭味的挥发性液体，沸点 246. 7℃，能溶于水。烟碱对动物和人类有较强毒性，它能引起头痛、呕吐，以致抑制中枢神经系统，严重时可使呼吸停止、心脏停搏，导致死亡。

2. 烟酸

烟酸分子构造式为：

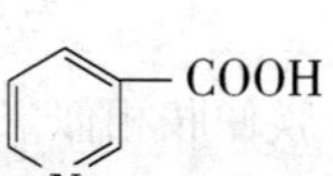

β-吡啶甲酸俗称烟酸，也称为尼古丁酸，能溶于水和乙醇，为白色针状结晶，主要存

在于动物内脏、肌肉组织，水果、蛋黄中也有微量存在，是人体必需的 13 种维生素之一。烟酸主要用于饲料添加剂，可提高饲料蛋白的利用率，提高奶牛产奶量及鱼、鸡、鸭、牛、羊等禽畜肉产量和质量。

拓展阅读

重要的稠杂环化合物——喹啉

喹啉是重要的稠杂环化合物，存在于煤焦油和骨焦油中。喹啉是无色油状液体，有特殊的气味，沸点 238℃，难溶于水，易溶于有机溶剂。它具有弱碱性($pK_b = 9.1$)，与强酸可成盐。喹啉的亲电取代反应发生在苯环上。

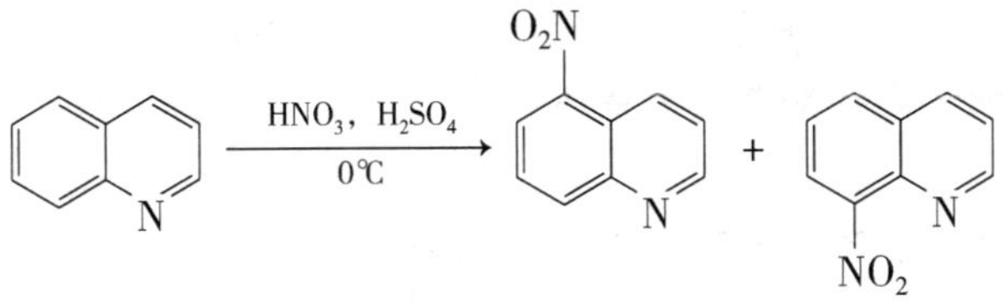

5–硝基喹啉　　8–硝基喹啉

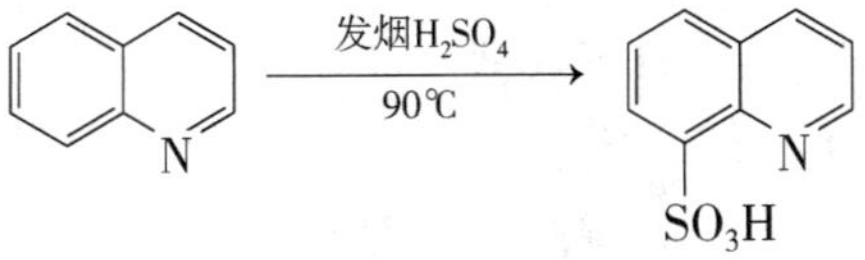

8–喹啉磺酸

喹啉是合成药物的中间体。8–羟基喹啉能与 Mg、Al、Mn、Fe、Cd、Ni、Cu 等离子络合，用于分析测定这些离子。

本章小结

一、硝基化合物

1. 命名：看作烃的硝基衍生物命名；多官能团化合物命名时硝基仍为取代基。
2. 性质：

① 硝基化合物还原，可选择还原，硝基最终还原为氨基；

② 硝基钝化苯环，间位定位基。

二、胺

1. 分类：伯胺、仲胺、叔胺；一元胺、多元胺；脂肪胺、芳香胺。
2. 命名：习惯命名法；系统命名法；视作胺的烃基衍生物。
3. 性质：碱性；与亚硝酸的反应；芳胺氧化；芳环上卤代、硝化、磺化、氧化反应等。

胺的鉴别、分离与提纯：

① 磺酰化反应；

② 与亚硝酸反应；

③ 苯胺与溴水反应。

芳胺氨基的保护。

三、杂环化合物

1. 分类与命名：根据成环的原子数及单环稠环分类，命名法常用音译法。

2. 五元杂环化合物：

① 结构：成环的五个原子共平面，碳原子与杂原子均以 sp^2 杂化成键，呋喃、吡咯、噻吩是富电子芳杂环。

② 性质：

亲电取代反应：卤代、硝化和磺化比苯容易，发生在 α 位。

还原反应。

3. 六元杂环化合物：

① 结构：成环的六个原子共平面，碳原子与杂原子均以 sp^2 杂化成键，吡啶由于氮原子电负性大于碳原子的，它是缺电子芳杂环。

② 性质：

亲电取代反应：卤代、硝化和磺化比苯难，发生在 β 位。

还原反应。

侧链氧化：侧链有 α-H 时，能被氧化成羧基。

碱性：弱于氮，大于苯胺，遇强酸可成盐。

习　题

一、命名下列化合物

1. $CH_3CH_2CH_2NO_2$

2. $CH_3\underset{\displaystyle CH_3}{\underset{|}{C}}HCH_2CH_2\underset{\displaystyle N(CH_3)_2}{\underset{|}{C}}HCH_2CH_3$

3. 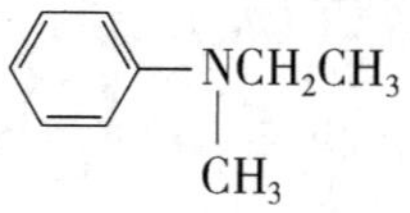

4. 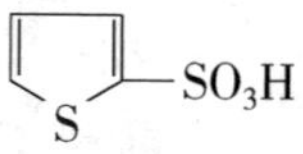

5. 

6. 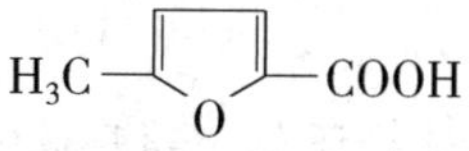

二、完成下列反应式

1. $CH_2{=}CHCH_3 \xrightarrow{?} CH_3CH_2CH_2Br \xrightarrow{?} ? \xrightarrow{?} CH_3CH_2CH_2COOH$

2. $CH_3CH_2CH_2OH \xrightarrow{?} CH_3CH_2COOH \xrightarrow[?]{?} CH_3CH_2-\overset{\displaystyle O}{\overset{\|}{C}}-NH_2 \xrightarrow{?} CH_3CH_2NH_2$

3. 2 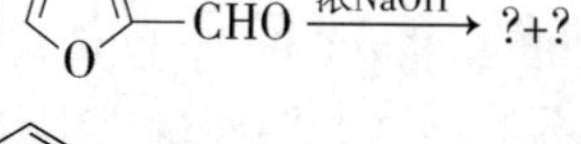

4. 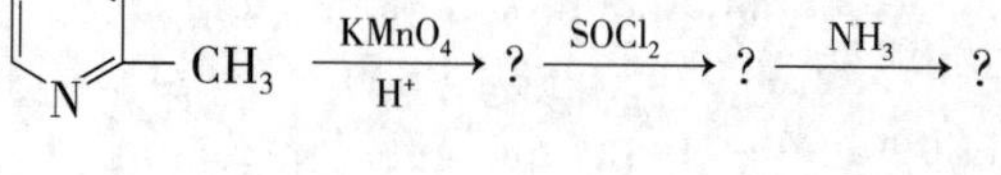

5. 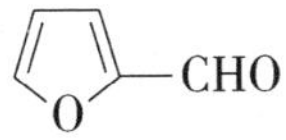 $+CH_3CHO \xrightarrow{\text{稀}NaOH} ? \xrightarrow{\triangle} ?$

三、按照碱性从强到弱的顺序排列下列两组化合物

1. 苯胺、乙胺、氨和*N*–甲基苯胺。
2. 甲胺、苯胺、对硝基苯胺和对乙氧基苯胺。

四、以苯为原料，无机试剂可任选合成下列化合物

1. 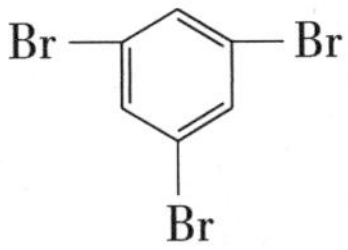

2. 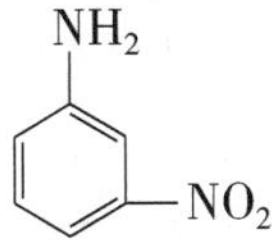

五、推导题

某化合物A通过定性分析，已知含有C、H、O、N、Cl等元素。A与酸的热水溶液反应可得到化合物B和醋酸，B与亚硝酸钠盐酸溶液在0℃时反应生成重氮盐C，C与Cu_2Br_2反应得3–氯–4–溴硝基苯。试推出A、B、C的构造式。

第十章　有机营养素

知识目标

1. 了解营养素的概念；
2. 掌握糖类物质：重要的单糖、双糖、多糖；
3. 掌握油脂的结构、性质及其应用；
4. 掌握氨基酸的名称结构、分类和重要理化性质；
5. 掌握蛋白质的结构、理化性质，及蛋白质的分子结构与功能的关系；
6. 了解核酸及其生理功能。

能力目标

1. 能够了解糖类、脂类、蛋白质、核酸的结构、分类及命名；
2. 能够掌握糖类、脂类、蛋白质、核酸的来源、生理功能及缺乏症；
3. 能够理解有机营养素在化妆品中的原理。

素质目标

1. 培养学生善于思考的习惯，健全的人格魅力；
2. 培养学生正确的审美观，增强健康的体魄和心理，形成感受美、表现美、鉴赏美、创造美的能力。

营养素(nutrient)为维持有机体繁殖、生长发育和生存等一切生命活动和过程，需要从外界环境中摄取的物质。不论男女老幼或者各类动物，为了延续生命，必须摄取有益于身体健康的食物，提供日常的能量。人体所必需的营养素有蛋白质、脂肪、糖、无机盐(矿物质)、维生素和水等六类，其中大部分为有机营养素。

蛋白质(protein)是组成人体一切细胞、组织的重要成分。机体所有重要的组成部分都需要有蛋白质的参与。蛋白质是由氨基酸组成的具有一定构架的高分子化合物，是与生命、生命活动紧密联系在一起的物质。

脂类是脂肪及类脂的总称，是机体的重要组成成分。脂肪是脂肪酸及甘油的化合物，富含脂肪的食物有动物油和植物。类脂主要有磷脂、糖脂、胆固醇及胆固醇酯等。脂肪的功能：氧化提供人体能量，脂肪是某些荷尔蒙(激素)的合成前体，此外，脂肪能促进脂溶性营养素的吸收等；类脂的主要生理功能是作为细胞膜结构的基本原料，还用于激素的合成等。

碳水化合物是由碳、氢、氧三种元素组成的物质，此类化合物的分子式中氢和氧的比恰好是 2∶1，看起来像是碳和水的化合，故称碳水化合物。人体所需能量的 70%左右由碳水化合物氧化分解供应，碳水化合物是组织细胞的重要组成成分。

蛋白质、脂肪、碳水化合物和核酸均为有机化合物，统称有机营养素，本章主要介绍这四种营养素。

第一节 碳水化合物

一、碳水化合物概述

（一）碳水化合物

碳水化合物又称糖类化合物。它既包括有甜味的葡萄糖、果糖，也包括无甜味的淀粉、纤维素等。糖类化合物可以说是生物界中分布最广、含量最多的一类有机化合物，存在于动物、植物及微生物体内，是生物体维持生命活动所需能量的主要来源，也是构成植物细胞壁和其他有机合成的原料。

碳水化合物是由碳、氢、氧三种元素组成的天然有机化合物，其分子通式可写为 $C_m(H_2O)_n$，其中 m、n 为正整数，因此称为碳水化合物。从分子结构的特点来看，糖类物质是含多羟基的醛类或酮类化合物，以及能水解为多羟基醛类或酮类的缩聚物和衍生物的总称。

（二）碳水化合物的分类

按照糖类化合物的组成，可分为单糖、低聚糖和多聚糖等。

① 单糖（Monosaccharides）：不能再被水解的多羟基醛、酮，是碳水化合物的基本单位。

② 低聚糖（寡糖，Oligosaccharides）：由 2~10 个单糖分子缩合而成，水解后生成单糖。以双糖存在最为广泛，蔗糖、麦芽糖和乳糖是其重要代表。

③ 多糖（Polysaccharides）：由 10 个以上单糖分子缩合而成。根据组成多糖的单糖种类，又分为均多糖和杂多糖，如淀粉、纤维素等。

二、单糖

按碳原子数目单糖可分为丙糖、丁糖、戊糖、己糖等。自然界的单糖主要是戊糖和己糖。根据构造单糖又可分为醛糖和酮糖，葡萄糖为醛糖，果糖为酮糖。单糖中最重要的、与人们关系最密切的是葡萄糖。常见的单糖还有果糖、半乳糖、核糖和脱氧核糖等。

（一）单糖的结构——链式结构

醛糖和酮糖的链式结构如图 10-1、图 10-2 所示。

（1）葡萄糖

无色或白色晶体，熔点 146℃，存在于葡萄汁、果汁、蜂蜜中以及植物的根、茎、叶等部位。葡萄糖在动物体内氧化成二氧化碳和水，并释放出能量供机体活动所需，因此，它是动物新陈代谢不可缺少的营养剂，也是食品工业和医药工业的重要原料，在印染和制革中作还原剂。自然界存在的葡萄糖是 D 型的右旋结构，D-(+)-葡萄糖。

（2）果糖

白色晶体或结晶粉末，是甜度最甜的一种糖。果糖存在于蜂蜜、水果、植物的种子、茎和叶中。果糖易溶于水，可溶于乙醇和乙醚。天然果糖是 D 型的左旋结构，D-(-)-果糖。

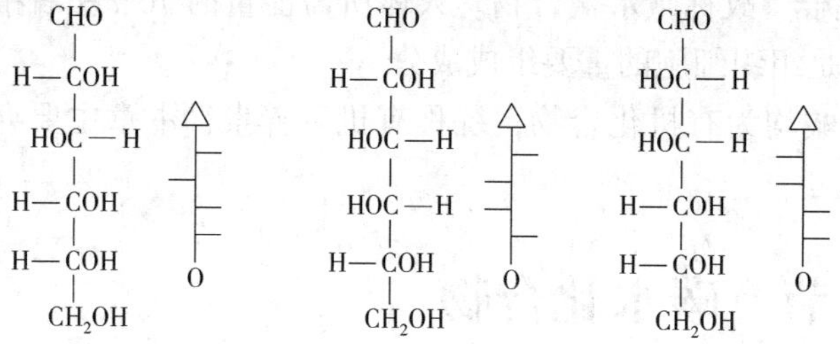

D-葡萄糖　D-半乳糖　D-甘露糖

图 10-1　醛糖的链式结构

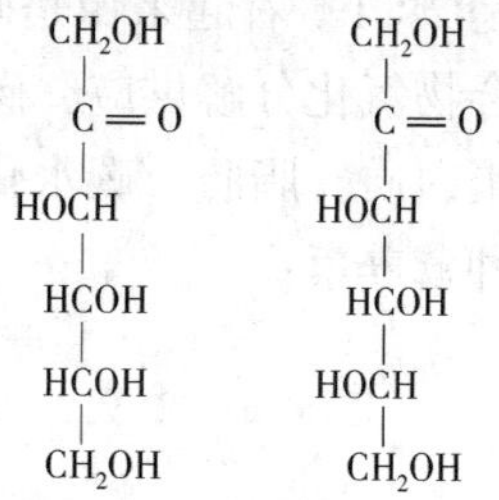

D-果糖　L-山梨糖

图 10-2　酮糖的链式结构

(二) 单糖的性质

单糖都是无色晶体，味甜，有吸湿性。极易溶于水，难溶于乙醇，不溶于乙醚。单糖有旋光性，其溶液有变旋现象。

从单糖的开链结构可见，它既具有醛基也有醇羟基，分子中的醇羟基显示醇的一般性质，如成酯、成醚等。单糖水溶液中以环状结构形式和开链结构形式的平衡混合物存在，因此，单糖的化学反应有的以环式结构进行，如成苷反应；有的以开链结构进行，如氧化反应、成脎反应。

(三) 重要的单糖及应用

(1) 葡萄糖

在自然界中分布极广，尤以葡萄中含量较多，因此叫葡萄糖。葡萄糖也存在于人的血液中(389~555μmol/L)，称为血糖，糖尿病患者的尿中含有葡萄糖。葡萄糖是许多糖如蔗糖、麦芽糖、乳糖、淀粉、糖原、纤维素等的组成单元。在肝脏内葡萄糖在酶作用下氧化成葡萄糖醛酸，可与有毒物质如醇、酚等结合变成无毒化合物由尿排出体外，达到解毒作用。

(2) 果糖

以游离状态存在于水果和蜂蜜中，是蔗糖的一个组成单元。果糖也可以形成磷酸酯，果糖磷酸酯是体内糖代谢的重要中间产物，在糖代谢中有其重要的地位。

(3) 核糖

以糖苷的形式存在于酵母和细胞中，是核酸以及某些酶和维生素的组成成分。核酸中除核糖外，还有 2-脱氧核糖(简称为脱氧核糖)，核糖和脱氧核糖的环为呋喃环故称为呋喃糖。含核糖的核苷酸统称为核糖核苷酸，是 RNA 的基本组成单位；含脱氧核糖的核苷酸统称为脱氧核糖核苷酸，是 DNA 的基本组成单位。

三、二糖

由两分子单糖失水，以苷键结合而成的缩合产物称为二糖，组成分子式为 $C_{12}H_{22}O_{11}$。由于失水方式不同，可分为还原性二糖和非还原性二糖。常见的二糖有麦芽糖、蔗糖、纤维二糖等。

(一) 蔗糖

无色晶体，易溶于水，难溶于乙醇，熔点 186~200℃，呈褐色，蔗糖是自然界分布最广的二糖，主要存在于甘蔗、甜菜、胡萝卜以及甜味的水果中。蔗糖的结构见图 10-3。

蔗糖是葡萄糖和果糖的 C_1C_2 苷羟基缩水形成的，分子中无游离的苷羟基，无还原性，所以为非还原性二糖。其水解产物生成的葡萄糖和果糖具有还原性，有银镜现象产生。

$$\underset{\text{蔗糖}}{C_{12}H_{22}O_{11}} + H_2O \xrightarrow{H_2SO_4} \underset{\text{葡萄糖}}{C_6H_{12}O_6} + \underset{\text{果糖}}{C_6H_{12}O_6}$$

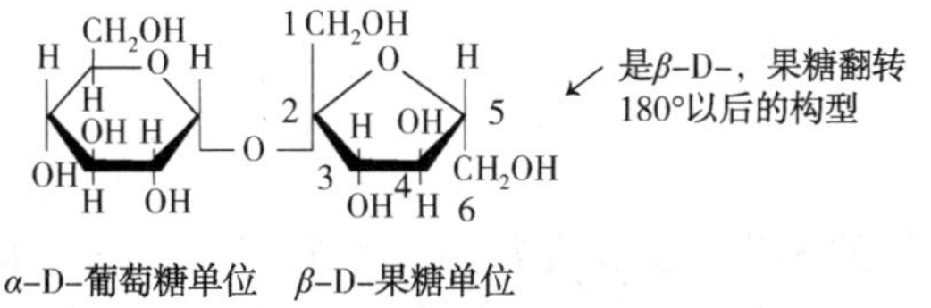

图 10-3　蔗糖的结构

（二）麦芽糖

无色晶体，熔点为 160~165℃，甜度为蔗糖的 40%，溶于水，微溶于乙醇，自然界只有麦芽中存在少量的麦芽糖，淀粉被酶促水解的产物。麦芽糖是由两个 D-葡萄糖分子通过 α 构型的 1,4 键连接起来的双糖，具有还原性。麦芽糖的结构见图 10-4。

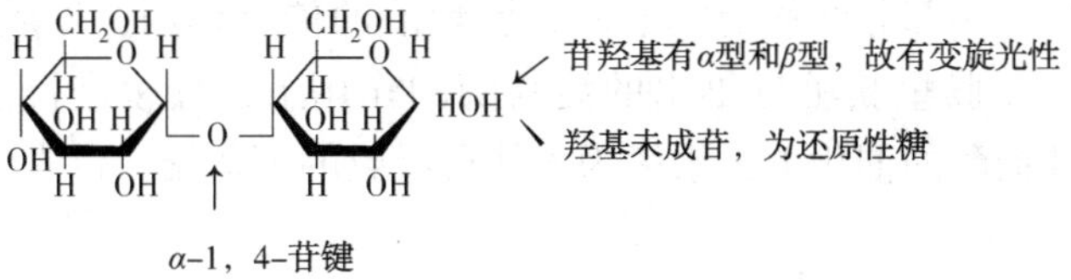

图 10-4　麦芽糖的结构

四、多糖

多糖是由多个单糖分子缩合、失水而成的，是一类分子结构复杂且庞大的糖类物质。由相同的单糖组成的多糖称为同多糖，如淀粉、纤维素和糖原；以不同的单糖组成的多糖称为杂多糖。多糖相对分子质量大，无甜味，无还原性，大部分是无定形粉末，无一定的熔点，大多数不溶于水，个别能与水形成胶体溶液，无变旋现象。多糖在自然界分布极广，亦很重要。有的是构成动植物细胞壁的组成成分，如肽聚糖和纤维素；有的是作为动植物储藏的养分，如糖原和淀粉；有的具有特殊的生物活性，像人体中的肝素有抗凝血作用，肺炎球菌细胞壁中的多糖有抗原作用等。

（一）淀粉

淀粉是白色、无臭、无味的粉状物质，不溶于一般有机溶剂。广泛存在于植物种子、根、茎中，大米中含 70%~80%，马铃薯中约含 20%。按其分子结构特点可分为直链淀粉和支链淀粉。

（1）直链淀粉

一般淀粉中直链淀粉约含 20%，是由 D-葡萄糖通过 α-1,4-苷键连接而成，是具有螺旋状的链状高分子化合物。直链淀粉遇碘显蓝色，能溶于热水而不呈糊状。其结构式如图 10-5所示。

（2）支链淀粉

一般淀粉中支链淀粉约含 80%~90%。主链也是由 D-葡萄糖通过 α-1,4-苷键相连的，但平均每隔20~25个葡萄糖单元就有一个通过α-1,6-苷键相结合的支链。支链淀粉遇碘则显紫红色，可溶于热水而呈糊状。可利用此性质鉴别直链淀粉和支链淀粉。

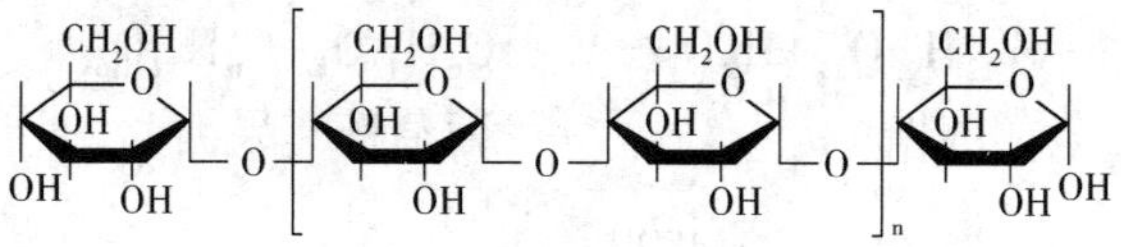

图10-5　直链淀粉结构式

（3）淀粉的性质

① 物理过程——淀粉的糊化：淀粉在常温下不溶于水，但当水温升至53℃以上时，淀粉的物理性能发生明显变化。淀粉在高温下溶胀、分裂形成均匀糊状溶液的特性，称为淀粉的糊化。

② 化学过程——淀粉的糖化：淀粉为高分子化合物，一定条件下可以水解。在酸的催化作用下，淀粉生成分子量较小的糊精（淀粉不完全水解的产物），糊精继续水解生成麦芽糖，最终水解产物是葡萄糖。糖化是淀粉加水分解成甜味产物的过程，是淀粉糖品制造过程的主要过程。

淀粉进入人体后，一部分淀粉受唾液所含淀粉酶的催化作用，发生水解反应，生成麦芽糖；余下的淀粉在小肠里胰脏分泌出的淀粉酶的作用下，继续进行水解，生成麦芽糖。麦芽糖在肠液中麦芽糖酶的催化下，水解为人体可吸收的葡萄糖，供人体组织的营养需要。

（二）纤维素

（1）纤维素的结构

纤维素分子式是$(C_6H_{10}O_5)_n$，它是由许多D-(+)-葡萄糖通过β-1,4-苷键结合而成的天然高分子聚合物，不溶于水及一般有机溶剂，是植物细胞壁的主要成分。纤维素是自然界中分布最广、含量最多的一种多糖，占植物界碳含量50%以上。

（2）纤维素的化学性质

① 水解：在一定条件下，纤维素与水发生反应，反应时氧桥断裂，同时水分子加入，纤维素由长链分子变成短链分子，直至氧桥全部断裂，变成葡萄糖。

$$(C_6H_{10}O_5)_n\ \text{纤维素}+nH_2O = nC_6H_{12}O_6\ \text{葡萄糖}$$

② 与酸作用：纤维素分子中的羟基能像醇羟基一样发生酯化反应，用浓硝酸和浓硫酸与纤维素作用可生成硝酸纤维素。

$$[C_6H_7O_2(OH)_3]_n+3nHNO_3 \longrightarrow [C_6H_7O_2(ONO_2)_3]_n+3nH_2O$$

根据纤维素的结构，每个环最多只能引入三个硝酸酯基团。硝酸酯基团引入的多少决定了硝酸纤维素的性质和用途。

第二节　脂　　类

一、脂类

脂类是人体需要的重要营养素之一，它与蛋白质、碳水化合物是产能的三大营养素，在供给人体能量方面起着重要作用。脂类包括油脂和类脂两大类。

油脂即甘油三酯，是油和脂肪的统称。一般将常温下呈液态的油脂称为油，而将其呈固态时称为脂肪。油脂分布十分广泛，各种植物的种子、动物的组织和器官中都存有一定数量的油脂，特别是油料作物的种子和动物皮下的脂肪组织，油脂含量丰富。人体内的脂肪约占体重的 10% ~20%。

类脂包括磷脂、糖脂、类固醇。类脂是生物膜的重要组成成分，维持细胞正常结构与功能等。磷脂含有磷酸基，在动物的脑和卵、大豆的种子中，磷脂的含量较多；糖脂是含有糖基的脂类；类固醇主要包括胆固醇、胆汁酸、类固醇激素等，这些物质对于生物体维持正常的新陈代谢和生殖过程，起着重要的调节作用。

二、油脂的存在

油脂通常以常温时原料的物理形态区别其称谓，常温下呈流态的油性物质，称为油；呈半固态的脂肪质称为脂；固态的软性油料称为蜡。油脂普遍存在于自然界，它是动植物的重要组成物质和储存能量的物质之一。油脂也是一种重要的化工原料，可用于制造肥皂、化妆品、油漆等。

人们日常食用的油都是油脂，根据其来源可分为植物油脂和动物油脂。常见的植物油脂包括豆油、花生油、菜籽油、芝麻油、玉米油等；常见的动物油脂包括猪油、牛油、羊油、鱼油等。

三、油脂的结构

油和脂肪统称油脂，从化学成分上来讲油脂是高级脂肪酸与甘油形成的酯类化合物。油脂的分子结构式如图 10-6 所示。

油脂是一分子甘油与三分子高级脂肪酸脱水形成的酯，称为甘油三酯，其中高级脂肪酸主要指硬脂肪酸、软脂肪酸和油酸等。R_1、R_2、R_3 代表高级脂肪酸中的烃基，可能为饱和烃基，例如脂肪是饱和高级脂肪酸甘油酯，也可能为不饱和烃基，油是不饱和高级脂肪酸甘油酯。如果烃基 R_1、R_2、R_3 相同称为单甘油酯，如果烃基 R_1、R_2、R_3 不同则称为混甘油酯，天然油脂大多为混甘油酯且为混合物。

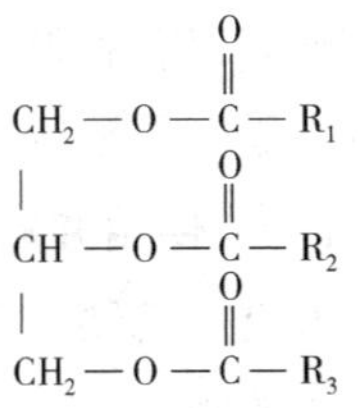

图 10-6　油脂的分子结构式

四、油脂的性质

（一）物理性质

纯净的油脂无色、无味，天然的油脂因含有脂溶性色素和其他杂质而有一定颜色和气味；油脂比水轻，不溶于水易溶于苯、汽油、乙醚等有机溶剂，利用这一性质用有机溶剂提取植物种子里的油脂。

天然油脂是各种脂肪酸甘油酯的混合物，故没有一定的熔点、沸点，但各种油脂都有一定的熔点范围，例如花生油 28~32℃、猪油 36~46℃。由饱和的硬脂肪酸或软脂肪酸生成的甘油酯熔点高，由不饱和的油酸生成的甘油酯熔点低。

（二）化学性质

（1）加成反应

油脂的氢化是指液态的油脂，在一定条件（催化剂、温度、压力等）下与氢气发生加成反应，使油脂分子中的双键得以饱和，液态的油脂变为比较饱和的固体，也称油脂的硬化，如图 10-7 所示。

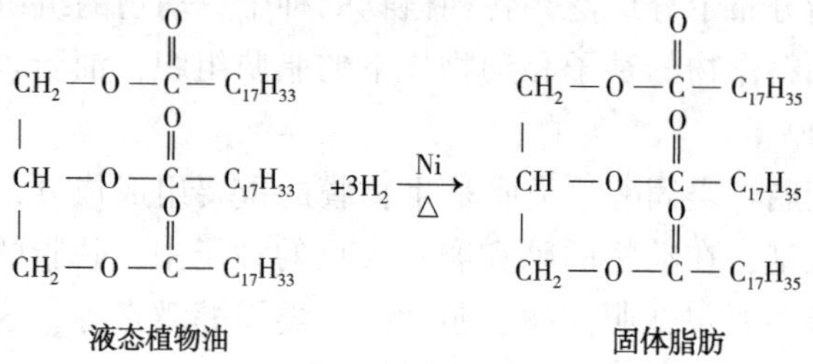

图 10-7　油脂的氢化

（2）水解反应

油脂是酯类中一类物质，具有酯的通性，在酸或碱的催化条件下都能进行水解反应。

脂肪在人体内的化学变化主要是在脂肪酶的催化下，进行水解，生成甘油（丙三醇）和高级脂肪酸，然后再分别进行氧化分解，释放能量。成人每日需进食 50~60g 脂肪，可提供日需热量的 20%~25%。

（3）氧化和酸败

脂肪分子中的不饱和脂肪酸可受空气中的氧或各种细菌、霉菌所产生的脂肪酶和过氧化物酶所氧化，形成一种过氧化物，最终生成短链酸、醛和酮类化合物，使油脂散发出刺激性的臭味，这种现象称为脂肪的酸败。

五、油脂的用途

油脂以各种形式存在于人体的各种组织中，是构成人体组织细胞的重要成分之一，在人体内具有重要的生理功能。

（一）供给和贮存热能

人类从食物中获得的脂肪，一部分贮存在体内，当人体的能量消耗多于摄入时，就动用贮存的脂肪来补充热能。当人处于饥饿状态时或手术后禁食期有 50%~85%的能量源于贮存的脂肪氧化。冬眠动物和骆驼也都是靠贮存脂肪来维持其生存的。

（二）构成身体组织

脂肪是构成人体细胞的主要成分，如类脂中的磷脂、糖脂和胆固醇是组成人体细胞膜的类脂层的基本原料。

（三）维持体温和保护脏器

脂肪是热的不良导体，分布在皮下的脂肪具有减少体内热量过度散失和防止外界辐射热侵入的作用，对维持人的正常体温和御寒起着重要作用。分布在器官、关节和神经组织等周围的脂肪组织，既对重要脏器起固定支持和保护作用，又犹如软垫起到使内脏免受外力撞击、防止震动和摩擦损伤的作用。

（四）促进脂溶性维生素的吸收

脂肪是脂溶性维生素的良好溶剂。维生素 A、D、K、E 及 β 胡萝卜素均能溶于脂肪而不溶于水，这些维生素随着脂肪的吸收而同时被吸收，当膳食中脂肪缺乏或发生吸收障碍时，体内脂溶性维生素就会因此而缺乏。

（五）供给必需脂肪酸和调节生理功能

必需脂肪酸是细胞的重要组成物质，在体内具有多种调节人体生理功能的作用，它能促进人体发育；维持皮肤和毛细血管的健康；减轻放射线照射所造成的皮肤损伤；降低血胆固醇和减少血小板黏附性作用，防止血栓形成，有助于防止冠状动脉粥样硬化性心脏病等。

（六）提高食品的饱腹感和美味

脂肪饮食在胃中的停留会产生饱腹感，脂肪还有润肠作用，烹调食物时加入脂肪，可以改善食品的味道，增加食欲。

第三节　蛋　白　质

氨基酸和蛋白质都是含氮有机化合物，是一切生命体内的细胞和组织的基本组成部分，是生命活动所依赖的物质基础。构成人体的蛋白质有十万种以上，不同的蛋白质分子具有不同的结构。蛋白质分子结构的多样性，决定了蛋白质具有多种重要的生理功能。了解人体内各种蛋白质的分子结构、生成过程及其功能、探索生命的奥秘是人类多年的梦想，是生命科学的重要课题。

蛋白质是由许多不同的 α-氨基酸按一定序列通过肽键连接而成的，α-氨基酸是组成蛋白质的基本单元。因此，要破解蛋白质结构之谜，首先要认识组成蛋白质的基本单元氨基酸。

一、氨基酸

（一）氨基酸的结构

氨基酸是羧酸碳原子上的氢原子被氨基取代后的化合物，其分子结构中既含有氨基（—NH_2）又含有羧基（—COOH），并且氨基和羧基都直接连接在一个—CH—结构上，其通式为 H_2N—CHR—COOH，通式中 R 基为可变基团，氨基酸分子通式有不带电形式和两性离子式，其结构通式如图 10-8 所示。

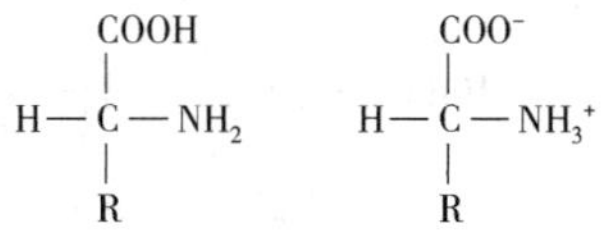

不带电形式　　两性离子式

图 10-8　氨基酸的结构通式

自然界中已经发现的氨基酸有两百余种，其中组成蛋白质的氨基酸只有 20 种。除脯氨酸外，均为 α-氨基酸，即羧酸分子中的 α-H 被氨基取代。除甘氨酸（R ═H）外，其他蛋白质氨基酸的 α-碳原子均为不对称碳原子，因此氨基酸可以有立体异构体，即旋光异构，有两种构型：D 型和 L 型，天然蛋白质中存在的氨基酸都属 L-氨基酸。

有些氨基酸在人体内不能自身合成或合成的速度不能满足机体的需求，必须从食物中获取，是机体不可缺少的氨基酸。人体必需的八种氨基酸包括赖氨酸、色氨酸、甲硫氨酸、异亮氨酸、亮氨酸、苏氨酸、苯丙氨酸、缬氨酸。氨基酸是蛋白质的分解产物，食物中蛋白质含量的高低决定氨基酸的摄取情况，合理搭配膳食，适当地多吃一些动物性蛋白食品。成人必需氨基酸的需要量约为蛋白质需要量的 20%～37%。

人体必需的氨基酸有八种，人体若缺乏这些氨基酸，就会导致许多种类的蛋白质代谢和合成失去平衡，引起疾病。这八种氨基酸的生理作用分别是，赖氨酸：促进大脑发育，是肝及胆的组成成分，能促进脂肪代谢，调节松果腺、乳腺、黄体及卵巢，防止细胞退化；色氨酸：促进胃液及胰液的产生；苯丙氨酸：参与消除肾及膀胱功能的损耗；甲硫氨酸：参与组成血红蛋白、组织与血清，有促进脾脏、胰脏及淋巴的功能；苏氨酸：有转变某些氨基酸达到平衡的功能；异亮氨酸：参与胸腺、脾脏及脑下腺的调节以及代谢，作用于甲状腺、性腺；亮氨酸：平衡异亮氨酸；缬氨酸：作用于黄体、乳腺及卵巢。

（二）氨基酸的分类

氨基酸按分子中氨基和羧基的相对位置不同分为α-氨基酸、β-氨基酸、γ-氨基酸等。如：

$$\underset{\beta}{CH_3}-\underset{\underset{NH_2}{|}}{\overset{\alpha}{CH}}-COOH \qquad \underset{\underset{NH_2}{|}}{\overset{\beta}{CH_2}}-\overset{\alpha}{CH_2}-COOH \qquad \underset{\underset{NH_2}{|}}{\overset{\gamma}{CH_2}}-\overset{\beta}{CH_2}-\overset{\alpha}{CH_2}-COOH$$

α-氨基酸　　β-氨基酸　　γ-氨基酸

α-氨基酸在自然界中存在最广，蛋白质水解后得到的氨基酸都是α-氨基酸；β-氨基酸和γ-氨基酸在蛋白质中较少见。

氨基酸根据分子中所含氨基和羧基的相对数目不同来分类，可分为中性氨基酸（氨基和羧基的数目相等）、酸性氨基酸（羧基的数目大于氨基的数目）和碱性氨基酸（氨基的数目大于羧基的数目）。

此外，还可以根据氨基酸分子中的烃基结构不同分类，可分为脂肪族氨基酸、芳香族氨基酸和杂环氨基酸。

（三）氨基酸的命名

氨基酸的系统命名法是以羧酸为母体，氨基为取代基来命名的。如：

$$H_2N-CH_2-CH_2-CH_2-CH_2-\underset{\underset{NH_2}{|}}{CH}-COOH$$ 2,6-二氨基己酸

$$HOOC-CH_2-CH_2-\underset{\underset{NH_2}{|}}{CH}-COOH$$ 2-氨基戊二酸

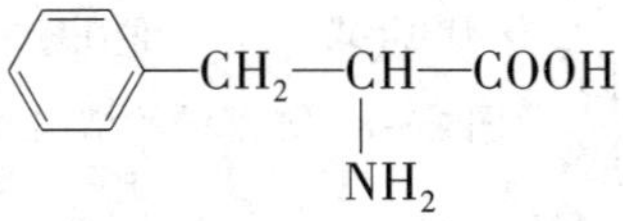

3-苯基-2-氨基丙酸

α-氨基酸通常由其来源或性质不同而得俗名。如甘氨酸，因其有甜味而得俗名；从蚕丝中得到的α-氨基酸-β-羟基丙酸，称为丝氨酸等。

（四）氨基酸的性质

1. 物理性质

各种常见的氨基酸易成为无色结晶，结晶形状因氨基酸的结构不同而有所差异。如L-谷氨酸为四角柱形结晶，D-谷氨酸则为菱形片状结晶。

氨基酸结晶的熔点较高，一般在200～300℃，许多氨基酸在达到或接近熔点时会分解成胺和CO_2。

绝大部分氨基酸都能溶于水。不同氨基酸在水中的溶解度有差别，如赖氨酸、精氨酸、脯氨酸的溶解度较大，酪氨酸、半胱氨酸、组氨酸的溶解度很小。各种氨基酸都能溶于强碱和强酸中。但氨基酸不溶或微溶于乙醇。

氨基酸及其衍生物具有一定的味感，如酸、甜、苦、咸等。其味感的种类与氨基酸的种类、立体结构有关。

各种常见的氨基酸对可见光均无吸收能力。但酪氨酸、色氨酸和苯丙氨酸在紫外光区

具有明显的光吸收现象。而大多数蛋白质中都含有这 3 种氨基酸，尤其是酪氨酸。因此，可以利用 280nm 波长处的紫外吸收特性定量检测蛋白质的含量。

2. 化学性质

① 氨基酸分子中既含有氨基又含有羧基，所以氨基酸分别具有胺和羧酸的基本性质。羧基可以发生酰胺化反应、酯化反应、还原反应等；氨基像伯胺一样，可以发生烃基化反应、酰基化反应和亚硝酸反应等。

② 两性解离和等电点。氨基酸在结晶形态或在水溶液中，并不是以游离的羧基或氨基形式存在的，而是离解成两性离子。在两性离子中，氨基以质子化($—NH_3^+$)形式存在，羧基以离解状态($—COO^-$)存在。在不同的 pH 条件下，两性离子的状态也随之发生变化，氨基酸的两性离子既可以和酸作用，又可以和碱作用，在水溶液中形成一个平衡系。如：

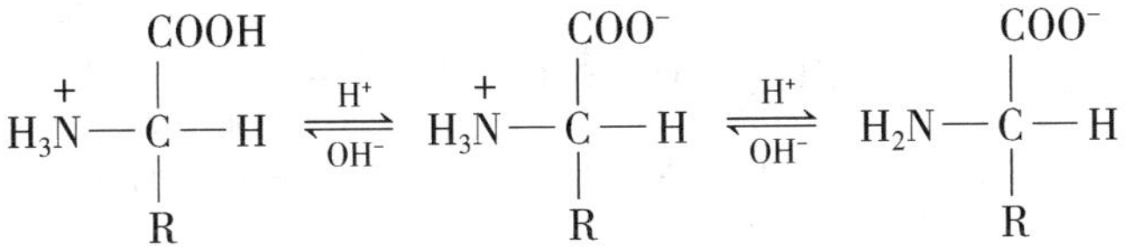

阳离子　　两性离子　　阴离子

pH＜pI　　pH=pI　　pH＞pI

氨基酸在强酸性溶液中，平衡向右移动，以正离子的形式存在，这时在电场中的氨基酸向负极移动；在强碱性溶液中，平衡向左移动，以负离子的形式存在，这时在电场中的氨基酸向正极移动；调节氨基酸溶液的 pH 值到一定数值时，可使氨基酸的正离子浓度和负离子浓度相等，即$—NH_3^+$基和$—COO^-$基的解离程度完全相等时，即所带净电荷为零，氨基酸既不向负极移动，也不向正极移动，此时氨基酸所处溶液的 pH 值称为该氨基酸的等电点，以 pI 表示。

在等电点时，氨基酸的溶解度最小，容易呈结晶析出。因此，可以通过调节溶液的 pH 值，将等电点不同的氨基酸从混合溶液中分离出来。

③ 与茚三酮的反应。α-氨基酸与茚三酮在水溶液中反应，产生蓝紫色的物质，这一反应称为水合茚三酮的反应。但有的氨基酸呈其他颜色，如：脯氨酸、羟脯氨酸显黄色。此反应非常灵敏，是鉴别氨基酸最迅速、最简单的方法，可用于α-氨基酸的定性和定量分析。

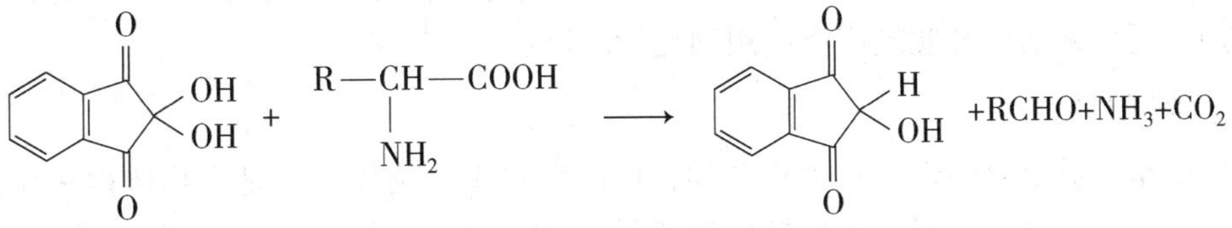

茚三酮　　氨基酸　　茚三酮(还原型)　　醛

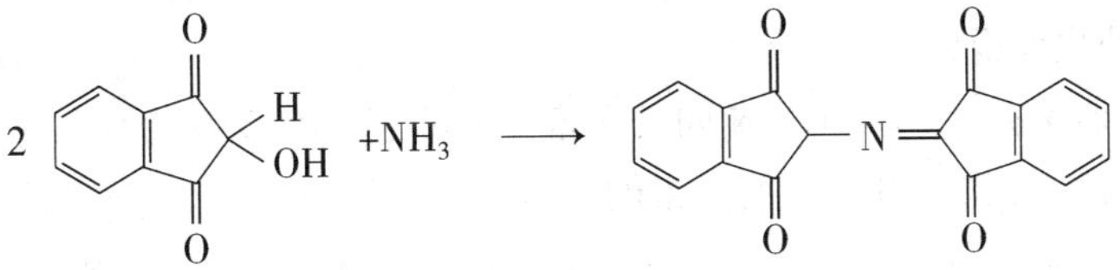

茚三酮　　蓝色或紫色化合物

④ 缩合反应。一个氨基酸的氨基与另一个氨基酸的羧基发生缩合反应，失去一分子水，彼此以酰胺键互相连接在一起形成的化合物为肽。所形成的酰胺键也称为肽键。

由两个 α-氨基酸分子缩合而形成的肽称为二肽，二肽是最简单的肽。如：

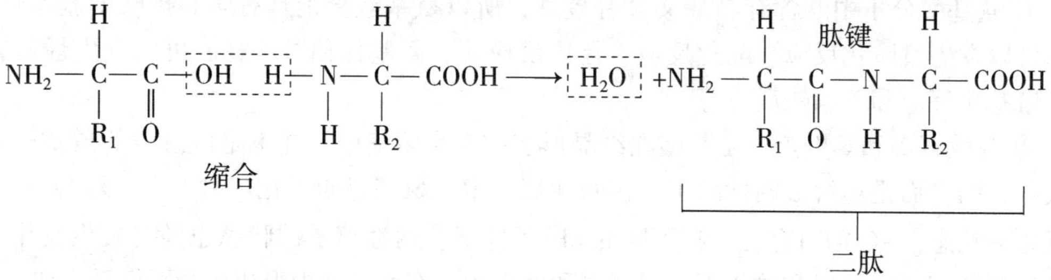

由三个 α-氨基酸分子缩合成的肽称为三肽。如：

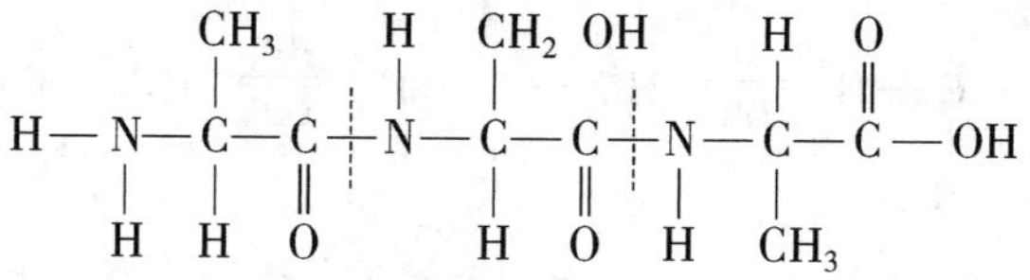

依此类推，若一种肽含有少于 10 个氨基酸，则为寡肽，超过此数的肽统称为多肽。在多肽分子中，肽链中有氨基的一端称为 N 端，有羧基的一端称为 C 端。在书写多肽结构时，通常把 N 端写在左边，把 C 端写在右边。

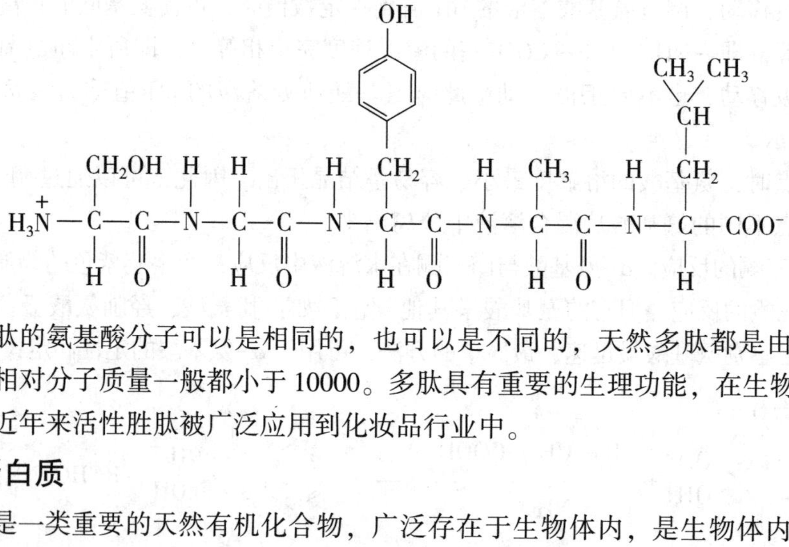

组成多肽的氨基酸分子可以是相同的，也可以是不同的，天然多肽都是由不同的氨基酸组成的，相对分子质量一般都小于 10000。多肽具有重要的生理功能，在生物体内起着重要的作用。近年来活性胜肽被广泛应用到化妆品行业中。

二、蛋白质

蛋白质是一类重要的天然有机化合物，广泛存在于生物体内，是生物体内一切组织的基础物质，承担着各种重要的生理功能和机械功能。肌肉收缩、血液凝固、物质的运输等生理功能也是由蛋白质来实现的。因此，蛋白质是生命活动的重要物质基础。

（一）蛋白质的化学组成

所有的蛋白质都含有 C、H、O、N 四种元素，有些还含有少量的 S、P，以及 Fe、Cu、Zn、Mo、I、Se 等微量元素。其中主要元素的质量百分数约为：

C	O	N	H	S	P	Fe
50%~55%	20%~23%	15%~17%	6%~7%	0.2%~3.0%	0~0.8%	0~0.4%

蛋白质的相对分子质量都很大，通常在10000以上，有的高达几万、几十万，个别甚至更高达上千万，但是大多数蛋白质所含氮元素的质量百分数变化不大，平均值约为16%，即每克氮相当于6.25(100/16)g蛋白质。氮元素容易用凯氏(Kjeldahl)定氮法进行测定，故蛋白质的含量可由氮的含量乘以系数6.25计算出来。

$$W_{粗蛋白}(\%) = W_{N}(\%) \times 6.25$$

(二) 蛋白质的分类

蛋白质的种类繁多，结构复杂，分类方法有多种。根据分子形状不同，可分为球状蛋白质和纤维状蛋白质。球状蛋白质的分子对称性佳，外形接近球状或椭球状，溶解度较好，能结晶，大多数蛋白质属于这一类；纤维状蛋白质的分子对称性差，分子类似细棒或纤维，它又可分成可溶性纤维状蛋白质和不溶性纤维状蛋白质。

根据蛋白质功能的不同，可分为活性蛋白质和非活性蛋白。活性蛋白质，如酶蛋白、转运蛋白、运动蛋白、保护和防御蛋白、受体蛋白；非活性蛋白，如硬蛋白、角蛋白等。

一般根据蛋白质化学组成的不同，将蛋白质分为单纯蛋白质(见表10-1)和结合蛋白质(见表10-2)两大类。单纯蛋白质只含有由α-氨基酸组成的肽链，不含其他成分。结合蛋白质由单纯蛋白与其他非蛋白成分结合而成。

表10-1 单纯蛋白质的分类

类名	性质	实例
清蛋白	广泛存在于生物体内，可溶于水，被饱和硫酸钠沉淀	血清蛋白、乳清蛋白等
球蛋白	普遍存在于生物体内，可溶于稀氯化钠溶液，被饱和硫酸钠沉淀	血清球蛋白、肌球蛋白和植物种子球蛋白等
谷蛋白	不溶于水，可溶于稀酸和稀碱	米谷蛋白和麦谷蛋白等
醇溶谷蛋白	这类蛋白质主要存在于植物种子中，不溶于水，可溶于70%的乙醇	玉米醇溶蛋白、麦醇溶蛋白等
组蛋白	分子中组氨酸、赖氨酸较多，分子呈碱性，可溶于水，不溶于氨水	小牛胸腺组蛋白等
鱼精蛋白	分子中碱性氨基酸特别多，因此呈碱性，可溶于水或氨水	鱼精蛋白、鱼卵等
硬蛋白	动物体内具有结缔及保护功能的蛋白质，不溶于水、酸、碱及盐	角蛋白、胶原、网硬蛋白和弹性蛋白等

表10-2 结合蛋白质的分类

类名	辅基成分	实例
核蛋白	核糖核酸、脱氧核糖核酸	脱氧核糖核蛋白、核糖体、病毒等
脂蛋白	磷脂、固醇和中性脂	β-脂蛋白
糖蛋白	半乳糖、甘露糖等	γ-球蛋白
磷蛋白	磷酸基	酪蛋白、胃蛋白酶
色蛋白	血红素、叶绿素	血红蛋白、叶绿蛋白
黄素蛋白	黄素腺嘌呤二核苷酸	琥珀酸脱氢酶

(三) 蛋白质的结构

蛋白质是由α-氨基酸组成的一类天然高分子化合物，其结构非常复杂。每一种天然蛋白质都有自己特有的空间结构或称三维结构，这种三维结构通常被称为蛋白质的构象，即蛋白质的结构。一般认为蛋白质的结构分为一级(初级)、二级(次级)、三级和四级结构，如图 10-9 所示。

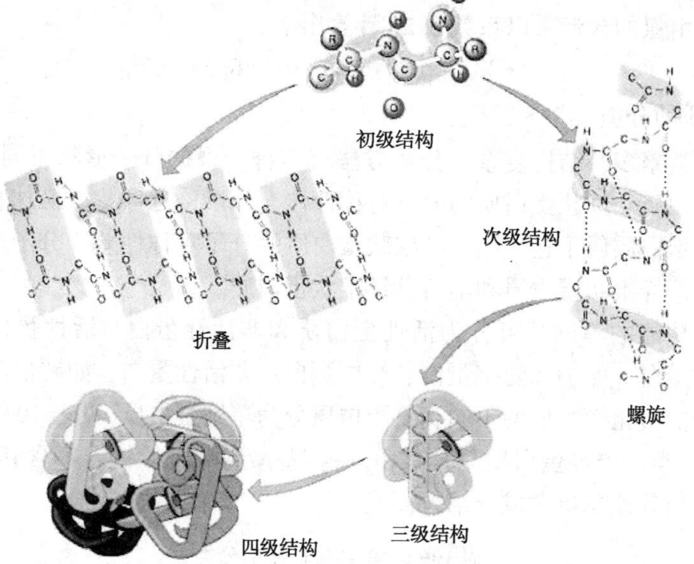

图 10-9　蛋白质的结构

1. 一级结构

蛋白质的一级结构，又称为化学结构，是指氨基酸在肽链中的排列顺序及二硫键的位置，是多肽链具有共价键的主链结构。多肽链的氨基酸顺序是蛋白质生物功能的基础。蛋白质的一级结构决定了蛋白质的二级、三级等高级结构，天然蛋白质各有其特殊的生物学活性，决定每一种蛋白质生物学活性的结构特点，首先在于其肽链的氨基酸序列，由于组成蛋白质的二十种氨基酸各具特殊的侧链，侧链基团的理化性质和空间排布各不相同，当它们按照不同的序列关系组合时，就可形成多种多样的空间结构和不同生物学活性的蛋白质分子。

2. 二级结构

蛋白质分子中肽链并非呈直链状，而是按一定的规律卷曲(如 α-螺旋结构)或折叠(如 β-折叠结构)形成特定的空间结构，这是蛋白质的二级结构。蛋白质的二级结构主要是依靠肽链中氨基酸残基亚氨基(—NH—)上的氢原子和羰基上的氧原子之间形成的氢键而实现的。主要有以下几种类型：α-螺旋(见图 10-10)、β-折叠(见图 10-11)、β-转角和无规则卷曲。

在 α-螺旋中肽平面的键长和键角一定，肽键的原子排列呈反式构型，相邻的肽平面构成两面角。多肽链中的各个肽平面围绕同一轴旋转，形成螺旋结构，螺旋一周，沿轴上升的距离即螺距为 0.54nm，含 3.6 个氨基酸残基；两个氨基酸之间的距离 0.15nm。肽链内形成氢键，氢键的取向几乎与轴平行，第一个氨基酸残基的酰胺基团的—CO 基与第四个氨基酸残基酰胺基团的—NH 基形成氢键。

β-折叠是一种肽链相当伸展的结构。肽链按层排列，依靠相邻肽链上的羰基和氨基形成的氢键维持结构的稳定性。肽键的平面性使多肽折叠成片，氨基酸侧链伸展在折叠片的

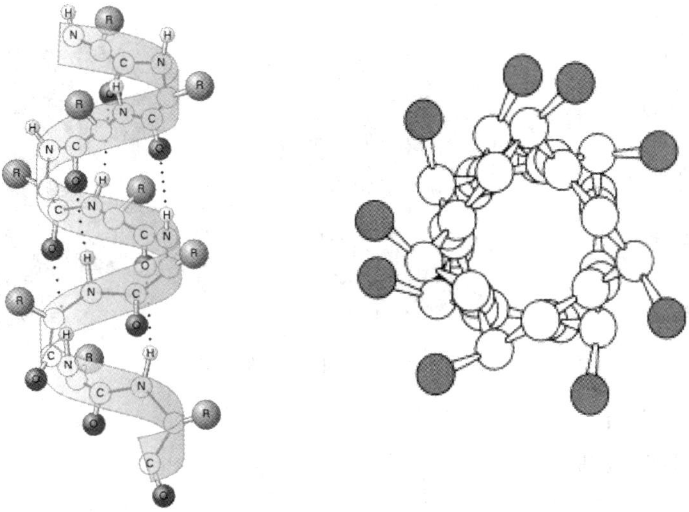

图 10-10　α-螺旋

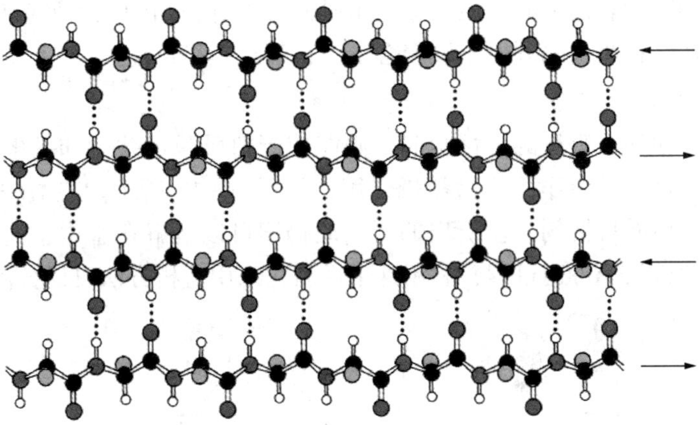

图 10-11　β-折叠

上面和下面。

3. 三级结构

在二级结构的基础上，肽链还按照一定的空间结构，进一步形成更复杂的三级结构。蛋白质的三级结构是指多肽链的距离较远的氨基酸之间的相互作用，而使多肽链弯曲或折叠，形成的紧密而具有一定刚性的结构，是二级结构的多肽链进一步折叠、卷曲形成复杂的球状分子结构。所有具有重要生物功能的蛋白质都有严格的特定的三级结构。肌红蛋白、血红蛋白等正是通过这种结构使其表面的空穴恰好容纳一个血红素分子。肌红蛋白三级结构如图 10-12 所示。

4. 四级结构

许多蛋白质分子不止含有一条肽链，由二条或二条以上独立三级结构的多肽链组成的蛋白质，其多肽链间通过次级键相互组合而形成的空间结构称为蛋白质的四级结构。四级结构是指两条或多条肽链以特殊方式结合成有生物活性的蛋白质。血红蛋白是由四条具有三级结构的多肽链构成，近似椭球形状。

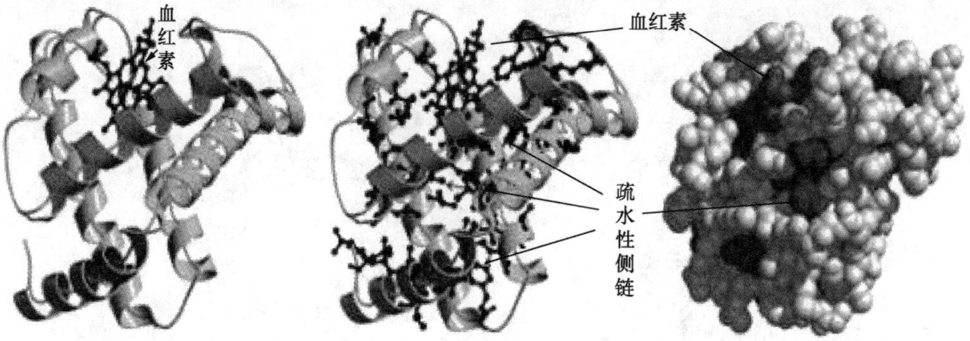

图 10-12　肌红蛋白三级结构

（四）蛋白质的性质

1. 蛋白质的胶体性质

蛋白质的相对分子质量很大，一般在 10000~1000000，因此它的水溶液必然具有胶体的性质，如布朗运动、光散射现象、电泳现象、不能透过半透膜等。蛋白质是亲水力很强的胶体。在胶体颗粒的表面上有一层很厚的水膜而且带有相同的电荷使胶体颗粒互相排斥，故能在水溶液中使颗粒相互隔开而不致聚合下沉，保持其稳定性。

2. 蛋白质的盐析

在蛋白质溶液中加入定量的中性盐时，则能使蛋白质脱水并中和其电荷而从溶液中沉淀出来，中性盐的这种沉淀作用称为盐析作用，如图 10-13 所示。硫酸铵、硫酸钠和氯化钠是常见的几种蛋白质盐析剂。盐析出的蛋白质仍旧可以溶解在水中，而不影响原来蛋白质的性质，因此盐析是个可逆过程，利用这个性质，采用盐析方法可以分离提纯蛋白质。

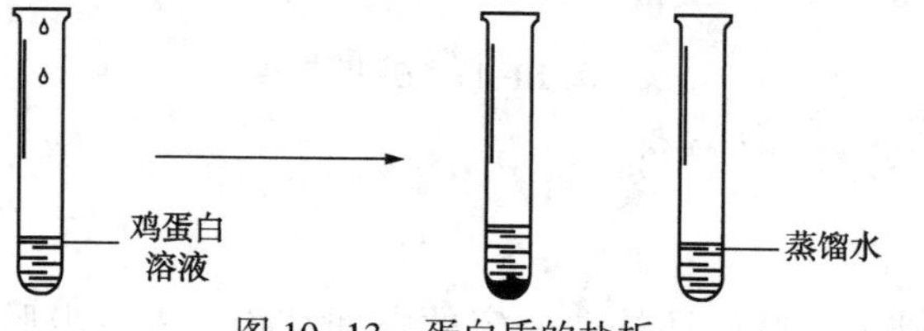

图 10-13　蛋白质的盐析

3. 蛋白质的两性解离及等电点

蛋白质是由氨基酸组成的，在其分子表面带有很多可解离基团，如羧基、氨基、酚羟基、咪唑基、胍基等。此外，在肽链两端还有游离的 α-氨基和 α-羧基，蛋白质与多肽一样，能够发生两性解离，也有等电点。

当溶液在某一特定的 pH 条件下，蛋白质分子所带的正电荷数与负电荷数相等，即净电荷数为零，此时蛋白质分子在电场中不移动，这时溶液的 pH 值称为该蛋白质的等电点，此时蛋白质的溶解度最小。

4. 蛋白质的变性

蛋白质因受物理或化学因素的影响，其分子的空间结构发生改变，导致其理化性质、生物活性都发生改变，这种现象称为蛋白质的变性。能使蛋白质变性的化学因素有强酸、强碱、重金属离子、尿素、酒精、丙酮等；能使蛋白质变性的物理因素有加热震荡或搅拌、超声波、紫外线及X射线照射等。蛋白质生物活性的丧失是蛋白质变性的主要特征，变性后的蛋白质最明显的理化性质改变是溶解度降低。变性过程中不发生肽键断裂和二硫键的破坏，因而不发生一级结构的破坏；而主要发生氢键、疏水键的破坏，使肽链的有序的卷曲、折叠状态变为松散无序。

蛋白质的变性作用如果不过于剧烈，则是一种可逆过程，变性蛋白质通常在除去变性因素后，可缓慢地重新自发折叠成原来的构象，恢复原有的理化性质和生物活性，这种现象称为复性。例如胃蛋白酶加热至80~90℃时，失去溶解性，也无消化蛋白质的能力，如将温度再降低到37℃，则又可恢复溶解性和消化蛋白质的能力。

一方面，蛋白质的变性作用有许多实际应用，例如临床上用乙醇、煮沸、紫外线照射等消毒灭菌；临床化验室用加热凝固反应检查尿中蛋白质；日常生活中把蛋白质煮熟食用，便于消化；另一方面，在制备保存蛋白质制剂(如酶、疫苗、免疫血清等)过程中，则应避免蛋白质变性，以防失去活性。

5. 蛋白质的颜色反应

蛋白质可以与某些试剂反应，显示特有的颜色反应。这些颜色反应可用于鉴别蛋白质，或用于蛋白质的定性和定量分析，如表10-3所示。

表10-3　蛋白质的颜色反应

反应名称	试　剂	颜　色
双缩脲反应	稀碱，稀硫酸铜	粉红色~蓝紫色
茚三酮反应	水合茚三酮	蓝紫色
米隆反应	米隆	砖红色沉淀
蛋白黄色反应	浓硝酸，氨	黄色~橙黄
醋酸铅反应	醋酸铅	黑色
酚试剂反应	酚试剂	蓝色

第四节　核　　酸

一、核酸简介

核酸是重要的生物大分子之一，是遗传信息的携带者，又是传递者。物种和个体之间的差异可以认为是其携带的核酸之间的差异，是可以确定亲代与子代之间的遗传与变异现象的分子基础。核酸分子是由少数几种单体通过特定的化学键相互连接而成的、有特定生物活性的聚合物，具有复杂的空间结构。核酸在生物体内主要与蛋白质合成核蛋白存在，既是蛋白质生物合成不可缺少的物质，又是生物遗传的物质基础。

二、核酸的化学组成

核酸一般存在于细胞核内，少量存在于细胞质中，细胞中核酸的含量相对稳定，一般占干细胞重的5% ~15%。核酸是生物体内的高分子化合物，经水解后可得到的化学成分有戊糖、碱基和磷酸三种化合物。

根据分子中戊糖的不同将核酸分为脱氧核糖核酸(DNA)和核糖核酸(RNA)两大类。DNA98%以上存在于细胞核的染色质中并与蛋白质结合在一起，少量存在于细胞质的线粒体和叶绿体中。DNA是遗传信息的携带者，其结构决定生物合成蛋白质的特定结构，并保证这种遗传特性传给下一代；RNA90%以上存在于细胞质中，10%存在于细胞核中，它们是以DNA为模板而形成的，并且直接参加蛋白质的生物合成过程。因此，DNA是RNA的模板，而RNA又是蛋白质的模板。遗传信息就是这样由DNA传递给RNA，再传递给蛋白质。通过DNA复制，遗传信息一代代传下去，正因为有这样的功能，人们把核酸誉为“生命之源”和“生命之本”。

(一) 核酸的元素组成

组成核酸(DNA和RNA)分子的主要元素有C、H、O、N、P等，其中磷元素在核酸中的含量比较接近和恒定，DNA的平均含磷量为9.9%，RNA的平均含磷量为9.4%。因此，只要测出生物样品中核酸的含磷量，就可以计算出该样品的核酸含量，这是定磷法的理论基础。

(二) 核酸的基本结构单元——核苷酸

核酸同蛋白质一样，也是生物大分子。核酸的相对分子质量很大，一般是几十万至几百万。核酸水解后得到许多核苷酸，实验证明，核苷酸是组成核酸的基本单位，即组成核酸分子的单体。单个核苷酸是由含氮有机碱(称碱基)、戊糖(即五碳糖)和磷酸三部分构成的。其中，戊糖有两种：一种是核糖，为RNA的水解产物；另一种是脱氧核糖，为DNA的水解产物。含氮碱基包括嘌呤碱基和嘧啶碱基两类。

所以，核酸由核苷酸组成，而核苷酸又由碱基、戊糖和磷酸组成。脱氧核糖核苷酸是DNA的结构单元，核糖核苷酸是RNA的结构单元。根据核酸的水解产物，人们可以了解DNA和RNA的化学组成特征。DNA和RNA主要组成成分见表10-4。

表10-4　DNA和RNA主要组成成分

组成成分		RNA	DNA	组成成分	RNA	DNA
碱基	嘌呤	腺嘌呤(A)	腺嘌呤(A)	磷酸	磷酸	磷酸
		鸟嘌呤(G)	鸟嘌呤(G)			
	嘧啶	胞嘧啶(C)	胞嘧啶(C)	戊糖	核糖	脱氧核糖
		尿嘧啶(U)	胸腺嘧啶(T)			

1. 戊糖

核酸分子中的戊糖有两种：一种是存在于RNA中的核糖，为D-核糖；另一种是存在于DNA中的核糖，为D-2-脱氧核糖。

2. 碱基

构成核苷酸的碱基分为嘌呤和嘧啶二类，它们是含氮的杂环化合物。前者主要指腺嘌呤(A)和鸟嘌呤(G)，DNA和RNA中均含有这二种碱基。后者主要指胞嘧啶(C)、胸腺嘧啶(T)和尿嘧啶(U)，胞嘧啶存在于DNA和RNA中，胸腺嘧啶只存在于DNA中，尿嘧啶则只存在于RNA中。

3. 核苷

核苷是一类糖苷的总称。糖苷是指糖类与醇类脱水生成的产物。核苷是核酸和核苷酸的组成成分。核苷都是由 D-核糖或 D-Z-脱氧核糖与嘧啶碱或嘌呤碱缩合而成的。核苷一般为无色结晶，不溶于普通有机溶剂，易溶于热水，熔点为 160~240℃。由 D-核糖生成的核苷称核糖核苷，参与 RNA 组成，由 D-α-脱氧核糖生成的核苷称脱氧核糖核苷，参与 DNA 组成。

核酸中的核苷由嘌呤或嘧啶碱与核糖或脱氧核糖缩合而成。核糖分子中的第一位碳原子(C1)与嘧啶分子中第一位氮原子(N1)或嘌呤分子中的第九位氮原子(N9)之间形成苷键，生成 N-糖苷，即嘧啶或嘌呤的呋喃核糖苷，称为核糖核苷。2-脱氧核糖分子中的碳原子(C1)与嘧啶分子中的氮原子(N1)或嘌呤分子中的氮原子(N9)之间形成苷键，成为嘧啶或嘌呤的呋喃脱氧核糖苷，称为脱氧核糖核苷。

4. 核苷酸

核苷与磷酸结合生成的化合物称为核苷酸(见图 10-14)。即核苷酸是由核苷分子中戊糖环上的羟基与一分子磷酸上的氢通过脱水生成磷酸酯键相连接而形成的化合物。

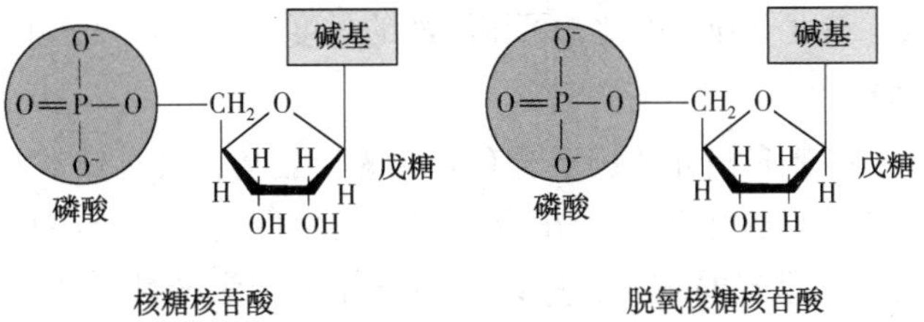

图 10-14 核苷酸的结构式

磷酸是三元酸，它与核酸生成核苷酸后仍有两个活性的 H^+，两个核苷酸之间可通过其他游离的羟基(—OH)与磷酸中的 H^+ 反应生成二核苷酸，它们通过磷酸二酯键连接。

多个核苷酸分子通过磷酸二酯键相互连接生成的化合物称为多核苷酸。核酸实质上是一类多核苷酸高分子化合物，因此得出核酸的基本结构单元是核苷酸的结论。根据多核苷酸分子中戊糖的不同，多核苷酸可分为核糖多核苷酸(RNA)和脱氧核糖多核苷酸(DNA)。腺苷酸、鸟苷酸、胞苷酸、尿苷酸是构成 RNA 的基本单位，脱氧腺苷酸、脱氧鸟苷酸、脱氧胞苷酸、脱氧胸苷酸是构成 DNA 的基本单位，见表 10-5。

表 10-5 核酸中常见的主要碱基、核苷、核苷酸

核　酸	碱　基	核　苷	核 苷 酸
RNA	A	腺苷(adenosine)	腺苷酸(AMP)
	G	鸟苷(guanosine)	鸟苷酸(GMP)
	C	胞苷(cytidine)	胞苷酸(CMP)
	U	尿苷(uridine)	尿苷酸(UMP)
DNA	A	脱氧腺苷(deoxyadenosine)	脱氧腺苷酸(dAMP)
	G	脱氧鸟苷(deoxyguanosine)	脱氧鸟苷酸(dGMP)
	C	脱氧胞苷(deoxycytidine)	脱氧尿苷酸(dCMP)
	T	脱氧胸苷(deoxyuridine)	脱氧胸苷酸(dTMP)

三、核酸的理化性质

（一）核酸的分子大小

核酸和蛋白质一样，也是大分子化合物。DNA 的相对分子质量特别巨大，一般在 10^6～10^{10}之间。不同生物、不同种类 DNA 的相对分子质量差异很大。RNA 的相对分子质量比 DNA 小得多，在数百至数百万之间。

（二）核酸的溶解性和黏度

DNA 和 RNA 都是极性化合物，一般都溶于水，而不溶于乙醇、氯仿、乙醚等有机溶剂，常用乙醇从溶液中沉淀核酸。它们的钠盐比游离酸在水中的溶解度大，如 RNA 的钠盐在水中的溶解度可达 4%。RNA 的纯品呈白色粉末状或结晶，DNA 为白色类似石棉样的纤维状物。

核酸是相对分子质量很大的高分子化合物，高分子溶液比普通溶液黏度要大得多，高分子形状的不对称性愈大，其黏度也愈大，不规则线团分子比球形分子的黏度大，线形分子的黏度更大。由于 DNA 分子极为细长，因此即使是极稀的溶液也有极大的黏度，RNA 的黏度要小得多。当核酸溶液因受热或在其他作用下发生变性或降解时，分子长短、直径比例减小，即分子不对称性降低，黏度下降。因此，可用溶液的黏度作为 DNA 变性的指标。

（三）核酸的酸碱性

DNA 和 RNA 分子在其多核苷酸链上既有酸性的磷酸基，又有碱基上的碱性基团，因此核酸和蛋白质一样，也是两性电解质，在溶液中可发生两性电离。核酸分子中的磷酸是一个中等强度的酸，而碱基呈现弱碱性，所以核酸整体表现为酸性。核酸和蛋白质有一个共同的特性，那就是等电点，核酸的等电点比较低，如 DNA 的等电点为 4～4.5，RNA 的等电点为 2～2.5。核酸在其等电点时溶解度最小，调整溶液中的 pH 值可使核酸从溶液中沉淀下来。在中性或偏碱性溶液中，核酸通常带有负电荷，在外加电场的作用下，向阳极电泳。利用核酸的这一性质，可以把相对分子质量大小不同的核酸分离。

（四）核酸的紫外吸收

核酸中有共轭双键的是嘌呤和嘧啶碱基，它可以强烈吸收波长为 260～290nm 的紫外线，最大吸收紫峰波长大约在 260nm 处，而蛋白质的最大吸收峰波长大约在 280nm 处，不同的核苷酸具有不同的吸收特性，利用这一特性可用紫外分光光度计对核酸加以定量测定，还可以鉴别核酸样品中有无杂质蛋白质。当核酸变性或降解时，其碱基暴露，紫外吸收值增高。因此根据核酸紫外吸收值的变化可判断其变性或水解程度。实验室中根据核酸的紫外吸收性质可定量测定少量的 DNA 或 RNA。

（五）核酸的水解

DNA 和 RNA 中的糖苷键与磷酸酯键，可被酸、碱或酶水解成为各种组分。其水解程度因水解条件而异。RNA 能在室温条件下被稀碱水解成核苷酸；而 DNA 对碱较稳定，常利用此条件测定 RNA 的碱基组成或除去溶液中的 RNA 杂质。

（六）显色反应

D-核糖与浓盐酸和苔黑酚(甲基间苯二酚)共热产生绿色；D-2-脱氧核糖与酸和二苯胺一同加热产生蓝紫色。可以利用这两种糖的特殊颜色反应区别 DNA 和 RNA 或二者定量测定。

（七）核酸的变性、复性和 DNA 杂交

在一定理化因素作用下，核酸双螺旋等空间结构中碱基之间的氢键断裂，变成单链的现象称为变性。引起核酸变性的常见理化因素有加热、酸、碱、尿素和甲酰胺等。在变性过程中，核酸的空间构象被破坏，理化性质发生改变。如溶液黏度降低，DNA 双螺旋是紧密的刚性结构，变性后代之以柔软而松散的无规则单股线性结构，DNA 黏度因此而明显下降；溶液旋光性发生改变，变性后整个 DNA 分子的对称性及分子局部的构性改变，使 DNA 溶液的旋光性发生变化。

DNA 复性指变性 DNA 在适当条件下，二条互补链全部或部分恢复到天然双螺旋结构的现象，它是变性的一种逆转过程。热变性 DNA 一般经缓慢冷却后即可复性，此过程称为退火。DNA 复性是非常复杂的过程，影响 DNA 复性速度的因素很多：DNA 浓度高，复性快；DNA 分子大，复性慢等。

具有互补序列的不同来源的单链核酸分子，按碱基配对原则结合在一起称为杂交。杂交可发生在 DNA-DNA、RNA-RNA 和 DNA-RNA 之间。例如，一段天然的 DNA 和这段 DNA 的缺失突变体(假定这种突变是 DNA 分子中部丢失了若干碱基对)杂交，电子显微镜下可以看到杂化双链中部鼓起小泡。测量小泡位置和长度，可确定缺失突变发生的部位和缺失的多少。杂交是分子生物学研究中常用的技术之一，利用它可以分析基因组织的结构、定位和基因表达等。

本章小结

1. 碳水化合物：

（1）分类和结构。

（2）性质：氧化反应；水解反应。

2. 脂类：

（1）油脂的结构。

（2）油脂的性质及应用：加成反应；水解反应(酸式/碱式水解)；氧化和酸败。

3. 氨基酸：

（1）氨基酸的结构通式。

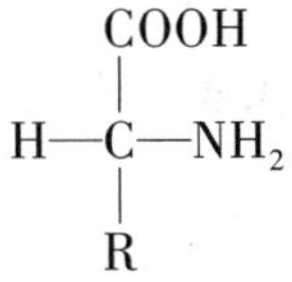

不带电形式

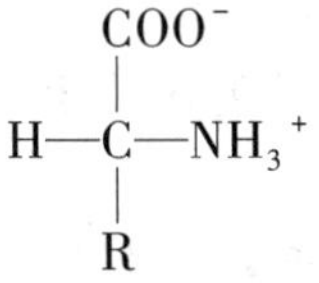

两性离子式

（2）氨基酸的性质：两性解离和等电点；与茚三酮的反应；缩合反应——成肽。

4. 蛋白质：

（1）结构。

（2）性质：蛋白质的盐析；蛋白质的两性解离及等电点；蛋白质的变性；蛋白质的颜色反应。

5. 核酸：

(1) 结构和分类。

(2) 重要的理化性质。

习　题

一、填空题

1. 组成蛋白质的4种主要元素是(　　　　　　　　　　　　)。

2. 人体必需的氨基酸有八种，包括(　　)、(　　)、(　　)、(　　)、(　　)、(　　)、(　　)和赖氨酸。

3. 根据糖的水解情况，可将其分为三类：(　　)、(　　)、(　　)。

4. 葡萄糖既能发生银镜反应，也能跟新制得的氢氧化铜发生反应生成红色沉淀。这说明葡萄糖具有(　　)的性质，分子里含有(　　　　)官能团。

5. (　　　)是由生物体活细胞分泌产生的具有特殊催化能力的蛋白质。

6. 淀粉一般由两种成分组成，一种是(　　)淀粉，一种是(　　)淀粉。

7. 从化学结构来看，油脂是由(　　)和(　　)所形成的酯类化合物。

8. 核酸是生物体内的高分子化合物，经水解后可得到的化学成分有：(　　　)、(　　)和(　　)三种化合物。

9. 用油脂水解制取高级脂肪酸和甘油，通常选择的条件是(　　)；若制取肥皂和甘油，则选择的条件是(　　)；将液态油转化为固态脂通常需在(　　)、(　　)、(　　)条件下，用油和(　　)反应。

二、选择题

1. 甘氨酸和丙氨酸在一定条件下发生缩合反应生成的二肽化合物共有(　　)。

A. 2种　　B. 3种　　C. 4种　　D. 1种

2. 下列各项关于氨基酸的叙述中，正确的是(　　)。

A. 氨基酸是蛋白质分子的组成单位，由氨基和羧基组成

B. 每个氨基酸分子都只含有一个氨基和一个羧基

C. 两个氨基酸分子脱水缩合形成多肽

D. 组成生物蛋白质的氨基酸中至少含有一个氨基和一个羧基，并连接在同一个碳原子上

3. 下列化合物中不属于单糖的是(　　)。

A. 葡萄糖　　B. 果糖　　C. 蔗糖　　D. 半乳糖

4. 蛋白质遇到下列何种物质不会发生化学变化(变性)？(　　)

A. 甲醛　　B. 重金属盐　　C. 生理盐水　　D. 浓硝酸

5. 下列四项中，其中组成DNA的是(　　)。

A. 氨基酸、碱基、磷酸　　B. 脱氧核糖、碱基、磷酸

C. 葡萄糖、碱基、磷脂　　D. 五碳糖、碱基、磷脂

6. 作为遗传物质的DNA，与蛋白质的根本区别在于(　　)。

A. 有一定的空间结构　　B. 能精确地复制自己并传给后代

C. 相对分子质量大小　　D. 分子结构相对稳定

7. 下列关于核酸的叙述中不正确的是(　　)。

A. 核酸是遗传信息的载体

B. 核酸的基本组成单位是脱氧核苷酸

C. 不同生物所具有的 DNA 和 RNA 有差异

D. DNA 主要分布在细胞核中

8. 下列物质属于酯类的是(　　)。

A. 花生油　　B. 甘油　　C. 石油　　D. 汽油

9. 下列关于油脂的叙述中，不正确的是(　　)。

A. 油脂属于酯类　　B. 油脂没有固定的熔、沸点

C. 油脂是高级脂肪酸的甘油酯　　D. 油脂都不能使溴水褪色

模块三

实验实训模块

实验一　玻璃仪器的认识、洗涤和干燥

一、实验目的

1. 认识玻璃仪器；

2. 掌握玻璃仪器常见的洗涤和干燥方法。

二、实验内容

1. 认识表格中的玻璃仪器，了解相应的用途。

名　称	主要用途	名　称	主要用途
烧杯	配制溶液	试剂瓶	存放试剂
锥形瓶	滴定分析	滴瓶	滴加试剂
碘量瓶	挥发性物质滴定分析	分液漏斗	萃取操作
圆底烧瓶	加热或蒸馏液体	试管	定性检验
凯氏烧瓶	消化操作	比色管	比色分析
洗瓶	装蒸馏水	抽滤瓶	减压过滤
量筒、量杯	粗略量取液体	玻璃纱芯漏斗	滤除大沉淀物
容量瓶	配制标准溶液或稀释待测溶液	冷凝管	冷凝蒸馏的蒸气
滴定管	滴定操作	表面皿	盖玻璃杯等
移液管	准确量取溶液	研钵	研磨固体试样及试剂
吸量管	准确量取溶液	干燥器	恒重操作，提供干燥环境
称量瓶	称量样品或烘样品	硬质玻璃棒	搅拌

2. 玻璃仪器的洗涤。

洗涤玻璃仪器的方法很多，应依据实验的要求、污物性质和污染的程度选用。需准确量取溶液的量器，清洗时不宜使用毛刷。

玻璃仪器洁净度检查：内壁完全被水润湿而不挂水珠。

常用的洗涤方法：

① 自来水刷洗；

② 洗洁精或肥皂液洗涤；

③ 铬酸洗液（20g 重铬酸钾溶于 40g 水中，加热搅拌再慢慢加入 360g 浓硫酸）：对有机油污的去除能力强，可重复使用，其腐蚀性强，有毒性，使用中应注意安全。

3. 玻璃仪器的干燥。

定量玻璃仪器不应放在烘箱中烘干。

常用的干燥方法：

① 自然风干：将玻璃仪器放在通风处，进行晾干；

② 烘干：将玻璃仪器放在烘箱内烘干，也可以放在紫外线灯烘箱内烘干；

③ 热(冷)风吹干：对于急于干燥的或不适合放入烘箱的玻璃仪器可采用吹干的办法。通常是用少量乙醇或丙酮、乙醚将玻璃仪器荡洗，荡洗剂回收，然后用气流干燥器吹干。

实验二 溶液的配制

一、实验目的

1. 掌握固体溶解和液体稀释的基本操作。

2. 学习选用合适器具配制和盛装溶液。

3. 学习试剂瓶标签的编制。

二、实验试剂和仪器

1. 试剂：

氢氧化钠(AR)，去离子水，浓硫酸(AR)，氯化钾(AR)。

2. 仪器：

天平，量筒，烧杯，药勺，玻璃棒，塑料试剂瓶，玻璃试剂瓶，标签纸。

三、实验内容

1. 试剂瓶标签信息：

试剂名称，溶剂名(非水溶剂)，试剂浓度，配制日期，配制人员。

2. 常用强碱溶液的配制(0.1mol/L 氢氧化钠溶液)：

用天平称取 2g 氢氧化钠于烧杯中，加少量新鲜蒸馏水后用玻璃棒搅拌溶解，继续加水稀释至 500mL，搅拌均匀，盛于贴好标签的塑料试剂瓶，备用。

3. 常用酸溶液的配制(1mol/L 硫酸溶液)：

开启通风橱，戴上防腐蚀手套和护目镜，用量筒取 95mL 蒸馏水于烧杯中，缓慢加入 5.6mL 浓硫酸，并不断搅拌至均匀，冷却至室温后盛于贴好标签的玻璃试剂瓶，备用。

4. 常用盐溶液配制(1mol/L 氯化钾溶液)：

用天平称取 37.5g 氯化钾于烧杯中，溶解于适量蒸馏水，稀释至 500mL，用玻璃棒搅拌均匀，盛于贴好标签的试剂瓶，备用。

实验三 硫酸铜的重结晶

一、实验目的

1. 了解用重结晶法提纯物质的原理和方法。

2. 学习台秤的使用以及加热、溶解、过滤、蒸发、结晶等基本操作。

二、实验原理

粗硫酸铜晶体中的主要杂质是 Fe^{3+}、Fe^{2+} 以及一些可溶性的物质如 Na^+ 等。

要分离 Fe^{3+} 比较容易，因为氢氧化铁的 $K^{\ominus}sp=4\times10^{-38}$，而氢氧化铜的 $K^{\ominus}sp=2.2\times10^{-20}$，当 $c_{Fe^{3+}}$ 降到 10^{-6}mol/L 时，pH 值≈4，可以利用溶度积的差异，适当控制条件（如 pH 等），达到分离 Cu^{2+} 与 Fe^{3+} 的目的。

由 Cu^{2+} 与 Fe^{2+} 的溶度积计算，似乎也可以用分步沉淀法分离，但由于 Cu^{2+} 是主体，Fe^{2+} 是杂质，这样进行分步沉淀会产生共沉淀现象，达不到分离目的。因此在本实验中先将 Fe^{2+} 在酸性介质中用 H_2O_2 氧化成 Fe^{3+}。即：

$$2Fe^{2+}+H_2O_2+2H^+ = 2Fe^{3+}+2H_2O$$

然后采用控制 pH 值在 3.5 左右一次分步沉淀分离，达到 Fe^{3+} 与 Cu^{2+} 分离的目的。从氧化反应中可见，应用 H_2O_2 作氧化剂的优点是不引入其他离子，多余的 H_2O_2 可利用热分解去除而不影响后面分离。

可溶性杂质是采用重结晶方法分离。根据物质的溶解度不同，特别是晶体的溶解度一般随温度的降低而降低，当热的饱和溶液冷却时，待提纯的物质先以结晶析出，而少量易溶性杂质由于尚未达到饱和，仍留在母液中，通过过滤，就能将易溶性杂质分离，这就是重结晶分离可溶性杂质的原理。

三、实验试剂和仪器

1. 试剂：

① 粗硫酸铜。

② 0.5mol/L NaOH 溶液。

称取 2g 氢氧化钠固体至小烧杯中，用去离子水溶解定容至 100mL，搅拌均匀。

③ 1mol/L H_2SO_4 溶液。

量取 5.6mL 浓硫酸，缓慢加入装有 95mL 去离子水的烧杯中，搅拌均匀。

④ 1mol/L KSCN 溶液。

称取 9.72g 硫氰化钾至小烧杯中，用去离子水稀释至 100mL，搅拌均匀。

⑤ 2mol/L HCl 溶液。

量取 16.7mL 浓盐酸，缓慢加入装有 83.3mL 去离子水的小烧杯中，搅拌均匀。

⑥ 6mol/L 氨水。

量取 40mL 浓氨水，缓慢加入装有 60mL 去离子水的小烧杯中，搅拌均匀。

⑦ 3%H_2O_2 溶液。

量取 3mL30%H_2O_2，缓慢加入装有 97mL 去离子水的小烧杯中，搅拌均匀。

2. 仪器：

通风橱，电子天平，烧杯，量筒，酒精灯，石棉网，pH 试纸，玻璃漏斗，洗瓶，玻璃棒，蒸发皿，胶头滴管，泥三角，布氏漏斗，抽滤瓶，真空泵，滤纸。

四、实验内容

1. 粗硫酸铜的提纯

① 称量和溶解：用粗天平称取已研磨的粗硫酸铜 5g，放入 100mL 洁净烧杯中，加入 20mL 去离子水，边搅拌边加热溶解，直至晶体完全溶解，停止加热。

② 氧化和沉淀：往溶液中滴加 1mL3%H_2O_2 溶液，加热片刻(若无小气泡产生，即可认为 H_2O_2 分解完全)，边搅拌边滴加 0.5mol/L NaOH 溶液，直至溶液的 pH 值≈4，再加热片刻，使 $Fe(OH)_3$ 加速沉淀。取下，静置，待 $Fe(OH)_3$ 沉淀沉降(千万不要用玻璃棒去搅动!)。

③ 过滤：先过滤上层清液，用蒸发皿接收滤液。待上层清液滤完后再逐步倒入悬浊液过滤，过滤接近完成时，用少量蒸馏水洗涤烧杯，洗涤液倒入漏斗中过滤，待全部滤完后，滤渣投入废液缸中。

④ 蒸发浓缩和结晶：将蒸发皿中的滤液用 1mol/L H_2SO_4 调至 pH 值为 1~2(约 3 滴 1mol/L H_2SO_4)后，移到小火上(也可加一石棉网)加热蒸发浓缩(勿加热过猛，以免液体飞溅而损失)，直至溶液表面刚出现薄层结晶时，立即停止加热，让其自然冷却到室温(勿用水冷)，慢慢地析出 $CuSO_4 \cdot 5H_2O$ 晶体。

将晶体与母液转入已装好滤纸的布氏漏斗中进行抽滤。用玻璃棒将晶体均匀地铺满滤纸，并轻轻地压紧晶体，尽可能除去晶体间夹带的母液，然后用小滤纸轻轻压在晶体层表面，吸去表层晶体上吸附的母液。取出晶体，摊在滤纸上，再覆盖一张滤纸，用手指轻轻挤压，吸干其中的剩余母液。最后将吸干的晶体称重，按下式计算收率。

$$收率=\frac{产品质量(g)}{粗产品质量(g)}\times 100\%$$

2. 硫酸铜纯度检验

称取 1g 粗硫酸铜晶体和 1g 提纯后的硫酸铜晶体，分别倒入小烧杯中加 10mL 水溶解，再分别加入 1mL H_2SO_4(1mol/L)酸化，调 pH 值为 1~2，加入 2mL 30%H_2O_2 氧化，使其中 Fe^{2+} 全部转化为 Fe^{3+}。

溶液冷却后，在搅拌下分别滴入 6mol/L 氨水至生成的蓝色沉淀全部溶解，溶液呈深蓝色，用普通漏斗过滤，在取出的滤纸上滴加 6mol/L 氨水至蓝色褪去。此时 $Fe(OH)_3$ 沉淀留在滤纸上。

用滴管滴加 3mL 2mol/L HCl 溶液至滤纸上，使 $Fe(OH)_3$ 沉淀溶解。然后在溶解液中滴加 2 滴 KSCN(1mol/L)溶液，根据红色的深浅，评定提纯后硫酸铜溶液的纯度。

五、思考题

1. 粗硫酸铜中杂质 Fe^{2+} 为什么要氧化为 Fe^{3+} 除去？
2. 除去 Fe^{3+} 时，为什么要调节 pH 值为 4 左右？pH 值太大或太小有什么影响？

实验四　氯化钠的提纯

一、实验目的

1. 掌握用化学方法提纯粗食盐的原理和方法。

2. 初步学会无机制备的基本操作。

3. 了解中间控制检验和氯化钠纯度检验的方法。

二、实验原理

粗盐中含有不溶性杂质（如泥沙等）和可溶性杂质（主要是 Ca^{2+}、Mg^{2+} 和 ${SO_4}^{2-}$ 等的盐）。不溶性杂质可用溶解、过滤的方法除去。可溶性杂质可用化学方法除去，其中对于 ${SO_4}^{2-}$，可加入稍过量的 $BaCl_2$ 溶液，生成 $BaSO_4$ 沉淀，再用过滤法除去，由于 $BaSO_4$ 不易形成晶体沉淀，所以要加热食盐溶液并在不断搅拌下缓慢滴加 $BaCl_2$ 的稀溶液，沉淀出现后，继续加热并放置一段时间，进行陈化，以利于晶体的生成和长大。食盐中的 Mg^{2+}、Ca^{2+} 以及为沉淀 ${SO_4}^{2-}$ 而带入的 Ba^{2+}，在加入 NaOH 溶液和 Na_2CO_3 溶液后，可生成沉淀再过滤除去。

$$Mg^{2+}+2OH^{-}=\!=\!=Mg(OH)_2$$

$$Ba^{2+}+{CO_3}^{2-}=\!=\!=BaCO_3$$

$$Ca^{2+}+{CO_3}^{2-}=\!=\!=CaCO_3$$

过量的 NaOH 和 Na_2CO_3 可通过加 HCl 除去。

对于很少量的可溶性杂质如氯化钾等，在后面的蒸发、浓缩、结晶过程中，绝大部分会仍然留在母液之中，从而可与氯化钠分离。

在物质提纯过程中，为了检查某种杂质是否除尽，常常需要取少量溶液，称为取样，在其中加入适当的试剂，从反应现象来判断某种杂质存在的情况，这种步骤通常称为“中间控制检验”，而对产品纯度和含量的测定，则称为“成品检验”。

三、实验试剂和仪器

1. 试剂：

固体粗食盐，HCl（2mol/L），$BaCl_2$（1mol/L），Na_2CO_3（1mol/L），Na_2SO_4（2mol/L），Na_2OH(2mol/L)，$(NH_4)_2C_2O_4$(0.5mol/L)，镁试剂，pH 试纸，滤纸。

2. 仪器：

天平，烧杯，普通漏斗，漏斗架，布氏漏斗，吸滤瓶，真空泵，蒸发皿，石棉网，酒精灯。

四、实验内容

1. 粗食盐的提纯：

① 称取 8g 粗食盐，放入小烧杯中，加入 30mL 蒸馏水，用玻璃棒搅拌，并加热使其溶

解。继续加热至沸腾时，在不断搅拌下缓慢逐滴加入 1mol/L $BaCl_2$ 溶液至沉淀完全(约 2mL)，陈化半小时。为了检测沉淀是否彻底，可取上层清液少许，加入 1~2 滴 $BaCl_2$ 溶液，观察是否有浑浊现象。若没有浑浊，说明 SO_4^{2-} 已沉淀完全。反之，则说明 SO_4^{2-} 还存在于溶液中，需继续滴加 $BaCl_2$ 溶液，直到沉淀完全。继续加热保持 5~10min，放置一会儿后用普通漏斗过滤。

② 在上述滤液中加入 1mL 2mol/L NaOH 溶液和 3mL1mol/L Na_2CO_3 溶液，加热至沸腾。待沉淀稍沉降后，吸取上层清液约 1mL 进行离心分离，取分离出的清液加入 2mol/L Na_2SO_4 溶液 2 滴，振荡试管，观察有无浑浊产生。若无白色浑浊，表明上面所加过量的 Ba^{2+} 已沉淀完全，弃去试液(为什么不能倒回烧杯中?)，若有白色浑浊现象，则在溶液中再加 0.5~1mL Na_2CO_3 溶液(视浑浊程度而定)，加热至沸腾，然后再取样检验，直至 Ba^{2+} 沉淀完全。静置片刻，用普通漏斗过滤。

③ 在滤液中逐滴加入 2mol/L HCl，使滤液呈微酸性(pH 值 3~4)，并充分搅拌。

④ 将调好酸度的滤液置于蒸发皿中，用小火加热蒸发，浓缩至稀糊状，但切不可将溶液蒸干。

⑤ 适当冷却后，用布氏漏斗抽滤，要使结晶尽量抽干，并用少许水洗涤两次，每次洗涤也应尽量抽干。

⑥ 将结晶重新置于干净的蒸发皿中，在石棉网上用小火加热烘干。

⑦ 充分冷却后，称产品质量，并计算产率。

$$产率=\frac{产品质量(g)}{粗产品质量(g)}\times100\%$$

2. 产品纯度的检验：

各取少量(1g)提纯前后的粗食盐和精食盐，分别用 5mL 蒸馏水溶解，然后各分装于三支试管中，形成三个对照组。

① SO_4^{2-} 的检验：在第一组的两溶液中各加入 2 滴 1mol/L $BaCl_2$ 溶液，比较二者沉淀产生的情况。

② Ca^{2+} 的检验：在第二组的两溶液中各加入 2 滴 0.5mol/L$[NH_4]_2C_2O_4$ 溶液，分别观察有无白色沉淀产生。

③ Mg^{2+} 的检验：在第三组的两溶液中各加入 2~3 滴 1mol/L NaOH 溶液，使溶液呈微碱性(用 pH 试纸试验)，再加入 2~3 滴镁试剂，比较两溶液产生蓝色沉淀的情况。

镁试剂是一种有机染料，它在酸性溶液中呈黄色，在碱性溶液中呈红色或紫色。但被 $Mg(OH)_2$ 沉淀吸附后，则呈蓝色，因此可以用来检验 Mg^{2+} 的存在。

五、实验前应思考的问题

1. 中和过量的 NaOH 和 Na_2CO_3 为什么只选 HCl 溶液，用其他酸是否可以?

2. 提纯后的食盐溶液在浓缩时为什么不能蒸干? 且在浓缩时为什么不能采用高温?

3. 如何除去粗食盐中 SO_4^{2-}、Ca^{2+}、Mg^{2+} 和 K^+ 等杂质离子? 哪种离子的除去是采用化学法?

4. 怎样检查杂质离子是否沉淀完全?

5. "陈化"是化学法提纯 NaCl 所必需的，为什么?

实验五　化学反应速率与化学平衡

一、实验目的

1. 加深对浓度、温度和催化剂等条件对化学反应速率影响的理解。

2. 加深对浓度、温度对化学平衡影响的理解。

3. 学习试剂取用等基本操作。

二、实验原理

1. 浓度、温度、催化剂对反应速率的影响：在一定温度下，增加反应物的浓度，反应速率增大；提高温度可使反应速率增大，加入催化剂可以加快反应速率。

2. 浓度、温度对化学平衡的影响：根据勒夏特列原理，当可逆反应达到平衡时，如果改变某一条件(如浓度，温度等)，平衡就向减弱这个改变的方向移动。

三、实验试剂和仪器

1. 试剂：

$Na_2S_2O_3$，MnO_2，H_2O_2，2mol/L HCl，4mol/L NaOH，4mol/L HNO_3，0.1mol/L K_2CrO_4，0.1mol/L $K_2Cr_2O_7$。

2. 仪器：

计时器，烧杯，玻璃棒，滤纸，粗黑色笔，火机，木条，试管，二氧化氮平衡球。

四、实验内容

(一) 化学反应速率实验内容

1. 浓度对反应速率的影响——盐酸与硫代硫酸钠的反应：

$$Na_2S_2O_3(aq)+2HCl(稀)=\!=\!=SO_2(g)\uparrow+S(s)\downarrow+2NaCl(aq)+H_2O$$

反应缓慢生成不溶于水的硫；使溶液出现乳白色浑浊，通过观察溶液的浊度来估测反应速率。改变硫代硫酸钠的浓度而保持盐酸的浓度不变，通过测定溶液达到同等浊度时所需的时间来比较反应物浓度对反应速率的影响。

实验步骤及现象：将 8g 硫代硫酸钠溶解在 200mL 蒸馏水中配制成溶液。取 50mL 配好的硫代硫酸钠溶液倒入 100mL 烧杯中，将烧杯放在画有粗体黑色十字的纸上，向烧杯中加入 5mL 2mol/L 的盐酸，立即开始计时，边搅拌边从溶液上方观察溶液的浊度，透过浑浊的硫，当看不见黑色十字时，记录时间。

分别将 30mL、20mL、10mL 配制好的硫代硫酸钠溶液用蒸馏水稀释至 50mL，保持盐酸浓度不变，重复以上操作。将实验结果记入表 1 中。

表 1　浓度对反应速率的影响

硫代硫酸钠体积/mL	50	30	20	10
加水体积/mL	0	20	30	40
2mol/L 盐酸体积/mL	5	5	5	5
反应时间/s				

依据表 1 的实验数据，可得实验结论：随着硫代硫酸钠溶液稀释程度的加大，看不到黑色十字的时间变________(短或长)，这表明反应物的浓度________(越大或越小)，反应所需时间________(越短或越长)，反应速率________(越快或越慢)。

2. 温度对反应速率的影响：

分别取 3 份 50mL 配好的硫代硫酸钠溶液倒入 100mL 烧杯中，将烧杯放在画有黑色十字的纸上。分别以比室温高 10℃即(t+10)℃、20℃即(t+20)℃的条件加热溶液．达到温度后分别向烧杯中加入 5mL 2mol/L 的盐酸，立即开始计时，边搅拌边从溶液上方观察溶液的浊度，透过浑浊的硫，当看不见黑色十字时，记录时间。将实验结果记入表 2 中。

表 2　温度对反应速率的影响

硫代硫酸钠体积/mL	50	50	50
2mol/L 盐酸体积/mL	5	5	5
反应温度/℃	室温(t)	室温(t+10)	室温(t+20)
反应时间/s			

依据表 2 的实验数据，可得实验结论：升高反应温度，反应时间变________(长或短)，反应速率________(降低或增大)；降低反应温度，反应时间变________(长或短)，反应速率________(降低或增大)。

3. 催化剂对化学反应速率的影响：

在一个试管里加入 5mL 双氧水(H_2O_2)溶液，观察发现________(有或没有)气泡产生，再加入少量二氧化锰(MnO_2)粉末，观察现象________________。

用带火星的木条插入试管内，观察现象________________________。

依据实验现象，得到结论：催化剂二氧化锰(MnO_2)________(减慢或加快)双氧水(H_2O_2)的分解，由此可知使用催化剂有利于________(降低或增大)化学反应速率。

(二) 化学平衡实验内容

1. 浓度对化学平衡的影响：

重铬酸钾($K_2Cr_2O_7$)与铬酸钾(K_2CrO_4)的可逆反应如下：

$$Cr_2O_7^{2-}+H_2O \rightleftharpoons 2CrO_4^{2-}+2H^+$$

(橙红色)　　　　(黄色)

在试管中加入 2mL 0. 1mol/L $K_2Cr_2O_7$ 溶液，然后滴加 2 滴 4mol/L 的 NaOH 溶液，当滴加至一定量时，观察溶液颜色为________，说明降低生成物浓度，化学平衡向________(正或逆)反应方向移动。再向试管中滴加 2 滴 4mol/L 的 HNO_3，观察溶液颜色为________。说明增大生成物浓度，化学平衡向________(正或逆)反应方向移动。

铬酸钾(K_2CrO_4)与重铬酸钾(K_2CrO_7)的可逆反应如下：

$$2CrO_4^{2-}+2H^+ \rightleftharpoons Cr_2O_7^{2-}+H_2O$$

（黄色）　　　　（橙红色）

在试管中加入 2mL 0.1mol/L K_2CrO_4 溶液。向试管中滴加 HNO_3 至一定量时，观察溶液颜色为_________。说明增大反应物浓度，化学平衡向_________（正或逆）反应方向移动。再向试管中滴加 NaOH 溶液，观察溶液颜色为_________。说明降低反应物浓度，平衡向_________（正或逆）反应方向移动。

2. 温度对化学平衡的影响：

$$2NO_2 \rightleftharpoons N_2O_4+57kJ$$

（红棕色）　（无色）　放热

实验方法：取密封有 NO_2 和 N_2O_4 气体的分体玻璃球。把一个烧瓶放进热水里，把另一个烧瓶放入冰水（或冷水）里，观察烧瓶内混合气体的颜色变化，与常温时盛有相同混合气体的烧瓶中的颜色对比。

观察得到的现象：放入热水里的烧瓶内气体颜色________（变浅或加深），放在冰水中混合气体颜色________（变浅或加深）。

依实验现象可得：对于这个反应，反应是放热的。当温度升高时，颜色________（变浅或加深），说明平衡向________（正或逆）反应方向移动即向________（吸热或放热）方向移动。由实验可得，在其他条件不变的情况下，温度升高，会使化学平衡向着________（吸热或放热）反应的方向移动，温度降低会使化学平衡向________（吸热或放热）反应方向移动。

实验六　硫酸亚铁铵的合成

一、实验目的

1. 准备实验方案所需的溶液(剂)。

2. 根据实验方案制备复盐硫酸亚铁铵晶体。

3. 计算硫酸亚铁铵的产率。

二、实验原理

铁能溶于稀硫酸生成硫酸亚铁，但亚铁盐通常不稳定，在空气中易被氧化。若往硫酸亚铁溶液中加入与硫酸亚铁等物质的量(以 mol 计)的硫酸铵，可生成一种含有结晶水、不易被氧化、易于存储的复盐——硫酸亚铁铵晶体。

三、实验试剂和仪器

1. 试剂：

铁原料，碳酸钠，硫酸铵，硫酸(3.0mol/L)，无水乙醇，盐酸溶液(20%)，硫氰化钾溶液(25%)。

2. 设备：

电子天平(精度0.01g)，电炉(配石棉网)，水浴装置，通风橱，减压抽滤装置。

3. 玻璃器皿：

烧杯，量筒，量杯，试剂瓶，普通漏斗，蒸发皿，表面皿，抽滤瓶，布氏漏斗。

四、实验内容

1. 原料净化：

取用2.0g 铁原料于烧杯，加入一定体积的碳酸钠溶液，加热煮沸一定时间，以除去废料上的油污。倾倒去碳酸钠溶液后，所得铁屑用去离子水洗至中性，最后用适量无水乙醇洗涤，晾干备用。

2. 硫酸亚铁的制备：

将上述净化过的铁原料放入锥形瓶，加入一定体积和浓度的硫酸溶液，水浴加热至不再有气泡放出，动态调控反应温度以确保反应过程温和。反应结束后，根据需要加入适量热水，用硫酸溶液调节 pH 值不大于 1，并根据需要加入适量热水，趁热过滤至蒸发皿中。未反应完的铁原料用滤纸吸干后称量，以此计算已被溶解的铁量。

3. 硫酸亚铁铵的制备

根据反应生成硫酸亚铁的量，按反应方程式计算并称取所需硫酸铵的质量，$M[(NH_4)_2SO_4]=132.14g/mol$。在室温下将硫酸铵配成饱和溶液，然后加入盛有硫酸亚铁溶液的蒸发皿中(或缓缓加入固体硫酸铵)，混合均匀并用硫酸溶液调节溶液 pH 值至不大于1。所得混合溶液用水浴或蒸汽浴加热浓缩，至溶液表面刚出现结晶薄层为止。静置自然冷却至室温，待硫酸亚铁铵晶体完全析出。减压过滤，用少量无水乙醇洗涤晶体，取出晶体，用滤纸快速吸除晶体表面残留的水和乙醇，然后置于盛器或称量纸上晾干，称重，按下式计算硫酸亚铁铵的产率(%)。

$$产率=\frac{实际产量}{理论产量}\times 100\%$$

五、思考题

1. 在制备硫酸亚铁的过程中为什么强调溶液要保证强酸性？
2. 为了保证产品的产量和质量，实验中应注意哪些问题？

实验七　熔点和沸点测定

一、实验目的

1. 了解熔点及沸点测定的意义。

2. 掌握熔点及沸点测定的操作方法。

二、实验原理

当晶体物质加热到一定的温度时，从固态转变为液态，此时的温度称为该物质的熔点。熔点严格定义是指101.325kPa下固-液间的平衡温度。物质从开始熔化到完全熔化的温度范围称为熔程。实验室测得的熔点，实际上就是该物质的熔点范围。

固体有机化合物的熔点是极其重要的物理常数，每一纯粹的有机化合物有其固定的熔点，所以熔点往往可以用来鉴定有机化合物。

由熔点的大小又可大致看出某化合物的纯度。纯粹化合物的熔程很小，一般为0.5~1℃，如其中含有杂质，则熔程会显著增大，而熔点也常较纯粹者低。因此，通过测定熔点，可以鉴别未知的固态化合物和判断化合物的纯度。

在一定温度下，液体具有一定的饱和蒸气压，当饱和蒸气压与外界相等时，液体沸腾，此时的温度称为该液体在此外界压力下的沸点。沸点也是液体有机化合物的重要物理常数。

纯液态有机物的沸点恒定，在整个沸腾状态沸点变动很小，一般在0.5~1.5℃。不纯的液态有机物没有恒定的沸点，沸点变动较大。

沸点测定还可用来鉴别化合物的纯度，纯净化合物的沸点范围(沸点距)应为0.5~1℃。但必须指出，由于含两个或两个以上组分的某些混合物，可以形成共沸混合物，所以并不是所有固定沸点的液体均是纯净化合物。

沸点的测定分常量法和微量法两种。液体样品量在10mL以上采用常量法，如果仅有少量样品，则用微量法。

三、实验试剂和仪器

1. 试剂：

乙酰苯胺(AR，熔点114.5~116℃)，无水乙醇(AR，沸点78℃)，石蜡油(或甘油或浓硫酸)。

2. 仪器：

酒精灯，石棉网，毛细管，沸点管，水银温度计，表面皿，铁架台，橡皮圈，小烧杯。

四、实验内容

1. 熔点测定：

① 熔点管的制备。毛细管的直径一般为1~2mm，长50~70mm。毛细管一端用小火封

闭，直至毛细管封闭端的内径有两条细线相交或无毛细现象。

② 试样的装入。取样品（乙酰苯胺）少量放在洁净的表面玻璃上研成粉末，将毛细管开口一端插入粉末中，再使开口一端向上轻轻在桌面上敲击，使粉末落入管底。亦可将装有样品的毛细管反复通过一个长玻管，自由落下，这样也可使样品很均匀地落入管底。以毛细管底的样品高 0.5~0.6cm 为止。装入的样品要求均匀、紧密、结实，否则不易传热，影响测定结果。将已装样品的毛细管用橡皮圈套在温度计上（装置中橡皮圈应置于溶液之上），如下图所示，毛细管中样品应处于温度计水银球的中间。同一样品，需装好三支毛细管，供测定使用。

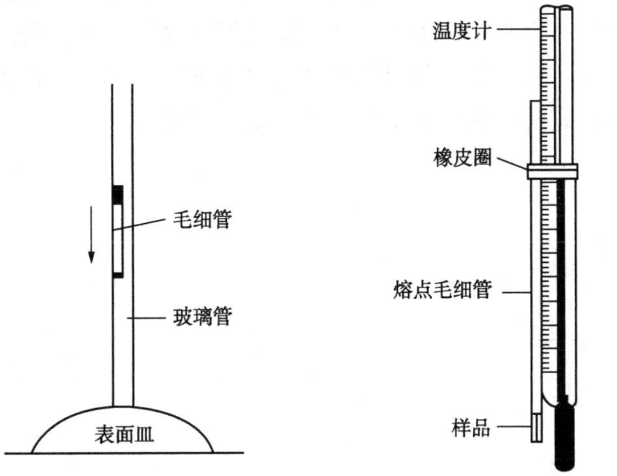

样品转入　　毛细管及样品的位置

试样的装入的示意图

③ 仪器的安装。把 50mL 烧杯放在铁环上的石棉网上，倒入石蜡油（浓硫酸）作高沸点浴液，其量不超过烧杯体积的 2/3。此时温度计高度固定在水银球离杯底约 1cm 的中心处。

④ 熔点的测定。经检查合格后，用酒精灯加热。开始升温速度可快些（5℃/min），距熔点温度 10~15℃时，调节火焰大小（或火焰位置的高低），使升温速度为 1~2℃/min；到接近熔点约 5℃时，再调节火焰，使升温速度为 0.5℃/min。此时应特别注意温度的上升、样品的软化收缩和熔化的情况。当样品有明显的塌陷并有液相出现时，表明样品开始熔化（称为初熔），当微量晶体完全消失呈透明液体时，表明熔化结束（称全熔）。记下初熔和全熔的温度，即为样品在实测中的熔距（熔程）。

2. 沸点测定

取 1~2 滴无水乙醇样品置于沸点管中，使液柱高约 1cm。再放入封好一端的毛细管，并使封口朝上，然后将沸点管用小橡皮圈附在温度计旁，放入石蜡油中进行加热。

随着温度升高，管内的气体蒸气压升高，毛细管中会有小气泡缓缓逸出，在到达该液体的沸点时，将有一连串的小气泡快速地逸出。此时可停止加热，使浴温自行下降，气泡逸出的速度即渐渐减慢，当气泡不再冒出而液体刚要进入毛细管的瞬间（即最后一个气泡刚欲缩回至毛细管中时），表示毛细管内的蒸气压与外界压力相等，此时的温度即为该液体的沸点。记下此时温度。

五、实验关键及注意事项

1. 拉制毛细管时，玻璃管必须均匀转动加热，并注意使端头封闭，以防影响测定。

2. 样品的填装必须紧密结实，高度约 2~3mm。

3. 控制升温速度，并记录样品熔点范围。

4. 测定沸点应注意加热不能过快，被测液体不宜太少，以防液体全部气化。判断何时为样品的沸点，并正确记录。

六、思考题

1. 如果样品研磨得不够细，对装样有什么影响？所测定的熔点数据是否可靠？

2. 加热的快慢为什么会影响熔点？在什么情况下可以快一些，在什么情况下要慢一些？

3. 是否可以使用第一次测定熔点时的样品管再做第二次测定？为什么？

4. 纯物质的沸点恒定吗？沸点恒定的溶液都是纯物质吗？

实验八　蒸馏法回收乙醇

一、实验目的

1. 掌握蒸馏法回收乙醇的基本原理及技能。

2. 学习蒸馏装置的装配、拆卸技能。

二、实验原理

乙醇俗称酒精，化学式 C_2H_5OH，是制备乙醛、醋酸的化工原料，亦是染料、药物、洗涤剂、合成橡胶等的原料。乙醇是易燃液体，沸点为 78.3℃，能按任何比例与水混合，组成为 95.6%的乙醇水溶液是一个恒沸混合物，恒沸点为 78.15℃。

用于提纯的工业酒精中含有溶于乙醇的高沸点的无机盐和甲酸(100.8℃)等有机溶剂，利用乙醇与水可形成恒沸物的性质收集 77~79℃的馏分，即可得到较高纯度的乙醇。

三、实验试剂与仪器

60%乙醇水溶液，沸石，250mL 蒸馏瓶，30cm 冷凝管，蒸馏头，接收器和接收管，温度计，铁架台，电炉，漏斗，水浴锅。

四、实验内容

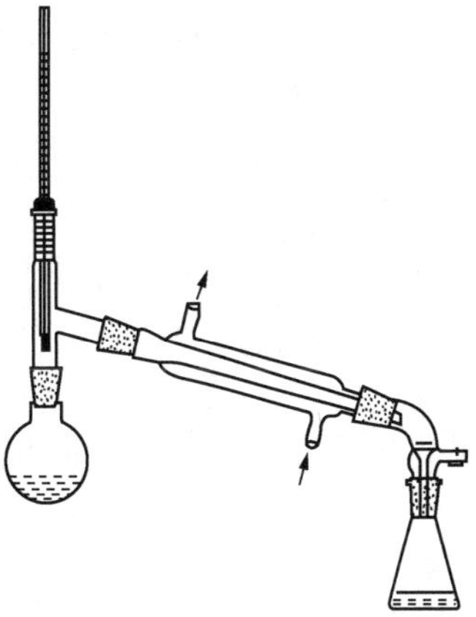

蒸馏装置示意图

1. 按下图所示将圆底烧瓶、蒸馏头、冷凝管和接收器先下后上，先左后右，从热源开始依次安装，整套仪器从正面看高低适宜，整套装置必须与大气相通，不能装成密闭装置。

2. 将重结晶母液(乙醇溶液)用长颈漏斗小心倒入蒸馏瓶中，加入 2~3 粒沸石，装上温度计，其水银球上端应恰好与蒸馏头支管下缘处于同一水平面。通入冷凝水，下端支管进水，上端支管出水，流速适中。往水浴锅内加水，液面略高出蒸馏瓶内液面，开始加热时，电炉功率可以稍大，观察蒸馏瓶中现象，蒸气上升到温度计水银球部时，温度计读数迅速上升，此时应适当调小功率，使温度计读数下降，待水银球上液滴与蒸气达到平衡时控制功率大小，使馏出的液滴速度为每秒 1~2 滴，当温度计读数达 77℃时，换已干燥的锥形瓶作接收器，收集 77~79℃的馏出液，维持加热速度，当温度计读数高于 79℃时，停止加热，将收集馏分集中于回收瓶中，混合均匀，待测其准确浓度。

五、思考题

1. 装配蒸馏装置时应注意哪些问题？

2. 安装温度计时，温度计水银球上端应处在什么位置？若所处位置偏高或偏低对所测沸点有何影响？

3. 用蒸馏法收集乙醇应收集哪一段所对应的馏分？沸点偏高或偏低对乙醇的浓度有何影响？

实验九　醛和酮的性质

一、实验目的

1. 验证醛、酮的主要化学性质。

2. 掌握醛、酮的鉴别方法。

二、实验试剂和仪器

1. 仪器：

试管（Φ15mm×150mm），温度计（150℃），烧杯（300mL），电炉。

2. 试剂：

37%甲醛水溶液，40%乙醛，95%乙醇，丙酮，苯甲醛，5%葡萄糖溶液，2,4-二硝基苯肼，斐林溶液（A），斐林溶液（B），2% $AgNO_3$ 溶液，5%NaOH 溶液，2%氨水，2%碘溶液，2mol/L HCl 溶液。

三、实验步骤

1. 与2,4-二硝基苯肼的反应：

取四支试管，各加2,4-二硝基苯肼溶液1mL，然后分别加入甲醛、乙醛、丙酮、苯甲醛各5滴，振摇试管，观察并解释发生的变化。

2. 与斐林试剂反应：

取四支试管，各加入10滴斐林溶液（A）和斐林溶液（B）摇匀。然后分别加入5滴甲醛、乙醛、丙酮、苯甲醛，摇匀后放在沸水浴上加热，仔细观察溶液颜色变化过程和结果。

3. 与托伦（Tollens）试剂反应：

取一支洁净的试管，加入2%$AgNO_3$ 水溶液2mL 5%NaOH 溶液1~2滴，然后逐滴加入2%氨水，振摇试管，直至新生成的沉淀物恰好溶解为止。将此新配制的硝酸银氨溶液分装在3支洁净的试管中，先分别加入3~5滴甲醛、乙醛、丙酮、5%葡萄糖溶液，振摇（摇匀后不能再摇）后，把试管放在50~60℃水溶液中静置几分钟，观察并解释发生的变化。

4. 碘仿反应：

取四支试管，分别加入5滴甲醛、乙醛、丙酮、95%乙醇，再加碘溶液10滴，然后分别滴加5%NaOH 溶液直到碘的颜色刚好消失，反应液为微黄色为止。观察并解释所发生的变化（如无沉淀，可在50~60℃水浴上加热数分钟）。

四、实验注意事项

1. 硝酸银溶液与皮肤接触，立即形成难于洗去的黑色金属银，故滴加和振摇时应小心操作！

2. 配制银氨溶液时，切忌加入过量的氨水，否则将生成雷酸银受热后会引起爆炸，也会使试剂本身失去灵敏性。托伦试剂久置后会析出具有爆炸性的黑色氮化银（Ag_3N）沉淀，因此需在实验前配制，不可贮存备用。

3. 做银镜反应实验时，试管若不干净，则还原生成的银是黑色细粒状，无法形成银镜。因此试管必须清洗干净。做完银镜反应后，试管中的银镜，加少许浓硝酸即可洗去。

五、思考题

1. 醛和酮的性质有哪些异同之处？为什么？可用哪些简便方法鉴别它们？
2. 进行银镜反应时，应注意什么问题？
3. 进行碘仿反应时，为什么要控制碱的加入量？
4. 醛与托伦试剂的反应为什么要在碱性溶液中进行？在酸性溶液中可以吗？为什么？

实验十　乙酸乙酯的合成

一、实验目的

1. 了解酯化反应的原理，学习乙酸乙酯的制备方法。

2. 掌握蒸馏基本操作及液体化合物折射率的测定方法。

3. 学习并掌握分液漏斗的使用、液体化合物的洗涤及干燥等基本操作。

二、实验原理

在少量浓硫酸催化下，CH_3COOH 和 C_2H_5OH 反应生成 $CH_3COOC_2H_5$。

主反应：$CH_3COOH+CH_3CH_2OH \xrightleftharpoons{H_2SO_4} CH_3COOCH_2CH_3+H_2O$

酯化反应是可逆反应。为了提高酯的收率，根据化学平衡原理，可增加某一反应物的用量或减少生成物的浓度，以使平衡向生成 $CH_3COOC_2H_5$ 的方向移动。本实验采用加过量 C_2H_5OH 以及不断蒸发反应中产生的 $CH_3COOC_2H_5$ 和 H_2O 的方法，使平衡向右移动。

蒸出的产物酯和 H_2O，大都利用形成低沸点的共沸混合物来完成。$CH_3COOC_2H_5$ 与 H_2O 或 C_2H_5OH 分别形成二元共沸物，也可形成三元共沸物，其共沸点均比 C_2H_5OH（78.4℃）和 $CH_3COOC_2H_5$（77.1℃）的沸点低，因此很容易蒸发。另外，浓 H_2SO_4 除起催化作用外，还能吸收反应生成的 H_2O，亦有利于酯化反应的进行。

反应温度较高时，伴有副产物 $(C_2H_5)_2O$ 的生成：

副反应：$2CH_3CH_2OH \xrightleftharpoons{H_2SO_4} CH_3CH_2OCH_2CH_3+H_2O$

$$CH_3CH_2OH \xrightarrow{H_2SO_4} CH_2=CH_2+H_2O$$

得到的粗品中含有 C_2H_5OH、CH_3COOH、$(C_2H_5)_2O$、H_2O 等杂质，需进行精制除去。

三、实验试剂和仪器

1. 试剂：

冰醋酸，95%乙醇，浓硫酸，饱和碳酸钠溶液，饱和氯化钠溶液，饱和氯化钙溶液，无水碳酸钾。

2. 仪器：

250mL 三口烧瓶，一次性胶头滴管，沸石，分液漏斗，温度计，冷凝管，接液管，锥形瓶，石棉网，pH 试纸，梨形蒸馏瓶，电热套。

四、实验内容

1. 乙酸乙酯的合成：

在 250mL 的三口烧瓶中，加入 3mL95%C_2H_5OH，将蒸馏瓶置于冷水浴中，一边振摇一边分批加入 3mL 浓 H_2SO_4，使混合均匀，加入 1~2 粒沸石，塞上装有滴液漏斗和温度计的塞子，滴液漏斗末端和温度计水银球必须浸入液面以下距瓶底 0.5~1cm，连接冷凝管、接液管和锥形瓶。

向滴液漏斗中加入 10mL95%的 C_2H_5OH 和 7mL 冰醋酸(相对密度为 1.0489)，振摇使其混合均匀。将滴液漏斗中混合溶液滴入蒸馏瓶中约 2mL，然后，将三口烧瓶在石棉网上小火加热到 110~120℃，这时蒸馏管口应有液体流出，再自滴液漏斗慢慢滴入其余的混合液，控制滴加速度和馏出速度大致相等，并维持反应温度在 110~125℃，滴加完毕后，继续加热 10min，直至温度升高到 130℃不再有馏出液为止。合成装置如下图所示。

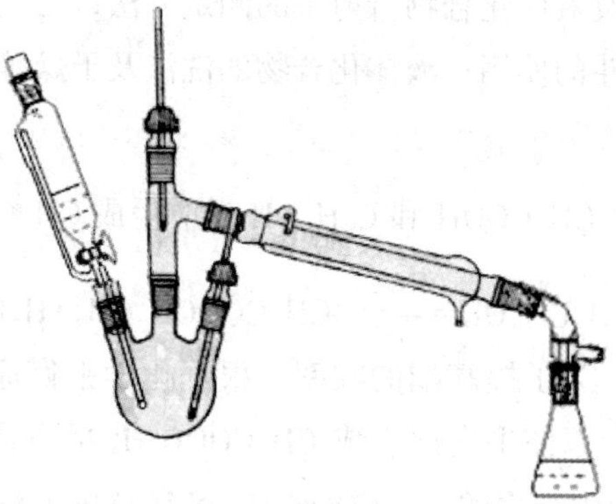

合成装置示意图

2. 乙酸乙酯的精制：

在粗产品乙酸乙酯中含有乙酸乙酯及少量乙醇、乙醚、水和醋酸等，在摇动下，慢慢向粗产品中加入饱和的碳酸钠溶液(约 6mL)至无二氧化碳气体放出，酯层用 pH 试纸检验呈中性。移入分液漏斗中，充分振摇(注意及时放气!)后静置，分去下层水相。酯层用 10mL 饱和氯化钠溶液洗涤后，再每次用 10mL 饱和氯化钙溶液洗涤两次，弃去下层水相，酯层自漏斗上口倒入干燥的锥形瓶中，用无水碳酸钾干燥。

将干燥后的乙酸乙酯用漏斗经脱脂棉过滤至干燥的蒸馏烧瓶中，加入磁力搅拌子，搭建好蒸馏装置，加热进行蒸馏，收集 73~80℃的馏分，称量产品，计算精制乙酸乙酯产率。

3. 注意事项：

① 加料滴管和温度计必须插入反应混合液中，加料滴管的下端离瓶底约 5mm 为宜。

② 加浓硫酸时，必须慢慢加入并充分振荡烧瓶，使其与乙醇均匀混合，以免在加热时因局部酸过浓引起有机物碳化等副反应。

③ 反应瓶里的反应温度可用滴加速度来控制。温度接近 125℃，适当滴加快点；温度落到接近 110℃，可滴加慢点；落到 110℃停止滴加；待温度升到 110℃以上时，再滴加。

④ 本实验酯的干燥用无水碳酸钾，通常干燥半个小时以上，最好放置过夜。但在本实验中，为了节省时间，可放置 10min 左右。由于干燥不完全，可能前馏分多些。

五、思考题

1. 酯化反应有什么特点？本实验如何向生成酯的方向进行？

2. 在酯化反应中加入浓硫酸有哪些作用？在反应过程中 H_2SO_4 是否有消耗？

3. 在纯制去酸的操作中，使用 Na_2NO_3 溶液去酸，若用 NaOH 浓溶液，可能出现什么情况？

4. 本实验中用饱和 $CaCl_2$ 溶液洗涤可以除去酯层中的少量 C_2H_5OH，用 H_2O 代替饱和 $CaCl_2$ 溶液洗涤可以吗？为什么？

5. 本实验有哪些副反应？粗品种含有哪些主要杂质？如何除去各种杂质？

实验十一　乙酰苯胺的制备

一、实验目的

1. 熟悉氨基酰化反应的原理及意义，掌握乙酰苯胺的制备方法。
2. 进一步掌握分馏装置的安装与操作。
3. 熟练掌握重结晶、趁热过滤和减压过滤等操作技术。

二、实验原理

乙酰苯胺为无色晶体，具有退热镇痛作用，是较早使用的解热镇痛药，因此俗称“退热冰”。乙酰苯胺也是磺胺类药物合成中重要的中间体。由于芳环上的氨基易氧化，在有机合成中为了保护氨基，往往先将其乙酰化转化为乙酰苯胺，然后进行其他反应，最后水解除去乙酰基。

乙酰苯胺可由苯胺与乙酰化试剂如：乙酰氯、乙酐或乙酸等直接作用来制备。反应活性是乙酰氯>乙酐>乙酸。由于乙酰氯和乙酐的价格较贵，本实验选用纯的乙酸（俗称冰醋酸）作为乙酰化试剂。反应式如下：

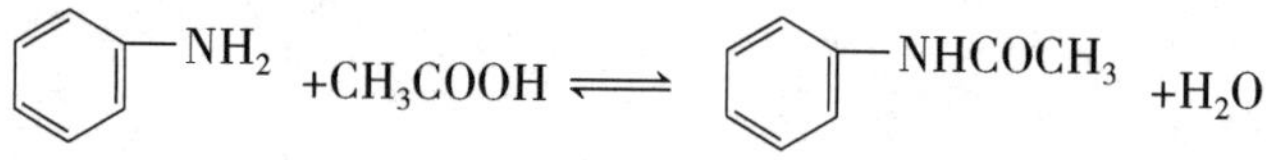

苯胺　　乙酸　　乙酰苯胺

冰醋酸与苯胺的反应速率较慢，且反应是可逆的，为了提高乙酰苯胺的产率，一般采用冰醋酸过量的方法，同时利用分馏柱将反应中生成的水从平衡中移去。由于苯胺易氧化，加入少量锌粉，防止苯胺在反应过程中氧化。

乙酰苯胺在水中的溶解度随温度的变化差异较大（20℃，0.46g；100℃，5.5g），因此生成的乙酰苯胺粗品可以用水重结晶进行纯化。

三、实验试剂和仪器

1. 试剂：

苯胺，冰醋酸，锌粉，活性炭。

2. 仪器：

圆底烧瓶（100mL），刺形分馏柱，直形冷凝管，接液管，锥形瓶，表面皿，量筒（10mL），温度计（200℃），烧杯（250mL），吸滤瓶，布氏漏斗，保温漏斗，电热套。

四、实验步骤

1. 酰化：

在100mL圆底烧瓶中，加入5mL新蒸馏的苯胺、8.5mL冰醋酸和0.1g锌粉。立即装上分馏柱，在柱顶安装一支温度计，用小锥形瓶收集蒸出的水和乙酸。用电热套缓慢加热至反应物沸腾。调节电压，当温度升至约105℃时开始蒸馏。维持温度在105℃左右约30min，这时反应所生成的水基本蒸出。当温度计的读数不断下降时，则反应达到终点，即可停止加热。

2. 结晶抽滤：

在烧杯中加入100mL冷水，将反应液趁热以细流倒入水中，边倒边不断搅拌，此时有细粒状固体析出。冷却后抽滤，并用少量冷水洗涤固体，得到白色或带黄色的乙酰苯胺粗品。

3. 重结晶：

将粗产品转移到烧杯中，加入100mL水，在搅拌下加热至沸腾。观察是否有未溶解的油状物，如有则补加水，直到油珠全溶。稍冷后，加入0.5g活性炭，用玻璃棒搅拌并煮沸1~2min。趁热用保温漏斗过滤(或用预先加热好的布氏漏斗减压过滤)除去活性炭。滤液倒入热的烧杯中。然后自然冷却至室温，冰水冷却，待结晶完全析出后，进行抽滤。用少量冷水洗涤滤饼两次，压紧抽干。将结晶转移至表面皿中，自然晾干后称量，计算产率。

$$产率=\frac{实际产量}{理论产量}\times 100\%$$

五、注意事项

1. 反应所用玻璃仪器必须干燥。

2. 锌粉的作用是防止苯胺氧化，只要少量即可。加得过多，会出现不溶于水的氢氧化锌。

3. 反应时分馏温度不能太高，以免大量乙酸蒸出而降低产率。

4. 重结晶过程中，晶体可能不析出，可用玻璃棒摩擦烧杯壁或加入晶种使晶体析出。

5. 冰醋酸具有强烈刺激性，要在通风橱内取用。

6. 切不可在沸腾的溶液中加入活性炭，以免引起暴沸。

六、思考题

1. 用乙酸酰化制备乙酰苯胺的方法如何提高产率？

2. 反应温度为什么控制在105℃左右？过高或过低对实验有什么影响？

3. 根据反应式计算，理论上能产生多少毫升水？为什么实际收集的液体量多于理论量？

4. 反应终点时，温度计的温度为何下降？

实验十二　肥皂的制备

一、实验目的

1. 了解肥皂的制取过程，认识油脂的重要性质——皂化反应。

2. 通过实验激发学生的学习兴趣，训练实验操作技能。

3. 通过实验培养学生严谨、求实的科学态度和科学方法。

二、实验原理

脂肪或油脂在一定温度下和强碱水解产生脂肪酸钠盐和甘油的混合物，称为皂化反应。若把氯化钠加入反应混合物中，可通过盐析作用，把产生的脂肪酸钠分离出来，即可得到肥皂。皂化反应的反应式如下：

$$\begin{array}{l} CH_2OCOR \\ | \\ CHOCOR \\ | \\ CH_2OCOR \end{array} + 3NaOH \longrightarrow 3RCOONa + CH_2OHCHOHCH_2OH$$

R 基可能不同，但生成的 R—COONa 都可以做肥皂。常见的 R—有：

$C_{17}H_{33}$—：十七碳烯基，R—COOH 为油酸。

$C_{15}H_{31}$—：正十五烷基，R—COOH 为软脂酸。

$C_{17}H_{35}$—：正十七烷基，R—COOH 为硬脂酸。

三、实验试剂和仪器

1. 试剂：

① 猪油(或其他动植物脂或油)。

② 95%乙醇溶液。

③ 50%乙醇溶液：量取 53mL 95%乙醇溶液于烧杯中，稀释至 100mL。

④ 40%NaOH 溶液：称取 40g NaOH 溶于少量水中，冷却后，稀释至 100mL。

⑤ 饱和氯化钠溶液：称取 36g 氯化钠溶于 100mL 水中。

2. 仪器：

150mL 烧杯 2 个，玻璃棒，酒精灯(电炉)，石棉网，三脚架，量筒，天平，药匙，纱布，冰箱。

四、实验步骤

1. 在 150mL 烧杯里，盛 8mL 猪油(或植物油等)和 8mL 95%的酒精，然后加 7mL 40%的 NaOH 溶液。用玻璃棒搅拌，使其溶解。

2. 把烧杯放在石棉网上，用电炉小火加热，并不断用玻璃棒搅拌，直到混合物变稠。当烧杯内的液体快煮干时，加入 20mL 50%的酒精溶液。

3. 继续加热直到把一滴混合物加到水中时，在液体表面不再形成油滴为止。

4. 取 25mL 加热后的饱和氯化钠溶液慢慢加到皂化完全的黏稠液中，边加边搅拌，使它们互溶。置于冰箱冷却 10min 后，有固体物质盐析上浮，待固体物质全部析出后用药匙取出，用滤纸或纱布沥干，挤压成块，即为肥皂。

5. 用天平称量肥皂的质量，并计算产率。

$$产率=\frac{肥皂质量}{油脂体积}\times100\%$$

五、注意事项

1. 皂化时，边搅拌边加入乙醇，使油脂与碱液混为一相，加速皂化反应的进行，缩短反应时间。

2. 所用油脂可选用猪油或植物油，也可选用硬化油和适量猪油混合使用。

3. 加热若不用水浴，则须用小火，温度不宜过高，要保持在 60~70℃。

4. 皂化反应时，要保持混合液的原有体积，不能让烧杯里的混合液煮干或溅溢到烧杯外面。

六、数据记录与处理

油脂的体积/mL	肥皂的质量/g	产率/%

七、思考题

1. 肥皂的制取原理是皂化反应，什么是皂化反应？

2. 实验中加入乙醇的目的是什么？

3. 实验中加入饱和 NaCl 溶液的作用是什么？饱和 NaCl 溶液是否加得越多越好？

附　录

附录1　元素相对原子质量

原子序数	名称	符号	相对原子质量	原子序数	名称	符号	相对原子质量
1	氢	H	1.008	32	锗	Ge	72.61
2	氦	He	4.003	33	砷	As	74.92
3	锂	Li	6.941	34	硒	Se	78.96
4	铍	Be	9.012	35	溴	Br	79.90
5	硼	B	10.81	36	氪	Kr	83.80
6	碳	C	12.01	37	铷	Rb	85.47
7	氮	N	14.01	38	锶	Sr	87.62
8	氧	O	16.00	39	钇	Y	88.91
9	氟	F	19.00	40	锆	Zr	91.22
10	氖	Ne	20.18	41	铌	Nb	92.91
11	钠	Na	22.99	42	钼	Mo	95.94
12	镁	Mg	24.31	43	锝	Tc	[99]
13	铝	Al	26.98	44	钌	Ru	101.1
14	硅	Si	28.09	45	铑	Rh	102.9
15	磷	P	30.97	46	钯	Pd	106.4
16	硫	S	32.07	47	银	Ag	107.9
17	氯	Cl	35.45	48	镉	Cd	112.4
18	氩	Ar	39.95	49	铟	In	114.8
19	钾	K	39.10	50	锡	Sn	118.7
20	钙	Ca	40.08	51	锑	Sb	121.8
21	钪	Sc	44.96	52	碲	Te	127.6
22	钛	Ti	47.87	53	碘	I	126.9
23	钒	V	50.94	54	氙	Xe	131.3
24	铬	Cr	52.00	55	铯	Cs	132.9
25	锰	Mn	54.94	56	钡	Ba	137.3
26	铁	Fe	55.85	57	镧	La	138.9
27	钴	Co	58.93	58	铈	Ce	140.1
28	镍	Ni	58.69	59	镨	Pr	140.9
29	铜	Cu	63.55	60	钕	Nd	144.2
30	锌	Zn	65.39	61	钷	Pm	[147]
31	镓	Ga	69.72	62	钐	Sm	150.4

续表

原子序数	名称	符号	相对原子质量	原子序数	名称	符号	相对原子质量
63	铕	Eu	152.0	91	镤	Pa	231.0
64	钆	Gd	157.3	92	铀	U	238.0
65	铽	Tb	158.9	93	镎	Np	237.0
66	镝	Dy	162.5	94	钚	Pu	[244]
67	钬	Ho	164.9	95	镅	Am	[243]
68	铒	Er	167.3	96	锔	Cm	[247]
69	铥	Tm	168.9	97	锫	Bk	[247]
70	镱	Yb	173.0	98	锎	Cf	[251]
71	镥	Lu	175.0	99	锿	Es	[252]
72	铪	Hf	178.5	100	镄	Fm	[257]
73	钽	Ta	180.9	101	钔	Md	[258]
74	钨	W	183.8	102	锘	No	[259]
75	铼	Re	186.2	103	铹	Lr	[262]
76	锇	Os	190.2	104	𬬻	Rf	[265]
77	铱	Ir	192.2	105	𬭊	Db	[268]
78	铂	Pt	195.1	106	𬭳	Sg	[271]
79	金	Au	197.0	107	𬭛	Bh	[270]
80	汞	Hg	200.6	108	𬭶	Hs	[271]
81	铊	Tl	204.4	109	鿏	Mt	[276]
82	铅	Pb	207.2	110	𫟼	Ds	[281]
83	铋	Bi	209.0	111	𬬭	Rg	[280]
84	钋	Po	[209]	112	鿔	Cn	[285]
85	砹	At	[210]	113	鿭	Nh	[284]
86	氡	Rn	[222]	114	𫓧	FI	[289]
87	钫	Fr	[223]	115	镆	Mc	[288]
88	镭	Ra	226.0	116	𫟷	Lv	[293]
89	锕	Ac	227.0	117	石田	Ts	[294]
90	钍	Th	232.0	118	气奥	Og	[294]

附录 2　化合物相对分子质量

化合物分子式	相对分子质量	化合物分子式	相对分子质量	化合物分子式	相对分子质量
A		$BiCl_3$	315.34	CuI	190.45
AgBr	187.77	BiOCl	260.43	$Cu(NO_3)_2$	187.56
AgCl	143.32	C		$Cu(NO_3)_2 \cdot 3H_2O$	241.56
AgCN	133.89	$CaCO_3$	100.09	CuO	79.545
Ag_2CrO_4	331.73	CaC_2O_4	128.10	Cu_2O	143.09
Ag_2CO_3	275.75	$CaCl_2$	110.99	CuS	95.61
AgI	234.77	$CaCl_2 \cdot 6H_2O$	219.08	CuSCN	121.62
AgOH	124.9	$Ca(NO_3)_2 \cdot 4H_2O$	236.15	$CuSO_4$	159.60
Ag_2SO_4	311.8	CaO	56.077	$CuSO_4 \cdot 5H_2O$	249.69
Ag_2S	247.8	$Ca(OH)_2$	74.093	F	
AgSCN	165.95	$Ca_3(PO_4)_2$	310.18	$FeCl_2$	126.75
$AlCl_3$	133.34	$CaSO_4$	136.14	$FeCl_2 \cdot 4H_2O$	198.81
$AlCl_3 \cdot 6H_2O$	241.43	$CdCO_3$	172.42	$FeCl_3$	162.21
$Al(NO_3)_3$	213.00	$CdCl_2$	183.82	$FeCl_3 \cdot 6H_2O$	270.30
$Al(NO_3)_3 \cdot 9H_2O$	375.13	CdS	144.47	FeO	71.844
$Al(OH)_3$	78.00	$Ce(SO_4)_2$	332.24	Fe_2O_3	159.69
Al_2O_3	101.96	$Ce(SO_4)_2 \cdot 4H_2O$	404.30	Fe_3O_4	231.54
$Al_2(SO_4)_3 \cdot 18H_2O$	666.41	CH_3COOH	60.05	$Fe(NO_3)_3$	241.86
As_2O_5	229.84	CO_2	44.010	$Fe(NO_3)_3 \cdot 9H_2O$	404.00
As_2O_3	197.84	$CoCl_2$	129.84	FeS	87.91
As_2S_3	246.02	$CoCl_2 \cdot 6H_2O$	237.93	Fe_2S_3	207.87
B		$Co(NO_3)_2$	182.94	$FeSO_4$	151.90
$BaCl_2$	208.24	$Co(NO_3)_2 \cdot 6H_2O$	291.03	$FeSO_4 \cdot 7H_2O$	278.02
$BaCl_2 \cdot 2H_2O$	244.26	CoS	90.99	$FeSO_4 . (NH_4)_2SO_4 \cdot 6H_2O$	392.14
$BaCO_3$	197.34	$CoSO_4$	154.99		
BaC_2O_4	225.35	$CoSO_4 \cdot 7H_2O$	281.10	$Fe_2(SO_4)_3$	399.89
$BaCrO_4$	253.32	$Cr(NO_3)_3$	238.01	$Fe(NH_4)(SO_4)_2 \cdot 12H_2O$	482.18
BaO	153.33	Cr_2O_3	151.99		
$Ba(OH)_2$	171.34	CuCl	98.999	H	
$Ba(OH)_2 \cdot 8H_2O$	315.47	$CuCl_2$	134.45	H_3AsO_4	141.94
$BaSO_4$	233.39	$CuCl_2 \cdot 2H_2O$	170.48	H_3BO_3	61.833

续表

化合物分子式	相对分子质量	化合物分子式	相对分子质量	化合物分子式	相对分子质量
HBr	80.91	$K_2Cr_2O_7$	294.18	NaCl	58.489
HCN	27.026	$K_3Fe(CN)_6$	329.25	Na_2CO_3	105.99
H_2CO_3	62.03	$K_4Fe(CN)_6$	268.35	$Na_2C_2O_4$	134.00
$H_2C_2O_4$	90.04	$KFe(SO_4)_2 \cdot 12H_2O$	503.24	NaF	41.99
$H_2C_2O_4 \cdot 2H_2O$	126.07	$KHC_2O_4 \cdot H_2O$	146.14	$NaHCO_3$	84.007
HCl	36.46	$KHC_2O_4 \cdot H_2C_2O_4 \cdot 2H_2O$	254.19	NaH_2PO_4	119.98
$HClO_4$	100.46			Na_2HPO_4	141.96
HF	20.01	$KHSO_4$	136.16	$Na_2HPO_4 \cdot 12H_2O$	358.14
$Hg(CN)_2$	252.63	KI	166.00	$Na_2H_2Y \cdot 2H_2O$	372.24
HgI_2	454.40	KIO_3	214.00	NaI	149.89
$Hg_2(NO_3)_2$	525.19	$KIO_3 \cdot HIO_3$	389.91	$NaNO_2$	69.00
$Hg(NO_3)_2$	324.60	$KMnO_4$	158.03	$NaNO_3$	85.00
$Hg_2(NO_3)_2 \cdot 2H_2O$	561.22	$KNaC_4H_4O_6 \cdot 4H_2O$	282.22	Na_2O	61.979
HgO	216.59	KNO_2	85.10	Na_2O_2	77.978
HgS	232.65	KNO_3	101.10	NaOH	39.997
$HgSO_4$	296.65	K_2O	94.196	Na_3PO_4	163.94
Hg_2SO_4	497.24	KOH	56.106	Na_2S	78.04
HI	127.91	K_2PtCl_6	486.00	$Na_2S \cdot 9H_2O$	240.18
HIO_3	175.91	K_2SO_4	174.26	Na_2SO_3	126.04
HNO_2	47.01	KSCN	97.182	Na_2SO_4	142.04
HNO_3	63.013	M		$Na_2S_2O_3$	158.11
H_2O	18.015	$MgCO_3$	84.32	$Na_2S_2O_3 \cdot 5H_2O$	248.19
H_2O_2	34.015	$MgCl_2$	95.211	NH_3	17.03
H_3PO_4	97.995	$MgNH_4PO_4 \cdot 6H_2O$	245.41	NH_4Cl	53.491
H_2S	34.08	MgO	40.304	$(NH_4)_2CO_3$	96.086
H_2SO_3	82.07	$Mg(OH)_2$	58.320	$(NH_4)_2C_2O_4$	124.10
H_2SO_4	98.07	$Mg_2P_2O_7$	222.55	$(NH_4)_2C_2O_4 \cdot H_2O$	142.11
K		$MgSO_4$	120.37	NH_4HCO_3	79.055
$KAl(SO_4)_2 \cdot 12H_2O$	474.38	$MgSO_4 \cdot 7H_2O$	246.48	NH_4NO_3	80.043
KBr	119.00	MnO_2	86.94	NH_4OH	35.046
$KBrO_3$	167.00	$Mn(OH)_2$	88.94	$(NH_4)_3PO_4 \cdot 12MoO_3$	1876.4
KCN	65.116	MnS	87.00	NH_4SCN	76.12
KCl	74.551	$MnSO_4$	151.00	$(NH_4)_2SO_4$	132.14
$KClO_3$	122.55	$MnSO_4 \cdot 4H_2O$	223.06	$NiCl_2 . 6H_2O$	237.69
$KClO_4$	138.55	N		$Ni(NO_3)_2 \cdot 6H_2O$	290.79
K_2CO_3	138.21	$Na_2B_4O_7 \cdot 10H_2O$	381.37	NiO	74.69
K_2CrO_4	194.19	NaBr	102.89	NiS	90.75

续表

化合物分子式	相对分子质量	化合物分子式	相对分子质量	化合物分子式	相对分子质量
$NiSO_4 \cdot 7H_2O$	280.85	$PbSO_4$	303.2	$Sn(OH)_4$	186.7
NO_2	46.066	PbI_2	461.0	T	
NO	30.006	$PbCrO_4$	321.19	$Ti(OH)_3$	98.867
P		PbO_2	239.19	Z	
$PbCO_3$	267.2	S		ZnS	97.44
P_2O_5	141.95	$Sb(OH)_3$	172.76	$Zn(OH)_2$	99.39
$Pb(OH)_2$	241.2	Sb_2S_3	339.73	$ZnCO_3$	125.39
$Pb(OH)_4$	275.2	$Sn(OH)_2$	152.7		
PbS	239.2	SnS	150.77		

附录 3　常见弱酸、弱碱的电离平衡常数(25℃)

电解质	平衡常数 K	pK
醋酸	1.76×10^{-5}	4.75
碳酸	4.31×10^{-7} 5.61×10^{-11}	6.37 10.25
氢硫酸	9.1×10^{-8} 1.3×10^{-12}	7.04 11.89
磷酸	7.6×10^{-3} 6.3×10^{-8} 4.4×10^{-5}	2.12 7.20 12.36
草酸	5.00×10^{-2} 5.4×10^{-5}	1.3 4.27
硼酸	7.3×10^{-10}	9.14
氢氰酸	6.2×10^{-10}	9.21
甲酸	1.77×10^{-4}	3.74
氢氟酸	6.6×10^{-4}	3.18
偏硅酸	2.00×10^{-10} 1×10^{-12}	9.70 12
亚硫酸	1.54×10^{-2} 1.02×10^{-7}	1.81 6.99
氨水	1.77×10^{-5}	4.75
羟胺	9.1×10^{-9}	8.04

附录 4　常见难溶电解质的溶度积(18~25℃)

化合物	$K_{SP}^{\ominus}$	$pK_{SP}^{\ominus}$
$AgCl$	1.8×10^{-10}	9.75
$AgBr$	5.0×10^{-13}	12.30
AgI	9.3×10^{-17}	16.03
Ag_2CrO_4	2.0×10^{-12}	11.71
$AgOH$	2.0×10^{-8}	7.71
$AgCN$	1.2×10^{-16}	15.92
Ag_2SO_4	1.4×10^{-5}	4.84
Ag_2S	2.0×10^{-49}	48.7
As_2S_3	2.1×10^{-22}	21.68
$BaSO_4$	1.1×10^{-10}	9.96
$BaCO_3$	5.1×10^{-9}	8.29
$CaSO_4$	9.1×10^{-6}	5.04
$CaCO_3$	2.9×10^{-9}	8.54
CuS	6.0×10^{-36}	35.2
$Cu(OH)_2$	2.2×10^{-20}	19.66
$Fe(OH)_3$	4.0×10^{-38}	37.4
$Fe(OH)_2$	8.0×10^{-16}	15.1
FeS	6.0×10^{-13}	12.22
Hg_2Cl_2	1.3×10^{-18}	17.88
Hg_2Br_2	5.8×10^{-23}	22.24
Hg_2I_2	4.5×10^{-29}	28.35
$Mg(OH)_2$	1.8×10^{-8}	7.46
$MgCO_3$	3.5×10^{-11}	10.74
$Pb(OH)_2$	1.2×10^{-15}	14.93

续表

化合物	$K_{SP}^{\ominus}$	$pK_{SP}^{\ominus}$
$Pb(OH)_4$	3.0×10^{-66}	65.5
$PbCO_3$	7.4×10^{-14}	13.13
PbS	8.0×10^{-28}	27.9
$PbSO_4$	1.6×10^{-8}	7.79
PbI_2	7.1×10^{-9}	8.15
ZnS	2.0×10^{-24}	23.7
$Zn(OH)_2$	1.2×10^{-17}	16.92
$ZnCO_3$	1.4×10^{-11}	10.84
$Mn(OH)_2$	1.9×10^{-13}	12.72
$Sb(OH)_3$	4.0×10^{-42}	41.4
Sb_2S_3	2.0×10^{-93}	92.8
$Sn(OH)_2$	1.4×10^{-28}	27.85
SnS	1.0×10^{-25}	25.0
$Sn(OH)_4$	1.0×10^{-56}	56.0
$Ti(OH)_3$	1.0×10^{-40}	40.0

附录 5　常用电极的标准电极电势(298K)

电　极	电极反应式	$\varphi^{\ominus}$/V
Li+/Li	$Li^+ + e^- \rightleftharpoons Li$	−3.040
K^+/K	$K^+ + e^- \rightleftharpoons K$	−2.931
Ca^{2+}/Ca	$Ca^{2+} + 2e^- \rightleftharpoons Ca$	−2.868
Na^+/Na	$Na^+ + e^- \rightleftharpoons Na$	−2.713
Mg^{2+}/Mg	$Mg^{2+} + 2e^- \rightleftharpoons Mg$	−2.372
Zn^{2+}/Zn	$Zn^{2+} + 2e^- \rightleftharpoons Zn$	−0.7618
Fe^{2+}/Fe	$Fe^{2+} + 2e^- \rightleftharpoons Fe$	−0.447
Sn^{2+}/Sn	$Sn^{2+} + 2e^- \rightleftharpoons Sn$	−0.1375
Pb^{2+}/Pb	$Pb^{2+} + 2e^- \rightleftharpoons Pb$	−0.1262
H^+/H_2	$2H^+ + 2e^- \rightleftharpoons H_2$	0.0000
Sn^{4+}/Sn^{2+}	$Sn^{4+} + 2e^- \rightleftharpoons Sn^{2+}$	0.151
Cu^{2+}/Cu	$Cu^{2+} + 2e^- \rightleftharpoons Cu$	0.3419
I_2/I^-	$I_2 + 2e^- \rightleftharpoons 2I^-$	0.5355
O_2/H_2O_2	$O_2 + 2H^+ + 2e^- \rightleftharpoons H_2O_2$	0.695
Fe^{3+}/Fe^{2+}	$Fe^{3+} + e^- \rightleftharpoons Fe^{2+}$	0.771
Ag^+/Ag	$Ag^+ + e^- \rightleftharpoons Ag$	0.7996
Br_2/Br^-	$Br_2 + 2e^- \rightleftharpoons 2Br^-$	1.066
O_2/H_2O	$O_2 + 4H^+ + 4e^- \rightleftharpoons 2H_2O$	1.229
MnO_2/Mn^{2+}	$MnO_2 + 4H^+ + 2e^- \rightleftharpoons Mn^{2+} + 2H_2O$	1.230
$Cr_2O_7{}^{2-}/Cr^{3+}$	$Cr_2O_7{}^{2-} + 14H^+ + 6e^- \rightleftharpoons 2Cr^{3+} + 7H_2O$	1.232
Cl_2/Cl^-	$Cl_2 + 2e^- \rightleftharpoons 2Cl^-$	1.358
$MnO_4{}^-/Mn^{2+}$	$MnO_4{}^- + 8H^+ + 5e^- \rightleftharpoons Mn^{2+} + 4H_2O$	1.5070

附录6　全国职业院校技能大赛无机合成模块操作过程性考核评分表

赛项：2022年全国职业院校技能大赛化学实验技术赛项

类别：高职组

化学实验技术竞赛项目：硫酸亚铁铵的制备

序号	评分项	评判类型	评分指标	指标分数描述	配分	考核记录
1	安全健康环保，仪器设备准备	M	熟悉现场健康、安全和环境保护内容，写出相应措施	若实验操作正式开始前，未在报告纸上撰写相关内容，则扣除所有分数；若内容缺项，每少1项则扣除0.25分	1.00	
		M	全程个人防护用品穿戴	若未按要求正确穿戴口罩/实验服/护目镜/手套，扣除所有分数	1.00	
		M	全过程无破碎玻璃器皿	如果不满足要求，则扣除所有分数	1.00	
		M	工作场所全过程干净整洁，无试剂溢出和洒落	如果不满足条件，则扣除所有分数(去离子水可些许洒落，需随手擦干)台面不整洁，称量或取样洒落台面1次扣0.5分，扣完为止	1.00	
		M	标签识读、试剂选用与配制	如果不能正确识读和选用英文标识，导致药品试剂选择错误，或溶液(剂)准备错误，均扣除所有分数	1.00	
		M	在专用容器中处理废物	如果未在专用容器中处理废物，则扣除所有分数	1.00	
2	硫酸亚铁的制备	M	铁原料净化	若原料为废铁屑，如果未正确去除油污，或试剂取用时标签未对着手心，则扣除所有分数	0.50	
		M	反应物取用	如未按规范操作称量(清扫、样品盛器)，每错1处扣0.5分； 如果存在取用量明显错误(误差范围>5%)，则扣除所有分数	2.00	
		M	水浴加热	如未正确使用水浴装置，锥形瓶放置等水浴操作不当，则扣除所有分数	0.50	
		M	置换反应	如果反应速度控制不当，溶液溅落或变色；或反应结束未合理调节pH，每错一处扣0.25分，扣完为止。 反应终点判断明显错误，扣除所有分数	0.75	
		M	热过滤操作	如果过滤操作不规范(速度过慢、滤纸高度不合适、滤纸破损)，或滤液污染(原液、滤渣)，或未吸干、称量残余原料，每错一处扣0.25分，扣完为止	0.75	

续表

序号	评分项	评判类型	评分指标	指标分数描述	配分	考核记录
3	硫酸亚铁铵的制备	M	硫酸铵的称取	如果未按规范称量，或称取质量计算错误，则扣除所有分数	0.50	
		M	复配操作	如果硫酸铵饱和溶液配制明显错误，或固体加料不规范，或未合理调节pH，则扣除所有分数	0.50	
		M	浓缩结晶操作	如果沸水浴或蒸汽浴操作不当，或蒸发终点判错，或溶液未冷却、结晶不完全，则每错一处扣0.25分，扣完为止	0.50	
		M	减压过滤	如果抽滤操作错误(顺序、倒吸)，或浸提未用乙醇洗涤，或产品未吸干、称量有洒落，则每错一处扣0.25分，扣完为止	0.75	
4	产品等级分析	M	标准色阶和产品溶液配制	如果溶液配制未按规范操作，或者3份平行样存在明显色差，则扣除所有分数	0.50	
	数据记录	M	原始数据记录	如果记录不及时，或过程中用其他纸张记录，或不规范修改、缺项，每错一处扣0.25分，扣完为止	0.50	
5	文明操作	M	重大操作失误	如果存在重称、重测、未用除氧水等行为，每出现1次扣2.0分，扣分上限6分，扣完为止	—	
		J	工作场所组织和管理		0.50	详细记录如下：
				工作场所混乱。所使用的试剂、量具、器皿留在上次操作现场	一 □0	• 仪器杂乱 • 试剂瓶未归位 • 废弃物未及时处理
				工作场所保持整齐有序。试剂、量具、器皿使用后放回原处，但无固定地点要求的试剂、量具、器皿是自行随意摆放的	二 □0.2	• 吸量管入架 • 试剂架较乱 • 烧杯等未有序摆放 • 废弃物未及时处理
				工作场所状况良好。试剂、量具、器皿始终在适当的位置	三 □0.4	• 吸量管入架 • 试剂架整齐 • 烧杯等有序摆放 • 废弃物及时处理
				工作场所状况良好。试剂、量具、器皿始终在适当的位置。使用了有效组织工作场所的其他方法	四 □0.5	• 始终整齐有序 • 工位管理有个人特色和创新

附录7　全国职业院校技能大赛有机合成模块操作过程性考核评分表

赛项：2022年全国职业院校技能大赛化学实验技术赛项

类别：高职组

化学实验技术竞赛项目：乙酸乙酯的合成

序号	评分项	评判类型	评分指标	指标分数描述	配分	考核记录
1	安全健康环保，反应物用量计算	M	熟悉现场健康、安全和环境保护内容，写出相应措施	若实验操作正式开始前，未在报告纸上撰写相关内容，则扣除所有分数；若内容不完整，每少1项则扣除0.25分	1.00	
		M	全过程个人防护用品穿戴	如果未按要求正确穿戴口罩/实验服/护目镜/手套，则扣除所有分数	1.00	
		M	全过程无破碎玻璃器皿	如果不满足要求，则扣除所有分数	1.00	
		M	实验室器具贴标签	对于易混用的玻璃器皿，若有1个未贴标签，则扣除所有分数	1.00	
		M	工作场所全程干净整洁，无试剂洒落	如果不满足条件，则扣除所有分数(去离子水可些许洒落，需随手擦干)台面不整洁，称量或取样洒落台面1次扣0.5分，扣完为止	1.00	
		M	标签识读、试剂选用与配制	如果不能正确识读和选用英文标识，导致药品试剂选择错误，或溶液(剂)准备错误，均扣除所有分数	1.00	
		M	反应物料使用量计算	如果冰醋酸、乙醇用量(质量)计算错误，或者称量明显错误(误差>10%)，均扣除所有分数	2.00	
		M	在专用容器中处理废物	如果未在专用容器中处理废物，则扣除所有分数	1.00	
2	有机物合成	M	符合合成步骤	试剂加入顺序与方法，每错1处扣0.25分，扣完为止	1.00	
		M	反应混合物安全沸腾	未使用磁力搅拌子(助沸剂)，则扣除所有分数	0.50	
	产品分离提纯	M	正确洗涤粗产物	如果未按照洗涤剂使用的正确顺序和加入量，则扣除所有分数	1.00	
		M	分液漏斗的正确操作	如果有一个错误操作(漏液；漏斗中液体体积超出1/3~1/2；液体全部下出)，则扣除所有分数	1.00	
		M	粗产物干燥	如果未进行脱水或脱水不完全(静置时间少于15min，仍然存在水乳状液)，或未使用脱脂棉过滤，则扣除所有分数	1.00	

续表

<table>
<tr><th>序号</th><th>评分项</th><th>评判类型</th><th>评分指标</th><th>指标分数描述</th><th colspan="2">配分</th><th>考核记录</th></tr>
<tr><td rowspan="2">2</td><td rowspan="2">产品分离提纯</td><td>M</td><td>符合蒸馏操作步骤</td><td>蒸馏装置试漏、温度计水银球位置正确，否则扣除该项分数</td><td colspan="2">1.00</td><td></td></tr>
<tr><td>M</td><td>产品馏分收集</td><td>正确收集前馏分和产物馏分（72～80℃），否则扣除该项分数</td><td colspan="2">2.00</td><td></td></tr>
<tr><td rowspan="10">3</td><td rowspan="10">文明操作</td><td rowspan="5">J</td><td rowspan="5">实验装置正确组装和拆卸</td><td></td><td>0.50</td><td colspan="2">裁判记录如下：</td></tr>
<tr><td>实验装置未组装，或反应结束后未拆卸</td><td>一</td><td>□0</td><td>• 装置未组装
• 装置未拆卸</td></tr>
<tr><td>实验装置已组装并运行，但是连接件彼此配合不紧密，并/或存在一些错误</td><td>二</td><td>□0.2</td><td>• 未从左到右装
• 未从右到左卸
• 未检查气密性
• 水银球错位</td></tr>
<tr><td>实验装置已组装并运行，连接件彼此配合紧密，无错误</td><td>三</td><td>□0.4</td><td>• 装卸规范
• 是否生料带使用
• 检验气密性
• 水银球准确</td></tr>
<tr><td>与上述“三”相同，整体装置竖看一直线、横看一平面，使用额外装置增加工艺效率</td><td>四</td><td>□0.5</td><td>• 与“三”相同
• 塑料防滑连接夹
• 装置牢靠美观</td></tr>
<tr><td rowspan="5">J</td><td rowspan="5">工作场所组织和管理</td><td></td><td>0.50</td><td colspan="2">详细记录如下：</td></tr>
<tr><td>工作场所混乱。所使用的量具、器皿留在上次操作现场</td><td>一</td><td>□0</td><td>• 仪器杂乱
• 试剂瓶未归位
• 废弃物未及时处理</td></tr>
<tr><td>工作场所保持整齐有序。量具、器皿使用后放回原处，但无固定地点要求的量具、器皿自行随意摆放</td><td>二</td><td>□0.2</td><td>• 滴管随意摆放
• 药匙随意摆放
• 玻璃器皿倒置</td></tr>
<tr><td>工作场所状况良好。量具、器皿始终在适当的位置</td><td>三</td><td>□0.4</td><td>• 滴管摆放规范
• 药匙摆放规范
• 器皿摆放规范</td></tr>
<tr><td>工作场所状况良好。量具、器皿始终在适当的位置。使用了有效组织工作场所的其他方法</td><td>四</td><td>□0.5</td><td>• 始终整齐有序
• 工位管理有个人特色和创新</td></tr>
</table>

参 考 文 献

[1] 杨怀霞，刘幸平．无机化学[M]．北京：中国医药科技出版社，2014：35-40.
[2] 赵玉娥，王传胜，徐雅君．基础化学[M]．2 版．北京：化学工业出版社，2009：25-30.
[3] 胡宏纹．有机化学[M]．北京：高等教育出版社，2005：85-90.
[4] 孔祥文，朱珮珣，王鹏，等．有机化学[M]．北京：化学工业出版社，2022：185.
[5] 张文雯，张良军，杨怡．有机化学基础[M]．北京：化学工业出版社，2020：45-47.
[6] 刘纲勇．化妆品原料[M]．北京：化学工业出版社，2021：92.
[7] 李东光．化妆品原料手册[M]．北京：化学工业出版社，2006：142.
[8] 吴国庆．无机化学(上册)[M]．4 版．北京：高等教育出版社，2009：30-32.
[9] 朱亚先．元素电子字典[EB/OL]．2023：04-03. https：//node2d-public. hep. com. cn/hep5_ FKJ722U3U/copyright. html.
[10] 高等教育化学教材编写组．自然科学概论(二)化学[M]．北京：高等教育出版社，1998：224-225.
[11] 望羲．元素周期表有尽头吗？——现实中的尽头[EB/OL]．2022：11-29. https：//wwwxuexi. cn/lgpage/detail/index. html？id=7160864691750213404&amp；item_ id=7160864691750213404.
[12] 高琳．基础化学[M]．5 版．北京：高等教育出版社，2021：115.
[13] 高职高专化学教材编写组．有机化学[M]．5 版．北京：高等教育出版社，2021：65.
[14] 吉卯祉，郭晏华，苏进．有机化学实验[M]．5 版．北京：科学出版社，2021：40-42.
[15] 徐惠娟，龙德清，王欣．有机化学实验技术[M]．2 版．武汉：华中科技大学出版社，2020：72.
[16] 贾俊仙．有机化学实验[M]．北京：中国林业出版社，2018：30-32.
[17] 王俊儒，马柏林，李炳奇．有机化学实验[M]．2 版．北京：高等教育出版社，2012：68-70.
[18] 赵新华．无机化学实验[M]．4 版．北京：高等教育出版社，2014：35-37.
[19] 王丽丽．无机化学实验[M]．北京：化学工业出版社，2022：78-82.